# EN ROUTE
## POUR L'AVENIR

# L'autrice

Autrice de quatorze romans, **Sarah Dessen** a eu des dizaines de fois les honneurs de la liste de best-sellers du *New York Times.* Elle a reçu en 2017 le Margaret A. Edwards Award pour sa contribution à la littérature jeunes adultes. On ne compte plus les récompenses décernées à ses divers ouvrages, dont il s'est vendu plus de dix millions d'exemplaire à travers le monde, dans plus de trente pays. Elle a enseigné, comme ses parents avant elle, à l'université de Caroline du Nord à Chapel Hill. *En route pour l'avenir* est le premier de ses romans à être adapté en film par Netflix.

Sarah Dessen

# EN ROUTE POUR L'AVENIR

Traduit de l'anglais (États-Unis)
par Véronique Minder

LUMEN

Titre original : *Along for the Ride*

Publié en accord avec Viking Children's Books, un label de Penguin Young Readers Group, un département de Penguin Random House LLC.

*Pour ma mère, Cynthia Dessen,*
*qui m'a aidée à apprendre presque tout*
*ce que je sais sur la façon d'être celle que je suis*

*Et pour ma fille, Sasha Clementine,*
*qui m'apprend le reste*

# Chapitre 1

Ses messages, ils commencent toujours pareil.

Salut Auden !!

Ce sont les deux points d'exclamation qui m'ont fait tiquer. Ma mère aurait dit d'eux qu'ils étaient « verbeux, excessifs et bavards ». Moi, je les ai trouvés tout simplement soûlants. Soûlants comme Heidi. Heidi, ma belle-mère.

J'espère que tu profites au maximum de tes dernières semaines de lycée. Ici, on va tous bien ! Seulement deux ou trois bricoles à terminer avant la naissance de ta future petite sœur. Depuis peu, elle me donne plein de coups de pied, c'est de la folie. On jurerait qu'elle s'entraîne pour les championnats du monde de karaté ! Je m'occupe toujours de ma boutique (enfin, façon de parler) et je mets la touche finale à la nursery. Je l'ai peinte dans des tons de rose et de chocolat : un vrai

bonheur. Je te joins une photo pour
que tu te rendes compte.
Ton père est concentré, comme toujours,
sur son roman. Il bossera sans doute
jusqu'au bout de la nuit, pour me tenir
compagnie, lorsque je serai levée
à cause du bébé !
J'espère de tout mon cœur que tu
envisages de venir nous rendre visite,
pendant les grandes vacances. Ce serait
vraiment sympa. Et puis, ce serait
le bonus de l'été. Viens quand tu veux.
On sera ravis !

Bisous,

Heidi (et ton père et le futur bébé !)

Rien que de lire ses e-mails, ça m'épuisait. D'abord à cause de sa ponctuation d'excitée qui me donnait l'impression qu'on me braillait dans les oreilles, mais surtout… oh, surtout à cause de Heidi. Heidi était tellement… verbeuse, excessive, bavarde et super soûlante. Quatre adjectifs qui résumaient bien ce qu'elle représentait pour moi – et c'était un euphémisme – depuis qu'elle et mon père s'étaient rencontrés, qu'elle était tombée enceinte et qu'ils s'étaient mariés, tout ça au cours de l'année passée.

Ma mère affirmait que ça ne l'étonnait pas. Depuis leur divorce, elle prédisait qu'il ne faudrait pas longtemps avant que mon père, je cite, « ne se fasse mettre le grappin dessus par la première BCBG venue ». Heidi avait vingt-six ans, l'âge auquel ma mère avait eu mon frère Hollis – elle m'avait eue deux ans plus tard. Mais elle et Heidi, c'est le jour et la nuit. Ma mère est prof d'université et chercheuse, avec un sens de l'humour puissance dix, spécialiste reconnue du rôle de la femme dans la littérature de la Renaissance. Heidi est… ben, le genre de nana constamment aux petits soins de soi (pédicure, manucure, balayages), fashionista éclairée (tout ce que vous voulez savoir sur la longueur des ourlets et la hauteur des talons cette année). Enfin, elle a l'habitude très énervante d'envoyer des e-mails bavards adressés à des gens qui, entre nous soit dit, s'en seraient bien passés.

La cour que fit mon père pour conquérir Heidi fut brève. L'implantation (c'est le terme par lequel ma mère désigna l'installation des deux nouveaux amoureux) également : deux mois, et c'était dans la poche. À la suite de quoi mon père, longtemps mari du docteur ès lettres Victoria West, auteur d'un roman salué par la critique, mais maintenant plus réputé pour ses chamailleries avec ses collègues de fac que pour la suite toujours annoncée du roman en question, est redevenu mari et bientôt papa. Sans compter que comme il venait d'être nommé responsable du département d'écriture créative de l'université de Weymar, une petite fac d'une petite ville en bord de mer, il avait une toute nouvelle vie devant lui. Même si Heidi et lui insistaient pour que je vienne chez eux pendant les grandes vacances, j'hésitais. Je n'étais pas certaine de vouloir découvrir s'il restait encore de la place pour moi, dans leur petit paradis.

J'entendis tout à coup un éclat de rire s'élever de la cuisine, suivi par le tintement des verres qu'on entrechoque. Ce soir-là encore, ma mère organisait l'une de ses fameuses soirées avec ses étudiants en doctorat : elles commençaient toujours par un dîner dans les règles de l'art (« Agissons telle l'intelligentsia que l'on est dans cette société d'inculture ! » déclarait ma mère) avant de dégénérer, paradoxalement et sans exception, en discussions sauvages et alcoolisées sur la littérature et la théorie de la littérature. Je regardai l'heure : vingt-deux heures trente. J'ouvris la porte de ma chambre de la pointe de mon orteil et jetai un œil de l'autre côté du couloir jusque dans la cuisine. Ma mère présidait la tablée, un verre de vin rouge à la main. Autour d'elle, comme d'habitude, une bande de doctorants, tous des hommes, qui la couvaient d'un regard adorateur alors qu'elle continuait, si j'entendais bien, de parler du dramaturge anglais Christopher Marlowe et de la culture des femmes.

C'était une autre des nombreuses et fascinantes contradictions de ma mère : elle était spécialiste des femmes dans la littérature mais, en réalité, elle les détestait. Globalement parce que la plupart étaient jalouses : *a* de son intelligence (niveau Mensa, en gros, un QI de 132), *b* de ses travaux de recherche (quatre livres, une quantité fabuleuse d'articles, j'ajoute qu'elle était aussi prof titulaire d'une chaire de littérature anglaise) et enfin *c* de son look (grande, façon top model avec de très longs cheveux noirs qu'elle portait dénoués et ébouriffés : c'était le seul détail de son existence qu'elle ne contrôlait pas). C'est pour ces raisons, et d'autres encore, que les étudiantes assistaient rarement à ses petits soupers. Et si par hasard c'était le cas, je vous jure qu'on ne les revoyait pas.

— Vous devriez développer cette idée dans un article, docteur West : elle est très intéressante ! dit l'un des thésards, le genre débraillé avec des cheveux branchés sur 220 volts, qui portait une veste vraiment bon marché et des lunettes à monture noire branchées.

Ma mère but une gorgée de vin et dégagea son visage d'un geste très grande classe.

— Oh, mon Dieu, non, surtout pas ! répondit-elle de sa voix profonde et rauque. (Elle avait une voix de fumeuse, et pourtant elle n'avait jamais fumé de sa vie.) J'ai déjà à peine le temps d'écrire mon essai, alors que je suis payée pour. Enfin, si on peut appeler ça être payée…

Nouveaux gloussements et rires admirateurs. Ma mère aimait se plaindre du peu d'argent qu'on la payait pour ses bouquins, des travaux universitaires publiés par des presses également universitaires, tandis que les « histoires débiles pour ménagères de moins de cinquante ans » (ses propres mots) étaient rémunérées à grands coups de milliers de dollars. Dans son monde à elle, les gens devraient se trimballer les œuvres complètes du grand Shakespeare à la plage avec, pour leur quatre-heures, *L'Iliade* et *L'Odyssée* d'Homère, voire *L'Énéide* de Virgile.

— Ça reste tout de même une idée brillante, insista l'étudiant aux lunettes branchées. Je pourrais, euh, coécrire cet article, si vous voulez…

Ma mère leva la tête et son verre, l'observant comme un entomologiste un petit scarabée, tandis qu'un bon vieux silence tombait sur la tablée.

— C'est gentil, mais je déteste coécrire mes articles pour les mêmes raisons que je ne me lie pas avec mes collègues. Je suis une égocentrique dans l'âme, vous savez.

L'étudiant aux lunettes branchées en a perdu la voix et gagné en couleur : même de ma chambre, je l'ai vu devenir rouge comme un bouquet de coquelicots au moment où il prenait la bouteille de vin pour s'en verser un petit et planquer sa honte derrière. *Pauvre type*, pensai-je en refermant la porte de ma chambre, il avait du souci à se faire s'il voulait se mettre ma mère dans la poche à la vie à la mort. Moi, je m'en faisais depuis ma naissance.

Dix minutes plus tard, je sortis par-derrière, mes chaussures à la main, et je pris ma voiture. J'ai roulé dans les rues presque désertes des quartiers résidentiels et commerçants endormis, jusqu'à ce que les lumières de chez *Ray* me fassent de l'œil, de loin. À l'intérieur, c'était petit, avec trop de néons et des tables toujours un peu poisseuses, mais c'était le seul *diner* de la ville ouvert 24 heures sur 24, 7 jours sur 7. Depuis que mes nuits étaient devenues blanches, je les passais plus souvent dans un de leurs boxes que dans mon lit. Je lisais ou j'étudiais, et je filais un pourboire aux serveuses quand je commandais de nouveau – soit toutes les heures jusqu'au retour du petit jour.

Je suis devenue insomniaque trois ans plus tôt, lorsque le mariage de mes parents a commencé à capoter. Le choc ? Bof, non. Si je me souviens bien, entre eux, ça avait toujours été mouvementé, même si le thème de leurs disputes, c'était plus souvent leur boulot que leurs problèmes de couple.

Mes parents avaient atterri à l'Université de la région juste après leurs études de troisième cycle, lorsque mon père y avait obtenu un poste d'assistant. À cette époque, il venait aussi de se dégoter un éditeur pour publier son premier roman, *La Corne du narval*. Pendant ce temps-là, ma mère, enceinte de mon frère, essayait de terminer sa thèse de doctorat. En quatre ans, excusez l'accéléré, je suis née – mon père planait sur le nuage rose des critiques élogieuses et du succès commercial (son bouquin a été sur la liste des meilleures ventes du *New York Times* et a carrément été nominé au National Book Award), et il assurait un cours d'écriture créative. De son côté, ma mère était, comme elle aimait à le raconter, « perdue dans un océan de couches et de doutes ». Dès que je suis entrée à la maternelle, elle est revenue sans tarder à la vie universitaire et s'est vengée des couches et des doutes en devenant lectrice invitée et en se trouvant un éditeur pour publier sa thèse. Elle s'est retrouvée l'une des profs les plus populaires du département d'anglais, où elle a obtenu un poste à plein temps. Là-dessus, elle a publié un deuxième, puis un troisième bouquin, pendant que mon père faisait du surplace. Il n'arrêtait pas de répéter qu'il était fier de sa réussite, il disait en blaguant que c'était elle, le soutien de famille. Mais quand elle a eu une chaire, très prestigieuse, et que lui a été complètement lâché par son éditeur – qui n'était pas prestigieux, lui –, entre eux, c'est parti en eau de boudin.

## En route pour l'avenir

En règle générale, mes parents commençaient à se disputer après le dîner. Ça partait d'une remarque que l'autre prenait de travers. Suivaient une petite engueulade, quelques noms d'oiseaux et un peu de casse, puis tout semblait rentrer dans l'ordre… jusqu'à 22 ou 23 heures où, bim ! ça repartait de plus belle et sur le même ton. Alors, un jour, je me suis dit que ce décalage avait une raison : ils attendaient que je sois couchée et endormie pour vraiment bien s'engueuler. Un beau soir, j'ai donc décidé de ne pas dormir. J'ai laissé la porte de ma chambre ouverte, ma lumière allumée, et j'ai opéré des allers-retours réguliers à la salle de bain où je me lavais les mains en faisant un boucan d'enfer. L'espace d'un moment, je dois dire que le stratagème a fonctionné. Puis plus du tout. Ils ont recommencé à s'étriper la nuit et, malheureusement, c'était foutu pour moi : j'avais pris l'habitude de veiller très tard et, comme je restais désormais bien réveillée, je les entendais s'engueuler de A à Z.

Je connaissais un tas de gens de mon âge dont les parents avaient divorcé. Chacun semblait avoir sa recette maison pour gérer le choc : surprise intégrale, atroce déception, soulagement total. Mais le point commun entre tous les enfants de divorcés, c'était beaucoup de blabla sur ce qu'ils éprouvaient, avec le père ou la mère, l'un des deux, ou bien avec un psy en thérapie de groupe ou individuelle. Évidemment, mes parents à moi ont été l'exception qui confirme la règle. J'ai eu droit à un : « Assieds-toi, il faut qu'on te parle. » Et ma mère a lâché l'info en travers de la table de la cuisine tandis que mon père, adossé à un placard, au bord de la crise de nerfs, croisait et décroisait ses mains.

— Ton père et moi, on va se séparer, a-t-elle déclaré de ce même ton posé et froid que je l'avais si souvent entendue utiliser avec ses étudiants, lorsqu'elle critiquait leur travail. Je suis certaine que tu es d'accord : c'est la meilleure solution pour tout le monde.

En entendant ces mots, je ne sais pas ce que j'ai éprouvé. En tout cas, pas du soulagement ni une atroce déception ou une surprise intégrale. La vérité, ce qui m'a déglinguée, pendant qu'on était tous les trois dans cette cuisine, c'était de me sentir petite. « Petite » comme « petite fille ». Et ça, c'était pour le moins bizarre. C'était comme s'il avait fallu ce grand moment de ma vie pour qu'une vague d'enfance déferle sur moi à retardement.

Bien sûr, j'avais été petite. Mais, à ma naissance, mon frère, qui avait été un nourrisson souffrant de coliques chroniques et un bébé hyperactif, puis un enfant « vif et éveillé » (traduisez : « infernal »), avait déjà épuisé mes parents. Il les épuisait toujours, d'ailleurs, mais depuis la vieille Europe, qu'il arpentait avec l'allégresse des grands explorateurs. De temps à autre, il nous envoyait des messages illuminés où il décrivait minutieusement sa dernière vocation en date, avec une demande en règle de fric pour concrétiser son grand et fabuleux nouveau projet. Au moins, son voyage en Europe lui donnait un petit air nomade et bohème : mes parents racontaient à leurs amis que Hollis admirait Paris du haut de la tour Eiffel en fumant des gauloises à la chaîne au lieu de glander au Quick Zip du coin. Ça faisait quand même nettement plus classe.

Si mon frère était un grand enfant, moi, j'avais été une mini-adulte qui, dès l'âge de trois ans, écoutait les discussions intellos et littéraires des grands autour d'une table de cuisine en coloriant ses albums, sage comme une image. Une mini-adulte qui avait aussi appris à se distraire seule très jeune et qui, dès la maternelle, avait été obsédée par les bonnes notes, parce que l'excellence à l'école, c'était la priorité numéro un pour mes parents. Et lorsque l'un de leurs invités lâchait un gros mot ou un truc d'adulte en ma présence, ma mère disait toujours : « Ne t'en fais pas, va, Auden est très mûre pour son âge. » Ça oui, je l'étais. À deux ans, à quatre ans et à dix-sept. Si Hollis avait besoin d'une surveillance permanente, moi, mes parents me traînaient partout sans complexe : tous les trois à la queue leu leu aux concerts, aux expos, aux conférences universitaires ou aux réunions de commission. On m'exhibait, mais je ne devais surtout pas dire un mot. Avec un emploi du temps pareil, je n'avais évidemment pas beaucoup l'occasion de jouer. De toute façon, je n'avais pas besoin de jouets. Je ne réclamais pas non plus de bouquins : chez nous, il y en avait partout et à la pelle.

Résultat, j'avais eu du mal à me lier avec les enfants de mon âge. Je n'arrivais pas à comprendre leurs explosions d'énergie, le délire de leurs bagarres de polochons ou leurs courses de malades à vélo. Ça avait l'air rigolo mais, en même temps, ça ne ressemblait pas à ma vie et je ne me voyais pas jouer avec eux. D'ailleurs, je n'en ai jamais eu l'occasion, parce que les lanceurs de polochons et les dingos du vélo ne fréquentaient pas les écoles privées expérimentales avec programme scolaire accéléré pour lesquelles mes parents avaient un très gros faible.

Les quatre années précédentes, j'ai changé de lycée trois fois. Je suis restée à Jackson High seulement deux semaines, jusqu'à ce que ma mère, qui avait repéré une faute d'orthographe et – le comble ! – une faute de grammaire dans mon support de cours d'anglais, me fasse transférer dare-dare à Perkins Day, un lycée privé de la région. Il était plus petit et plus rigide que Jackson, sur le plan scolaire, mais moins que Kiffney-Brown, le lycée alternatif où j'ai été transférée, en première.

Kiffney-Brown avait été fondé par d'anciens professeurs du coin. C'était un lycée d'élite, avec sa centaine d'élèves au maximum triés sur le volait, qui favorisait les classes à effectif réduit et entretenait des rapports étroits avec l'université de la région où l'on pouvait suivre des cours niveau fac pour se constituer un meilleur dossier d'admission. J'avais deux ou trois amis à Kiffney-Brown. Enfin, « amis », sans plus, parce que l'ambiance était ultra-compétitive et la pédagogie, orientée totale autonomie.

Je m'en tapais. Au fond, amis ou pas, à l'école, j'étais comme un poisson dans l'eau : apprendre, c'était fuir, avec la possibilité de me fabriquer des milliers de vies par procuration. Plus mes parents se plaignaient des notes catastrophiques de mon cancre de frangin, plus je bossais dur. Ils étaient fiers de moi et de mes résultats scolaires, et pourtant j'étais frustrée comme jamais. J'étais si intelligente, j'aurais dû comprendre que la seule manière de susciter à coup sûr leur intérêt, c'était de les décevoir ou de me planter royalement en classe. Oui, sauf que, lorsque j'ai percuté que c'était la solution des solutions, j'étais si bien programmée à réussir qu'échouer m'était devenu impossible.

Mon père a finalement quitté la maison au début de mon année de terminale. Il s'est loué un petit meublé pas très loin du campus, dans une résidence habitée surtout par des étudiants. J'étais censée passer tous mes week-ends chez lui, mais bon, il déprimait grave : il planchait toujours sur son deuxième bouquin, se prenait la tête sur ses publications (enfin, son absence de publications), tout en cherchant à comprendre pourquoi ma mère attirait autant l'attention et pas lui. Dans ces conditions-là, passer du temps avec lui, non merci. Mais ce n'était pas la joie non plus chez ma mère, qui fêtait sa vie de néo-célibataire et ses succès universitaires à tour de bras. Il y avait sans cesse du monde à la maison : des étudiants qui allaient et venaient, des dîners tous les week-ends. Je ne trouvais de juste milieu nulle part, sauf chez *Ray*.

J'étais passée devant ce *diner* un bon millier de fois, mais je n'avais jamais pensé m'y arrêter, jusqu'à un soir où, à 2 heures du matin, je rentrais chez ma mère. Je précise que mes parents ne me surveillaient pas des masses. Avec mon emploi du temps style casse-tête chinois (cours le soir, modules aux horaires flexibles la journée et autoformation avec tutorat), j'allais et je venais sans qu'ils me posent de questions… ou si peu. Ni l'un ni l'autre n'avait donc remarqué que mes nuits étaient blanches comme neige. Cette nuit blanche-là, donc, à 2 heures du mat, j'avais regardé du côté de chez *Ray* et j'avais eu le déclic : l'ambiance semblait chaleureuse et sympa, genre cocooning. La cerise sur le gâteau ? Les clients et moi, on avait un point commun : l'insomnie. Je m'étais garée, puis j'étais entrée, avant de commander un café et une part de tarte aux pommes et de m'incruster jusqu'à l'aube.

Ce qui me plaisait chez *Ray*, c'est qu'on me fichait la paix, même quand je suis devenue une habituée. Personne ne me demandait rien et les rares échanges n'étaient pas des prises de tête. Si seulement les relations humaines avaient été aussi cadrées, si j'avais eu un rôle bien défini que j'aurais connu par cœur, ma vie aurait été tellement plus facile…

L'automne dernier, l'une des serveuses, une femme plutôt mûre qui s'appelait Julie, avait regardé le formulaire que je remplissais en me resservant du café.

— Defriese ? Bonne université.

— Oui. L'une des meilleures.

— Tu penses être admise ?

— Je crois, oui.

Elle m'avait souri, comme si elle me trouvait bien mignonne, et m'avait tapoté l'épaule.

— Ah, la jeunesse ! Toujours si confiante !

Puis elle s'était éloignée.

J'avais eu envie de lui dire que je n'étais pas confiante, que je bossais seulement comme une malade pour réussir, mais Julie était déjà passée au box suivant et discutait avec un client. De toute façon, elle n'en avait rien à cirer. Il existait un monde où les cours, les examens, les formulaires d'inscription, les classements, les admissions à l'université dès le printemps et de bonnes moyennes avaient de l'importance, et d'autres où ça n'en avait aucune. J'avais passé toute ma vie en immersion dans le monde n° 1, et même quand j'étais chez *Ray*, qui faisait partie du monde n° 2, je n'arrivais pas à m'en extraire.

Vu que j'étais une psychorigide tendance compulsive et que je fréquentais un lycée alternatif, j'avais zappé tous les grands moments de l'année de terminale dont mes anciennes et rares copines de Perkins Day m'avaient rebattu les oreilles. Le seul gros événement qui m'avait intéressée, c'était le bal des terminales, et encore, seulement parce que Jason Talbot, avec qui je me disputais le titre de major de promo, m'avait proposé une trêve dans la guerre des bonnes notes afin de devenir mon cavalier d'un soir. Tout ça pour des prunes, merci bien ! Il avait annulé à la dernière minute. Son excuse : une invitation à une espèce de conférence sur l'écologie. Je m'étais dit : allez, bon, ce n'est pas grave, le bal des terminales, c'est juste une version ado des batailles de polochons et des courses de vélo – en gros, du frivole et de l'inutile. Mais, en cet instant encore, je me demandais ce que j'avais manqué ce soir-là et tant d'autres.

Je me trouvais toujours chez *Ray*, il était 2 ou 3 ou 4 heures du matin, quand j'ai eu un drôle de petit pincement. J'ai levé le nez de mes bouquins pour observer les clients autour de moi – des routiers, des automobilistes qui sortaient de l'autoroute pour s'offrir une pause-café avant de repartir, les tarés occasionnels – et j'ai éprouvé exactement la même sensation que le jour où ma mère m'a annoncé la séparation. Pour résumer, j'avais l'impression de n'être pas au bon endroit, de ne pas être à ma place, pour la simple et bonne raison que j'aurais plutôt dû être à la maison, dans mon lit, comme mes petits camarades de classe que j'allais retrouver dans quelques heures. Mais elle est passée aussi vite qu'elle était venue, et tout est rentré dans l'ordre. Au moment où Julie est revenue avec sa cafetière pour me resservir, j'ai poussé ma tasse vers le bord de la table sans lui dire ce qu'on savait toutes les deux : que j'allais rester encore un sacré bon bout de temps.

Ma demi-sœur, Thisbé Caroline West, est née la veille de la remise de mon diplôme de fin de secondaire. Elle pesait 3,425 kg. Mon père, épuisé, appela le lendemain.

— Je suis désolé, Auden. Je m'en veux terriblement de manquer ton discours de major de promo.

— Pas grave, lui dis-je, au moment où ma mère entrait dans la cuisine en robe de chambre et se dirigeait vers la cafetière. Comment va Heidi ?

— Bien. Fatiguée. Ça a été long, et finalement on lui a fait une césarienne. Tu aurais dû voir sa tête. Mais je suis certain qu'elle s'en remettra et le prendra moins au tragique, une fois qu'elle se sera reposée.

— Félicite-la de ma part.

— Je n'y manquerai pas. Et toi, montre-leur ce que tu as dans le ventre, ma fille !

Typique : pour mon père, grand combatif, lycée plus notes, etc., égalent guerre sans merci.

— En tout cas, je penserai à toi, Auden.

Un petit sourire aux lèvres, je le remerciai et je raccrochai. Ma mère se versa du lait dans son café qu'elle remua, non sans faire tinter sa cuillère contre la tasse, avant de prendre la parole.

— Laisse-moi deviner. Il ne vient pas.

— Heidi a accouché. C'est une petite fille. Ils l'ont appelée Thisbé.

— Seigneur ! s'exclama-t-elle avec mépris. Parmi tous les prénoms dans les œuvres de Shakespeare, il a fallu que ton père choisisse celui-là. Pauvre gosse ! Elle va devoir en expliquer le sens jusqu'à la fin de ses jours…

Elle aurait mieux fait de se taire, vu qu'elle avait laissé mon père choisir celui de mon frère et le mien. Detram Hollis était un prof que mon père admirait follement, et Wystan Hugh Auden, né en 1907, mort en 1973, était son poète préféré.

Quand j'étais petite, j'aurais donné ma main droite pour m'appeler Ashley ou Katherine, parce que ça m'aurait simplifié la vie, mais ma mère aimait à dire que mon prénom avait valeur de test : comme Wystan H. Auden était moins célèbre que Robert Frost ou Walt Whitman, si mon interlocuteur le connaissait, il valait la peine que je lui consacre mon temps et mon énergie, parce qu'il était de mon niveau intellectuel. Je pensai que ce raisonnement vaudrait aussi pour Thisbé, mais je gardai mes réflexions pour moi et je m'assis avec les petites fiches cartonnées de mon discours que je passai de nouveau en revue.

Au bout d'un moment, ma mère vint s'asseoir en face de moi.

— Je présume que Heidi a survécu à son accouchement ? demanda-t-elle en buvant son café.

— Il a fallu lui faire une césarienne.

— L'heureuse femme ! Hollis pesait cinq kilos et la péridurale était restée sans effet. J'ai cru mourir.

Je continuai de lire mes fiches, dans l'attente de l'une des anecdotes qui suivaient invariablement ce laïus que j'avais cent mille fois entendu : Hollis avait été un bébé avec un appétit monstrueux qui épuisait ses réserves de lait. Ses coliques chroniques avaient transformé la vie de mes parents en triple enfer, parce qu'il fallait sans cesse le promener et que, même en le promenant, il hurlait comme un perdu pendant des heures et des heures. Sans compter que mon père ne…

— J'espère que Heidi ne compte pas sur ton père pour l'aider à s'occuper de son bébé ? dit-elle en prenant deux de mes fiches qu'elle parcourut avec attention. Moi, j'avais de la chance si monsieur changeait les couches. Quant à se lever la nuit pour donner le biberon, la pauvre, elle peut tirer un trait dessus. Ton père soutient mordicus qu'il doit avoir ses neuf heures de sommeil s'il veut être en pleine forme pour assurer ses cours du lendemain. Ce qui est finalement bien pratique pour lui.

Tout en parlant, elle lut mes fiches, et j'ai eu une boule au ventre, comme chaque fois qu'elle passait à la loupe mon travail. Puis elle les a reposées sans dire un mot.

— D'accord, mais tout ça, c'était il y a longtemps, dis-je. Il a peut-être changé.

— Les gens ne changent pas, Auden. Au contraire. En vieillissant, ils s'enferment dans leurs petites habitudes.

Puis elle secoua la tête et ajouta :

— Je me revois dans notre chambre, seule avec Hollis qui braillait. J'espérais que la porte allait s'ouvrir et que ton père entrerait en disant : « Donne-moi Hollis, et toi, va dormir. » En fait, ce n'était pas l'aide de ton père que j'attendais : j'aurais accueilli le premier venu les bras ouverts.

Elle regardait par la fenêtre, les mains autour de son mug qu'elle avait cessé de porter à ses lèvres. Je repris mes fiches, histoire de les classer.

— Bon, il faut que j'aille me préparer, annonçai-je en me levant.

Ma mère était toujours immobile, façon statue. Pétrifiée par le souvenir de ses heures passées seule avec Hollis, à attendre une aide providentielle qui n'était jamais venue.

— Tu sais, tu devrais revoir ta citation de Faulkner, me conseilla-t-elle au moment où je sortais de la cuisine. C'est un peu trop intello pour une intro. Tu vas passer pour une prétentieuse.

Je baissai les yeux sur ma première fiche où j'avais écrit avec soin : « Le passé n'est jamais mort, il n'est même pas passé [1]. »

— D'accord.

Elle avait raison. Évidemment. Ma mère avait toujours raison.

— Merci.

J'avais été si concentrée sur ma dernière année de lycée et ma future rentrée à l'université que je n'avais pas pensé au creux des grandes vacances. Lorsque l'été m'est tout à coup tombé sur la tête, je n'ai plus rien eu

1. Faulkner, *Le Bruit et la Fureur.*

à faire qu'attendre le retour de l'automne, de la rentrée, bref, de la vraie vie.

J'ai passé deux semaines à acheter des affaires pour Defriese et j'ai voulu assurer des petits cours au Huntsinger Test Prep (tutorat et coaching), mais comme c'étaient les grandes vacances, c'était le calme plat. J'avais l'impression d'être la seule à penser école et devoirs. J'en ai vite eu la preuve lorsque mes anciennes copines de Perkins m'ont invitée à déjeuner ou à des virées au bord du lac. J'étais contente de les voir, mais dès qu'on se retrouvait, je ne me sentais pas à ma place. Je n'avais passé que deux ans à Kiffney-Brown, mais j'étais tellement différente d'elles, une vraie petite intello, que je n'arrivais pas à m'intéresser à leurs conversations sur leurs jobs d'été et leurs mecs. Après des sorties un poil embarrassantes, j'ai fini par refuser toutes leurs invitations sous prétexte que j'étais très occupée. Après un flottement, le message est passé, et je n'ai plus jamais été invitée.

À la maison aussi, l'ambiance était étrange, parce que ma mère avait obtenu une allocation de recherche pour un projet et travaillait comme une brute. Lorsqu'elle ne bossait pas, ses assistants doctorants débarquaient pour des dîners improvisés ou des apéros qui s'éternisaient. Quand ils faisaient trop de boucan, quand la maison débordait, je m'installais dans la véranda avec un livre et j'attendais la nuit noire pour filer chez *Ray*.

Un soir, je lisais un ouvrage passionnant sur le bouddhisme lorsque je vis une Mercedes verte descendre la rue, ralentir devant chez nous et se garer. Une blondinette assez canon en jean taille basse, brassière rouge et sandales compensées en descendit avec un paquet sous le bras. Elle a bien observé la maison, puis baissé les yeux sur son paquet, avant de remonter l'allée.

Elle arrivait en bas des marches quand elle m'a vue.

— Salut ! dit-elle d'une voix si amicale que je me suis méfiée.

Je n'ai pas eu le temps de répondre, car elle fondait sur moi, un beau sourire aux lèvres.

— Tu dois être Auden ?

— Oui, répondis-je avec hésitation.

— Moi, c'est Tara !

Je la connaissais ? Lorsqu'elle a compris que je ne tiltais pas, elle a ajouté :

— Tara. La petite amie de Hollis !

Oh là…

— Ah oui. Bien sûr ! dis-je poliment.

— Je suis super contente de faire ta connaissance, dit-elle en me serrant si fort dans ses bras que j'ai cru tomber dans un bouquet de roses (son eau de toilette) et d'adoucissant (sa lessive). Il savait que je passerais par ici, au retour. Il m'a demandé de te remettre ce cadeau. Ça vient direct de Grèce !

Elle m'a tendu le paquet enveloppé dans du papier kraft, avec mon nom et mon adresse écrits dessus. J'ai reconnu l'écriture inclinée et bordélique de mon frère. Il y a ensuite eu un moment d'embarras : Tara attendait évidemment que j'ouvre. Je me suis exécuté et j'ai découvert un petit cadre entouré de pierres de couleurs. En bas, il y avait écrit : « LE MEILLEUR DE LA VIE ». Et dans le cadre se trouvait une photo de Hollis devant le Taj Mahal, les lèvres étirées en l'un de ses petits sourires cool, en short cargo et T-shirt, avec un sac à dos sur une épaule.

— Génial, hein ? s'enquit Tara. On l'a dégoté dans un marché aux puces d'Athènes !

Je ne savais pas quoi dire, parce que je trouvais mon frère sacrément narcissique de m'offrir une photo de lui.

— C'est sympa, merci… dis-je sans trop d'enthousiasme, malgré tout.

— Je savais que ça te plairait ! fit-elle en applaudissant. J'avais dit à Hollis que tout le monde adorait les cadres ! Une photo dans un cadre, ça embellit tout de suite le souvenir, pas vrai ?

J'observai de nouveau le cadeau, les jolies petites pierres de couleurs et la photo de mon frère, la coolitude incarnée. Ou, plutôt, l'illustration du meilleur de la vie…

— Tu as raison.

Tara m'a adressé un sourire de star, avant de regarder notre maison.

— Ta mère est là ? J'aimerais beaucoup la rencontrer. Hollis l'adore. Il n'arrête pas de parler d'elle !

— C'est réciproque.

Son regard s'est reporté sur moi. J'ai souri.

— Elle est dans la cuisine. Cheveux longs noirs et robe verte. Tu ne peux pas la louper.

— Merci !

Elle m'a de nouveau serrée dans ses bras.

— Merci beaucoup !

Pas de quoi. Toutes les petites amies de mon frère avaient une assurance incroyable. Enfin, tant qu'elles étaient encore sa petite amie. C'est seulement plus tard, quand Hollis les *ghostait* – il cessait de leur téléphoner ou de leur envoyer des SMS et semblait s'être volatilisé de la surface de la terre – que l'on découvrait leur face cachée. Yeux rouges, messages larmoyants laissés sur notre répondeur, freinages fous furieux devant chez nous. Tara ne semblait pas être une malade du dérapage contrôlé, mais qui sait ?

Vers 23 heures, les admirateurs de ma mère étaient toujours là et parlaient toujours aussi fort. Je revins dans ma chambre et vérifiai ma page Ume.com (pas de commentaires, normal, je n'en attendais pas) et mes messages (juste un de mon père, qui venait aux nouvelles). Je me suis demandé si je n'allais pas appeler une ancienne copine de Perkins pour savoir s'il y avait quelque chose dans l'air, ce soir-là, mais je me suis souvenue du malaise qui s'était installé lors de mes dernières sorties avec elles et je me suis assise sur mon lit.

J'ai repris le cadre de Hollis, que j'avais posé sur ma table de nuit, et j'ai observé les perles bleues. « Le meilleur de la vie »... Quelque chose dans ces mots et dans le sourire décontracté de mon frère m'a rappelé ce que mes anciennes copines m'avaient raconté sur leur propre année de terminale. Elles ne parlaient jamais de moyenne trimestrielle, de cours, mais de choses aussi bizarres – enfin, pour moi – que le Taj Mahal : les ragots, les mecs et les cœurs brisés en dix mille morceaux. Elles avaient sans doute des millions de photos à mettre dans un cadre. Moi, je n'en avais pas la moitié d'une.

Je regardai de nouveau mon frangin, avec son sac à dos sur une épaule. C'est sûr, voyager, ça vous ouvrait le monde et ça vous faisait changer d'air. Je ne pouvais peut-être pas filer en Inde ou en Grèce, mais je pouvais quand même partir ailleurs.

Je me suis approchée de mon ordi, j'ai ouvert ma boîte mail et le message de mon père. Sans réfléchir, je lui ai répondu par une question. Une demi-heure plus tard, je recevais sa réponse.

> Mais bien entendu tu peux venir ! Et rester aussi longtemps que tu le voudras. On sera ravis de t'avoir avec nous !

Et voilà comment mon été a changé de couleur.

Le lendemain, j'ai chargé ma voiture avec un petit sac de marin, mon ordi et une énorme valise remplie de manuels. Au début de l'été, je m'étais procuré deux des supports de cours que j'allais suivre à Defriese dès l'automne, et j'avais fait une descente à la librairie de l'Université pour acheter des manuels, dans l'idée que ça ne me ferait pas de mal de me familiariser avec le programme. Hollis, qui voyageait léger, aurait été mort de rire en me voyant chargée comme un âne, mais quoi ! mis à part la bronzette et la conversation de Heidi, ce qui n'était déjà pas génial, ça ne volerait pas haut, côté distractions.

J'avais déjà fait mes adieux à ma mère la veille au soir, parce que j'étais certaine qu'elle dormirait encore, à l'heure où je prendrais la route. Bizarrement, pourtant, lorsque je suis entrée dans la cuisine, elle était en train de débarrasser la table d'une multitude de verres à vin et de serviettes froissées, vestiges d'une fête arrosée, avec un air assez fatigué.

— Ça s'est terminé tard ? demandai-je, même si je le savais, grâce à mes nuits sans sommeil.

La dernière voiture était même partie vers une heure trente du matin.

— Pas vraiment, me répondit-elle en ouvrant le robinet de l'évier.

Elle tourna la tête et aperçut mes bagages rassemblés devant la porte du garage.

— Tu pars bien tôt. Tu es impatiente de me quitter ?

— Non, j'aimerais juste éviter la circulation.

J'étais étonnée que ma mère s'intéresse à mes projets d'été. En réalité, elle s'en serait complètement fichue si je n'étais pas allée chez mon père. Dès qu'il était concerné, ça changeait la donne. Il en avait toujours été ainsi.

— J'imagine sans peine la situation dans laquelle tu vas te fourrer… Ton père avec un bébé ! À son âge, c'est d'un comique !

— Je te raconterai.

— Absolument ! J'exige des rapports sur la situation avec des mises à jour régulières, dit-elle en plongeant les mains dans l'eau pour laver des verres.

— Au fait, que penses-tu de la petite amie de Hollis ?

Elle poussa un soupir.

— Qu'est-ce qu'elle est venue faire ici ?

— Hollis lui a remis un cadeau pour moi.

— Ah oui ? dit-elle en déposant deux verres dans l'égouttoir. C'est quoi ?

— Un cadre qu'il a acheté en Grèce. Avec une photo de lui.

— Ah bon.

Elle a refermé le robinet puis, du poignet, elle a dégagé son front.

— Tu lui as dit qu'elle aurait dû garder la photo, parce qu'elle ne le reverra plus jamais en chair et en os ?

J'avais pensé pareil. Mais après avoir entendu ma mère l'énoncer à voix haute, j'ai eu mal au cœur pour Tara et son sourire confiant, cette assurance avec laquelle elle était entrée chez nous, persuadée d'être le grand amour de mon frère.

— On ne sait jamais, répondis-je. Hollis a peut-être changé. Et s'ils se fiançaient ?

Ma mère s'est brusquement tournée vers moi.

— Qu'est-ce que je t'ai déjà dit, Auden ?

— Que les gens ne changeaient pas.

— Exact.

Là-dessus, elle a plongé une assiette dans l'eau savonneuse. Au même instant, j'ai aperçu des lunettes à monture noire branchées sur le plan de travail près de la porte, et j'ai tout compris : les voix jusque tard dans la nuit, ma mère déjà levée, étonnamment impatiente de tout nettoyer, tout ranger. J'ai failli prendre les lunettes avec un geste théâtral, juste pour marquer un point contre elle. Et puis non. On s'est seulement dit au revoir. Elle m'a serrée fort dans ses bras (elle vous serrait toujours comme si elle ne voulait pas vous lâcher) avant de me laisser prendre la route de mon été.

# Chapitre 2

La maison de mon père et de Heidi était comme je l'avais imaginée. Mignonne, blanche avec des volets verts, une véranda remplie de rocking-chairs, des pots de fleurs plus une guirlande de pommes de pin en céramique jaune qui, sur la porte d'entrée, formaient un « bienvenue » très amical. Il ne manquait plus que la petite barrière blanche pour terminer le cliché de la famille américaine moyenne.

En me garant, je repérai la vieille Volvo de mon père dans le garage grand ouvert et une Prius neuve à côté. Je coupai le moteur et, tout à coup, j'entendis l'océan qui devait être tout près. Je regardai derrière la maison et je vis des dunes de sable blanc où poussaient des oyats et, au-delà, la mer dont le bleu rejoignait l'azur du ciel.

La vue était belle, pas de doute, mais, pour le reste, je nageais dans l'incertitude. C'est que je n'avais jamais été du genre spontané… Et plus je m'étais rapprochée du cœur de la cible – donc de Colby –, plus je m'étais rendu compte que j'allais passer l'été pour de vrai avec Heidi. Ferait-on des soirées manucures à trois, elle, le bébé et moi ? Insisterait-elle pour qu'on aille bronzer ensemble sur la plage en portant les mêmes T-shirts ringards floqués d'un « J'ADORE LES LICORNES » ? D'un autre côté, je n'arrêtais pas de penser à Hollis devant son Taj Mahal, comme à ma solitude et à mon ennui mortels, à la maison. Et puis, je n'avais pas beaucoup vu mon père, depuis son remariage. Et passer huit semaines avec lui, sans cours à suivre pour moi et sans l'enseignement pour lui, c'était une occasion en or pour se retrouver avant mon entrée à la fac et le commencement de la vraie vie.

Un, deux, trois, allez ! je me suis décidée à descendre de voiture. En arrivant sous la marquise, je me suis promis juré de sourire, quoi que Heidi fasse ou dise, et d'acquiescer jusqu'à ce que je me retrouve entre les quatre murs de la chambre d'amis où je pourrais dire : « Ouf ! super, j'ai franchi la première épreuve avec succès. »

J'ai sonné. Puis je me suis placée ni trop près ni trop loin de la porte et j'ai plaqué un sourire en tranche de melon sur mes lèvres. Bon, pas de réponse. J'ai sonné de nouveau. J'ai tendu l'oreille, certaine que j'allais bientôt entendre le claquement joyeux des talons de Heidi et sa voix toujours si enjouée qui faisait traîner les voyelles : « Oui, j'arrive ! »

Mais de nouveau, rien.

Faute de réponse, j'ai décidé d'entrer. Après avoir tourné la poignée, j'ai passé la tête dans l'entrebâillement.

— Ohé ! Il y a quelqu'un ?

Ma voix a rebondi sur les murs jaunes, décorés au pochoir, de l'entrée déserte et silencieuse.

J'ai fait un pas à l'intérieur avant de refermer la porte derrière moi. Tout de suite après, j'ai entendu le bruit de l'océan, mais différent : plus fort et plus proche que celui que je venais d'admirer très près à l'extérieur. J'ai suivi le murmure de ces vagues, qui devenait plus bruyant au fur et à mesure que j'avançais dans le couloir. Il devait y avoir une fenêtre ou une porte ouverte sur la mer, pas loin, parce que lorsque j'ai pénétré dans le salon, c'était carrément les quarantièmes rugissants. Heidi était là, assise sur le canapé, avec son bébé dans les bras.

Du moins, j'en ai déduit que c'était Heidi. C'était assez difficile de l'affirmer avec certitude, parce que cette Heidi-là ne ressemblait pas du tout à la Heidi que j'avais connue. Elle avait une espèce de queue de cheval qui avait l'air d'un palmier après une tempête – plus précisément, en état de catastrophe naturelle –, avec des mèches qui lui dégoulinaient sur les yeux. Elle portait un jogging miteux et un T-shirt trois fois trop grand pour elle orné d'une tache dégoûtante sur l'épaule. Elle avait les yeux fermés et la tête penchée sur le côté. Je pensais qu'elle dormait, jusqu'à ce que je l'entende dire à voix basse :

— Si jamais tu me la réveilles, je te jure que je te tue !

Je me suis figée, terrorisée, puis j'ai reculé prudemment.

— Euh, désolée, je voulais…

Heidi a ouvert les yeux d'un seul coup, tourné la tête vers moi et plissé les yeux pour mieux voir. Quand elle m'a reconnue, elle a eu la surprise de sa vie et, la seconde d'après, elle s'est mise à pleurer comme une madeleine.

— Oh, mon Dieu, c'est toi, Auden, prononça-t-elle d'une voix tendue. Je suis tellement, tellement désolée. J'avais oublié que tu… Et puis, je pensais que… Je n'ai aucune excuse…

Elle n'a pas achevé. Elle se voûtait, se recroquevillait sur son bébé, qui était si calme, si endormi, petit et tellement délicat qu'il semblait irréel.

Merde, où était mon père ? me demandai-je en regardant autour de moi, paniquée. C'est à ce moment-là que j'ai compris que le rugissement des vagues ne venait pas de l'océan à l'extérieur, mais d'un petit appareil blanc – une veilleuse – posé sur la table basse. Heidi écoutait un enregistrement d'océan alors que le vrai, le grand, était à moins de deux minutes de marche ! Encore quelque chose qui, à cet instant très précis, me parut vraiment très étrange.

Ma belle-mère continuait de pleurer. Ses sanglots étaient à moitié couverts par l'enregistrement des vagues et parfois interrompus par ses reniflements.

— Est-ce que je peux… Tu as besoin d'aide ou… repris-je.

Elle a poussé un petit soupir tremblant et a levé les yeux sur moi. Elle avait des cernes virant au violet et un horrible bouton sur le menton. Elle s'est remise à pleurer.

— Non. Je vais bien… Je t'assure.

Faux, et ça se voyait comme le nez au milieu de la figure. Je n'ai pas eu le temps de répondre, parce que mon père entrait avec un plateau chargé de gobelets de café et un sac en papier marron. Il portait la tenue qu'il portait toujours : chemise déboutonnée qui sortait de son pantalon kaki froissé. Comme d'habitude, ses lunettes étaient de traviole. Quand il donnait des cours à la fac, il faisait au moins l'effort de mettre une cravate et une veste sport en tweed, mais les Converse, ça ne loupait pas, c'était sa marque de fabrique qu'il soit en vacances ou non.

— La voilà !

Mon père a posé ses cafés et son sac en papier pour me serrer dans ses bras. Derrière moi, j'ai continué de fixer Heidi : elle se mordillait la lèvre en regardant l'océan de l'autre côté de la fenêtre.

— Tu as fait bonne route, Auden ?

— Oui, répondis-je avec un temps de retard.

Il m'a lâchée pour me tendre un gobelet. Je l'ai pris, pendant qu'il se servait et posait le dernier récipient sur la table, juste devant Heidi qui n'a pas bougé, mais qui a regardé son café comme si c'était un ovni.

— Alors, ça y est, u as fait connaissance avec ta petite sœur ? me demanda-t-il encore.

— Euh, ben non, pas encore.

Il s'est approché de Heidi, qui s'est raidie, comme si elle craignait un terrible malheur, mais mon père n'a pas semblé le remarquer et il lui a pris le bébé des bras.

— Je te présente Thisbé !

Elle avait un joli visage de poupée et des cils très fins, un peu collés. Elle dormait et l'un de ses tout petits poings était refermé sur sa couverture.

— Elle est belle, dis-je, parce que c'est toujours ce qu'on dit, dans ces occasions-là.

— N'est-ce pas ? renchérit mon père qui souriait de bonheur en la berçant.

À cet instant, Thisbé a ouvert de grands yeux, a cillé plusieurs fois et, comme sa mère un peu plus tôt, s'est mise à pleurer.

— Hop, hop, hop ! s'exclama mon père en la berçant à toute allure.

Hélas, la petite pleurait de plus en plus fort. Alors, mon père s'est tourné vers Heidi, immobile, bras ballants et muette sur son canapé.

— Chérie ? Je pense qu'elle a faim.

Semblant sur le point d'imploser, ma belle-mère s'est levée et s'est approchée sans répondre. Elle lui a pris Thisbé, qui pleurait toujours plus fort, pour revenir près de la fenêtre d'un pas d'automate.

— Allons dehors ! décida mon père.

Il a repris son sac en papier et m'a fait signe de le suivre vers la grande baie vitrée qui ouvrait sur une terrasse. En temps normal, je serais restée muette d'admiration devant la vue à couper le souffle, parce que la maison donnait sur la plage et un tout petit chemin conduisait direct à l'océan. Mais j'étais distraite : je me suis détournée pour jeter un regard dans le salon. Heidi avait disparu, sans avoir touché à son café, qu'elle avait laissé sur la table basse.

— Elle va bien ? demandai-je à mon père.

Il a sorti du sac un muffin qu'il m'a tendu. J'ai refusé d'un geste.

— Elle est fatiguée, répondit-il en mordant dedans.

Il a épousseté les miettes d'une main, puis a continué de manger.

— Le bébé ne fait pas ses nuits et je ne lui suis pas d'une grande aide, parce que j'ai besoin de mes neuf heures de sommeil, tu sais bien. Je tente de la convaincre d'engager une nounou, ou une baby-sitter, mais elle refuse.

— Pourquoi ?

— Tu sais comment est Heidi, dit-il comme si je la connaissais depuis la nuit des temps. Elle a eu l'habitude de tout gérer seule et elle y est toujours parvenue. Allons, ne te fais pas de souci, elle ira bientôt mieux. Les deux premiers mois sont difficiles, voilà. Je me souviens, ta mère a failli devenir folle avec Hollis. Bien sûr, ton frère souffrait de coliques chroniques et on avait beau le promener toute la nuit, il ne cessait de hurler. Et quel appétit ! Ta mère n'avait plus de lait, mais il en redemandait quand même...

Il continua un moment, mais comme j'avais entendu ces histoires-là cent fois et plus, et avec les mêmes mots, j'ai bu mon café en silence. Sur ma gauche, j'ai aperçu quelques maisons, et puis, je crois, une promenade de planches bordée de magasins ainsi qu'une plage encombrée de parasols et de transats.

— Ce n'est pas tout ça, mais il faut que je me remette au travail ! Viens, je vais te montrer ta chambre, conclut mon père. On aura tout le temps de reprendre notre conversation pendant le dîner. Ça te convient ?

— Super !

On est rentrés. Dans le salon, on entendait toujours le bruit des vagues. Mon père a secoué la tête avant d'éteindre la petite veilleuse. Le silence soudain m'a paru discordant.

— Alors, comme ça, tu écris ? demandai-je.

— Oh oui. Je suis bien parti, et d'ailleurs j'ai presque fini. Mettre la dernière touche à un bouquin, c'est juste une question d'organisation.

On est repassés par l'entrée pour monter à l'étage. Dans le couloir d'en haut, on a longé la nursery. Par la porte ouverte, j'ai vu ses murs roses et la bordure de ronds couleur chocolat. À l'intérieur, rien, pas un bruit.

Mon père a ouvert la porte de la chambre suivante et m'a fait signe d'entrer.

— Désolé, c'est petit, mais tu as une belle vue.

C'est vrai, la chambre était minuscule, avec un lit jumeau, un bureau et pas beaucoup de place pour le reste, mais son unique fenêtre donnait sur la plage, l'océan et les dunes blanches couvertes d'oyats.

— C'est super !

— N'est-ce pas ? Avant, c'était mon bureau. Mais comme on devait installer la nursery près de notre chambre, j'ai déménagé à l'autre bout de la maison. Je ne voulais pas gêner Thisbé avec tout le boucan que je fais quand je suis en phase de création ! expliqua mon père en riant comme si c'était la blague de l'année. Bon, il faut que j'y retourne ! Ces derniers temps, je suis très productif le matin. Alors, c'est d'accord, on se voit ce soir au dîner ?

— Euh…

Je regardai l'heure. Il était à peine 11 h 05.

— Oui, ça marche.

— Parfait !

Là-dessus, il m'a gentiment pressé le bras et il est sorti en fredonnant. Au même instant, j'ai entendu la porte de la nursery se refermer.

Je me suis réveillée à dix-huit heures trente en entendant le bébé pleurer.

Non, pas pleurer, c'était un mot trop faible : Thisbé hurlait à pleins poumons. Je l'entendais déjà nettement de ma chambre, séparée de la nursery par une cloison, mais lorsque je suis sortie pour aller me brosser les dents, j'ai eu les oreilles massacrées.

Je me suis approchée de la nursery, pour écouter les hurlements. Ils montaient, crescendo, retombaient brusquement puis repartaient de plus belle. Je me demandais si j'étais la seule à les entendre jusqu'à ce qu'un « chut, chut… » s'élève de la pièce pendant un intervalle de silence trop bref et trop rare. Hélas, tout de suite après, les hurlements ont repris.

Ça m'a rappelé un souvenir. Lorsque mes parents s'engueulaient, la nuit, j'avais l'habitude de me répéter en boucle : « Chut, chut, tout va bien… » pour couvrir leurs éclats de voix et plonger dans le sommeil. Ça m'a fait drôle de l'entendre à présent, parce que ce « chut, chut… » n'avait existé que dans ma tête et dans la nuit autour de moi. Un peu perturbée, je n'ai pas traîné et j'ai continué jusque vers le bureau de mon père.

— Papa ?

Il était devant son ordi, assis à son bureau contre le mur. Il était tellement concentré qu'il n'a pas tourné la tête.

— Hmm ?

Je lançai un regard vers la nursery rose et chocolat, puis de nouveau vers mon père. Il ne tapait pas sur son clavier, mais fixait son écran, un bloc-notes jaune couvert de gribouillis posé à côté de lui. Avait-il passé tout le temps de mon somme – sept heures –, le nez sur son ordi ?

— Est-ce que tu veux que je, euh, prépare le dîner ?

— Heidi ne s'en occupe pas ? demanda-t-il, sans détacher les yeux de son écran.

— Non, elle est avec le bébé.

Il a enfin tourné la tête.

— Je vois. Eh bien, si tu as faim, il y a un super fast-food, à deux cent cinquante mètres d'ici. Je te jure que les beignets d'oignons sont à tomber !

Je souris.

— Pourquoi pas… Je vais demander à Heidi si ça la tente.

— Bonne idée ! Et pendant que tu y es, Auden, prends-moi un cheeseburger et des beignets d'oignons frits, tu seras un amour !

Il a sorti des billets de sa poche et me les a tendus. Je les ai pris. Quelle idiote ! Évidemment que mon père ne pouvait pas venir dîner avec moi : il devait s'occuper de son bébé et de sa femme.

— Pas de problème. À plus.

Mais il avait déjà reporté ses yeux et son attention sur son écran, il ne m'écoutait plus.

Je suis revenue devant la nursery où Thisbé hurlait toujours. Comme je ne risquais pas de la réveiller, j'ai frappé deux fois.

Lorsque Heidi a ouvert, elle avait l'air encore plus hagard que ce matin-là – je sais, c'est difficile à croire. Sa queue de cheval n'était plus qu'un lointain souvenir, elle était complètement ébouriffée.

— Salut, dis-je, ou plutôt criai-je pour me faire entendre. Je vais acheter le dîner. Je te prends quoi ?

— Le dîner ? répéta-t-elle, parlant fort elle aussi. C'est déjà l'heure ?

Je regardai ma montre.

— Ben oui, il est presque 19 h 15.

— Oh non…

Elle a fermé les yeux.

— J'avais l'intention de préparer un petit festin pour fêter ton arrivée… J'avais même tout prévu : poulet grillé, méli-mélo de légumes… Enfin, le grand jeu. Mais Thisbé n'a pas cessé de pleurer et…

— T'inquiète. Je vais acheter des hamburgers. Papa dit qu'il y a un super fast-food, pas loin.

— Ah bon, ton père est à la maison ?

Elle a soulevé sa fille dans ses bras et jeté un œil très fatigué dans le couloir.

— Je pensais pourtant qu'il était parti à la fac.

— Euh non, il bosse dans son bureau.

Elle s'est penchée vers moi parce qu'elle ne m'avait pas bien entendue.

— Il bosse sur son bouquin, répétai-je. Bon, j'y vais. Qu'est-ce que je te prends ?

Mais Heidi, toujours immobile avec Thisbé qui pleurait dans ses bras, fixait le bureau de mon père, dont la porte entrouverte laissait passer un peu de lumière dans le couloir. J'ai cru qu'elle allait parler, mais non, elle a seulement poussé un soupir.

— Ce que tu veux, ça ira. Merci…

Au moment où elle refermait la porte de la nursery, j'ai fixé Thisbé, rouge écarlate, qui continuait de hurler.

Par bonheur, à l'extérieur de la maison, c'était plus calme. Je n'ai entendu que le roulement des vagues et les bruits du voisinage – des gosses qui braillaient, un autoradio poussé à fond quand une voiture passait, ou la télé trop fort. J'ai descendu la petite rue qui débouchait dans le quartier commerçant, plein de boutiques le long d'une étroite promenade de planches, où j'ai repéré un bar à smoothies, puis un bazar qui vend de la camelote – le genre qu'on trouve sur toutes les plages du monde et où l'on vend des serviettes qui n'essuient rien et des horloges en coquillages – et, enfin, une pizzeria. Arrivée au milieu de la promenade, je suis passée devant *Clementine*, un magasin de fringues avec un store orange vif. Sur la porte de verre, on avait scotché un faire-part de naissance :

« C'est une fille ! Thisbé Caroline West est née le 1er juin et pèse 3,425 kg. »

C'était donc le magasin de Heidi. À l'intérieur, il y avait des étagères remplies de jeans et de T-shirts, un rayon maquillage et soins du corps. Derrière la caisse, une petite brune en robe rose examinait ses ongles en parlant dans son portable collé à l'oreille.

Plus haut dans la rue se trouvait le fast-food dont mon père m'avait parlé : « Le *Last Chance Café*, les meilleurs beignets d'oignons frits de la plage ! » promettait la pub. Juste avant, il y avait un magasin de vélos. Des garçons de mon âge étaient assis sur un vieux banc en bois et discutaient en regardant les badauds passer.

— Ce nom, il faut qu'il claque, qu'il en impose, quoi, dit l'un d'entre eux, un petit trapu en short dont le portefeuille était attaché à une chaîne.

— À mon avis, il vaudrait mieux un jeu de mots sympa, répondit un autre, plus grand, plus mince et tout bouclé, le style gentil mais plutôt niais. Perso, je pense que vous devriez voter pour le nom que j'ai choisi : « La Petite Reine ». Moi, je le trouve parfait.

— Ah non, c'est bon pour une boutique de déguisements, pas pour un magasin de vélos ! répliqua son ami en short.

— Mais enfin, c'est le surnom qu'on donne au vélo !

— Ouais et carrosse, c'est celui qu'on donne aux voitures.

— Et caisse, c'est celui qu'on donne à la mienne... lança le grand mince.

— Tu n'as tout de même pas l'intention d'appeler le magasin « Passez à la caisse » ?

— Bien sûr que non ! s'exclama son ami tandis que les deux autres se marraient. Ce que j'aimerais vous faire comprendre, c'est qu'il ne faut pas rester bloqués sur le contexte.

— On s'en tape, de ton contexte, soupira le petit trapu. Tout ce dont on a besoin, c'est d'un nom original qui sort du lot et qui fait vendre, pas un truc d'intello. Par exemple, « Zoom Vélo » ou « À tout vélo ».

— « Atout vélo » ? Tu parles... Ce n'est pas une partie de poker ! dit le troisième, qui me tournait le dos. C'est débile, comme nom.

— Pas du tout ! Oh, et puis, au lieu de critiquer, vous n'avez qu'à faire des propositions ! marmonna le petit trapu.

Je continuai vers le Last Chance. Au même instant, le garçon qui était dos à moi s'est brusquement retourné, et nos regards se sont croisés. Il avait des cheveux noirs coupés court, il était bronzé comme un surfeur californien et il avait un sourire de star.

— Et si je vous disais que la fille la plus canon de Colby est en train de passer devant nous ? dit-il sans me lâcher des yeux.

— Arrête, tu es chiant avec ça, dit le petit trapu en secouant la tête alors que l'autre éclatait de rire.

Même si j'étais devenue rouge comme une tomate, j'ai fait comme si de rien n'était et j'ai continué de m'éloigner. Je savais qu'il me regardait et me souriait toujours, je le sentais.

— Je souligne seulement une évidence, dit-il à ses potes.

J'étais presque trop loin pour l'entendre.

— Eh, s'écria-t-il, tu pourrais me dire merci !

Merci pour quoi ? Dans ses rêves ! Même si en amitié j'en étais au B.A.-BA et que question mecs, c'était le vaste inconnu – mes seuls rapports avec eux se limitaient à une compétition féroce pour le titre de major de promo –, je me gardai bien de réagir à une entrée en matière aussi pitoyable.

Mais attention : j'avais déjà été amoureuse. Pendant les deux semaines que j'avais passées à Jackson High, j'avais craqué sur un élève de mon cours de SVT, un nul en équations de réaction. Quand on était en binôme pour faire des expériences, j'avais toujours les mains moites et des picotements partout. Après, à Perkins, j'avais flirté, comme un manche, avec Nate Cross, qui était assis à côté de moi en maths, mais toutes les filles du lycée étaient dingues de lui, alors côté exploits je pouvais repasser. C'est seulement lorsque j'avais débarqué à Kiffney-Brown et fait la connaissance de Jason Talbot que je m'étais dit : « Cette fois, c'est la bonne, je vais enfin pouvoir raconter à mes anciennes copines de Perkins que moi aussi, j'ai un petit copain ! » Il était intelligent, mignon… Malheureusement, il avait le cœur en lambeaux et du vague à l'âme : il en bavait des ronds de chapeau depuis que sa petite amie de Jackson l'avait largué pour, je cite Jason, « un soudeur tendance délinquant juvénile et tatoué pour ne rien arranger ».

À Kiffney-Brown, on n'était pas nombreux en cours, donc Jason et moi, on se voyait souvent et on se battait pour faire partie du haut du panier. Lorsqu'il m'avait demandé de l'accompagner au bal des terminales, je ne tenais plus en place, et j'avais même été étonnée de me mettre dans un état pareil pour un garçon. Manque de pot, il avait annulé, à cause, je cite, de « l'occasion unique, inespérée ! » que lui offrait cette conférence sur l'écologie. « Je savais que tu comprendrais ! » m'avait-il dit, alors que j'acquiesçais bêtement, sidérée et accablée par la fatalité. « Toi, au moins, Auden, tu sais ce qui est important dans la vie ! »

J'aurais préféré qu'il me dise que j'étais belle à tomber par terre, mais bon, c'était tout de même un compliment.

En attendant, le *Last Chance Café* était rempli comme un œuf et une longue file espérait qu'une table se libère. De l'autre côté du passe-plat, les deux cuistots complètement débordés couraient dans tous les sens pour satisfaire au plus vite aux commandes qui s'accumulaient, embrochées sur un pic. J'ai passé la mienne à une jolie serveuse aux cheveux noirs avec un piercing à la lèvre, puis je me suis assise près de la fenêtre où j'ai patienté. Les trois fanas de cyclisme d'un peu plus tôt étaient toujours sur leur banc. Celui qui m'avait souri s'était assis, les mains croisées derrière la nuque. Il riait en regardant le petit trapu qui passait et repassait à vélo devant lui, en faisant des espèces d'acrobaties.

Il a fallu un bon bout de temps avant que ma commande soit prête, mais mon père avait raison : l'attente en valait largement la peine. J'ai commencé à dévorer les beignets d'oignons frits avant de retourner sur la promenade désormais envahie par des familles qui dégustaient des glaces à l'italienne, des couples d'amoureux et des tonnes de gamins qui couraient partout. Le coucher du soleil était beau, avec ses fabuleux oranges et ses milliers de roses. Je l'admirais tout en marchant, et quand j'ai été assez loin du magasin de vélos, je me suis retournée et j'ai regardé dans sa direction. Le garçon au sourire hollywoodien était toujours là, mais il parlait à présent avec une grande rousse qui portait de grosses lunettes de soleil.

— Eh ! s'écria-t-il en s'adressant à moi. Si tu cherches un truc à faire, ce soir, il y a un feu de joie au *Tip*. Je te garde une place, si tu veux !

La rouquine m'a regardée comme si elle allait m'étrangler, aussi ai-je préféré ne pas répondre.

— Ah, je vois : tu es du genre briseuse de cœurs ! reprit-il en riant.

J'ai continué de marcher, sentant le regard de son amie me transpercer pile entre les omoplates, façon javelot.

— Réfléchis-y ! Je t'attendrai ! conclut-il.

De retour à la maison, j'ai sorti trois assiettes et des couverts, avant de mettre la table et de déballer mes hamburgers. Je posais les dosettes de ketchup lorsque mon père est descendu.

— J'ai senti l'odeur des oignons frits ! dit-il en se frottant les mains, tout heureux. Miam !

— Heidi nous rejoint ? demandai-je en mettant son cheeseburger sur une assiette.

— Pas sûr, répondit-il avant de s'emparer d'un beignet d'oignons frits.

Puis, la bouche pleine, il ajouta :

— Thisbé est encore en train de pleurer. Heidi va sans doute attendre qu'elle dorme pour venir dîner.

J'ai jeté un œil vers l'escalier. Pas possible, j'étais partie pendant une heure et Thisbé avait hurlé sans s'arrêter pendant tout ce temps ?

— Je pourrais, euh, lui demander si elle préfère que je lui monte son hamburger ?

— Ah oui ! Très bonne idée ! dit mon père, qui s'attabla sans attendre.

Je l'ai regardé dévorer un second beignet d'oignons, un journal déplié de son autre main. J'avais envie de dîner avec lui, oui, c'est vrai, mais pas de cette manière. Là, c'était vraiment trop le malaise.

En haut, Thisbé pleurait toujours – ne s'arrêtait-elle donc jamais ? Je l'entendis dès que j'arrivai à l'étage, l'assiette de Heidi à la main. La porte de la nursery rose et chocolat était entrouverte. Les yeux fermés, ma belle-mère se balançait sur son rocking-chair, d'avant en arrière, encore et encore... J'avais de gros scrupules à la déranger, ça se comprend, mais elle a dû sentir l'odeur des oignons et du hamburger, car elle a subitement ouvert les yeux.

— J'ai pensé que tu pourrais avoir faim… dis-je. Est-ce que, euh, enfin, je peux te poser ça quelque part ?

Elle m'a dévisagée, puis elle a baissé les yeux sur Thisbé, qui continuait de pleurer.

— Pose l'assiette là, dit-elle en me montrant un petit bureau blanc. Je mangerai tout à l'heure.

J'obéis. En passant, je vis une girafe en peluche et un bouquin *Votre bébé : les bases*, ouvert au chapitre : « Les pleurs : leurs causes et les solutions ». Soit Heidi n'avait pas eu le temps de potasser le sujet, soit son manuel était une arnaque complète.

— Merci, me dit-elle.

Elle se balançait toujours, un peu comme le balancier d'une horloge. C'était hypnotisant, assoupissant, même si ça n'hypnotisait ni n'assoupissait Thisbé qui ne cessait de crier.

— Je… je ne sais pas ce que je fais de mal ni où je me trompe… Je l'ai changée, je lui ai donné son biberon, je la berce… et c'est comme… comme si elle me haïssait…

— Elle a peut-être des coliques ?

— Qu'est-ce que ça veut dire, en fait ?

Malade d'angoisse, elle se tut pour observer son bébé.

— Ça n'a pas de sens… Je fais tout ce qui est humainement possible…

Elle n'a pas achevé sa phrase. Sur la fin, sa voix s'était tendue, et j'ai tout à coup pensé à mon père en bas, dans la cuisine, qui bouffait tranquille ses beignets d'oignons frits en tête à tête avec son journal. Mais enfin, qu'est-ce qu'il foutait ? Pourquoi n'était-il pas auprès de Heidi ? Moi non plus, je n'y connaissais rien, aux bébés. C'est ce que j'étais en train de me dire lorsque ma belle-mère m'a fixée.

— Oh, je suis sincèrement désolée, Auden.

Puis elle a secoué la tête pour ajouter :

— Mes problèmes sont le dernier de tes soucis. Tu es jeune, tu devrais plutôt t'amuser, sortir.

Elle a reniflé et s'est essuyé les yeux du dos de la main.

— Tu devrais aller faire un tour au *Tip*, ce soir. Ce n'est pas très loin d'ici, sur la plage. Toutes mes vendeuses y seront. Ce sera tout de même mieux que de rester ici.

*Ça, c'est clair*, pensai-je, mais il aurait été impoli de le lui dire.

— Peut-être, on verra, lancé-je plutôt.

Elle a hoché la tête comme si on venait de passer un marché, puis elle a reporté son attention sur Thisbé.

— En tout cas, merci pour le dîner, Auden. C'est très gentil de ta part.

— Je t'en prie.

Je ne sais pas si elle m'a entendue, car elle jetait sur sa fille un regard épuisé. J'en ai déduit que c'était sa manière de me souhaiter une bonne soirée, et je suis sortie en refermant la porte derrière moi.

Dans la cuisine, mon père finissait son dîner en lisant la page sports. Quand je me suis assise en face de lui, il a arrêté sa lecture et m'a souri.

— Alors ? Comment va Heidi ? La petite dort ?

— Pas vraiment, répondis-je, avant de tirer mon hamburger de l'emballage. Thisbé pleure toujours.

Il s'est levé.

— Bon, je crois que je vais aller aux nouvelles.

*Ben, c'est pas trop tôt !* pensai-je en le regardant monter. Mon hamburger était froid mais délicieux quand même. J'en avais mangé la moitié lorsque mon père est redescendu. Il a ouvert le réfrigérateur pour sortir une bière. J'ai continué mon dîner tandis qu'il la décapsulait, puis la levait en contemplant l'océan par la fenêtre.

— Tout va bien, là-haut ?

— Oh oui, dit-il avec calme, passant sa bouteille dans son autre main. Thisbé a juste des coliques, exactement comme Hollis. Il n'y a rien à faire, sinon attendre que ça se passe.

Je jure que j'aime mon père. Vraiment. Oui, d'accord, il avait ses petites sautes d'humeur, il était parfois égoïste, mais il avait toujours été super avec moi et je l'admirais à la folie. Mais, en cet instant précis, je comprenais aussi pourquoi on pouvait le détester.

— Est-ce que Heidi… enfin, est-ce que sa mère va venir l'aider ?

— Sa mère est morte il y a deux ans, annonça-t-il avant de boire une autre gorgée de bière. Heidi a un frère, mais il est plus âgé qu'elle et il habite à Cincinnati avec ses enfants.

— Vous avez pensé à prendre une nounou ?

— Heidi refuse. Comme je te l'ai dit, elle a envie de se débrouiller toute seule.

Je la revis qui regardait vers le bureau de mon père, un peu plus tôt, puis son air reconnaissant, lorsque je lui avais apporté son hamburger.

— À ta place, j'insisterais. Parce qu'elle a l'air au bout du rouleau.

Il m'a dévisagée, impassible. Sa réponse a claqué :

— Ne t'inquiète pas pour ça, Auden. C'est notre problème à Heidi et à moi, et on le réglera ensemble.

En d'autres mots : « Mêle-toi de tes affaires ! » Bien sûr, il avait raison. C'était sa maison, j'étais son invitée. J'étais tout de même culottée de me pointer la bouche en cœur et de mettre mon grain de sel partout alors que je venais de débarquer.

Je pliai ma serviette.

— Je n'en doute pas une seule seconde.

Il s'est détendu.

— Bon, je vais remonter dans mon bureau et me remettre au travail. J'aimerais finir mon chapitre ce soir. Ça ira, de ton côté ?

Ce n'était pas une question, seulement une phrase qui voulait y ressembler. Marrant comme les intonations vous transforment le sens d'une phrase ou d'un mot.

— Oui, oui. Vas-y. Moi, ça ira.

# Chapitre 3

Pour être honnête, ça n'allait pas fort du tout. Je m'ennuyais comme un rat mort et Thisbé n'arrêtait pas de hurler. Après avoir défait mon sac, j'ai essayé de me plonger dans mon futur manuel d'économie et j'ai fait le ménage dans les messages sur mon portable. Le tout m'a pris quarante minutes. Mais, même quarante minutes plus tard, Thisbé pleurait toujours. J'hallucinais. J'ai attrapé ma veste, j'ai relevé mes cheveux et j'ai décidé d'aller faire un tour.

Je n'avais pas l'intention d'aller au *Tip* – d'ailleurs, je ne savais pas où c'était, ni ce que c'était, au fond. Moi, tout ce que je cherchais, c'était à m'aérer la tête, à avoir enfin un peu de silence et à réfléchir à la remarque acide que m'avait lancée mon père, avant qu'il ne remonte dans son bureau. Sauf qu'après avoir pris la direction opposée à la promenade de planches, j'ai débouché dans une impasse où, partout, des voitures étaient garées n'importe comment. Un petit chemin partait en virgule sur le côté, vers plein de lumières. J'y vais, j'y vais pas ? J'ai repensé à la photo de Hollis dans son cadre « Le meilleur de la vie », et j'ai pris le petit chemin jusqu'au bout.

Il sinuait entre les oyats, les euphorbes maritimes et les giroflées des dunes pour aboutir sur une large bande de sable. L'érosion, à moins que ça ne soit une tempête, avait dû provoquer le recul de la plage et créer cette avant-plage où il y avait un monde fou. Des gens étaient assis sur des morceaux de bois flotté, qui avaient été empilés pour former des bancs, d'autres étaient rassemblés autour d'un grand feu.

J'ai vu un pick-up, sur le côté, avec un tonnelet à l'arrière. Le grand mince aux bouclettes du magasin de vélos était assis à côté. En me voyant, il a semblé surpris et a regardé illico vers le feu. Son ami, celui qui m'avait souri, y était, en coupe-vent rouge et avec un gobelet à la main. Il parlait à deux filles, la grande rousse d'un peu plus tôt et une petite brune avec des couettes. Il faisait de grands gestes de sa main libre.

— Attention ! Pousse-toi ! entendis-je dans mon dos.

Un sifflement m'est parvenu aux oreilles, et je me suis retournée. Le petit trapu du magasin de vélos fonçait sur moi en pédalant comme un malade, juché sur un BMX lancé à la vitesse de l'éclair. Je me suis écartée au moment où il est passé pour faire le tour de la dune et atterrir sur la plage. Je reprenais mon souffle quand j'ai de nouveau entendu un bruit : deux autres deux-roues ont surgi du petit chemin plongé dans la nuit. Les cyclistes, un blond et une fille aux cheveux coupés très court, riaient en se parlant. J'ai de nouveau reculé, et je suis rentrée dans quelque chose… ou plutôt, dans quelqu'un.

Lorsque je me suis retournée, je me suis retrouvée nez à nez avec un garçon aux cheveux noirs noués sur la nuque, en sweat bleu miteux et jean. Il m'a regardée sans me voir, mais j'ai eu le temps de remarquer qu'il avait des yeux d'un vert profond.

— Désolée… dis-je, même si ce n'était pas ma faute.

C'est lui qui s'était planté derrière moi. Mais il a accepté mes excuses et continué vers la plage, mains dans les poches.

Pas besoin d'attendre un troisième signe du ciel et des étoiles pour comprendre que je devais vraiment m'arracher. J'étais sur le point de faire demi-tour quand j'ai entendu une voix.

— Je savais bien que tu ne pourrais pas me résister !

Je me suis tournée vers le dragueur du magasin de vélos, toujours avec son gobelet à la main. La rouquine et la brunette aux couettes, à présent près du tonnelet, le regardaient s'approcher de moi. Leurs yeux me lançaient des éclairs. Je suis tout de suite devenue nerveuse. Quoi répondre ? Puis j'ai repensé à ma mère, au milieu de ses thésards dans notre cuisine. Très bien, j'allais la jouer inaccessible.

— Bien sûr que je peux te résister. Qu'est-ce que tu crois ?

— Tu peux toujours parler : je ne suis même pas passé à l'offensive.

— À l'offensive ?

Il a souri. Un sourire immense comme la mer, limite candide et charmant. C'était son atout maître, et il le savait.

— Je m'appelle Jake. Je t'offre une bière ?

— Je me l'offrirai toute seule. Montre-moi juste le chemin.

***

*« C'est quoi, ton problème ? »*

Je n'avais pas répondu, un peu plus tôt, lorsque Jake m'avait posé la question. Je l'avais repoussé avant de rabattre mon T-shirt et de me tirer de cette galère. Je n'avais toujours pas de réponse, au moment où je remontais la rue de mon père, en secouant mes cheveux pleins de sable. Mes lèvres étaient gonflées, tellement on s'était embrassés. Après être rentrée, j'ai refermé la porte en sentant l'agrafe de mon soutien-gorge, remise à la hâte, me gratter.

Je suis montée à l'étage, puis j'ai pris le couloir plongé dans le noir, soulagée de n'entendre que le bruit feutré de mes pas. Thisbé dormait enfin. Après une longue douche brûlante, j'ai enfilé un pantalon de yoga et un débardeur, avant d'aller dans ma chambre où j'ai de nouveau ouvert mon manuel d'économie. Mais j'ai eu beau essayer de me concentrer, les événements de la soirée ne cessaient de me revenir en tête. Pour commencer, il y avait eu le ton cassant de mon père, quand il m'avait jetée sur les roses, puis le sourire à la fois sexy et cool de Jake et notre pelotage en règle derrière les dunes, et la brusque impression que je m'étais plantée en beauté, que ça ne me ressemblait pas. Ma mère savait jouer les garces sans problème et, ce soir-là, c'est exactement ce que j'avais fait : jouer jusqu'à ce que le jeu n'en soit plus un. Merde, j'étais pourtant une fille intelligente ! Pourquoi est-ce que j'avais fait un truc aussi con ?

Mes yeux se sont remplis de larmes. Après quoi, j'ai vu les mots se gondoler sur ma page et j'ai pressé mes paumes sur mes paupières pour m'empêcher de pleurer. Malheureusement, mon désespoir, même silencieux, devait être contagieux parce que, un quart de seconde plus tard, j'ai entendu Thisbé se remettre à brailler. Un bruit de pas dans le couloir m'a ensuite avertie que quelqu'un – Heidi, à tous les coups – remontait le couloir, ouvrait et refermait la porte de la nursery.

Ma belle-mère est restée auprès de sa fille durant une heure, longtemps après que mes propres larmes avaient séché. À ce moment-là, je suis sortie de ma chambre et je me suis approchée de celle de ma sœur. Pourquoi ? Parce que je me sentais coupable de ce qui s'était passé avec Jake ? Pour me changer les idées ? Aucune importance. Je n'ai pas frappé, je me suis contentée de tourner la poignée et d'entrer. Heidi qui, installée dans son rocking-chair, berçait Thisbé, leva vers moi son visage inondé de larmes.

— Donne-la-moi, dis-je, bras tendus. Et toi, va dormir.

Je suis certaine que *Votre bébé : les bases* ne disait pas un mot sur les bienfaits des balades au lever du soleil avec les nouveau-nés souffrant de coliques chroniques.

Pour commencer, je ne savais pas si Heidi accepterait de me confier sa fille. Malgré les heures qu'elle avait passées à la calmer et en dépit de son épuisement, elle avait hésité. C'est seulement quand je m'étais approchée et que j'avais ajouté : « Allez ! » qu'elle avait poussé un soupir et cédé. L'instant d'après, ma sœur était dans mes bras.

Thisbé était toute petite. Sans compter qu'elle gigotait, ce qui la rendait encore plus fragile. Cela dit, avec un coffre pareil, elle était aussi sacrément robuste. Elle était en outre toute chaude contre moi. Je sentais son cou et ses cheveux en sueur. *Pauvre petite puce*, pensai-je, surprise par mon attendrissement subit.

Heidi reprit sa place dans le rocking-chair qui heurta le mur.

— Je ne sais pas ce qu'elle veut. Je… je n'en peux plus de l'entendre hurler.

— Va dormir.

— Je ne sais pas… murmura-t-elle. Peut-être que je devrais…

— Va dormir, je te dis.

Ma voix avait été trop tranchante, tant pis, au moins ça a marché. Heidi s'est levée et elle est retournée se coucher.

Je suis restée seule avec Thisbé, qui continuait de hurler. Pendant un moment, j'ai marché en la berçant. Dans la nursery, puis en bas dans le salon, dans la cuisine où j'ai tourné autour de la table, puis de nouveau dans le salon, ce qui l'a un peu calmée. Enfin, j'ai remarqué sa poussette près de la porte d'entrée. Il était presque 5 heures du matin lorsque je l'ai couchée dedans – elle criait toujours. On était à peine sorties qu'elle s'est tue.

*Pas possible !* pensai-je en m'arrêtant pour la regarder. Une seconde s'est écoulée, puis une deuxième. À la troisième, je l'ai vue respirer, prendre son élan et se remettre à hurler, encore plus fort. Alors, je me suis remise à marcher. De nouveau, grand silence. J'ai continué la balade.

Une fois arrivées sur la promenade, Thisbé dormait, le visage enfin détendu, bien au chaud sous sa couverture. Il n'y avait pas un chat sur les planches balayées par une petite brise fraîche. Je n'entendais que l'océan, le bruit des roues de la poussette et de mes pas.

J'arrivais au *Last Chance Café*, quand j'ai remarqué qu'on n'était pas tout à fait seules, même si l'autre promeneur était assez loin de nous, pas plus grand qu'une tache de couleur en mouvement. C'est seulement sous le store orange de *Clementine* que je l'ai compris : le promeneur était en réalité un cycliste qui roulait là où la promenade rejoignait la plage. J'ai cligné des yeux pour mieux voir. Il projetait son vélo sur sa roue avant, bondissait dans les airs et retombait avec un tour de guidon. Puis il a pédalé en arrière, zigzagué, avant d'accélérer pour repartir en avant, bondir par-dessus un banc et de nouveau retomber. Ses mouvements étaient fluides, hypnotiques. Je repensai à Heidi sur son rocking-chair et à Thisbé endormie dans sa poussette. J'étais tellement fascinée par cet acrobate que je ne l'ai reconnu que lorsque j'ai presque eu le nez sur lui. C'était le grand brun en sweat bleu et aux cheveux noirs noués sur la nuque que j'avais percuté en m'écartant de la route du BMX, cette nuit-là.

Cette fois, c'est moi qui lui ai filé la trouille de sa vie. Il a sursauté et stoppé net dès qu'il nous a vues, Thisbé, la poussette et moi. À son regard, j'ai compris qu'il me reconnaissait, lui aussi, mais il a été aussi aimable qu'une porte de prison : il ne m'a même pas décroché un bonjour. Et moi non plus, d'ailleurs. On est restés l'un en face de l'autre, sans parler. La situation aurait pu devenir affreusement gênante si Thisbé ne s'était pas remise à hurler.

— Oh ! dis-je en me remettant à marcher.

Elle s'est tout de suite tue, mais elle a gardé les yeux ouverts et a fixé le ciel. L'inconnu la regardait, et je ne sais pas pourquoi, j'ai eu le besoin de prendre la parole.

— Elle… La nuit a été longue…

Il m'a de nouveau fixée de ce regard sérieux, hanté par des ombres. C'est exactement le mot qui m'est venu à l'esprit, et je ne sais pas pourquoi. Là-dessus, il a de nouveau observé ma sœur.

— Ne le sont-elles pas toutes ?

J'allais répondre que j'étais bien d'accord avec lui, mais il ne m'en a pas laissé le temps. Il repartait déjà sur son BMX. Sans dire au revoir, sans rien. Il a tourné son guidon, debout sur les pédales, avant de dévaler la promenade. Pas en ligne droite, mais dans un lent zigzag jusqu'au bout.

# Chapitre 4

— Tiens, c'est pour toi !

Le « pour moi » était sur la table, posé sur une petite assiette jaune soleil : c'était un muffin dodu aux myrtilles, accompagné d'une lichette de beurre, façon accessoire.

— Ton père m'a dit que c'étaient tes préférés ! continua Heidi. Je suis allée acheter les myrtilles au marché bio, ce matin, et je viens juste de les sortir du four !

Ma belle-mère avait toujours l'air très fatigué, mais elle ressemblait davantage à la Heidi que j'avais connue, avant la journée de la veille : elle s'était fait une belle queue de cheval, s'était mis du gloss et portait un jean et un chemisier assortis et propres.

— Ce n'était pas la peine, tu sais.

— Tu rigoles ? Bien sûr que si ! répondit-elle d'une voix posée et sérieuse.

Il était 14 heures. Après avoir dormi sept heures d'affilée, je venais d'entrer dans la cuisine où Heidi rinçait un bol d'une main, Thisbé endormie sur l'autre bras. Je m'étais dirigée vers la cafetière, pas bien réveillée du tout, lorsque ma belle-mère m'avait serrée dans ses bras avant de me servir des muffins dodus.

— Grâce à toi, j'ai eu quatre bonnes heures de sommeil ininterrompues depuis mon accouchement. C'est un miracle ! reprit-elle en s'asseyant à côté de moi et en redressant sa fille.

— Je n'ai rien fait de spécial.

Sérieux, j'aurais aimé qu'elle passe à autre chose. Tout ce bruit pour rien, c'était désespérant.

— Je suis sincère ! insista-t-elle lourdement. À compter d'aujourd'hui, tu es élue femme de l'année dans mon panthéon personnel.

Formidable, on n'arrête pas le progrès. Je retirai la barquette en papier de mon muffin et je mordis dedans pour éviter de répondre. Miam ! il était encore tiède. Un délice… Du coup, je me suis sentie horriblement ingrate de mépriser autant Heidi.

— C'est très bon.

— Tant mieux ! dit-elle au moment où le téléphone sonnait. C'est vraiment le moins que je pouvais faire !

Elle s'est levée, a mis le bébé sur son autre bras, puis décroché.

— Allô ? Oh, Maggie ! Je me demandais justement si cette livraison était bien arrivée. Qu'est-ce qui se passe ? Ça va ?

Elle a soudain pris un air soucieux.

— On dirait que tu pleures. Tu pleures, Maggie ?

*Nous voilà bien*, me dis-je en prenant le journal pour lire les gros titres. Qu'est-ce qui faisait pleurer les filles de Colby ?

— Ah… lâcha Heidi en faisant traîner la syllabe. Excuse-moi, c'était juste une remarque… Non, bien entendu. Quoi ? Non, tu devrais le trouver dans le bureau, dans le tiroir de gauche. Il n'y a rien ? Attends, laisse-moi réfléchir.

Elle a balayé la pièce du regard, une main plaquée sur la bouche, puis repris plus bas :

— Zut et rezut ! Il est là. Je le vois. Mais enfin, qu'est-ce que j'ai fichu ? Non, non, je te l'apporte tout de suite ! Ce n'est pas un problème ! Je mets Thisbé dans sa poussette et je…

Maggie prononça quelques mots d'une voix aussi affolée que stridente. Je bus mon café, puis un autre. Ma sœur, elle, se remit à pleurer. Je sentais que toutes ensemble dans cette pièce, on se communiquait nos émotions, encore un peu et on allait toutes se mettre à sangloter.

— Oh, mon Dieu ! s'exclama Heidi, un œil sur sa montre. Écoute, je vais donner son biberon à la petite avant de passer. Dis juste au coursier… Attends, est-ce qu'il y a assez de liquide dans la caisse ? Tu peux vérifier ?

Il y a eu une pause, durant laquelle Thisbé qui geignait jusque-là se mit à monter dans les décibels. Heidi a soupiré.

— Bon, d'accord, dit-elle à Maggie. On arrive tout de suite. Tiens bon, O.K. ?

Elle raccrocha, puis se dirigea vers l'escalier en berçant sa fille.

— Robert ? Chéri ?

— Oui, répondit mon père un instant plus tard et d'une voix étouffée.

— Tu peux donner son biberon à Thisbé en mon absence ? Il faut que j'apporte le chéquier au magasin.

J'entendis des pas à l'étage, puis la voix de mon père, claire et nette cette fois.

— Tu m'as parlé ?

Ma sœur choisit ce moment pour augmenter encore le volume. Heidi répondit en criant.

— Je me demandais juste si tu pouvais donner son biberon à Thisbé, parce que je dois filer à la boutique. J'ai laissé le chéquier à la maison. Je pensais que Maggie pourrait payer avec le liquide dans la caisse, mais il n'y en a pas assez, alors je dois apporter le chéquier tout de suite au magasin.

*Trop d'informations, ma pauvre*, pensai-je en finissant mon café. Pourquoi est-ce qu'elle compliquait tout ?

— Ça tombe vraiment très mal. Je ne peux pas m'arrêter maintenant. Ça ne pourrait pas attendre vingt minutes ?

La réponse vint de Thisbé, qui se mit à hurler à pleins poumons.

— Je ne sais pas trop, déclara Heidi en jetant un œil inquiet à sa fille.

— Parfait ! dit mon père.

Je reconnus aussitôt sa voix d'homme surexploité et excédé.

« *Parfait, c'est toi qui nous fais vivre* », disait-il à ma mère. « *Parfait, tu sais mieux que moi quelles sont les exigences du monde de l'édition.* » « *Parfait, je laisse tomber mon bouquin, après tout, qu'est-ce que ça peut bien faire, ce n'est pas comme si j'étais sur la liste du National Book Award !* »

— Donne-moi une minute et je...

— C'est moi qui vais aller au magasin, coupai-je en me levant.

Heidi me dévisagea, surprise, mais moins que moi. Je pensais avoir renoncé aux élans de solidarité depuis des siècles.

— De toute façon, j'avais envie d'aller à la plage, ajoutai-je.

— Tu en es certaine ? demanda ma belle-mère. Parce que tu m'as déjà tellement aidée, cette nuit. Je refuse que…

— Puisqu'elle t'offre son aide ! coupa mon père toujours invisible et dont la voix semblait tomber du ciel comme celle de Dieu le Père. Alors arrête de jouer les martyres, par pitié.

*Voilà un bon conseil*, pensai-je, dix minutes plus tard, au moment où je remontais la promenade avec le chéquier et plein de muffins aux myrtilles pour les vendeuses. Vingt-quatre heures à Colby et je ne me reconnaissais plus. Ma mère aurait été complètement dégoûtée. Oui, eh bien, moi d'arbord !

Lorsque je suis entrée chez *Clementine*, j'ai aussitôt reconnu la fille brune habillée tout en rose de la veille près de la caisse. Elle racontait sa vie au coursier d'UPS.

— Je sais, c'est nul de pleurer pour un mec, mais on est sortis ensemble pendant deux ans, quand même. Ce n'était pas une passade, c'était du sérieux, du solide ! Alors il y a des jours, comme aujourd'hui, où je craque.

Son interlocuteur, qui ne savait plus où se mettre, a presque sauté de joie de me voir.

— Regardez, le voilà votre chéquier ! lui a-t-il fait remarquer.

Elle plissa les yeux en me détaillant de la tête aux pieds.

— Est-ce que Heidi… Tu es…
— Sa belle-fille.
— Pas possible ! Génial… Tu es venue lui donner un coup de main, pour le bébé ?
— Non, je…
— Il me tarde tellement de voir la petite crevette ! J'adore son prénom. C'est original, c'est fou ! Moi qui étais pourtant persuadée que Heidi voulait l'appeler Caroline ou Isabel. Il faut croire que j'avais faux sur toute la ligne…
Je lui remis le carnet de chèques et le sac avec les pâtisseries. À son air étonné, je précisai :
— Ce sont des muffins.
— Vraiment ? s'exclama-t-elle, toute joyeuse.
Puis elle ouvrit le sac.
— Hmm, ils sentent bon ! Eh, Ramon, tu en veux un ?
Elle tendit le sac au coursier d'UPS, qui se servit, puis me le rendit.
— Non, pas pour moi.
Elle plongea la main à l'intérieur pour en reprendre un.
— Encore merci ! Je vais faire le chèque tout de suite pour que tu puisses rapporter le chéquier chez Heidi. Je pense qu'elle en aura besoin pour payer des factures. Et puis, je préfère t'éviter de cumuler les allers-retours ! Bien que, d'un autre côté, ce soit utile d'avoir le chéquier à la boutique. En même temps…
Et voilà, de nouveau, trop d'informations. Je me suis dirigée vers le rayon des jeans en la laissant monologuer. Derrière les jeans, tout contre un mur, il y avait des maillots de bain en solde, et j'ai farfouillé dedans. J'en admirais un rouge, avec un boxer, plutôt masculin, mais

pas moche pour autant, lorsque j'entendis la clochette de l'entrée du magasin, puis une voix féminine.

— Voilà les cafés ! Double moka et crème fouettée. Ton préféré !

— Et moi, j'ai le dernier numéro de *Hollyworld*. Ils venaient de le recevoir ! carillonna une autre voix.

— Super, les filles ! s'écria Maggie.

Je regardai derrière moi pour mieux voir, mais le portant de maillots de bain me bouchait la vue et je ne vis que la vendeuse. Visiblement, Ramon en avait profité pour prendre la poudre d'escampette, le veinard !

— Et en quel honneur ? reprit la jeune fille.

Grand silence. Je me remis à passer les maillots de bain en revue.

— On a un truc à te dire, Maggie, commença l'une de ses amies.

— Oui, quoi ?

— Eh bien… enchaîna l'autre.

Nouveau grand silence. Puis :

— Avant, tu dois comprendre que si on te le dit, c'est pour ton bien, d'accord ?

— D'accord, dit l'intéressée en détachant chaque syllabe. Mais j'ai un mauvais…

— Jake a branché une nana, hier soir, au *Tip*.

Oh, merde.

— Il a quoi ? s'exclama Maggie.

— Tu abuses, Leah ! intervint l'autre. On s'était mises d'accord pour lui annoncer la nouvelle en douceur !

— Je te ferais remarquer que c'est toi qui l'avais décidé ! riposta la jeune fille. Moi, j'étais d'avis qu'il valait mieux faire vite, comme pour l'épilation des sourcils à la cire.

— Vous êtes sérieuses ?

La voix de Maggie était tendue, suraiguë. Je me faufilais entre les maillots de bain, en quête d'une éventuelle issue de secours.

— Comment vous le savez ? Qui c'est, cette nana ? Et comment vous avez…

— On était là, coupa Leah. On l'a vue se pointer. Puis on les a vus aller rouler des pelles derrière les dunes.

— Vous ne l'en avez pas empêché ? s'écria la vendeuse.

— Eh, calme-toi !

— Je me calme si je veux, Esther ! Qui c'était, cette nana ? reprit Maggie.

Nouveau silence. *Idiote de Heidi avec son crétin de carnet de chèques*, pensai-je en cherchant à me faire aussi petite qu'une souris.

— Aucune idée, dit Leah. Une fille en vacances à Colby. Une espèce de touriste.

— Comment elle est ? demanda la jeune employée.

— C'est vraiment important ? riposta Esther.

— Bien sûr ! C'est capital !

— Mais non, pas du tout, fit Leah avec un soupir.

— Elle est plus mignonne que moi ? insista Maggie. Plus grande ? Je parie qu'elle est blonde ! Alors ? J'ai raison ?

Pas de réponse. Cachée derrière les maillots de bain, je jetai un œil dans leur direction et je ne fus pas surprise de reconnaître la rouquine et la brunette aux couettes de la veille au soir. Elles se sont regardées, et la fille aux couettes – Esther –, a repris la parole.

— C'est une brune avec une jolie peau, je dois dire. Plus grande que toi mais style squelette ambulant.

— J'ai quand même repéré quelques boutons, contra la rouquine – Leah, forcément.

En entendant leur description, j'ai ressenti un sacré choc. Primo, je n'étais pas squelettique. Secundo, j'avais peut-être deux, trois boutons sur la tronche, mais c'était passager, pas permanent. Mais enfin, pour qui est-ce qu'elles se prenaient pour me…

Soudain, les portants de maillots de bain se sont écartés comme la mer Rouge devant Moïse, et c'est dans un claquement de cintres que je me suis retrouvée nez à nez avec Maggie. Cette fois, j'étais bel et bien dans la merde. Ça allait être ma fête.

— Elle lui ressemblait ? demanda la vendeuse en m'observant attentivement.

— Oh, la vache ! s'écria Leah.

Esther s'est plaquée une main sur la bouche.

— Je n'arrive pas à y croire ! s'exclama l'employée alors que je luttais contre le désir de me planquer derrière un haut de bikini. C'est toi qui as allumé Jake, hier soir ?

J'ai eu une espèce de hoquet.

— Non.

Ma voix tremblait – l'horreur ! –, si bien que je me suis tue – c'était préférable. J'ai pris une grande inspiration pour ajouter :

— C'était rien.

Maggie ouvrit et referma la bouche comme si elle manquait d'air, et avec une telle énergie que ses joues se creusèrent.

— « Rien » ? répéta-t-elle.

Elle lâcha les portants et en resta bras ballants.

— Tu as branché le grand amour de ma vie, le mec avec qui je voulais me marier…

— Ça craint, viens, on se tire, Esther, souffla Leah.

— Et pour toi, c'était « rien » ! insista Maggie. Vraiment ?

La fille aux couettes s'approcha d'elle.

— Arrête, Mag, ce n'est pas sa faute.

— Alors c'est la faute à qui, hein ?

Esther poussa un soupir.

— Tu savais que ça finirait par arriver.

— Non ! protesta l'intéressée. Je ne le savais pas ! Pas du tout. Je le jure !

— Mais si, voyons, poursuivit son amie, une main gentiment posée sur son épaule. Regarde la vérité en face, Mag. Si ça n'avait pas été elle, c'en aurait été une autre.

— Ouais, une autre gourde, ajouta Leah, qui s'était mise à feuilleter le magazine qu'elles avaient apporté.

Puis elle me regarda et ajouta :

— Ne le prends pas mal, surtout. Ce type, c'est un abruti fini.

— C'est faux ! protesta l'amoureuse transie, les larmes aux yeux.

— Arrête, Mag, tu sais que c'est la vérité, reprit Esther.

Elle serra la main de son amie tout en me dévisageant.

— À partir de maintenant, tu vas pouvoir tirer un trait sur lui. Si tu y réfléchis bien, c'est ce qui pouvait t'arriver de mieux.

— Je n'aurais pas dit mieux, approuva Leah en tournant une page de son magazine.

— Comment ça ? pleurnicha Maggie.

Elle se laissa reconduire près de la caisse par Esther et prit le gobelet de café que Leah lui tendait distraitement.

— Parce que tu t'accrochais, expliqua doucement la fille aux couettes. Tu te faisais du mal en te répétant qu'il allait revenir. À partir de maintenant, tu vas passer à autre chose. Elle t'a rendu service, en fin de compte.

Sous son regard, je me redressai. Je n'arrivais pas à croire que j'avais eu peur de cette pleurnicheuse. Je suis sortie des maillots de bain, et j'ai foncé direct vers la sortie.

— Attends ! s'écria-t-elle.

J'avais ô combien le droit de ne pas m'arrêter, pourtant j'ai tout de même ralenti. Je me suis retournée sans dire un mot.

— Tu as vraiment craqué sur lui ? me demanda-t-elle. Dis-le-moi. Je sais, c'est pathétique, c'est lamentable, mais j'ai vraiment besoin de savoir.

Je l'ai observée, sentant leurs regards appuyés à toutes les trois.

— Il ne m'intéresse pas. Je n'en ai rien à faire, de lui.

Elle ne me quittait pas des yeux. Puis elle a pris le carnet de chèques, s'est approchée et me l'a rendu.

— Merci…

Dans le monde normal, c'est censé être le moment où tout bascule. Le moment où on se reconnaît au-delà des différences, où on se rend compte qu'on a des points communs et qu'on est bien parties pour devenir de vraies amies. Mais ce monde-là, je ne le connaissais pas bien et je n'avais pas trop envie de le découvrir, même en touriste. Alors j'ai pris le carnet de chèques, hoché la tête et je suis partie, les laissant en plan, comme j'avais laissé en plan tant d'autres camarades de classe, avec la certitude qu'avec ces trois-là, j'allais en prendre pour mon grade dès que j'aurais le dos tourné.

— Raconte-moi tout dans les moindres détails ! ordonna ma mère.

C'était la fin de l'après-midi, et je dormais comme une souche quand mon portable avait sonné. Inutile de regarder l'écran, j'avais deviné qui c'était. D'abord parce que c'était son heure – l'heure de l'apéro. Et puis, personne d'autre ne me téléphonait, à l'exception de Hollis qui appelait seulement au beau milieu de la nuit parce qu'il n'était pas fichu de s'y retrouver dans les fuseaux horaires.

— C'est vraiment beau ici, commençai-je en bâillant. Tu devrais voir la vue sur l'océan… grandiose !

— Ça, je n'en doute pas. Mais laisse tomber l'océan, et viens-en aux faits. Comment va ton père ?

Je soupirai, tournai les yeux vers la porte de ma chambre, fermée, comme si je pouvais voir à travers jusqu'au bureau de mon père. Ma mère avait toujours eu l'art d'aborder les sujets dont je n'avais jamais envie de parler.

J'étais chez lui depuis maintenant trois jours, et au cours de ce laps de temps, j'avais dû le voir, allez, à vue de nez et en faisant le cumul, trois heures à tout casser. Soit il bossait non-stop dans son bureau, soit il dormait dans sa chambre, soit il avalait un repas sur le pouce en passant dans la cuisine avant de regagner, au choix, sa chambre pour roupiller, son bureau pour écrire. Raté pour les moments complices père-fille, les beignets d'oignons frits partagés à la bonne franquette, les grandes conversations sur la littérature et mon avenir. Mon père et moi, ça se limitait à deux phrases et demie lancées rapidement au milieu de l'escalier, l'un le montant, l'autre le descendant : « Ça va, Auden ? Tu es allée à la plage, aujourd'hui ? » Et encore, je n'avais pas à me plaindre, parce que c'était mieux que d'aller frapper à son bureau : dans ce cas, il ne se donnait même pas la peine de quitter des yeux son ordinateur et toutes mes tentatives pour dialoguer se heurtaient, pour la faire courte, à un mur.

Ça me soûlait grave. Mais le pire, c'est que si mon père était inexistant, Heidi était partout. Lorsque je descendais dans la cuisine boire mon café, elle y donnait le biberon à Thisbé. Lorsque j'essayais de me planquer sur la terrasse, elle surgissait, Thisbé dans son porte-bébé, et me proposait d'aller faire une balade sur la plage. Je n'étais pas en sécurité non plus dans ma chambre, qui était – pour mon plus grand malheur – voisine de la nursery. Et mon plus petit mouvement, le moindre signe de vie de ma part était pour ma belle-mère une manifestation désespérée de mon isolation et de mon désir éperdu d'avoir sa compagnie.

En clair, Heidi se sentait horriblement seule. Pas moi, parce que j'avais l'habitude de la solitude et que je l'appréciais. Voilà pourquoi j'étais étonnée de remarquer, l'indifférence de mon père – et pire, d'en être perturbée –, que la super camaraderie et les muffins aux myrtilles de sa nouvelle femme ne faisaient que renforcer.

J'aurais pu le raconter à ma mère, parce que c'est exactement ce qu'elle espérait entendre. Mais ça me faisait mal de reconnaître que ce voyage était un échec total. D'autant que ça me pendait au nez, pas vrai ? Alors j'ai choisi une autre stratégie.

— Eh bien, papa écrit beaucoup. Il passe des heures dans son bureau. Si tu savais !

Silence. Maman enregistrait et analysait l'information.

— Ah. Vraiment ?

— Oui, oui. D'ailleurs, il a presque terminé son roman. Il en est aux finitions. Il peaufine.

— Il peaufine… Ses finitions vont prendre des jours, voire des mois.

Et vlan dans les dents !

— Et le bébé ? Ton père aide un peu Heidi ?

— Hmm…

J'ai tout de suite regretté mon « hmm » qui signifiait « non » et j'ai embrayé.

— Oh oui, bien sûr, il l'aide. Mais Heidi est du genre à vouloir tout faire toute seule.

— Par pitié ! coupa ma mère.

J'entendais et je voyais d'ici sa jubilation.

— Je ne connais pas une mère au monde qui ait envie de s'occuper seule de son bébé 24 heures sur 24 ! s'exclama-t-elle. Et s'il y en a une qui l'affirme envers et contre tout, c'est seulement parce qu'elle n'a pas le choix ! Est-ce que ton père a déjà changé la petite ?

— Je suis sûre que oui !

— Mais est-ce que tu l'as vu à l'œuvre de tes propres yeux, Auden ?

Bonjour, l'interrogatoire de police. Ma mère ne me lâcherait pas tant que je n'aurais pas confessé tous les péchés de son ex-mari.

— Eh bien, euh, pas vraiment.

— Ah, tu vois ! exulta-t-elle de nouveau.

Cette fois, je l'ai entendue sourire de contentement.

— C'est rassurant de constater que certaines choses ne changent décidément pas, conclut-elle.

J'ai eu envie de préciser qu'elle n'avait pas besoin de s'étonner, puisqu'elle le savait déjà.

— Et toi, comment tu vas ? demandai-je simplement.

— Moi ? (Soupir.) Bah, toujours la même rengaine. On m'a demandé de diriger le comité des programmes d'études afin de réviser le contenu des cours fondamentaux d'anglais, pour l'année universitaire à venir, avec tout le pathos et le suspense que ça implique... Il faut aussi que j'écrive des articles dans plusieurs périodiques. Je dois bientôt me rendre à Stratford et, bien entendu, je dois lire beaucoup trop de thèses, qui seront médiocres et nécessiteront un gros travail de supervision.

— Super été...

— Je ne te le fais pas dire ! Ces thésards, je te jure, ils te vampirisent ! Ils sont insatiables.

Tandis qu'elle soupirait de nouveau, je pensai aux lunettes noires oubliées sur la table.

— J'aurais presque envie de filer sur la côte, comme toi, et de paresser sur la plage, les doigts de pied en éventail, en oubliant le reste du monde.

Je tournai les yeux de l'autre côté de la fenêtre et admirai l'océan, la plage sous le soleil et le *Tip* que je voyais bien aussi, de là. Ouais, c'est tout moi en ce moment, eus-je envie de lui répondre.

— Au fait, tu as eu des nouvelles de Hollis récemment ? demandai-je.

— Il a appelé avant-hier soir. (Elle se mit à rire.) Tu sais ce qu'il m'a raconté ? Il a rencontré des Norvégiens qui se rendaient à une convention, à Amsterdam. Ils ont une start-up, et Hollis les intéresse. Ils estiment qu'il est représentatif de leur public cible américain. Du coup, il va les accompagner à Amsterdam. Il pense qu'il pourrait se dénicher un job bien payé.

Mieux valait entendre ça que d'être sourd. Marrant que ma mère lise en moi comme dans un livre ouvert, mais avale tout rond ce que mon frère lui racontait – et en disant amen, en plus ! Parce que franchement, le départ de Hollis pour Amsterdam avec des inconnus et son fantasme de se trouver un super boulot, c'était n'importe quoi.

Au même instant, on a frappé à ma porte. J'ai ouvert. Surprise : c'était mon père.

— On sort dîner en ville, dit-il, un sourire aux lèvres. J'ai pensé que tu aimerais venir.

— Avec plaisir, répondis-je en espérant que ma mère, qui parlait toujours de Hollis, n'entendrait pas.

— Auden ? Tu es toujours là ?

Pas de bol. J'entendais sa voix claire et bien nette dans les haut-parleurs de mon portable. Mon père aussi, vu la tête qu'il a tirée, tout à coup.

— Oui, papa vient de m'inviter à dîner, je te laisse.

— Il a terminé ses finitions de la journée ?

— Je te rappelle, dis-je rapidement en mettant fin à l'appel, mon téléphone serré fort dans ma main.

Mon père a poussé un soupir.

— Alors, comment va ta mère ?

— Bien. On y va ?

Heidi nous attendait en bas, portable vissé à l'oreille, avec Thisbé dans sa poussette. Mon père lui a ouvert la porte et elle a roulé à l'extérieur sans cesser de parler à son interlocuteur à l'autre bout du fil.

— Mais enfin, ça n'a aucun sens ! C'est moi qui ai fait les salaires, et le compte est approvisionné. C'est juste que… Oui, bien sûr. La banque serait au courant… Je suis terriblement désolée, Esther, c'est très embarrassant. Écoute, on est en route, là. Je vais retirer du liquide au distributeur et on réglera cette histoire tranquillement lundi, d'accord ?

Mon père a pris une grande inspiration.

— J'aime l'air de l'océan ! dit-il en portant ses mains à la poitrine. C'est vivifiant pour l'esprit !

— Tu es de bonne humeur, on dirait, répondis-je tandis que Heidi parlait toujours, descendant les deux marches avec la poussette.

Il la lui prit des mains une fois en chemin. Ma belle-mère lui sourit et s'éloigna de quelques pas.

— Eh bien, ce sont les effets de l'inspiration ! Je me suis vraiment battu avec ce chapitre central, je n'arrivais pas à trouver mon rythme. Mais aujourd'hui, tout à coup… j'ai eu le déclic.

Il a claqué des doigts.

— Comme ça, d'un seul coup ! a-t-il repris. Les prochains chapitres couleront de source !

Je regardai Heidi, qui parlait maintenant de frais bancaires, la mine très inquiète.

— Ah bon ? Je pensais que tu en étais aux finitions, fis-je remarquer à mon père.

— Hein ?

Il a salué un joggeur qui passait, des écouteurs dans les oreilles.

— Oh oui, bien sûr. C'est juste une question d'assemblage. Encore quelques jours aussi fastes que celui-ci, et j'aurai terminé début août au plus tard.

— Ah, ça, c'est génial, dis-je pendant que Heidi, soucieuse, mettait fin à son appel et se passait une main dans les cheveux.

Mon père s'approcha d'elle, la prit par la taille, puis l'attira à lui et l'embrassa sur la joue.

— N'est-ce pas merveilleux ? lui dit-il, tout sourire. Tous les quatre, ensemble, et Thisbé qui fait sa première sortie au Last Chance !

— Oui, convint Heidi. Mais avant, je dois passer au magasin. Il semblerait qu'il y ait un problème avec les chèques de salaire.

— Mais enfin, c'est vendredi soir ! Laisse tomber ! Ces histoires de chèques attendront bien lundi matin !

— Oui, mais… répondit sa femme pile au moment où son portable sonnait de nouveau. Allô ? Ah, c'est toi, Leah. Oui, qu'est-ce… Oh. Non, j'en suis consciente. Écoute, tu es au croisement, en bas de la promenade ? Alors continue et je te rejoins. Je cherche une solution.

— Ses vendeuses, c'est le cliché de l'ados : elles ont toujours des problèmes à n'en plus finir, me confia mon père en montrant Heidi du pouce.

J'ai acquiescé, comme si je n'étais pas moi-même une ado. Mais pour mon père, je n'en étais pas une.

— Leurs salaires sont bloqués, expliqua ma belle-mère. La situation est grave.

— Eh bien, appelle ton comptable et laisse-le s'en occuper, déclara mon père en faisant une grimace rigolote à Thisbé qui se réveillait. On est en famille.

— Mais c'est moi qui m'occupe des salaires, pas mon comptable, objecta-t-elle.

— Bon, alors demande à tes vendeuses d'attendre qu'on ait au moins fini de dîner !

— Je ne peux pas leur demander une chose pareille, Robert ! Elles méritent leur salaire et…

— Écoute, la coupa-t-il d'un air contrarié. Tu me reprochais de ne pas passer assez de temps avec toi, le bébé et Auden, tu t'en souviens ? Tu as même insisté pour que je délaisse mon roman afin qu'on sorte tous dîner en famille, n'est-ce pas ?

— Oui, c'est vrai, dit Heidi, dont le téléphone se remettait à sonner. Mais…

— J'ai fait des efforts et arrêté de travailler plus tôt pour l'occasion. Alors que j'étais particulièrement inspiré aujourd'hui ! dit-il en arrivant sur la promenade. Et maintenant, c'est toi qui ne veux pas lâcher prise !

— Écoute, il s'agit de mon magasin et de mes vendeuses.

— Et mon roman, alors ? Et l'écriture ? Et l'inspiration ? Qu'est-ce que c'est ?

Et c'est parti… C'était le même genre de dispute qui opposait mes parents, quelques années plus tôt, sauf que cette fois, le thème n'en était pas le professorat et les comités de programmes d'études, mais le magasin de Heidi et ses vendeuses. Ma belle-mère stressait de plus en plus au fur et à mesure qu'on se rapprochait de *Clementine*, où nous attendaient Esther et Leah.

— Pourquoi ne continues-tu pas avec Auden et Thisbé ? proposa-t-elle à mon père. Je vous rejoins très vite. Ça me prendra deux minutes, pas plus, d'accord ?

— Parfait, répondit mon père qui n'en pensait évidemment pas un mot.

D'ailleurs, il n'était pas le seul à se trouver contrarié. Vingt minutes plus tard, on s'asseyait à notre table lorsque Thisbé s'est réveillée et mise à pleurer. Ça a commencé doucement, pour continuer crescendo. Et lorsque la serveuse est venue nous donner les menus, la petite hurlait à nous en faire péter les tympans.

— Bon, Auden, est-ce que tu peux… commença mon père qui faisait rouler la poussette d'avant en arrière.

Comme il n'a pas fini sa phrase, je n'avais pas la moindre idée de ce qu'il attendait de moi. En attendant, ma sœur continuait de pleurer et d'attirer l'attention sur nous trois. Il m'a jeté un regard paniqué et j'en ai déduit qu'il voulait que je m'en occupe. C'était le comble de l'absurdité, mais je me suis quand même dévouée.

— Je m'en occupe, dis-je en prenant la poussette que je roulai vers la sortie. Mais pourquoi tu ne…

— Moi, je reste pour passer commande. Reviens quand elle sera calmée, d'accord ?

Mais bien sûr. Comme si Thisbé allait se calmer dans une demi-seconde et trois dixièmes.

J'ai fait rouler la poussette sur la promenade, certaine que les pleurs de la petite seraient moins assourdissants en plein air, et je me suis posée sur un banc en la gardant à côté de moi. Puis j'ai étudié son visage rouge et tout fripé, avant de regarder vers le restaurant. Mon père était seul à une table pour quatre personnes, un menu grand ouvert devant lui. La main sur le visage et les yeux clos, j'ai poussé un profond soupir.

Ma mère avait affirmé que les gens ne changeaient pas, et elle avait raison. Mon père avait beau être toujours aussi égoïste et immature, je refusais toujours de le croire, même si j'en avais la preuve flagrante. Peut-être qu'on était tous conditionnés à répéter les mêmes erreurs, sans jamais piger la leçon ? À côté de moi, Thisbé hurlait. Moi aussi, j'ai soudain eu envie de hurler à la face du monde, de me lâcher une bonne fois pour la frustration et la tristesse que j'avais accumulées pendant des années. J'ai poussé un cri silencieux, jusqu'à ce que je sente un regard braqué sur moi.

J'ai rouvert les paupières. Le garçon que j'avais vu au *Tip*, puis à vélo sur la promenade, observait ma sœur dans sa poussette. Il portait un jean, un T-shirt vieux comme le monde avec l'inscription « JE T'AIME, MOI NON PLUS », et des Converse qui devaient dater du siècle dernier. C'était si inattendu que je me suis sérieusement demandé s'il ne s'était pas téléporté jusque devant mon banc. Pendant qu'il examinait Thisbé, j'en ai profité pour le détailler moi aussi. Il était bronzé, avec des yeux décidément très verts et des cheveux noués n'importe comment sur la nuque. Il avait aussi une cicatrice qui remontait sur son bras et faisait une fourche au coude, comme une rivière sur une carte.

Je ne savais pas ce qu'il faisait là, d'autant qu'il avait détalé comme un lapin, la dernière fois qu'on s'était rencontrés, à peu près au même endroit d'ailleurs. De toute façon, je n'avais pas l'énergie de chercher la petite bête.

— Elle vient juste de se mettre à pleurer, expliquai-je.

Il a eu l'air de méditer le problème, mais il n'a rien dit. Sans savoir pourquoi, j'ai continué.

— Elle pleure tout le temps, en fait. Des coliques… Je ne sais pas quoi faire…

Toujours aucune réaction. Comme l'autre soir, au *Tip*. Comme l'autre matin, sur la promenade. J'avais beau avoir compris qu'il était du genre sphinx et silencieux, j'ai tout de même continué. Ce qui ne me ressemblait pas, parce qu'en général j'étais celle qui…

— On peut toujours essayer l'ascenseur.

Décidément, il avait l'art de me surprendre.

— L'ascenseur ?

Plutôt que de me répondre, il a sorti Thisbé de sa poussette sans me laisser le temps de l'en empêcher – j'aurais dû l'en empêcher. Ma première pensée, c'est que je m'étais attendue à tout sauf à ça. La seconde, c'est qu'il se débrouillait vachement bien avec les bébés, mieux que moi, mon père et Heidi réunis.

Il a fait pivoter ma sœur (qui hurlait toujours, évidemment) pour qu'elle lui tourne le dos, et il l'a tenue fermement à la taille pendant qu'elle agitait les pieds et les mains dans tous les sens.

— L'ascenseur, c'est ça.

Il a plié les jambes, les a détendues comme deux ressorts, puis a recommencé. Deux, trois, quatre fois. À la quatrième, Thisbé a brusquement cessé de hurler et sur son visage est apparue une expression de calme assez bizarre, je dois dire.

J'étais bluffée. Mais qui c'était, ce mec ? Le garçon qui ne souriait jamais ? Un cycliste acrobate de cirque ? L'homme qui chuchotait à l'oreille des bébés ? Ou…

— Eli ! s'écria Heidi en surgissant derrière lui. Je me disais bien que c'était toi !

L'interpellé l'a regardée, puis il a rougi, mais à peine, et pas plus longtemps que ça.

— Salut, dit-il en cessant de faire l'ascenseur.

Thisbé a cligné des yeux comme une poupée de porcelaine et s'est remise illico à pleurer.

— Oh, mon Dieu ! s'écria ma belle-mère en la lui prenant. Où est ton père, Auden ?

— Il garde notre table. On venait de s'installer quand Thisbé a commencé à pleurer.

— Elle doit avoir faim, dit-elle en regardant sa montre.

La petite pleurait de plus en plus fort. Moi, je regardais le spécialiste des bébés – Eli, c'est ça ? – et j'essayais de comprendre ce qui venait de se passer.

— Je vous jure, quelle journée ! reprit Heidi. Tu ne peux pas imaginer le nombre de problèmes que j'ai dû régler, au magasin ! Le registre des chèques est sens dessus dessous, j'ai dû oublier de noter un dépôt d'argent, je n'en sais rien. Dieu merci, les filles ont été vraiment compréhensives. Je sais que leur salaire ne s'élève pas à des millions, mais tout de même, elles travaillent dur et…

Entre ce monologue et les pleurs de Thisbé, sans oublier le dénommé Eli qui assistait à la scène comme s'il était au cinéma, je me sentais bouillir à 60 °C. Non mais je vous jure, pourquoi est-ce qu'elle faisait toujours un drame des petites choses de la vie ?

— Je ferais mieux de retourner au magasin, dit Eli à Heidi. Ah, et au fait, félicitations, pour le bébé.

— Merci, c'est gentil comme tout ! répliqua-t-elle en berçant Thisbé. Et je suis tellement ravie que tu aies fait la connaissance d'Auden ! Elle vient d'arriver à Colby et elle ne connaît personne. J'espérais qu'elle rencontrerait un jeune de son âge, qui lui fasse visiter le coin.

Je me suis sentie rougir encore plus fort. Naturellement, il avait fallu qu'elle donne l'impression que je crevais d'ennui, que j'aurais donné père et mère pour avoir trois miettes de compagnie. J'ai été si mortifiée que j'ai à peine répondu au signe de tête d'Eli, qui repartait déjà vers le magasin de vélos et disparaissait à l'intérieur.

— Thisbé, ma chérie, ça va aller, dit Heidi qui la remit dans sa poussette, sans remarquer que je brûlais littéralement de honte.

Elle me sourit.

— Je suis très contente qu'Eli et toi, vous soyez amis.

— On n'est pas amis. On ne se connaît même pas.

— Ah bon ? dit-elle en regardant vers le magasin de vélos, comme si elle cherchait une confirmation. En tout cas, c'est un véritable amour. Son frère, Jake, doit avoir ton âge. C'était le petit ami de Maggie, jusqu'à récemment. Une rupture terrible, d'après ce que j'ai cru comprendre… La pauvre, elle a du mal à s'en remettre.

Jake était son frère ? *Alors ça, c'est le bouquet !* pensai-je en rougissant de nouveau. Ce patelin était décidément à peine plus grand qu'une boîte d'allumettes ! Et Heidi, qui était intarissable…

— On retourne au restaurant ? À moins que je ne ramène Thisbé à la maison… Elle semble vraiment contrariée, non ? Qu'est-ce que tu en penses, Auden ? C'est sûr, j'aimerais beaucoup dîner au Last Chance, mais je me demande si…

Là, j'ai explosé.

— C'est ton problème et je m'en fous, d'accord ? m'entendis-je répondre, non sans aussitôt regretter mes paroles. Tu fais ce que tu veux. Moi, ce que je sais, c'est que je meurs de faim et que j'ai envie de dîner avec mon père. Alors, c'est ce que je vais faire, si ça ne te gêne pas trop.

Elle en est restée le souffle coupé, une expression peinée au fond des pupilles.

— Oh oui, oui, bien sûr, dit-elle après un moment.

Je sais, sur ce coup-là, je n'ai pas été sympa. Mais j'avais beau le savoir, ça ne m'a pas empêchée de les planter là, elle et le bébé qui hurlait. Malgré tout, les cris de Thisbé m'ont suivie comme mon ombre, emplissant toujours mes oreilles, à mesure que je progressais entre les passants sur la promenade, que j'entrais dans le restaurant et que je m'approchais de la table où mon père mangeait déjà. Il a vu la tête que je tirais, et il a glissé le menu vers moi pendant que je m'asseyais en face de lui.

— Détends-toi, me dit-il. C'est vendredi soir.

Exact ! Et quand on m'a servi les beignets d'oignons frits, quelques minutes plus tard, c'est ce que j'ai essayé de faire. Mais, chose étrange, les oignons n'ont pas eu le même goût que la première fois. Ils avaient beau être bons, ils ne l'étaient pas autant que le soir de mon arrivée.

Je savais (merci, l'expérience) quand une dispute se terminait ou, au contraire, quand elle commençait. Après le dîner, j'ai donc évité la maison et j'ai traîné sur la plage, puis j'ai pris le chemin le plus long pour rentrer. Mais j'arrivais encore trop tôt : j'allais ouvrir la porte, deux bonnes heures plus tard, lorsque j'ai entendu Heidi et mon père monter dans les tours.

— Je ne comprends pas ce que tu attends de moi ! Tu m'as demandé de laisser mon roman en plan pour venir dîner. C'est exactement ce que j'ai fait et tu n'es pas satisfaite.

— Le but, c'était qu'on dîne tous ensemble.

— Mais on aurait dîné ensemble, si tu ne nous avais pas lâchés pour passer au magasin ! Je te jure…

Je laissai tomber ma main sur la poignée, et je reculai. Je n'avais pas envie de débarquer en plein milieu de leur dispute.

— J'espérais juste… commença Heidi dont la voix se brisa.

Puis plus rien. Le silence devenait insupportable, lorsque mon père l'a rompu.

— Tu espérais quoi, au juste ?

— Je n'en sais trop rien. Je pensais que tu avais envie de passer plus de temps avec… avec nous.

— Mais je suis là tout le temps, répondit mon père comme s'il énonçait une vérité fondamentale.

— Oui, mais tu es toujours dans ton bureau et pas très souvent avec Thisbé. Tu ne t'occupes pas d'elle. Tu ne la berces pas, tu ne te lèves pas quand elle pleure…

— On en a parlé dès que tu as appris que tu étais enceinte, dit-il en haussant le ton. Je t'ai dit que je ne pouvais pas fonctionner si mon sommeil était interrompu. Tu sais bien qu'il me faut mes neuf heures complètes !

— Oui, oui, je comprends, mais tu pourrais tout de même t'occuper d'elle pendant la journée, ou le matin, à la limite, pour que je puisse régler les affaires du magasin, ou même…

— Il me semble qu'on avait convenu que l'important, c'était que je termine mon roman cet été, non ? Parce que je n'ai pas le temps d'écrire pendant l'année universitaire. L'été, c'est ma seule chance de travailler sans interruption.

— Oui, bien sûr, mais…

— Voilà pourquoi j'avais proposé qu'on engage une nounou, coupa-t-il sans l'écouter. Ou une baby-sitter. Mais tu n'as rien voulu entendre.

— Je n'ai pas besoin de baby-sitter. J'ai juste besoin d'une heure ou deux à moi.

— Eh bien, demande à Auden de t'aider ! C'est bien pour cette raison que tu voulais qu'elle vienne nous rendre visite, non ?

J'ai eu l'impression de me prendre une vraie claque. Sous le choc, j'ai même senti le sang me monter au visage et cogner à mes tempes.

— C'est faux, je ne l'ai pas invitée pour qu'elle fasse du baby-sitting.

— Alors, pourquoi ?

Nouveau silence. Que j'ai bien accueilli. Parce que ça me donnait un répit.

— Pour la même raison que j'aimerais que tu t'occupes de Thisbé, répondit enfin ma belle-mère. Parce que c'est ta fille. Parce que tu devrais avoir envie de passer du temps avec elle.

— Oh, mon Dieu ! Tu penses vraiment que…

Mon père s'emballait et il était bien parti : il ne prononçait jamais une seule phrase quand il pouvait tartiner un roman. Mais je n'ai pas supporté d'entendre la suite. J'ai sorti mes clés et j'ai couru vers ma voiture.

J'ai roulé pendant trois heures dans les rues de Colby en long, en large et en travers. J'ai fait le tour du lycée, j'ai pris par le port, puis j'ai recommencé. Cette ville était vraiment trop petite pour que je me paume. Pourtant, j'ai fait de mon mieux. Et lorsque je suis revenue à la maison, j'ai bien regardé pour voir si toutes les lumières étaient éteintes avant d'oser descendre de mon véhicule et envisager de rentrer.

Dans l'entrée, c'était calme. J'ai refermé la porte sans faire de bruit. *A priori*, pas de signe de casse. La poussette était sous l'escalier, le bavoir, sur la rampe, et les clés de mon père, sur la tablette près de la porte. Dans la cuisine, en revanche, c'était foutoir et compagnie. La table disparaissait sous les chéquiers professionnels de Heidi, une montagne de documents divers, et deux blocs jaunes où elle avait pris des notes, posé des questions – en clair : elle avait essayé de comprendre ce qui déconnait dans sa comptabilité. « *Déduction ?* », « *Dépôt/virement du 11 juin ?* » « *Vérifier tous les débits depuis avril, erreurs ?* ». Vu le bordel, elle n'avait rien trouvé.

J'ai étudié le bazar sur la table, puis j'ai revu le visage si peiné de ma belle-mère, un peu plus tôt, après que je l'eus rembarrée. Puis je me suis aussi souvenue de ce qu'elle avait dit sur moi à mon père. C'était tellement inattendu qu'elle soit de mon côté et qu'elle prenne ma défense de cette manière. Mais le plus surprenant, c'était cette espèce de reconnaissance (momentanée) que j'avais pour elle.

J'ai regardé l'heure : minuit et quart, soit trop tôt pour mon horloge interne. J'avais la nuit devant moi avec la cafetière déjà prête pour le lendemain matin. Bon, je n'étais pas chez *Ray*, mais ça ferait l'affaire. J'ai fait couler le café, je me suis assise devant les registres de chèques et les chéquiers de ma belle-mère. Je les ai ouverts et je me suis mise en quête de ce qu'elle avait perdu.

# Chapitre 5

— Salut, Aud ! C'est moi ! Alors, quoi de neuf ?

La voix de mon frère, sonore et joyeuse, retentissait dans mon portable, avec une basse en guise de fond sonore. J'étais certaine que Hollis ne passait pas tout son temps dans les bars, et pourtant, c'est de là qu'il m'appelait toujours.

— Rien de particulier, dis-je en consultant l'heure à ma montre.

Ici, il était vingt heures trente. Six de plus en Europe.

— Prête à aller bosser, c'est tout, ajoutai-je.

— Bosser ? demanda-t-il comme si j'avais parlé une langue inconnue.

Le monde du travail, pour lui, c'était l'inconnu.

— Je croyais que tu avais prévu de paresser sur la plage, les doigts de pied en éventail, en oubliant le reste du monde.

Il avait prononcé mot pour mot ceux utilisés par notre mère lors de notre dernière conversation téléphonique. Hollis était l'enchanteur de ses pensées, et réciproquement. Ces deux-là avaient une connexion télépathique incroyable, presque magique, si magnétique qu'on la sentait physiquement lorsqu'ils étaient ensemble.

Ma mère disait que c'était à cause de toutes les nuits qu'elle avait passées à le bercer et le calmer, quand il était bébé, mais je me demandais plutôt si Hollis n'avait pas un don inné avec la gent féminine, qu'il avait exercé et développé au contact de la première femme de sa vie.

— Je n'en avais pas l'intention, mais ça m'est tombé dessus, dis-je.

À l'autre bout du fil, j'entendais la musique jouer plus fort, puis soudain baisser, derrière lui.

— Ça craint ! Une seconde d'inattention et bim ! tu te retrouves piégée. Un conseil de grand frère, Aud : il faut toujours rester sur ses gardes.

Je le savais bien. Le problème, c'est que, dans ce cas-là, je n'avais pas été piégée, c'est moi qui avais foncé tête baissée. J'étais la seule fautive.

— C'est incroyable ! avait dit Heidi lorsque j'étais descendue dans la cuisine, après avoir passé ma nuit sur sa compta.

Comme toujours, elle y était déjà, avec Thisbé dans son porte-bébé.

— Quand je suis allée me coucher, c'était une vraie catastrophe, et ce matin, c'est… c'est réglé ! Tu es une vraie bénédiction, Auden ! Comment se fait-il que tu t'y connaisses si bien ?

— L'été dernier, j'ai eu un petit boulot chez un comptable. Ce n'était pas grand-chose, tu sais, dis-je en sortant le café du réfrigérateur.

En général, quand je me levais, il n'en restait plus depuis longtemps, alors j'en faisais couler du frais rien que pour moi.

— Hier soir, j'ai passé deux bonnes heures, au bas mot, à vérifier le registre des chèques ! continua Heidi en l'agitant sous mon nez. Et je n'ai jamais réussi à trouver où était mon erreur. Comment as-tu compris que j'avais payé deux fois le montant de la retenue d'impôts à la source ?

J'ai préparé le café, en espérant en boire une tasse avant qu'il ne me faille ouvrir la bouche et faire la conversation. Hélas ! c'était trop demander.

— Le registre des chèques indique que ce versement a été effectué à la fin du mois de mai, expliquai-je. Je me suis dit que tu avais dû faire deux fois le même virement. Du coup, j'ai regardé ta déclaration d'impôts et…

— Ça aussi, c'était la jungle ! Une poule n'y aurait pas retrouvé ses poussins ! Et maintenant, c'est organisé, classé. Tu as dû y passer des heures !

Quatre.

— Non, ça va.

Elle a secoué la tête, une lueur admirative dans le regard. La cafetière était à peine remplie au quart, mais je me suis versé une tasse à toute vitesse.

— Ça fait des mois que j'ai besoin de quelqu'un pour tenir ma comptabilité, mais j'hésite. C'est une tâche que je ne peux pas confier à n'importe qui.

Pitié, Heidi, laisse-moi boire mon café !

— Mais si ça t'intéresse, je t'embauche. Et je te paierai. Je suis très sérieuse.

J'attendais toujours que la caféine remplisse son office quand j'ai répondu.

— Hmm… En fait, je n'avais pas trop envie de bosser, cet été. Et puis, je ne suis pas vraiment du matin…

— Pas besoin d'y passer des journées ! Les filles déposent la recette à la banque tous les jours. Ça, on ne peut pas y couper. Mais pour le reste, le livre de comptes et le journal d'inventaire, et puis les salaires, tu peux t'en occuper en fin de journée. C'est même mieux !

Voilà, je m'étais fait avoir. Comme quoi, une bonne action est toujours punie. Pourquoi avais-je eu cet immense élan du cœur ? C'était la question. On sait où ça commence, on ne sait pas où ça finit : la preuve, il paraît que le battement d'ailes d'un papillon au Brésil pourrait déclencher une tornade au Texas !

— C'est vraiment sympa de ta part, mais…

Un bruit de pas dans l'escalier m'a interrompue. Mon père est entré dans la cuisine avec une assiette vide et un Coca Light à la main. Heidi et lui se sont regardés. Vu leur air, j'ai compris qu'ils n'avaient pas fait la paix. Ce n'était pas les grandes glaciations, mais c'était tout de même une bonne gelée matinale.

— Je constate qu'on est enfin levé, madame la marmotte, me dit-il en déposant le tout dans l'évier. À quelle heure est-ce que tu te couches, en ce moment ?

— Tard. Ou tôt. Ça dépend de quel côté de l'horloge tu te places.

Il a lavé l'assiette et l'a placée dans l'égouttoir.

— Ah, la jeunesse… Debout toute la nuit sans se soucier du reste du monde ! Comme je t'envie.

À tort.

— En fait, Auden a passé ma comptabilité au crible toute la nuit, intervint Heidi. Elle a trouvé l'erreur qui déséquilibrait mon solde.

— Ah bon ? s'étonna mon père, non sans me jeter un coup d'œil perplexe.

— J'essaie de la convaincre de venir faire la comptabilité de *Clementine*, ajouta ma belle-mère. À raison de quelques heures par jour au magasin.

— Elle n'est pas venue à Colby pour travailler, répliqua mon père en se rinçant les mains.

C'était juste un commentaire, mais il a frappé là où ça fait mal, et Heidi a flanché.

— Je le sais bien, mais je pensais qu'elle pourrait...

— Elle devrait plutôt profiter de ses vacances en famille.

Il me souriait.

— Qu'est-ce que tu en dis, Auden ? On dîne ensemble, ce soir ?

Impec, la stratégie de mon père, je devais lui reconnaître au moins ça. Bon, d'accord, c'était sa façon de se venger de Heidi, après la soirée de la veille, mais tant pis, j'étais trop contente d'avoir un plan avec lui ce soir-là. Lui et moi ensemble. C'était tout ce qui comptait. Le reste ? Rien à faire. Si, si, je le jure.

— C'est une idée fantastique, commenta ma belle-mère, un sourire – forcé – aux lèvres. Ne t'inquiète pas pour cette histoire de petit boulot. Robert a raison : tu dois profiter à fond de ton été.

En attendant, mon père finissait son Coca Light sans la lâcher des yeux. La dernière dispute de mes parents datait, mais je reconnaissais la tension, les piques... et le regard triomphant de mon paternel lorsqu'il savait qu'il avait gagné.

— À vrai dire, répondis-je sans réfléchir, ça ne me dérangerait pas de me faire un peu d'argent. Ce serait toujours ça de pris, pour l'université. Je veux bien m'occuper de ta compta, mais seulement si ça ne me prend pas trop de temps.

Heidi a paru surprise, puis elle a regardé mon père dont l'expression était, hmm, comment dire, pour le moins contrariée.

— Je te le garantis. Environ quinze heures par semaine, pas davantage !

— Auden, intervint mon père. Ne te sens surtout pas obligée. Tu es notre invitée.

Si je ne les avais pas entendus se disputer la veille au soir, cet échange n'aurait jamais existé, mais à présent je savais et je ne pouvais pas oublier.

Plus tard dans la soirée, mon père et moi, on s'est installés dans un petit boui-boui au bout de la promenade, et on s'est commandé une livre de crevettes cuites à la vapeur. Puis on a choisi une table près de la fenêtre qui donnait sur l'océan. Au début, ça a été tendu. Parce que je ne cessais de penser à ce qu'il avait dit ? Parce qu'il était toujours énervé que j'aie accepté la proposition de Heidi (donc, dans son esprit, choisi son camp) ? Aucune idée. Mais une fois qu'il a bu une bière, et après une conversation aussi agréable qu'une séance chez le dentiste, l'atmosphère s'est détendue et il m'a posé plein de questions sur Defriese et sur ce que je comptais faire, après mon diplôme d'économie.

Pour lui rendre la politesse, je l'ai interrogé sur son roman (« le portrait psychologique assez complexe d'un homme qui tente de conjurer son passé familial ») et ses progrès dans le développement de l'intrigue (il avait dû faire des coupes, au milieu, parce que ça ne cadrait pas avec le reste, mais ce qu'il avait écrit, depuis, était indiscutablement meilleur). Ça a pris du temps, mais quelque part entre notre deuxième tournée de crevettes à la vapeur et ses explications détaillées sur les conflits qui agitaient son héros, je me suis souvenue de ce que j'aimais chez mon père : sa passion pour l'écriture et l'impression, quand il en parlait, que plus rien n'existait, que le monde avait été englouti.

— J'ai vraiment hâte de lire ton roman, lui dis-je lorsque la serveuse nous donna la note. Il a l'air super !

Sur la table qui nous séparait, il y avait un tas de carapaces vides, transparentes et rose orange illuminées par le soleil couchant qui passait par la fenêtre.

— Toi, au moins, tu comprends que c'est important ! dit-il en s'essuyant la bouche. Tu étais présente quand *La Corne du narval* est sorti, et tu as vu combien le succès a changé notre existence. J'aimerais qu'il se passe la même chose pour moi, le bébé et Heidi. J'aimerais tant qu'elle le comprenne.

Tout en parlant, il observait sa bouteille de bière qu'il faisait tourner dans sa main.

— Elle est un peu à cran, en ce moment. Avec le manque de sommeil et tout, dis-je.

— Possible.

Il but une gorgée.

— Tu veux que je te dise ? Heidi ne pense pas comme nous. Sa force, c'est le business, ce sont les résultats et les chiffres. C'est différent du monde universitaire et des écrivains…

Je comprenais parfaitement où il cherchait à en venir. Mais je savais aussi que ma mère, qui était prof et écrivain, avait eu les mêmes frustrations que Heidi, à l'époque où mon père écrivait son premier roman. Mais je n'ai rien dit, parce que c'était flatteur qu'il ait eu envie de se confier à moi.

Après le dîner, on s'est séparés et je me suis rendue chez *Clementine.* J'avais promis à ma belle-mère d'y faire un tour pour prendre mes marques, avant de commencer officiellement le lendemain. Je ne mourais pas d'impatience de m'y rendre, et ce, pour de nombreuses raisons. Voilà pourquoi j'étais contente que mon frère m'appelle, reconnaissante de la distraction.

— Tara est sympa, lui dis-je, la musique se remettant à jouer, derrière lui.

— Qui ça ?

— Tara. Ta petite amie.

— Ah oui.

Il y a eu un silence éloquent qui a répondu à toutes les questions sur Tara que j'aurais aimé lui poser.

— Tu as reçu ton cadeau ? reprit-il.

Je revis instantanément le cadre « Le meilleur de la vie » avec la photo de mon frère, souriant devant le Taj Mahal, que j'avais mis dans ma valise avant de partir.

— Oui. Super. J'adore.

Il a ri.

— Arrête, Aud. Je sais que tu détestes.

— Mais non, je t'assure, j'aime beaucoup.

— Pas du tout. C'est ringard à mort.

— Eh bien, c'est…

— Horrible ! acheva-t-il. Minable et ridicule. Le pire cadeau jamais offert pour la remise d'un diplôme de fin du lycée ! C'est même précisément pour cette raison que j'ai osé te l'offrir.

Il se marrait, et son rire toujours si contagieux m'a donné envie de rire.

— J'ai pensé que je n'arriverais jamais à la cheville des autres, qui allaient te filer plein de fric et une nouvelle bagnole, donc j'ai décidé que mon cadeau te laisserait un souvenir impérissable.

— C'est réussi. Bravo.

— Tu aurais tout de même dû voir les autres cadres !

Nouveau rire.

— Il y en avait avec toutes sortes de formules. Il y en avait un avec « SALUT, L'AMI ! » en jaune poussin. Et aussi « REINE DE LA FÊTE » en rose bonbon. Et il y en avait un autre qui disait, va savoir pourquoi, « JE SUIS DINGO » en vert pomme. Je me demande qui a envie de mettre ses photos dans un cadre pareil !

— À part toi ? Personne.

— Tu parles ! dit-il en riant de plus belle. Mais le plus cool, dans l'histoire, c'est que tu peux sans cesse changer de cliché. Parce que personne n'a qu'un seul meilleur moment dans sa vie. Il en faut plusieurs, chacun étant évidemment meilleur que le précédent. Tu me suis ?

— Oui…

Et voilà, il avait de nouveau réussi. Hollis prenait au vol une de vos pensées parmi cent mille autres, et pouf !

il l'ancrait dans le présent et lui donnait tout son sens. Résultat, ça faisait résonner quelque chose en vous. Mon frère était un artiste de la haute voltige. Il ne calculait jamais et c'était là son charme.

— Tu me manques ! lui dis-je.

— Moi aussi. Bon, écoute, je vais t'envoyer un cadre « Je suis dingo » et tu y mettras la photo de moi devant le Taj Mahal, juste à côté de celle que tu as pour illustrer « Le meilleur de la vie »… Ce sera presque comme si on était ensemble.

Je souris.

— Marché conclu.

— Trop bien !

Puis j'entendis un bruit étouffé, suivi par des éclats de voix.

— Je dois te laisser, Aud. Ramona et moi, on doit filer à une fête. À plus, d'accord ?

— D'accord, je…

Mais il avait déjà raccroché sans me laisser le temps de lui demander qui était Ramona ou encore comment ça s'était passé avec ses Norvégiens, à Amsterdam. C'était bien mon frère : « À suivre… » Exactement comme le bouquin de mon père. Toujours en devenir.

Je rangeai mon portable dans ma poche. Hollis m'avait distraite de mes pensées, mais mes regrets d'avoir accepté le job de comptable revinrent m'accabler lorsque j'ouvris la porte de *Clementine* et que je vis Maggie derrière la caisse, encadrée par Leah et Esther. Il n'y a rien de plus intimidant que de s'approcher d'un groupe de filles qui se sont déjà fait une opinion de vous. Je me sentais comme Wendy face au capitaine Crochet dans *Peter Pan* : destinée au supplice de la planche.

— Bonjour, me salua la rouquine, Leah.

Elle était grande, bien fichue et avec une peau de lait. Elle portait une robe bain de soleil courte avec de fines bretelles. Sa voix n'était ni sympa ni hostile, juste en harmonie avec ce qu'elle venait de me dire.

— Qu'est-ce qu'on peut faire pour toi ?

— Elle vient pour la compta, la renseigna Maggie, qui me fixait.

Au moment où je croisai son regard, elle rougit et baissa les yeux sur ses papiers, puis farfouilla dedans.

— Heidi cherche quelqu'un pour faire la compta depuis la naissance de son bébé, tu ne t'en souviens pas ?

— Ah oui, c'est vrai, dit son amie.

Après avoir reculé, elle a bondi sur le petit meuble derrière elle et croisé ses longues jambes.

— Peut-être que nos chèques de salaire ne seront plus bloqués, à partir de maintenant.

— Vaudrait mieux, renchérit Esther.

Ses cheveux étaient lâchés sous sa casquette militaire. Elle portait une robe noire, avec une veste en jean et des tongs.

— Bon, d'accord, j'adore Heidi, mais se faire payer par retrait d'argent au distributeur du coin, c'est limite.

— Tu as été payée, alors de quoi tu te plains ? Heidi, c'est une boss géniale, et elle a reconnu qu'elle s'était trompée ! répliqua Maggie.

Elle évitait au maximum de me croiser mon regard en ouvrant la caisse, d'où elle en sortait un tas de billets qu'elle lissait. Elle était habillée en rose, comme l'autre jour, chemisette et tongs incluses. C'était sa couleur fétiche ? J'étais prête à parier que oui.

— Il faut que quelqu'un lui fasse visiter, reprit-elle.

— Qui ? À Heidi ? demanda Leah.

— Non, répondit sa copine qui referma le tiroir-caisse pour me regarder enfin dans les yeux.

Un instant plus tard, Leah et Esther l'imitèrent. Quant à moi, je me suis jetée à l'eau.

— Je m'appelle Auden, me présentai-je.

Pause. Puis Leah est descendue de son meuble.

— Viens. Le bureau est par là.

Esther et Maggie nous ont suivies du regard. Après avoir passé deux portants de jeans, une vitrine de chaussures et le bac des articles en soldes, on a débouché dans un couloir assez étroit.

— Là, ce sont les toilettes, dit-elle en me montrant une porte sur la gauche. Jamais pour les clients et aucune exception n'est autorisée. Et voilà le bureau. Recule, parce que la porte… colle.

Elle a tourné la poignée, puis s'est jetée contre le battant. Après un « pop », la porte s'est ouverte comme une bouteille de champagne.

Première impression : c'était rose du sol au plafond. Les quatre murs avaient été peints en rose malabar, une couleur assez proche, finalement, de la couleur préférée de Maggie. Ce qui n'était pas rose (enfin, ce qui, à première vue, n'y ressemblait pas) était orange. Et ce cauchemar rose-orange était rempli jusqu'à la gueule de tous les accessoires possibles et imaginables venu de la même planète : petits casiers roses emboîtés, pot à stylos et crayons Hello Kitty, un bol rempli de gloss et de rouges à lèvres. Même les meubles de rangement destinés aux dossiers portaient des étiquettes roses et orange. Un boa rose avait été tendu, au-dessus.

— Eh ben… lâchai-je, incapable de garder le silence plus longtemps.

— Oui, je sais, dit Leah. On a l'impression d'être dans une fraise Tagada. Bon, le coffre est sous la table, le registre des chèques, dans le deuxième tiroir à ta gauche, enfin s'il n'est pas ailleurs. Et toutes les factures sont sous le nounours.

— Le nounours ?

Leah se dirigea vers le bureau et souleva un petit ours en peluche rose affublé d'un chapeau orange.

— Là, dit-elle en désignant les papiers dessous. Ne me demande pas pourquoi ce machin sert de presse-papiers, c'était déjà comme ça quand j'ai été embauchée. Bon, des questions ?

J'en avais un bon paquet, mais j'étais sûre qu'elle ne pourrait répondre à aucune.

— Non. Merci.

— Pas de quoi. Appelle si tu as besoin.

Elle est ressortie dans le couloir, où j'étais restée en retrait, parce que je n'avais pas trouvé la force de m'aventurer dans cette espèce de « fraise Tagada » géante, pour reprendre ses mots. Leah s'éloignait lorsqu'elle a repris la parole.

— Ah, et au fait, Auden…

— Oui ?

— Ne te prends pas trop la tête, pour Maggie, dit-elle en revenant sur ses pas. Elle est juste un peu… à cran, en ce moment. Elle s'en remettra.

— Ah, d'accord, dis-je en me demandant ce que j'étais censée répondre à un truc pareil, tout en sachant qu'il valait mieux éviter de parler d'une fille avec sa meilleure copine.

Leah m'a fait un petit signe et elle est repartie dans le magasin, où Esther et Maggie, penchées sur un carton, mettaient des prix sur des lunettes de soleil. Elles ont regardé leur amie s'approcher et lui ont fait une petite place.

J'ai reporté mon attention sur le bureau rose bonbon et, tout à coup, j'ai pensé à ma mère – sans doute parce que c'est la seule qui aurait eu encore plus de mal à pénétrer dans un endroit pareil. J'imaginais son visage, ses sourcils froncés par un immense dégoût et le gros, très gros soupir qui exprimerait, mieux que des mots, ce qu'elle en penserait.

« Mon Dieu, on se croirait dans un utérus géant ! dirait-elle. C'est un environnement totalement régulé par des stéréotypes liés à la femme. Et aussi pathétique que celles qui l'ont créé et qui ont choisi d'en faire leur bureau. »

*Amen*, pensai-je.

Deux heures plus tard, j'avais découvert que si le bureau de Heidi était sens dessus dessous, ses livres de compte étaient en revanche bien tenus. L'été dernier, quand j'avais bossé pour le comptable de ma mère, j'avais vu des comptabilités aberrantes. On voyait des gens qui se pointaient avec des livres de comptes où les chèques n'avaient pas été reportés sur des mois entiers, d'autres qui notaient leurs recettes et dépenses sur des boîtes d'allumettes ou des serviettes en papier. Mais la compta de ma belle-mère était vraiment bien organisée, et ses dossiers, cohérents. Il n'y avait que quelques incohérences, toutes survenues au cours des dix derniers mois. La virtuosité de Heidi m'a étonnée, même si mon père m'avait prévenue qu'elle était une businesswoman de première.

N'empêche, au début, la couleur du bureau m'a vraiment distraite. J'avais la nausée d'être enfermée là-dedans, et c'était pire lorsque j'allumais la lampe, parce que son abat-jour orange rendait le rose ambiant encore plus violent. Heureusement, une fois que j'ai pris la calculette et le registre des chèques, j'ai fini par oublier le rose et l'orange. C'est à cet instant que j'ai réalisé combien la simplicité des nombres m'avait manqué… J'avais oublié que la vie prenait un sens avec les additions et les divisions. Aucune émotion là-dedans. Pas la moindre complication. Rien que des chiffres sur la calculette qui s'alignaient pour former des résultats parfaits.

J'étais tellement absorbée par mes calculs que je n'ai pas tout de suite entendu la musique qui venait du magasin. C'est quand elle est devenue plus forte, sans doute parce qu'on avait monté le volume à fond, que j'ai levé les yeux de mes formulaires d'impôts.

Je regardai l'heure : 21 h 01. Après m'être levée, j'ouvris la porte. Dans le couloir, la musique était assourdissante : c'était une chanson sur un grand amour d'été avec les basses typiques du disco. Je me demandai si Esther, Leah et Maggie avaient un problème de stéréo lorsque j'ai aperçu la première se trémousser entre les pendants de jeans et agiter les bras au-dessus de la tête, genre danseuse tahitienne. Une demi-seconde plus tard, c'est la seconde qui est passée, en valsant avec un cavalier imaginaire, et enfin la troisième qui sautillait comme une danseuse sur ses pointes. Ça ressemblait à un genre de conga, trois pas de côté avant de lever le pied et hop ! pour repartir de l'autre.

Je me suis rapprochée et j'ai balayé le magasin du regard : il n'y avait pas un client. Et pourtant, à l'extérieur, sur la promenade, on voyait un monde fou. Je décidai de repartir dans mon bureau, en espérant que le silence reviendrait vite, lorsque Esther a surgi de derrière les portants de maillots de bain, en faisant des pas de danse country et en agitant la tête comme une folle. Elle a tendu la main à Leah, l'a fait tourner et retourner. Elles riaient. Puis elles se sont lâchées, et Maggie est venue entre elles en se trémoussant, alors qu'elles l'encerclaient sans cesser de gigoter.

J'avais oublié que je les contemplais quand Esther, les joues toutes roses, m'a repérée.

— C'est la danse de 21 heures ! Viens !

J'ai tout de suite secoué la tête en signe de refus.

— Non, merci.

— Tu ne peux pas dire non ! hurla Leah en prenant la main de Maggie pour lui faire faire des pirouettes. La participation des employés à la danse de 21 heures est obligatoire !

*Dans ce cas, je démissionne sur-le-champ !* pensai-je, mais elles se remettaient déjà à danser leur espèce de conga, cette fois avec Maggie en tête qui sautillait. Juste derrière elle, Esther claquait des doigts. Leah, à la queue, m'a jeté un dernier regard. Comme je ne disais rien, et que je ne bougeais pas non plus, elle a haussé les épaules et a suivi les deux autres qui tournoyaient autour des portants et des rayonnages en se dirigeant vers la porte.

Je revins donc dans mon bureau. Elles devaient penser que j'étais une fille coincée, mais je m'en fichais bien. Leur danse à la noix faisait partie de toutes les activités que j'avais évitées, pendant ma scolarité, et en général concentrées entre midi et deux : fausse lutte de sumo pour rigoler, concours du plus gros bouffeur de gâteaux en un minimum de temps, contorsions monstres au Twister. La question, c'était de savoir pourquoi tout ça ? Par nostalgie de l'enfance et de tous ses jeux ? Parce que la nostalgie, c'était la moitié du fun ? Mais moi, je n'avais jamais joué à rien, alors j'avais un regard neuf sur ces délires qui de toute façon m'intimidaient.

Je repris mon stylo et je me remis à mon formulaire 1099s. Un instant plus tard, la musique s'arrêta aussi vite qu'elle avait commencé. Puis une autre heure passa, dans le silence des chiffres, jusqu'à ce que tout à coup, on frappe à mon bureau.

— On ferme ! annonça Esther en entrant, un sac de banque à la main. Il faut que je mette la recette de la journée dans le coffre. Tu me laisses passer ?

Je poussai ma chaise pour lui faire de la place. Elle s'accroupit et ouvrit le coffre.

— On part dans dix minutes, me dit-elle en se relevant et en s'époussetant les genoux. Tu viens ou tu restes tard ?

J'allais lui dire que, pour moi, 22 heures, c'était tôt, mais je savais qu'elle ne cherchait pas à faire la conversation.

— J'ai presque fini.

— Cool. On t'attend dehors. Après, on fermera.

Elle est sortie en laissant la porte ouverte, le temps que je termine. Puis je l'ai entendue parler avec Leah et Esther, près de la caisse. C'est Esther qui a commencé.

— Tu les as eus où, ces Dragibus, Mag ?

— À ton avis ? lui répondit Leah.

— Ah, ah, je vois ! reprit Esther.

Je l'entendis sourire.

— Allez, Mag ! Avoue ! C'est encore Adam, hein ?

L'intéressée soupira.

— Je vous ai déjà dit que ça ne voulait rien dire ! C'est juste un habitué, comme Wallace et les autres.

— Possible, dit Leah. Mais ça n'est pas une raison pour qu'il t'achète des Dragibus à chaque fois !

— Ah, mais il ne m'achète pas toujours quelque chose, objecta la jeune fille.

— Laisse-moi rire, enchaîna Esther. Tu peux dire ce que tu veux, n'empêche, avec un habitué comme lui, c'est un signe. C'est là que tu piges que tu as la cote.

— Exact ! s'exclama Leah.

— Mais non, enfin ! protesta Maggie. C'est juste des bonbons, alors pas la peine de vous imaginer je ne sais quoi ! Vous êtes vraiment nulles, les filles.

Ça, c'était vrai. C'était hallucinant de penser qu'après avoir passé toute la journée ensemble, elles avaient encore des choses à se dire. Même s'il s'agissait, sans surprise, de mecs et de bonbons.

Plus tard, quand je les ai rejointes, elles m'attendaient de pied ferme.

— Je comprends que tu n'aies pas envie de sortir avec lui, dit Leah. Après tout, c'est rien qu'un mec qui est allé dans le même lycée que nous.

— N'empêche qu'il va à l'université comme nous, cet automne, lui rappela Esther.

— Justement, il n'y est pas encore ! Il y a un été entre lui et la fac, et ça fait une énorme différence.

— Qu'est-ce que tu en sais ? Tu ne sors qu'avec des étudiants de première ou de deuxième année.

— Pourquoi ça vous chiffonne à ce point ? À la fac, on sortira toutes avec des étudiants. Si je veux m'y mettre plus tôt, je ne vois pas où est le problème.

— On n'a jamais dit que c'était un problème, répliqua Esther, au moment où on quittait le magasin et que Maggie prenait les clés. Ce que je pense, c'est que tu rates peut-être quelque chose de sympa, en refusant de sortir avec un garçon de ton âge.

— Qu'est-ce que tu veux que je rate, à la fin ?

— Je ne sais pas, répliqua son amie en haussant les épaules. Mais je trouve que c'est plutôt cool d'avoir le même âge que son petit copain.

— Venant de la part d'une nana qui n'est pas sortie avec un mec depuis un an, je trouve ça tordant.

— Je suis seule parce que je suis très exigeante !

— Trop, même, intervint Maggie. Aucun mec n'est assez bien pour toi.

— Je place la barre très haut, c'est tout. Ça m'évite de sortir avec des cons finis.

Il y a soudain eu un petit silence si embarrassé que, même moi, je l'ai senti. Maggie a verrouillé la porte, tendue.

— Oh, Mag, tu sais bien que je ne parlais pas de Jake ! reprit Esther.

— Justement, on n'en parle pas ! dit l'intéressée en soupirant.

*Ben, ce n'est pas gagné*, pensai-je en regardant sur ma droite, vers le magasin de vélos. J'aperçus le garçon aux cheveux bouclés sur son BMX qui parlait avec deux autres mecs que je n'ai pas reconnus. Juste derrière lui, il y avait Jake, la veste sur l'épaule. Quand il s'est tourné, nos regards se sont croisés.

*Génial*, me dis-je en lui tournant aussitôt le dos, ce qui me contraignit à faire face à Esther et à Leah qui cherchaient leur destination pour la soirée.

— Il y a toujours le *Tip*, proposa la première. J'ai entendu dire qu'il y aurait de la bière, ce soir.

— Ras le bol du sable et de la bière, grogna la seconde. Allons dans un club ou…

— Tu es la seule en âge d'y entrer.

— Je vous ferai passer.

— C'est toujours ce que tu dis, mais tu n'y arrives jamais. Mag, qu'est-ce que tu proposes ?

L'intéressée haussa les épaules et rangea les clés dans son sac.

— Je m'en fiche. Je crois que je vais rentrer.

Leah a regardé Jake, puis m'a regardée, moi.

— Pas question. On peut au moins…

Elle a été interrompue par le grand échalas aux cheveux bouclés qui s'est dirigé vers nous avant de freiner dans un crissement de pneus.

— Mesdames !

Leah a pris son air exaspéré.

— Ça vous dit d'aller faire un tour au Jump Park ?

— Oh non, par pitié ! s'écria Leah. Plus de soirées bicyclettes. On n'a plus douze ans…

— Ce ne sont pas seulement des bicyclettes ! répliqua le garçon, vexé comme un pou. Comment peux-tu dire une chose pareille ?

— Ben, en le disant ! De toute façon, Adam…

— Eh bien, moi, j'y vais ! coupa Maggie.

Il sourit et remonta sur son vélo tandis qu'elle grimpait sur le porte-bagages et posait son sac sur les genoux.

— Quoi encore ? demanda-t-elle à Leah qui poussait un soupir exaspéré. C'est quand même mieux que d'aller s'enfermer dans un club.

— Pas du tout ! rétorqua son amie.

— On se calme, les filles, fit le garçon en se mettant à pédaler.

Maggie a fermé les yeux, et ils sont partis. Les autres devant le magasin de vélos les ont suivis sans attendre. Leah a secoué la tête, contrariée, mais a laissé Esther lui prendre le bras pour s'y rendre à pied. Moi, je suis restée seule avec Jake en retrait.

J'allais rentrer à la maison, sauf que, manque de bol, en deux pas, il m'a rejointe.

— Alors ? Qu'est-ce qui s'est passé l'autre soir ? Tu as filé à une de ces vitesses !

Jake, il était trop tout : trop confiant, trop près de moi, et il en demandait trop.

— Il ne s'est rien passé du tout.

— Oh… dit-il à voix basse. Au contraire. Je pense que toi et moi, c'était chaud. On fait un tour ?

Mais quel casse-pieds ! Je regrettais notre escapade pelotage derrière les dunes bien avant de savoir qu'il était l'ex de Maggie et le frère d'Eli. C'était tout de même incroyable : je ne voulais rien apprendre de ce qui se passait dans cette ville, et pourtant j'étais au courant de toutes ces histoires !

— Écoute, c'était une erreur, d'accord ?

— C'est moi, l'erreur ?

— Il faut que j'y aille, dis-je en m'éloignant.

— Tu es tordue, comme fille, tu le sais, ça ? cracha-t-il, alors que je rentrais la tête dans les épaules en me concentrant sur ma destination. Tu n'es qu'une sale petite allumeuse !

Vite, plus vite, plus loin. J'arrivais au bout de la promenade et je commençais déjà à respirer un peu mieux lorsque je vis Eli qui venait en face. Il marchait lentement derrière des trentenaires toutes trop bronzées et habillées pour sortir en boîte. Je me suis ratatinée pour ne pas me faire remarquer, mais une fois arrivé à ma hauteur, il m'a jeté un coup d'œil. *Allez, bouge de là et fiche-moi la paix, toi aussi !* pensai-je en fixant la chemise du promeneur devant moi.

Mais Eli était différent de son frère. Il n'a pas dit un mot. Rien du tout. En fait, il m'a effleurée du regard sans même s'arrêter.

# Chapitre 6

— Auden ? Tu n'aurais pas…

Je m'arrêtai de lire, l'oreille aux aguets. Mais, comme d'habitude, rien ne suivit sauf le silence. Je posai mon manuel d'économie avec un soupir. Puis je me levai pour ouvrir la porte de ma chambre. Heidi, avec Thisbé dans les bras, m'a regardée avec un air perplexe.

— Oh non ! Je suis venue pour une raison précise, mais j'ai oublié laquelle. C'est incroyable ! se lamenta-t-elle.

Eh bien, non, justement. Parce que les petites amnésies de ma belle-mère faisaient désormais partie de mon quotidien, comme mon premier café du matin ou mes éternelles insomnies. J'avais tout essayé pour mener ma vie loin de la sienne et de celle de mon père, même si l'on vivait sous le même toit, mais c'était inutile. J'étais à Colby depuis deux semaines et j'étais obligée de me mêler aux autres, que ça me plaise ou non.

Je savais donc que l'humeur de mon père dépendait en totalité de son inspiration de la journée. En cas de matinée créative, il était heureux comme un roi jusqu'à la nuit noire. Dans le cas contraire, il longeait les murs, sombre et soliloquant. Je connaissais aussi tous les hauts et les bas post-partum de Heidi – par exemple : ses amnésies temporaires, ses humeurs fantasques et ses inquiétudes, toujours nombreuses, compliquées et qui ciblaient exclusivement Thisbé et ses activités de bébé, tels que son dodo, ses repas, ses rots et ses selles. Je participais intensément au quotidien de ma sœur : j'entendais ses hurlements (incessants) et je savais qu'elle avait la manie d'avoir le hoquet au moment où elle s'endormait. Heidi et Thisbé étaient-elles aussi conscientes de mon existence, de mes faits et gestes ? Franchement, j'en doutais.

Résultat, j'avais appris à apprécier, et même à attendre avec impatience, ma poignée d'heures quotidiennes chez *Clementine*. C'était une chance inouïe de faire du concret, avec un début, un milieu et une fin. Sans émotions folles. Sans entendre des exclamations bruyantes sur la couleur des selles de Thisbé ou sur ses hoquets. La seule chose qui me gâchait le plaisir, c'était la proximité de Leah, Esther et Maggie, et leurs sketches quotidiens. Pour leur défense, ces trois-là me fichaient une paix royale, une fois que je fermais la porte du bureau.

Heidi était toujours devant moi, sourcils froncés tandis qu'elle essayait de se souvenir pourquoi elle était montée dans ma chambre. Sa fille, bien réveillée, fixait le plafond en se demandant sans doute si elle allait se remettre à hurler ou pas.

— Ça a un rapport avec le boulot ? demandai-je, car je savais qu'après une petite stimulation de ses neurones, elle retrouvait la mémoire.

— Non, non, dit-elle en passant la petite sur son autre bras. J'étais en bas, et je réfléchissais. Je me disais qu'il faudrait bientôt coucher Thisbé, mais c'est de plus en plus dur, parce qu'elle passe si vite d'un extrême à un autre. Quoi que je fasse, elle est très fatiguée…

En attendant qu'elle retrouve la mémoire, je me suis mise à penser à autre chose : je me suis récité le tableau périodique des éléments, ce qui me distrayait toujours lorsque ma bem-mère partait dans ses monologues interminables.

— J'étais partie pour la coucher, mais je ne l'ai pas fait, parce que… (Elle a claqué des doigts.) Ça y est, j'y suis ! C'est la veilleuse ! Je n'arrive pas à remettre la main dessus ! Tu ne l'aurais pas vue, par hasard ?

J'ai failli dire non pour en finir au plus vite. C'est d'ailleurs ce que j'aurais répondu sans hésiter, deux semaines plus tôt, à mon arrivée, mais comme depuis je me mêlais aux autres, j'ai fait un effort pour répondre :

— Je crois que je l'ai vue sur la table, vers l'entrée.

— Magnifique ! s'écria-t-elle en baissant les yeux sur Thisbé qui bâillait. Bon, je vais la prendre et… croiser les doigts pour qu'elle s'endorme ! Hier, j'ai voulu la coucher à cette heure-là, parce qu'elle était épuisée mais, bien sûr, à peine avais-je fermé le battant qu'elle a commencé à crier. Je te jure, c'est comme…

Je commençai à clore la porte doucement jusqu'à ce que Heidi pige que je voulais la paix et recule.

— Alors, souhaite-nous bonne chance ! dit-elle au moment où il y a eu le petit déclic de la poignée.

Je me suis assise sur mon lit et j'ai regardé la plage et l'océan de l'autre côté de la fenêtre. Il y avait beaucoup de choses que je ne comprenais pas, dans cette baraque, et ça ne me dérangeait pas plus que ça. Mais la veilleuse ? Elle me rendait dingue.

On avait beau être à deux pas du véritable océan, Heidi se serait fait hacher menu plutôt que d'endormir Thisbé sans son enregistrement de vagues, et volume à fond, ça va de soi. Ce qui signifiait que moi aussi, je profitais largement de sa veilleuse. Ça m'aurait été égal si ce fichu océan en boîte ne m'avait pas empêchée d'écouter le vrai. Je séjournais dans une maison sur la plage, où j'écoutais un simulacre d'océan, ce qui résumait bien au fond tout ce qui déconnait dans cette situation.

J'ai entendu de nouveau un bruit de pas dans le couloir, puis une porte s'ouvrir et se refermer. Un instant plus tard, ça n'a pas loupé, j'ai perçu l'enregistrement des vagues. À fond et perpétuel.

Je me suis levée, j'ai pris mon sac et je suis sortie de ma chambre, puis j'ai longé sur la pointe des pieds la nursery, dont la porte était entrouverte. En haut de l'escalier, je me suis arrêtée pour regarder vers le bureau de mon père dont le battant était toujours entrebâillé. Il était devant son ordi, face au mur, une canette de Coca Light et une pomme intacte devant lui. C'était le signe que sa journée avait été bonne.

Comme je le disais, je commençais à bien connaître les habitudes de mon père. J'avais donc remarqué qu'il prenait toujours une pomme en remontant dans son bureau après le déjeuner. Si l'inspiration était au rendez-vous, il était tellement concentré qu'il oubliait de la manger. Mais les jours sans, il rongeait sa pomme jusqu'au trognon, et parfois la mettait à mort en deux coups de dent. Les jours où il ne décapitait pas ses pommes, il descendait dîner l'air gai et l'humeur bavarde. Les jours de décapitation, surtout en deux bouchées, il valait mieux l'éviter, si d'aventure il descendait.

Mais la plupart du temps, cependant, je n'étais pas là pour le dîner. Je partais chez *Clementine* vers 17 heures et, en route, je m'achetais un sandwich que je mangeais pendant que je travaillais jusqu'à la fermeture du magasin. Après quoi, je me baladais sur la promenade pendant une heure ou deux avant de rentrer. Pour finir, je prenais ma voiture et je repartais pour une balade de trois ou quatre heures.

Je m'étais dégoté un petit café-restau ouvert toute la nuit, le *Wheelhouse Diner*, qui se trouvait à environ dix-sept kilomètres de Colby mais, entre nous, ça n'avait rien à voir avec chez *Ray*. Les boxes étaient étroits et puaient l'eau de Javel. Le café, c'était de la flotte. Sans compter que les serveuses me regardaient d'un sale œil parce que j'avais le malheur de rester plus longtemps que le temps nécessaire à un repas, et ce, même s'il n'y avait pas un chat. Je préférais donc me rendre au *Gas/Gro*, la supérette de la station-service la plus proche, où je m'achetais un thermos à café que je buvais en continuant de rouler. Au bout de deux semaines, je connaissais Colby jusque dans ses moindres recoins. Ça me faisait une belle jambe.

Quand je suis arrivée chez *Clementine*, il était presque 18 heures, et le service changeait : Esther avait terminé sa journée et Maggie prenait le relais. Cependant, le plus souvent – et c'était pour moi inexplicable –, celle qui partait restait, mais sans se faire payer. D'un autre côté, rester groupé, ça semblait être la devise des jeunes de Colby. Les filles se regroupaient chez *Clementine* et papotaient en feuilletant des magazines de mode, tandis que les garçons, sur leur banc devant le magasin de vélos, discutaient en feuilletant des magazines de cycles. Le ridicule de la situation… Mais c'était comme ça tous les jours, toute la journée.

— Salut ! me lança Esther, la plus amicale des trois, lorsque j'entrai. Ça va ?

— Ça va, répondis-je – pour changer…

J'avais décidé d'être sympa, sans plus, de peur de me retrouver embringuée dans une conversation sur une célébrité en cure de désintox ou sur un débat sur les robes à bretelles contre les robes sans bretelles.

— Des livraisons aujourd'hui ?

— Juste ça, dit-elle en prenant une pile de papiers qu'elle me tendit. Ah, et aussi, la banque nous a donné un rouleau de pièces en trop. J'ai mis le récépissé du versement sous le nounours.

— Génial. Merci.

— Pas dc quoi.

Une minute plus tard, j'étais dans mon bureau, porte fermée et toute seule. Bonheur… qui aurait été total si les murs de ce foutu bureau avaient été blancs.

Les trois quarts du temps, j'étais tellement concentrée que je parvenais à oublier le petit monde du magasin. Mais parfois, par exemple lorsque je passais d'un dossier à un autre, il y avait un intervalle où je décrochais et où j'entendais ce qui s'y passait. Lorsque c'était Leah qui était de service, elle passait des heures à discuter au téléphone.

Esther, elle, passait les quatre quarts de son temps à fredonner et à chantonner. Et Maggie… Ah, Maggie ! Elle tenait sans cesse la jambe aux clients.

— Oh, celui-là vous va comme un gant ! l'entendis-je dire un soir, vers dix-neuf heures trente, alors que je commençais à faire les salaires de la semaine. Les Petunia's, ce sont les meilleurs jeans que je connaisse, je vous assure. Moi, je suis mariée au mien !

— Ma foi, je ne sais pas trop, répondit la cliente. J'aime bien les poches, mais je m'inquiète pour le lavage.

— Il est un peu foncé, dit Maggie.

Pause.

— D'un autre côté, reprit-elle, c'est bien d'avoir un jean habillé, vous ne pensez pas ? Avec une lessive pour le noir, il ne décolorera pas. Tous les jeans ne font pas un effet aussi bluffant avec des escarpins. Mais celui-là, je vous jure que oui !

— Ah bon ?

— Oh, totalement ! Mais si c'est le lavage qui vous tracasse, on peut aussi regarder les autres marques. Les poches des Pink Slingbacks, par exemple, sont géniales. Et puis, il y a toujours les Courtney Amandas. Ils vous font un postérieur de rêve. À croire qu'ils ont des pouvoirs magiques !

La cliente se mit à rire.

— Alors, je dois absolument en essayer un !

— D'accord. Laissez-moi vous trouver votre taille !

Je levai les yeux au ciel en pianotant sur ma calculette. Chaque fois que j'entendais Maggie décrire des jeans en détail, les différences entre les marques de tongs, les pour et les contre des boxers vs les culottes (pour les bas de maillots de bain), j'avais une impression d'immense gâchis. Dans la vie, on avait la possibilité de faire et de connaître un tas de belles choses, mais réserver ses neurones et son enthousiasme à l'étude des chaussures et des fringues, ça me dépassait. Leah, au moins, semblait intelligente et Esther suivait son instinct somme toute très… personnel. Mais Maggie était exactement comme Heidi. Une vraie poupée Barbie qui voyait la vie en rose. Le pire, c'est qu'elle avait l'air heureuse.

— Et voilà ! l'entendis-je dire. Je vous ai déniché une paire de Dapper à talons compensés. On vient juste de les recevoir, comme ça, vous verrez comment elles rendront avec un look plus conventionnel.

— Merci ! dit la cliente. Elles sont super belles. Je les adore !

— Quelle femme n'aime pas les chaussures ?

Au secours ! Je préférais encore écouter les vagues de la veilleuse, c'est dire !

Un peu plus tard, j'entendis la sonnerie du magasin, puis la musique à fond, avec une basse assourdissante. Pas besoin de regarder ma montre : c'était l'inénarrable danse de 21 heures, qui se déroulait sans exception tous les soirs, une heure avant la fermeture, qu'il y ait une des vendeuses ou les trois réunies, et qui durait le temps d'une chanson, ni plus ni moins. Je ne savais pas comment les clients réagissaient, mais je me souvenais encore de ma réaction, la première fois que j'avais vu le spectacle. C'est d'ailleurs pour cette raison que je préférais carrément rester planquée dans mon bureau.

De 21 h 03 à 22 heures, il y avait encore quelques clientes et beaucoup de bavardage futile qui portait en général sur les projets – ou l'absence de projets – de la soirée. De nouveau, j'essayais de ne pas y prêter attention mais, parfois, c'était impossible. Je savais donc que Leah insistait régulièrement pour aller en boîte de nuit (afin d'avoir de meilleures chances de rencontrer des garçons plus âgés avec qui elle n'avait pas grandi) tandis qu'Esther préférait aller écouter de la musique (manifestement, elle avait un goût pour les soirées *underground* avec chansons à thèmes et militantes). Maggie, elle, traînait plutôt avec les fanas de vélos du magasin d'à côté. À mon avis, elle cherchait plutôt à récupérer Jake, même si elle jurait à qui voulait l'entendre que lui et elle, c'était fini.

Ce soir-là ne dérogea pas à la règle.

— C'est la soirée des filles au *Tallyho* ! lança Leah.

— Tu as oublié le serment qu'on s'est fait, la dernière fois qu'on y est allées ? interrogea Esther.

— *Tallyho no no* ! chantonna Maggie.

— Je ne comprends pas ce que vous y détestez autant ! ronchonna la fêtarde invétérée.

— Et si je te répondais : tout ? proposa Esther.

— Ouais, ben, c'est quand même mieux que d'aller à une scène ouverte à l'*Ossify* et regarder un mec qui prend le micro pour te déballer la liste de ses courses, avec en fond des coups de grosse caisse.

— C'est vraiment comme ça ? demanda Maggie.

J'ai entendu un soupir à fendre l'âme – de Leah, sans doute.

— Écoute, dit Esther, je n'ai jamais dit qu'on irait à l'*Ossify*. Mais ce soir, je n'ai vraiment pas envie qu'un touriste complètement bourré me fasse du rentre-dedans.

— Il reste toujours le Jump Park, intervint Maggie.

Cette fois j'ai entendu un grognement – toujours de Leah.

— Quoi ? s'étonna Maggie. C'est gratos, il y aura des garçons…

— Tu parles ! Ceux-là, on les connaît depuis la maternelle ! coupa la mécontente.

— Mais c'est vraiment sympa là-bas, acheva Maggie. Et vous savez la meilleure ? J'ai entendu dire qu'Eli y serait, ce week-end !

Je tapais justement un chiffre à la suite de nombreux autres sur ma calculette quand, pile à ce moment-là, j'ai perdu le fil et j'ai dû tout effacer pour recommencer de zéro.

— Tu parles d'une nouvelle ! C'est la même rengaine tous les week-ends ! s'exclama Leah.

— Peut-être. Mais cette fois, c'est Adam qui me l'a dit.

— Et il le tient de Eli en personne, peut-être ?

Silence de Maggie.

— C'est bien ce que je pensais ! Eli au Jump Park ? C'est une invention, comme le monstre du Loch Ness.

Nouveau silence, plus long.

— Ça fait quand même un an, maintenant… reprit Esther. On pourrait penser qu'il…

— Abe était son meilleur pote ! coupa Leah. Tu sais bien qu'ils étaient inséparables.

— Je sais, mais il faudra bien qu'il s'en remette un jour.

— Selon qui ?

— Ce qu'elle essaie de t'expliquer, intervint Maggie, c'est que c'était toute sa vie, à l'époque. Et maintenant, Eli se contente de s'occuper du magasin de vélos. C'est comme si tout s'était brutalement arrêté…

Troisième silence.

— « Comme si » ? Non. Pour lui, tout s'est arrêté, conclut Leah.

À cet instant précis, j'ai entendu frapper et j'ai sursauté. C'était Esther, qui s'était détachée du groupe pour venir mettre la recette du jour dans le coffre.

— On ne va pas tarder à y aller, me dit-elle. Tu as terminé ?

Comme tous les soirs, je me suis écartée pour la laisser accéder au coffre.

— Oui, dis-je.

Elle ferma la porte, sortit la clé.

— J'arrive, euh… dans une seconde.

— D'accord.

Quand elle est sortie, je me suis remise à la calculette et j'ai recommencé les additions. À mi-chemin de mes calculs, pourtant, je me suis arrêtée et je suis restée immobile en me demandant si la conversation allait reprendre. Mais non. Alors, j'ai tapé les chiffres, plus lentement cette fois, un par un pour ne pas me tromper.

Vers minuit, j'avais déjà parcouru la promenade et fait en voiture un tour complet de Colby. Il me restait encore quelques heures avant d'avoir envie de rentrer à la maison. J'avais un besoin urgentissime de café, alors j'ai tourné dans la direction du *Gas/Gro*.

Je venais de me garer et je fouillais dans la boîte à gants pour trouver de la petite monnaie lorsque j'ai entendu un bruit de moteur, juste derrière moi. Lorsque j'ai levé les yeux, j'ai aperçu un vieux van vert qui se garait, quelques places plus loin. Tout de suite, j'ai reconnu le petit trapu au volant et son passager, Adam, le nouveau petit ami de Maggie. Il a coupé le moteur. Ils ont sauté de leur véhicule et sont rentrés dans la supérette. Après un moment, je les ai suivis.

Le *Gas/Gro* était petit mais propre avec ses rayons bien rangés et ses lumières assez douces. Je me suis dirigée vers le distributeur et, comme d'habitude, j'ai choisi un café très fort, dans un conteneur XXL, dans lequel j'ai ajouté de la crème. Adam et son chauffeur étaient à l'autre bout du magasin, près des frigos, où ils ont pris des boissons fraîches avant de passer dans le rayon des friandises et sucreries.

— Cacahouètes, énuméra le petit ami de Maggie, réglisse et… hmm… pourquoi pas des bonbons à la menthe ?

— Tu n'as pas besoin d'en faire profiter tout le magasin !

— C'est comme ça que je fonctionne, d'accord ? Je prends de meilleures décisions quand je réfléchis à voix haute.

— Oui, eh ben, c'est chiant. Alors parle tout seul mais à voix basse.

Je posai un couvercle sur mon gobelet, on ne sait jamais, un accident est si vite arrivé, et je me dirigeai vers la caisse, où une femme bien en chair payait ses tickets de loto. Un moment plus tard, Adam et son copain se sont retrouvés derrière moi. Impossible de les manquer, dans le reflet de la pub, juste au-dessus de nos têtes.

— Un dollar et quatorze cents, me dit la caissière.

Je lui donnai la somme exacte en petite monnaie et repris mon gobelet. Je partais quand Adam a déclaré :

— Ah ! J'étais sûr que je t'avais déjà vue quelque part ! Tu… euh… tu travailles chez *Clementine*, non ?

Son « euh » voulait tout dire : grâce à l'escapade de ma première nuit derrière les dunes, j'étais cataloguée comme l'allumeuse qui avait branché Jake. Malgré tout, Adam était assez sympa pour ne pas me le balancer dans la figure.

— Oui…

— Moi, c'est Adam, et lui, c'est Wallace.

— Auden, me présentai-je.

— Regarde ! reprit-il en donnant un coup de coude à son copain. Elle n'a acheté qu'un café : quelle discipline !

— Tu m'étonnes ! fit l'autre en posant leurs articles, que la caissière entreprit de scanner. Personne ne vient au *Gas/Gro* pour faire un seul achat.

— Rappelle-toi qu'elle n'est pas d'ici, contra Adam.

— C'est vrai, approuva Wallace. Surtout, ne le prends pas mal, Auden, c'est juste qu'on est…

— Des habitués, oui, je sais, dis-je sans réfléchir.

Il a paru surpris et a échangé un sourire avec son ami.

— Exact.

— Quinze dollars et 95 cents, annonça la caissière.

J'ai profité de ce qu'ils sortaient des billets froissés de leurs poches pour retourner à ma voiture. Peu après, je les ai vus, chacun avec un sac de courses, remonter dans leur van. Leurs phares m'ont repeinte en jaune quand ils ont reculé.

Là-dessus, j'ai bu mon café. Tout ça, c'est bien beau, mais maintenant ? me suis-je demandé. Passer au *diner* qui était ouvert toute la nuit ? Refaire un tour de Colby ? J'ai regardé ma montre. Minuit et quart, pas plus. Encore tellement de temps devant moi et pas la moindre idée pour le tuer. C'est sans doute pour cette raison que j'ai suivi les deux garçons. Pas pour chercher le monstre du Loch Ness, non, juste quelque chose, n'importe quoi.

Je n'ai pas eu de mal à trouver le Jump Park : il suffisait de suivre les vélos.

Il y en avait partout. Roulant sur les trottoirs étroits, posés sur les galeries ou dans les coffres des voitures. J'ai collé au train d'un combi Volkswagen sur lequel était perchée une superbe bicyclette orange et qui a tourné à deux ou trois rues de la plage. En me garant, j'ai repéré des gradins bordés par deux grands lampadaires qui éclairaient des rangées d'obstacles et des rampes en sable et en bois. Par moments, un *rider* sur son BMX s'élevait dans les airs, haut, très haut, et y restait comme suspendu, telle une marionnette au bout d'un fil, un quart de seconde, avant de retomber.

Il y avait aussi une piste ovale, très technique, avec différents types de virages relevés et des obstacles, et plus bas, deux half-pipes. Enfin, deux grandes rampes en forme de demi-tube se faisaient face, comme dans les pistes de skate-board. Je suis restée dans ma voiture pendant un moment, à regarder un *rider* affublé d'un casque noir descendre d'un côté, remonter de l'autre, recommencer, régulier comme une aiguille de métronome. J'avais l'impression qu'on me balançait un pendule devant le nez. C'est en entendant claquer la portière du combi Volkswagen que je suis sortie de ma transe.

Bon… Pour résumer, qu'est-ce que je fichais là ? Je n'étais pas à ma place. Les gradins étaient en majorité occupés par des filles sans doute préoccupées par leur gloss ou occupées à baver sur les mecs qui sautaient dans les airs. La preuve : en m'approchant, j'ai aperçu Maggie quelques rangs plus haut, toute de rose vêtue – logique. Je n'avais pas repéré Jake parmi les cyclistes, mais il devait être dans le coin si elle y avait pris racine.

Je me suis adossée à mon siège, mon gobelet à la main, et bu mon café. Des voitures continuaient d'arriver, de se garer, et parfois des fêtards passaient devant moi, tout à leurs conversations. À chaque nouveau passage, je me sentais plus mal à l'aise et prête à démarrer. Mais une fois qu'ils avaient disparu, je renonçais. Après tout, je n'avais rien d'autre à faire… Au moins, en restant ici, je ne gaspillais pas mon essence à tourner en rond dans Colby.

— Eh, toi ! entendis-je hurler sur ma droite. Où est-ce que tu vas faire la fête ? Attends, je viens avec toi !

J'ai tout de suite reconnu la voix de Jake. Et lorsque j'ai tourné la tête, je l'ai vu, tout près, appuyé contre une voiture gris métallisé. Il portait un jean et une chemise rouge à longues manches dont les pans flottaient dans le vent, et il avait un gobelet en plastique bleu à la main. Ouf ! il ne s'était pas adressé à moi, mais à une perche aux cheveux blonds qui passait, les mains dans les poches de son blouson. Elle l'a regardé et lui a souri timidement, sans s'arrêter. Jake l'a rattrapée alors qu'elle se trouvait à deux voitures de la mienne.

*Et merde !* pensai-je lorsqu'il lui adressa son sourire de star hollywoodienne. Si je mettais le moteur en route, j'attirerais son attention. D'un autre côté, je n'avais pas envie de rester là à regarder mon erreur la plus récente s'illustrer avec une autre. Au lieu de quoi j'ai ouvert avec précaution la portière et je suis sortie. Après l'avoir refermée, j'ai filé tête baissée entre les voitures.

J'ai zigzagué jusqu'à un terrain sur la gauche du Jump Park où se trouvaient seulement deux racks à vélo et trois ou quatre arbres qui se battaient en duel. J'étais planquée dans la nuit, je pouvais tout voir sans être vue. Parfait.

Je me suis appuyée contre l'un des racks et j'ai regardé des *riders* faire la queue devant la piste de sauts. À première vue, ils faisaient tous pareil mais, en regardant mieux, j'ai remarqué que chacun avait son style et attaquait les obstacles à sa vitesse. Certains restaient prudemment proches du sol, quand d'autres s'élevaient haut dans les airs, et parfois même plus haut encore lors de leur saut suivant. De temps à autre, le public applaudissait ou criait. Sinon, c'était étrangement calme. On n'entendait que le crissement des pneus sur le gravier, puis de grands moments de silence lorsque les *riders* s'élevaient.

C'est à ce moment-là que j'ai repéré Adam et Wallace sur leurs BMX. Ils avaient retiré leurs casques et étaient dans une file. Wallace mangeait des Pringles tandis qu'Adam regardait vers les gradins en faisant signe à quelqu'un de venir les rejoindre. J'ai suivi son regard et j'ai de nouveau aperçu Maggie, toujours seule, qui regardait vers les half-pipes. *Tu ne regardes pas au bon endroit, ma vieille !* pensai-je. Ton Jake est sans doute sous les gradins avec sa nouvelle conquête, pas devant. Quelle naïveté !

Elle s'est levée brusquement comme si elle m'avait entendue penser, et s'est fait une queue de cheval. Elle a ensuite sorti un casque de vélo de son sac et l'a tenu par la lanière en descendant les gradins pour rejoindre les garçons qui l'attendaient.

J'ai été soufflée. Elle a rejoint Adam, qui a sauté de son BMX pour le lui tendre. Elle est montée dessus et a enfilé son casque. Quoi qu'il lui ait dit ensuite, elle a semblé approuver et a reculé lentement en serrant bien les poignées de son vélo. Enfin, elle a reculé de plusieurs mètres, s'est levée sur les pédales, puis a redressé les épaules et roulé vers les obstacles.

Maggie a attaqué le premier à petite vitesse en soulevant un nuage de poussière miniature, puis elle a pris de la vitesse pour s'approcher du suivant qu'elle a attaqué franchement. Au troisième, elle s'est élevée vraiment haut, les épaules rentrées avec son cycle qui semblait flotter sous elle. Je n'y connaissais rien en BMX mais, pas de doute, elle assurait comme un pro. Elle prenait les obstacles sans se poser de questions et ses atterrissages étaient bien amortis, pas comme chez certains autres *riders*. Elle a terminé la piste à peine essoufflée et en un rien de temps, pour revenir auprès des garçons. Wallace lui a tendu son paquet de Pringles. Elle s'est servie, a relevé la visière de son casque et dévoré sa poignée de chips.

J'étais tellement concentrée que je n'ai pas tout de suite remarqué une présence, à ma droite. Celle d'Eli, en jean et T-shirt vert à manches longues, et cheveux dénoués, ce soir-là. Manque de chance, je l'ai scruté tant et si bien qu'il a fini par le remarquer. Il a tourné la tête vers moi, et je lui ai adressé un petit signe en espérant avoir l'air normal.

Il m'a rendu mon salut en fourrant ses mains dans ses poches, et j'ai repensé à ce qu'Esther, Leah et Maggie avaient dit tun peu plus tôt : Eli faisait du BMX il y a encore un an, mais n'en faisait plus à cause de quelque chose ou de quelqu'un. Non pas que ce soit mes affaires. De toute façon, moi, je partais.

Problème : je devais passer devant lui pour retourner à ma voiture.

— Tu pars déjà ? demanda-t-il de sa voix impassible. Pas assez d'action pour toi ?

— Euh, ce n'est pas ça, mais il faut que j'y aille… Des trucs à faire.

— Occupée ?

— Oui…

Je ne connaissais pas du tout Eli. Ça ne m'avait pas empêché de remarquer que les hiéroglyphes, à côté de lui, c'était une vraie partie de rigolade. Je ne savais jamais s'il plaisantait ou s'il était sérieux. C'est ce qui m'énervait le plus… ou m'intriguait ? Peut-être bien les deux.

— Toi aussi, tu fais du BMX ? demandai-je.

Après tout, je ne perdais rien à lui poser la question.

— Non. Et toi ?

J'ai cru qu'il se moquait de moi, puis j'ai pensé à Maggie qui ne payait pas de mine avec sa panoplie de robes rose, mais qui n'en était pas moins une pro du BMX. Au fond, il était peut-être sérieux ?

— Non plus. En fait, je ne sais même pas… Enfin, je n'ai pas fait de vélo depuis une éternité.

Il a regardé les obstacles, songeur tout à coup.

— Ah, vraiment…

Toujours cette voix qui n'exprimait rien. Autant continuer, même sur la défensive :

— C'est que je ne faisais pas beaucoup d'activités de plein air, quand j'étais petite.

— Des activités de plein air…

— Ne te méprends pas, je ne vivais pas enfermée 24 heures sur 24, mais je ne faisais pas beaucoup de vélo, c'est tout. Et je n'ai pas roulé depuis un bail.

— Je vois.

Ça ne ressemblait pas à une critique. Pourtant, je l'ai très mal pris.

— Quoi ? C'est un crime, ici, c'est ça ? Comme de n'acheter qu'un seul article au *Gas/Gro* ?

J'avais tenté une plaisanterie, mais ma voix avait été trop aiguë, limite sur la défensive, même à mes oreilles.

— C'est quoi, cette histoire ? demanda Eli.

J'ai senti mon visage prendre feu.

— Non, rien. Laisse tomber.

J'ai sorti mes clés. Je n'avais pas fait deux pas qu'il reprenait :

— Si tu ne sais pas faire de vélo, ce n'est pas grave.

— Je sais faire du vélo, je te dis.

J'avais appris quand j'avais sept ans. C'était à Noël, devant chez nous et sur le vieux vélo à roulettes de chez

Schwinn qui avait appartenu à Hollis. Si mes souvenirs étaient bons, j'avais aimé – enfin, je n'avais pas détesté, c'était déjà ça. Ce qui n'expliquait pas pourquoi je ne me rappelais pas être remontée sur un vélo, depuis.

— Je n'ai tout simplement pas eu l'occasion d'en faire depuis un moment, voilà.

— Hmm…

Juste « Hmm ». C'est tout ? Franchement !

— Mais quoi enfin ?

Cette fois-là, il a froncé les sourcils. Sans doute parce que, de nouveau, ma voix avait dérapé dans les aigus. Parler avec des garçons, ça me rendait nerveuse, mais avec Eli, c'était différent. Il me donnait envie de lui raconter ma vie, et c'était très inquiétant.

— Ce que je voulais dire, c'est qu'on est au Jump Park, dit-il.

— Oui, bon, et alors ? Je ne vais tout de même pas monter sur un BMX dans la minute pour te prouver que je sais en faire ?

— Je ne t'ai rien demandé. Mais si tu cherches une occasion… profites-en. C'est tout.

Logique et mathématique. Je venais de lui dire que je n'avais pas eu l'occasion de faire du vélo depuis des lustres, il me répondait qu'elle s'offrait à moi, là, tout de suite. Alors pourquoi est-ce que j'étais à ce point sur la défensive ?

J'ai pris une grande inspiration, puis une seconde, pour parler avec calme.

— Eh bien, pas ce soir.

— Tu fais ce que tu veux, c'est ta vie, répondit-il comme s'il s'en foutait.

Je suis revenue vers ma voiture. Fin de la conversation. Rideau. Mais quand même, ça voulait dire quoi son *« Tu fais ce que tu veux, c'est ta vie »* ?

Une fois au volant et la portière fermée, j'ai fixé Eli en me disant que j'aurais pu assurer la conversation d'une douzaine d'autres manières. Tant pis. Là-dessus, j'ai démarré et j'ai pris la route. Juste avant de tourner, je l'ai vu, immobile, qui observait toujours les sauts, tête penchée sur le côté, comme s'il réfléchissait. Devant lui, les *riders* faisaient sans cesse des figures acrobatiques. De loin, on ne les voyait pas bien, on distinguait mal leur style. Ils se suivaient, tous pareils – un saut, un atterrissage –, visibles un moment, invisibles celui d'après, telle une chorégraphie.

# Chapitre 7

Heidi se souciait de Thisbé pour un oui ou pour un non et pour un rien. Dormait-elle assez ? Avait-elle suffisamment mangé ? Ou mangeait-elle trop ? Et ô, mon Dieu, qu'est-ce que c'était, cette marque rouge sur son bras (teigne ? eczéma ? marque du diable ?) ? Souffrait-elle de pleurer ? Ses cheveux allaient-ils tomber ? Ses selles avaient-elles la couleur qu'il fallait ?

Et à présent ? Elle embrouillait sa fille avec son identité.

— Oh, là là, comme tu es forte ! l'entendis-je s'exclamer lorsque je descendis boire mon café, une après-midi, vers 16 heures.

Elles étaient toutes les deux dans le salon, sur le tapis. C'était l'heure de « la position ventrale » de Thisbé. Heidi s'y conformait religieusement, parce que c'était censé éviter à ma sœur d'avoir le derrière de la tête plat comme une crêpe.

J'étais trop en manque de caféine pour avoir les yeux en face des trous, si bien qu'au début, je n'ai pas fait attention à elles. Il faut dire aussi que je zappais ma belle-mère au maximum, sauf en cas de nécessité extrême. Mais après avoir bu la moitié de mon café, je me suis rendu compte qu'il y avait comme un problème.

— Ca-ro-line ! chantonnait-elle en détachant bien chaque syllabe. Mais où est donc ma gentille petite Caroline ?

Je me servis une deuxième tasse de café et j'entrai dans le salon. Heidi se penchait vers sa fille qui, sur le ventre, tentait de redresser sa petite tête encore ronde, mais dangereusement menacée d'aplatissement.

— Caroline ! dit-elle en lui gratouillant le dos. Ma petite Caroline, ma toute mignonne.

— C'est drôle, mais j'étais persuadée qu'elle s'appelait Thisbé... lâchai-je.

Heidi a sursauté.

— Oh... Auden... je... je ne t'avais pas entendue.

— Je ne faisais que passer, je te laisse, dis-je en filant.

J'atteignais l'escalier et je pensais être en sécurité lorsqu'elle s'est écriée :

— Je n'aime pas son prénom !

Revenant sur mes pas, je l'ai aperçue, toute rouge comme une tomate, qui regardait en l'air, comme si c'était le plafond qui avait prononcé ces mots. Puis elle a soupiré et posé les fesses sur ses talons.

— Je n'aime pas son prénom, répéta-t-elle, moins vive, plus calme. J'avais envie de l'appeler Isabel, comme ma meilleure amie à Colby. C'est un prénom que j'ai toujours aimé.

À cet aveu, j'ai regardé dans l'escalier, direction le bureau de mon père avec une immense nostalgie : je regrettais, comme toujours, qu'il ne soit pas là pour régler ce nouveau problème. Seulement voilà, ces derniers temps, il était en immersion totale dans son roman, protégé par la muraille de pommes non entamées qui s'étaient empilées à côté et autour de son ordi.

— Dans ce cas, pourquoi est-ce que tu ne l'as pas appelée Isabel ? demandai-je en revenant auprès de Heidi.

Elle s'est mordillé la lèvre tout en caressant le dos de sa fille.

— Ton père préférait qu'elle porte un prénom plus littéraire. Il prétendait qu'Isabel était trop ordinaire et trop commun. Qu'avec un prénom pareil, elle n'aurait aucune chance de devenir quelqu'un. Moi, je me dis que « Thisbé », c'est au contraire trop original et trop exotique. Ça doit être difficile de porter un prénom dont personne n'a jamais entendu parler, tu ne crois pas ?

— Pas forcément.

Elle a ouvert la bouche en grand.

— Oh, Auden ! Je ne voulais pas dire que ton...

— Oui, oui, je sais ! dis-je, la main levée pour l'arrêter.

Si elle commençait à s'excuser, on allait y passer la journée.

— Personnellement, ça n'a jamais été un handicap. C'est tout.

Heidi a hoché la tête et observé sa fille.

— C'est bon à savoir.

— Mais si tu n'aimes pas ce prénom, tu n'as qu'à l'appeller Caroline. Je...

— Qui s'appelle Caroline ?

J'ai sursauté et vu mon père en haut de l'escalier. Allons bon, je n'étais pas la seule à laisser traîner mes oreilles !

— Oh, Heidi me disait que c'était le second prénom de Thisbé... fis-je.

— Second prénom seulement. Et encore, parce que Heidi a insisté. Si ça n'avait tenu qu'à moi, elle se serait appelée Thisbé Andromède.

Du coin de l'œil, je vis ma belle-mère ciller.

— Ah, vraiment ?

— Oui, Thisbé Andromède, ça a de la gueule ! répliqua-t-il en se frappant la poitrine avec la solennité d'un empereur romain. Ça marque les esprits, on s'en souvient ! Et puis, on ne peut pas le raccourcir pour en faire un diminutif. Comme il se doit pour un prénom ! Si tu t'appelais Ashley ou Lisa, et pas Auden, penses-tu que tu serais aussi unique ?

Euh… Qu'est-ce que je devais répondre à ça ? Que c'était grâce au prénom qu'il m'avait choisi, et non grâce à mes efforts pour être la meilleure à l'école, que j'allais entrer dans une bonne université ?

Par chance, il n'avait posé la question que pour la forme et n'attendit pas la réponse : il se dirigeait déjà vers le réfrigérateur pour en sortir une bière.

— Le choix d'un prénom, c'est important, mais c'est tout de même celui ou celle qui le porte qui le définit, déclara Heidi en me regardant. Alors, si Thisbé est une Thisbé, tant mieux. Mais si elle désire être une Caroline, elle aura le choix.

— Elle ne sera certainement pas une Caroline ! tonna mon père, qui décapsulait sa bière.

Mais enfin, depuis quand était-il devenu aussi pédant et invivable ? Il n'avait tout de même pas été comme ça depuis ma naissance ? Je m'en serais souvenue, tout de même !

— Au fait, c'est quoi, ton deuxième prénom, Auden ? demanda Heidi à la hâte, en prenant le bébé dans ses bras pour se diriger vers la cuisine.

— Pénélope, répondis-je.

— Tu vois ! s'exclama mon père comme si j'avais effectué la démonstration du siècle. C'est puissant, littéraire, unique !

*Embarrassant, plutôt, oui*, pensai-je. Trop long et prétentieux à souhait.

— C'est très mignon ! s'exclama ma belle-mère d'un ton trop enthousiaste pour être sincère. Si je m'étais doutée !

Je n'ai rien ajouté. J'ai fini de boire mon café et j'ai posé ma tasse dans l'évier. N'empêche que je sentais toujours le regard de Heidi sur moi, même lorsque mon père est sorti sur la terrasse. Puis je l'ai entendue soupirer, comme si elle allait commenter. Par chance, mon père lui a demandé ce qu'elle avait l'intention de faire, pour le dîner.

— Je ne sais pas, répondit-elle.

Tout en me regardant, elle a installé Thisbé dans son siège sur la table de la cuisine et, comme si elle s'excusait, elle est allée le rejoindre.

— Tu as envie de quoi, toi ? lui demanda-t-elle.

Je les ai observés pendant qu'ils contemplaient l'océan. Mon père buvait sa bière et Heidi parlait. Il a passé le bras autour de sa taille pour l'attirer à lui, et elle a posé sa tête sur son épaule. Dans la vie, on se demande parfois comment certaines choses fonctionnent… J'étais juste en train de m'instruire en direct sur ce profond mystère.

Sur son siège, ma sœur fit un glouglou rigolo en agitant les bras dans tous les sens, et je me suis approchée d'elle. Elle ne savait pas encore regarder droit dans les yeux, elle vous fixait toujours le milieu du front.

Peut-être serait-elle une Thisbé et jamais une Caroline, qui sait ? C'est au souvenir du visage de mon père, lorsqu'il avait affirmé le contraire, que je me penchai à son oreille pour la baptiser de nouveau. Moitié Thisbé, moitié Isabel. En définitive, un prénom qui n'appartenait qu'à moi.

— Salut, Isby. Tu es une jolie petite Isby.

Vivre au bord de la mer en été, c'est tout de même très spécial. On s'habitue tellement au soleil et à la plage qu'on oublie le temps qu'il fait ailleurs dans le monde le reste de l'année. Ainsi, deux jours plus tard, lorsque j'ai ouvert la porte d'entrée et constaté qu'il pleuvait, j'en suis restée baba : j'avais oublié qu'il existait des jours de pluie et de grisaille.

Comme je n'avais pas de ciré, j'ai dû en emprunter un à Heidi, qui en possédait trois de trois couleurs différentes : rose vif, rose pastel et, selon ses propres mots, un « rose poudré » (pitié, sauvez-moi !). Même si j'ai pris le rose pastel, je me suis sentie quand même positivement radioactive lorsque, toute de rose vêtue et en contraste avec le gris mouillé ambiant, je suis partie chez *Clementine*.

Là-bas, Maggie était à la caisse en minijupe, tongs et vieux T-shirt où était inscrit « CLYDE, VÉLOS ET CYCLES » avec des roues de bicyclette sous le *V* et le *C*. Elle feuilletait un magazine, sans doute son précieux *Hollyworld*, d'où elle s'arracha un instant pour m'adresser un petit geste endormi.

— Il pleut toujours, dehors ? me demanda-t-elle en prenant les factures de la journée toujours sous la caisse pour me les tendre.

— Oui. Des livraisons ?

— Pas encore.

Elle s'est remise à lire, a tourné une page. Si Esther et Leah essayaient de faire la conversation, Maggie, elle, s'en tenait au minimum, ce que j'appréciais particulièrement. On n'avait pas besoin de feindre d'être copines ou d'avoir des points communs, si ce n'est qu'on avait la même patronne. J'avais beau ne toujours pas en revenir de l'avoir vue faire des figures, au Jump Park, j'étais certaine de l'avoir tout de même bien cataloguée, et elle pensait sans doute la même chose de moi.

J'entrai dans mon bureau qui, étrangement, me sembla aussi glacé qu'une glace à la fraise. J'ai donc gardé le ciré de Heidi tandis que je m'installais et que je sortais la calculette et le registre des chèques. L'heure qui a suivi, le magasin est resté désert, à l'exception de quelques clientes qui sont entrées farfouiller dans le bac des soldes et se sont extasiées devant des chaussures. J'entendais parfois le portable de Maggie sonner quand elle recevait un message, sinon c'était le calme plat jusqu'à 18 heures, où la sonnerie à l'entrée du magasin a retenti.

— Bonjour, fit Maggie. Puis-je vous aider ?

Pas de réponse. Qui que ce soit, il n'avait peut-être pas entendu. Puis une voix que je connaissais comme ma poche s'est élevée.

— M'aider ? Mon Dieu, non ! répliqua ma mère, et j'entendis le frisson d'horreur dans sa voix. Je cherche juste ma fille.

— Vous êtes la mère d'Auden ? Super ! Elle est dans le bureau, près de la réserve ! Je suis certaine qu'elle…

Déjà sur mes pieds, je me suis précipitée dans la boutique. J'avais été rapide tel l'éclair, mais pas assez. Ma mère, habillée comme à son habitude tout en noir – jupe et pull – et avec un chignon, se tenait devant le rayon maquillage. Elle tenait un petit flacon en verre devant elle, les yeux plissés pour mieux en déchiffrer l'étiquette.

— « Sexy à la framboise », lut-elle en détachant chaque syllabe, avant de regarder ma collègue par-dessus ses lunettes. Qu'est-ce que c'est ?

— Du parfum ! répondit l'intéressée avant de me sourire. Ou plutôt, un spray corporel. C'est comme du parfum, mais c'est plus léger, et ça tient plus longtemps. C'est destiné à un usage quotidien.

— Bien sûr, lâcha ma mère, imperturbable.

Elle a remis le flacon à sa place, puis a observé un long moment le magasin avec une moue de dégoût. Lorsqu'elle m'a vue, elle n'a pas eu l'air plus satisfaite.

— Ah. Te voilà.

— Bonjour, maman !

Elle me fixait avec un tel sérieux que je me suis sentie mal à l'aise, avant de me souvenir que je portais toujours le ciré rose pastel de Heidi.

— Quelle surprise… Quand as-tu décidé de venir à Colby ?

Ma mère a soupiré, est passée devant Maggie qui, sans raison apparente, ne cessait de sourire, et a observé les maillots de bain avec une expression que l'on réserve plutôt à une tragédie humaine.

— Ce matin, répondit-elle en secouant la tête, alors qu'elle touchait un bas de maillot de bain orange bordé de froufrous. J'avais envie de prendre le large, mais je crois que j'ai apporté le mauvais temps et la mauvaise humeur avec moi…

— Ne vous faites surtout pas de souci ! intervint ma collègue. La pluie devrait s'arrêter en soirée. Et demain, on prévoit un temps magnifique. Idéal pour la plage ! Vous allez bronzer et vous faire un joli teint caramel !

Ma mère la dévisagea comme si elle avait parlé une autre langue.

— Oh, oui. N'est-ce pas merveilleux ? ironisa-t-elle.

— Tu as déjeuné ? demandai-je, trop fébrile, trop impatiente avant de reprendre sur un ton plus calme. Il y a un bon *diner* pas loin. Je peux prendre une heure de pause, si tu veux.

— Bonne idée ! renchérit Maggie. Profite de ta mère ! Les livres de comptabilité attendront !

Ma mère dévisagea de nouveau ma collègue, comme si elle doutait qu'elle sût ce qu'était un livre ou fût même alphabétisée.

— Je pourrais toujours y boire un verre, dit-elle en regardant partout dans la boutique avant de sortir. Bon, on y va ?

Même son pas était réprobateur. Mais Maggie l'observait, littéralement fascinée.

— Je reviens très vite, d'accord ? lui dis-je.

— Prends tout ton temps ! Ça ne me dérange pas de rester seule.

Ma mère exprima son dédain sans discrétion, et on est sorties.

— Mon Dieu, Auden, c'est encore pire que je ne le pensais ! dit-elle dès qu'on a été seules, et sous la pluie.

J'ai rougi, et pourtant je n'aurais pas dû être surprise qu'elle soit si directe.

— J'avais besoin d'un imper. Normalement, je n'aurais…

— Je savais que le magasin de Heidi heurterait ma sensibilité. Mais du « Sexy à la framboise » ! Et ces bas de maillots de bain néo-lolita ! On habille les femmes comme des gamines, maintenant ? Ou plutôt, on cantonne les petites filles dans le style petite fille pour mieux exploiter leur innocence ? Comment Heidi peut-elle être femme, et surtout mère, et cautionner ce genre de choses ?

En entendant ses critiques, je me suis tout de suite détendue, parce que les plaintes de ma mère étaient aussi familières que des comptines.

— Elle connaît bien le marché du vêtement. Et ça se vend, tu sais.

— Je n'en doute pas ! Mais ça ne veut pas dire pour autant qu'elle a raison de le faire !

Elle soupira, ouvrit son parapluie. Puis elle m'offrit son bras, que je pris.

— Et tout ce rose… On se croirait dans un utérus géant !

Je pouffai en plaquant ma main sur ma bouche.

— Et voilà tout le problème, déclara-t-elle. C'est terrible, parce que c'est ce à quoi la femme est réduite : à des stéréotypes, à du pur sucre, pur miel mignon tout plein, enveloppé dans un package gnangnan, à un objet destiné à plaire.

On venait d'arriver devant le Last Chance. Pour une fois, il n'y avait pas de file d'attente.

— On y est, lui dis-je. Tu verras, les beignets d'oignons sont à tomber !

Ma mère jeta un coup d'œil à l'intérieur du *diner*.

— Il n'est pas question que je mette les pieds dans ce boui-boui infect ! Je veux un vrai restaurant avec une jolie nappe et une carte des vins. Allons ailleurs.

Au bout du compte, on s'est retrouvées au *Condor*, l'hôtel où elle était descendue et qui donnait sur la promenade. Le restaurant était petit et bondé, parce qu'il n'avait que quelques tables, sans compter qu'il y faisait noir comme jamais à cause de ses lourds rideaux grenat et de son épaisse moquette, grenat elle aussi. Ma mère s'est installée dans un box, satisfaite de voir une bougie allumée au milieu de la table. Après avoir ôté son pull, elle a commandé un sauvignon blanc. Après un regard appuyé de sa part, j'ai retiré le ciré de Heidi et je l'ai planqué sous mon sac.

— Raconte-moi tout ! dit-elle, une fois qu'on lui servit son vin et qu'elle en but une bonne gorgée. Parle-moi du roman de ton père ! Il doit avoir fini, depuis le temps ? Est-ce qu'il est prêt à l'envoyer à son agent ? Il te l'a fait lire, au moins ?

Je baissai la tête, préférant me plonger dans la contemplation de mon verre d'eau, et avec, je fis des petits ronds sur la table.

— Pas encore, non, répondis-je avec prudence, sachant qu'elle attendait une réponse claire avec des développements précis. Mais il y travaille jour et nuit.

— À t'entendre, j'ai plutôt l'impression qu'il est en phase d'écriture et de création, pas de relecture et de correction, fit-elle observer en prenant le menu qu'elle parcourut avant de le reposer.

Je suis restée silencieuse, ça valait mieux.

— Cela dit, ton père a toujours eu des habitudes de travail on ne peut plus déconcertantes. Il n'a jamais eu de facilité pour écrire, à la différence de certains écrivains.

*Elle a raison*, pensai-je. Mais il était temps de changer de sujet.

— Thisbé est trop mignonne. Elle pleure toujours beaucoup, mais Heidi pense que ce sont des coliques.

— Si elle n'en est pas certaine, c'est que ça n'en est pas, riposta ma mère en buvant une autre gorgée de vin. Je sais de quoi je parle ! Avec Hollis, la question ne se posait même pas. Dès la première nuit à la maison, il a hurlé. Et ça a duré trois mois.

— Thisbé pleure pas mal quand même.

— Thisbé !

Ma mère secoua la tête.

— Décidément, je n'arrive toujours pas à me faire à ce prénom. Ton père et ses idées de grandeur ! Et son deuxième prénom, c'est quoi ? Perséphone ? Béatrice ?

— Caroline.

— Ah bon ? C'est d'un commun ! Ça ne ressemble pas à ton père.

— C'est Heidi qui s'est battue pour l'imposer.

— Elle aurait dû se battre plus dur, parce que ça ne change rien au fait que sa fille s'appelle Thisbé.

À cet instant, la serveuse est venue nous demander si on avait choisi. Ma mère a repris le menu et nous a commandé une marinade de noix de Saint-Jacques et une assiette de fromage. Pendant ce temps, je regardais le ciré de Heidi, dont le rose se détachait bien sur le noir de la banquette du box. Puis je revis son visage, le jour où on avait parlé de prénoms, et sa hâte à me complimenter sur le mien pour me faire plaisir.

— En même temps, je doute que ton père ait choisi Heidi pour sa forte personnalité, ajouta ma mère, une fois que la serveuse se fut éloignée. Bien au contraire. Il voulait une midinette évaporée et facile à manipuler.

Peut-être avait-elle raison. Après tout, ma belle-mère n'avait pas beaucoup montré qu'elle avait du caractère, depuis mon arrivée.

— Ce n'est pas non plus une nunuche, m'entendis-je toutefois répondre.

— Ah ?

— C'est même une excellente femme d'affaires.

Ma mère me regarda droit dans les yeux.

— Vraiment ?

— Oui. Je le sais parce que je fais la compta de son magasin.

J'avais oublié à quel point le regard de ma mère pouvait être pénétrant. Je détournai donc le mien très vite et me concentrai sur mon verre d'eau.

— *Clementine* fait le plus gros de son chiffre en été, mais Heidi se débrouille bien le reste de l'année. Et elle a vraiment du nez, pour deviner les tendances. La plupart de la marchandise qu'elle a commandée, l'année dernière, fait un tabac cet été !

— Je vois, prononça-t-elle. Comme ce parfum, là ?

Je rougis. Au fait, pourquoi est-ce que je défendais Heidi, moi ?

— Elle n'est pas ce qu'elle semble être, c'est tout ce que je veux dire.

— On en est tous là ! répliqua ma mère.

Et voilà, comme d'habitude, elle avait le dernier mot et l'emportait depuis le premier. Je ne sais vraiment pas quelle était sa méthode.

— Mais assez parlé de Heidi. Parlons plutôt de toi. Comment se déroulent tes lectures ? Tu as dû avancer dans ton programme, depuis le début de l'été !

— Oui, mais lentement. Ces manuels ne sont pas passionnants. Surtout celui d'économie. Mais je pense que…

— Voyons, Auden, tu ne dois pas t'attendre à ce que l'économie soit une matière facile ! J'ajoute que tu ne devrais pas te plaindre de la complexité de ce que tu étudies. Plus c'est ardu, plus tu es récompensée de tes efforts.

— Je sais. Mais c'est dur de se plonger là-dedans toute seule. Une fois que je suivrai le cours d'économie, à la fac, je m'y retrouverai plus facilement.

Ma mère secoua la tête.

— Tu ne devrais même pas avoir besoin d'un cours ! Tu me fais penser à mes étudiants : ils attendent que je leur mâche le travail, que je leur explique le sens d'un dialogue ou d'une direction scénique par rapport au contexte de telle ou telle pièce. Ils n'essaient même pas de réfléchir par eux-mêmes. Mais à l'époque de Shakespeare, il n'y avait que le texte. Et c'est à toi d'en pénétrer le sens, de t'en imprégner. Il n'y a pas de façon plus authentique d'apprendre !

Elle commençait à s'agacer. Mon erreur a été d'insister.

— Mais moi, j'étudie l'économie, fis-je remarquer, pas la littérature. C'est différent.

Elle m'a fusillée du regard.

— Non, Auden. C'est ce que je m'efforce de te faire comprendre. Ne t'ai-je pas appris à prendre en considération l'avis d'autrui ?

Cette fois, j'ai carrément préféré me la boucler. Par chance, nos plats sont arrivés pile à cet instant. Et de nouveau, c'est ma mère qui a eu le dernier mot.

À partir de là, ça ne s'est pas arrangé. Elle a commandé un autre verre de vin et a renoncé au dialogue pour se lancer dans un long monologue sur une dispute avec des collègues qui, manifestement, lui pompaient son temps et son énergie. J'écoutais à moitié, en plaçant des « oui », « ah bon » si nécessaire, entre deux bouchées de salade et de pâtes. Quand on a eu fini, il était plus de 20 heures, et quand on est sorties, il avait cessé de pleuvoir, laissant le ciel strié de rose.

— Oh, regarde, ta couleur préférée ! me fit observer ma mère.

Sa remarque me fit l'effet d'une gifle. Je suis certaine qu'elle l'avait fait exprès pour me blesser.

— Je n'aime pas le rose, rétorquai-je d'une voix tendue, blessée dans mon amour-propre.

Elle me sourit et me caressa les cheveux.

— « *The lady doth protest too much, methinks*[1]. »

Autrement dit, il n'y a que la vérité qui blesse.

— Et puis, ce ciré dément ton affirmation, ajouta-t-elle.

— Il n'est pas à moi mais à Heidi. Je te l'ai déjà dit.

— Voyons, Auden, je plaisantais. Ne prends donc pas tout au tragique !

Les yeux fermés, elle a pris une profonde inspiration qu'elle a relâchée aussitôt.

— Après tout, c'est normal que tu changes au contact de Heidi et de ses petites vendeuses. Je ne m'attends pas à ce que tu restes ma copie conforme jusqu'à la fin de tes jours. Au bout du compte, toi aussi, tu finiras par tester « Sexy à la framboise ».

— Jamais de la vie.

Ma voix avait été dure. Ma mère l'a remarqué, car elle a semblé surprise et ouvert de grands yeux.

— Je n'en ai pas envie, continuai-je. Je fais la compta de Heidi, ça s'arrête là !

— Mais c'est parfait, ma chérie, déclara ma mère en ébouriffant de nouveau mes cheveux.

Cette fois, je m'écartai, parce que je détestais sa condescendance, son sourire supérieur et sa façon de hausser les épaules.

— On a tous nos petits secrets honteux…

Et c'est par le plus grand des hasards que, à ce moment-là, j'ai regardé derrière moi, vers la piscine de l'hôtel, où il n'y avait qu'un seul client. Un jeune homme avec

1. Shakespeare, *Hamlet*. Acte III, scène 2. LA REINE (Gertrude, la mère de Hamlet) : « La dame fait trop de protestations, ce me semble. »

des lunettes à monture noire, blanc comme un cachet d'aspirine, qui portait un caleçon rouge et lisait un petit bouquin à couverture rigide, le genre grande littérature. Je regardai ma mère dans les yeux, puis de nouveau le solitaire en m'assurant bien que son regard suivait le mien. Et c'est seulement après que j'ai répondu :

— On dirait, oui.

Elle a essayé de garder l'air cool, mais elle s'est quand même crispée un peu, et j'ai compris que ma remarque avait touché un point sensible. Le plus beau, c'est que ça ne m'a fait ni chaud ni froid. En vérité, je n'éprouvais rien.

— J'imagine que ton petit boulot t'attend, reprit-elle au bout d'un moment.

Elle avait prononcé ces mots de la même manière qu'elle parlait du roman de mon père, sur le bout des lèvres, comme si ça comptait pour du beurre. Elle s'est rapprochée, joue tendue, mais je n'ai pas bougé. Elle m'a souri de nouveau.

— Allons, chérie, ne fais pas ta mauvaise tête. C'est le premier signe de faiblesse. Et la faiblesse est le seul défaut que l'on ne saurait corriger.

Je me suis mordu la lèvre et je lui ai tourné le dos sans répondre. Puis j'ai fourré mes mains dans les poches du ciré rose pastel de Heidi, comme si je voulais en arracher la couleur, et je me suis éloignée. Une autre m'aurait rappelée. Pas ma mère. Elle avait eu le dernier mot – encore une fois –, et en plus, elle avait fait de l'esprit. Pour elle, c'était le plus important.

En repartant vers *Clementine*, j'ai gardé la tête baissée et j'ai essayé de pulvériser mon chagrin. Ce qui avait énervé ma mère, c'est que je prenne la défense de Heidi. Enfin, prendre la défense, même pas, j'avais seulement dit que Heidi n'était pas « une nunuche » et je lui avais accordé, en bonus, deux petits compliments. Mais ça avait suffi à ma mère pour me placer dans le camp ennemi. Si je n'étais pas totalement d'accord avec elle, ça signifiait que j'étais du côté de la nouvelle femme de mon père. Pas de partage ni de neutralité pour ma mère. C'était tout ou rien.

J'avais les larmes aux yeux lorsque je suis entrée chez *Clementine*. Par chance, Esther et Leah étaient à la caisse avec Maggie, et toutes les trois parlaient de leurs projets pour la soirée. Elles m'ont à peine regardée quand je suis passée. Une fois dans mon bureau, je me suis assise avec l'intention de me remettre au boulot. Mais au bout de vingt minutes, lorsque les nombres ont trembloté devant mes yeux que j'essuyais sans cesse, j'ai laissé tomber.

Avant de quitter le magasin, j'ai noué mes cheveux avec un élastique, puis je me suis efforcée de prendre un air stoïque. Après deux grandes inspirations, je suis sortie.

— Le souci, c'est que je ne rencontrerai jamais un mec canon dans un café, entendis-je dire Leah.

— C'est quoi encore, cette théorie à la con ? demanda Esther.

— Logique ! Les mecs canon ne vont jamais dans ces endroits-là.

— Et les mecs canon, sensibles et artistes dans l'âme, alors ? Eux, ils ont carrément élu domicile là-bas !

— Excuse-moi, mais les artistes ne sont pas du tout canon ! répliqua la fêtarde.

— Je vois. Tu craques seulement pour les mecs aux cheveux raides gominés tendance gras qui font partie des fraternités estudiantines ! répliqua son amie.

— Non, les mecs aux cheveux gras, c'est ta spécialité : les artistes qui se lavent la tête une fois tous les trente-six du mois.

J'espérais que cette conversation serait assez passionnante pour qu'elles ne me remarquent pas. Peine perdue. Quand elles m'ont vue, j'ai eu toute leur attention.

— Bon, ben, j'y vais, dis-je d'une voix que j'espérais naturelle. J'ai fait les factures et je viendrai plus tôt, demain, pour terminer les salaires.

— Ça marche, répondit Maggie. Au fait, tu t'es bien amusée avec…

— Tu es vache, tu le sais, ça ? répliqua tout à coup Esther à Leah. Moi, au moins, je ne suis jamais sortie avec un type qui avait des cheveux aussi gras que le taré de l'US Air Force que tu as branché, l'été dernier.

— Il n'avait pas les cheveux gras, il avait du gel coiffant effet mouillé ! riposta Leah, qui consulta son portable.

— Pareil !

— Non.

— Mais quelle mauvaise foi !

Alléluia ! Grâce à cette conversation sur les gels capillaires, j'ai fait comme si je n'avais pas entendu le début de la question de Maggie et j'ai filé. Elle n'a pas semblé le remarquer. Quand je suis partie, elle riait à une remarque de Leah tandis qu'Esther levait les yeux au ciel. Toutes les trois bien à l'abri dans leur petit monde rose, comme toujours.

Je suis passée au *Beach Beans*, plus bas, où je me suis acheté un grand café, puis je me suis assise sur la plage et je l'ai bu devant le coucher du soleil. Après avoir pris mon portable en main, j'ai appuyé sur une touche raccourci.

— Allô ?

— Maman, c'est moi.

— Auden… dit-elle après un petit silence. Je pensais bien avoir de tes nouvelles très vite.

Ça commençait mal, mais j'ai continué.

— Je voudrais savoir si tu aimerais prendre ton petit-déjeuner avec moi, demain.

Elle poussa un soupir.

— Oh, chérie, je serais ravie, mais je repars très tôt. J'ai bien peur que cette excursion à Colby n'ait été bien mal inspirée. J'avais oublié combien je détestais la plage. Tout est si…

J'attendis l'adjectif tueur qui remplirait le blanc, tout en sachant qu'il serait aussi destiné à me décrire. Mais elle n'a pas achevé sa phrase, m'épargnant et épargnant le littoral par la même occasion.

— Quoi qu'il en soit, j'ai été ravie de te revoir, ajouta-t-elle après un silence particulièrement assourdissant. N'oublie pas de me tenir informée de tes progrès estivaux. Je tiens à ce que tu me racontes tout dans les moindres détails.

C'est ce qu'elle m'avait dit, quelques jours après mon arrivée chez mon père et Heidi. Mais, à l'époque, elle faisait allusion aux détails trash et méchants sur eux et leur petite vie. Désormais, j'appartenais au paysage, à cause de ce satané ciré rose.

— D'accord. Bon retour et bonne route. Sois prudente, surtout.

— Promis. Au revoir, ma chérie.

Je raccrochai et restai sur la plage, la gorge serrée. J'avais toujours bossé dur pour attirer l'attention de ma mère, pour l'arracher à ses cours, ses publications, ses collègues de fac, ses étudiants et mon frère. Je m'étais souvent demandé si je n'étais pas ridicule de faire tant d'efforts désespérés. La réponse : si, bien sûr. Sans compter que mon instinct ne m'avait pas trompée : non seulement c'était difficile d'obtenir son attention, mais c'était incroyablement facile de la perdre.

Je suis restée longtemps sur le sable. J'ai contemplé les couleurs du ciel se fondre dans le gris et le noir de la nuit qui tombait, et les badauds qui se promenaient. Des familles avec des enfants qui couraient et jouaient dans les vagues. Des couples qui marchaient en se tenant par la main. Des filles, des garçons, des surfeurs qui prenaient les vagues au loin, alors que la nuit continuait de tomber. Enfin, la plage s'est vidée, les lumières se sont allumées dans les maisons derrière moi et sur la promenade, plus loin. La nuit était là. Il restait tellement de temps à tuer, jusqu'au lendemain. J'en étais déjà épuisée à l'avance…

— Auden ?

Je sursautai. Maggie me rejoignait, cheveux au vent, son sac à l'épaule. Derrière elle, la promenade n'était qu'une guirlande de lumières dans le noir.

— Tout va bien ?

Comme je ne répondais pas, elle a enchaîné :

— Tu avais l'air triste, quand tu es partie, tout à l'heure.

J'ai revu ma mère, son dédain quand elle avait toisé ma collègue, les bas de maillots de bain, le flacon de parfum au nom ridicule, et même moi. Le tout se résumait à : « Pas à mon goût. » Sur la carte des relations humaines, il y avait un pays immense comme cette plage et son océan, mais que j'avais toujours évité de mon mieux. À présent que j'y étais arrivée, je me suis rendu compte que j'étais contente de ne pas y être seule.

— Non, ça va.

Je ne savais pas quelle serait la réaction de Maggie. Je débarquais en pays inconnu et je n'en connaissais ni les mœurs ni les coutumes. Mais cette fille, elle, y avait déjà séjourné, et elle le connaissait bien. Je l'ai compris à la façon dont elle a lâché son sac et s'est assise à côté de moi. Elle ne m'a pas prise dans ses bras pour une étreinte à la guimauve. Elle ne m'a pas non plus consolée – ce qui m'aurait fait décamper à la vitesse grand V. Elle s'est contentée de rester là. Elle avait compris, avant moi, que dans ma solitude, c'était de compagnie que j'avais besoin.

# Chapitre 8

— J'ai découvert un truc : quand tu achètes un paquet de chewing-gums, ça ne suffit pas, déclara Maggie. Parce qu'un chewing-gum, quand tu y réfléchis bien, il ne calme pas les petits creux.

— Ça, c'est vrai ! s'exclama Esther.

— Du coup, lorsque j'achète des chewing-gums, je me prends aussi des chips ou des cookies. Résultat, j'ai de quoi grignoter et un chewing-gum frais en guise de dessert.

Leah secoua la tête.

— Bof, je ne sais pas. Et les Tic Tac, tu en penses quoi ? C'est comme un chewing-gum, finalement, et il paraît qu'il faut en avaler un avant chaque repas.

— Oui, mais les Tic Tac, ça s'avale, ça passe. Un chewing-gum, ça dure, ça assure, fit remarquer Esther.

Maggie sourit.

— Impressionnant.

— Merci, répondit Esther. Je me sens toujours très inspirée quand je suis au *Gas/Gro*.

Jusque-là, je ne me sentais ni inspirée ni impressionnée. En fait, je me sentais comme une étrangère dans un monde d'étrangeté. Un peu plus tôt, j'étais seule sur la plage et, soudain, voilà que je me retrouvais au beau milieu d'une bande de filles. Peut-être même que j'étais sur le point de devenir une future habituée.

Lorsque Maggie s'était assise à côté de moi, je ne savais pas ce qui allait se passer. Bien sûr, j'avais eu des copines dans les écoles où j'étais allée, mais nos contacts se limitaient à des discussions sur les cours, les notes, les profs qu'on avait en commun. Je ne connaissais que ce que j'avais pêché dans les séries à la télé : copiner en picolant, en écoutant de la musique disco et en dansant, ou les trois ensemble. Mais comme il n'y avait ni alcool ni musique, malgré mon état de dépression, je m'étais demandé comment on allait faire.

Lorsque Maggie avait repris la parole, une fois de plus, elle avait réussi à me surprendre.

— Alors comme ça, ta mère, c'est le genre *badass* ?

J'avais tourné les yeux vers elle. Elle contemplait la mer. Ses cheveux volaient autour de son visage et elle avait les genoux sous le menton.

— C'est un mot qui peut la définir, oui.

Elle a souri, pris son sac avant de le poser entre nous pour fouiller dedans. Au bout d'un moment, elle en a sorti un magazine. Je me suis tendue, certaine qu'elle allait me comparer à une célébrité – au secours ! Mais je suis restée sur les fesses, quand j'ai constaté que c'était le catalogue des cours de l'Université de ma mère qu'elle étalait sur ses genoux. Elle l'a feuilleté jusqu'à ce qu'elle trouve une page, qu'elle avait cornée. Puis elle me l'a tendu.

« Littérature première année », lus-je, non sans difficulté, parce que je n'avais que la lumière d'une maison loin derrière pour m'éclairer. N'empêche que j'aurais repéré la photo de ma mère, qui dirigeait un séminaire, lunettes à la main et manifestement en train de lire je ne sais quel ouvrage, avec moins de lumière et d'encore plus loin.

— Où as-tu trouvé ce bulletin ? lui demandai-je.

— Je l'ai reçu avec mon dossier d'inscription. J'ai postulé là-bas principalement à cause de son département de littérature.

— Toi, tu as postulé à l'Université ?

Elle a acquiescé, et j'ai eu honte de lui avoir posé la question : si elle n'avait pas été admise, j'aurais évidemment raté une bonne occasion de me taire.

— J'ai cherché... Je me disais bien que je connaissais ta mère quand je l'ai vue au magasin, aujourd'hui, mais je n'arrivais pas à me souvenir où, jusqu'à ce que je rentre chez moi et que je retrouve le catalogue des cours.

J'ai de nouveau regardé la photo de ma mère, puis j'ai refermé le bulletin.

— Elle est compliquée. Ce n'est pas facile d'être sa fille, dis-je.

— Je me dis souvent que c'est difficile d'être la fille de sa mère.

Elle a rangé son catalogue et j'ai réfléchi à ses paroles. Puis on est restées silencieuses, à regarder la mer. De tous les habitants de Colby que j'avais rencontrés, c'était bien la dernière avec qui je pensais vivre un moment de grâce. Ce qui m'a rappelé quelque chose, tout à coup.

— Au fait, je m'en fiche complètement de Jake. C'est vraiment gênant ce qui s'est passé...

Elle a hoché la tête, l'air grave.

— C'est l'effet qu'il produit, en général.

— Je suis sincère. Et si je devais revenir en arrière… (J'ai pris une grande inspiration.) Je ne le referais pas.

— Toi, tu es « sortie » avec lui rien qu'une soirée. Tu t'imagines gâcher deux ans de ta vie avec lui ? dit-elle en étendant ses jambes devant elle.

Impossible, bien sûr. D'autant que je n'avais jamais eu l'ombre d'un petit ami, même un crétin fini, alors…

— Tu l'as beaucoup aimé ?

— Oui.

C'était dit simplement. Comme la vérité.

— Mais tout le monde passe par là.

— Par quoi ?

— Le premier grand amour… Le premier garçon qui te brise le cœur. Pour moi, c'est arrivé avec le même. Au moins, j'ai été efficace.

Elle a de nouveau fouillé dans son sac et en a tiré un paquet de chewing-gums. Remarquant qu'il était vide, elle a froncé les sourcils.

— C'est l'heure de faire une razzia au *Gas/Gro*.

Je l'ai regardée se lever, épousseter le sable puis reprendre son sac.

— Bon, eh bien, merci d'être passée, lui dis-je.

— Tu ne viens pas ?

— Au *Gas/Gro* ?

— Ou ailleurs.

Elle a mis son sac sur son épaule.

— Tu ne vas quand même pas rester ici toute seule. Quand on déprime, c'est la dernière chose à faire.

Je n'ai pas bougé. Je l'observais. Je songeais que j'aurais dû être franche et lui dire que la solitude, ça me plaisait, même quand j'étais déprimée, même quand je cafardais et que c'était même ce qui pouvait m'arriver de mieux après cette après-midi merdique. Puis je me suis souvenue de ma tristesse, devant le coucher du soleil, avant que Maggie ne me rejoigne. Avais-je vraiment envie de rester seule ? Oui ? Non ? C'était si difficile de décider, tout à coup. Alors j'ai contourné le problème et j'ai fait une réponse sans risque.

— Je pourrais toujours m'offrir un autre café.

Je me suis levée. J'ai jeté mon gobelet dans une poubelle, puis j'ai suivi Maggie sur la promenade pleine de touristes, jusqu'au *Gas/Gro*. Esther et Leah nous attendaient devant, assises sur le capot d'une vieille Jetta.

À présent, Maggie prévoyait de s'acheter des cookies et des chewing-gums. Elle a hésité devant des réglisses avant de se raviser. À côté, Esther lorgnait des graines de tournesol.

— J'en ai rêvé toute la soirée ! Mais maintenant que je les vois, je ne sais plus. J'ai carrément un doute sur leur VNS.

— Leur VNS ?

— Leur valeur nutritionnelle suffisante. C'est l'anti-grignotage intelligent par excellence ! Si tu cherches à grignoter intelligent, tu dois suivre cette règle d'or : saveur super et super apport nutritif, expliqua Maggie tandis que Leah prenait une boîte de Tic Tac et la secouait. Et les graines de tournesol, c'est pas top, de ce côté-là. Mais le bœuf séché, oui, parce que c'est bourré de protéines.

— Tout ça me dépasse, dis-je.

— Qu'est-ce qui te dépasse ?

— Cette obsession pour les magasins, la VNS, la chasse au grignotage intelligent, la prise de tête sur le pourquoi du comment d'acheter un goûter ou une entrée et un dessert ? Ça vous sert à quoi, à la fin ?

Elles se sont regardées.

— Je ne sais pas comment t'expliquer, répondit enfin Esther. C'est comme si on se préparait pour partir en voyage. On ne sait jamais ce qui va se passer, alors on fait des provisions pour la route.

— Nous est des habituées toujours prêtes à l'aventure !

Sur ces paroles, elles se sont dirigées vers la caisse. Au passage, je me suis servi un café GroRoast, tout simplement, parce que c'était juste ce qu'il me fallait. Et pourtant, en m'approchant de la caisse, j'ai pris deux *cupcakes* au chocolat. Je n'en avais pas besoin, ils étaient hautement toxiques et caloriques – j'aurais jeté l'argent qu'ils coûtaient par la fenêtre que ça aurait été pareil. Mais je me demandais si mes collègues n'avaient pas eu raison, en fin de compte… Quand on ne sait pas où on va, il vaut mieux prévoir.

— Ah non, pitié, les filles, on est déjà venues ici cent mille fois ! gronda Esther.

On était à l'entrée d'une grande maison qui donnait sur la plage. Il y avait du monde devant, mais aussi à l'intérieur où on voyait des silhouettes se découper sur les fenêtres comme des ombres chinoises, à l'extérieur sur les deux terrasses et enfin sur la plage en contrebas.

Sans compter les voitures qui arrivaient sans cesse et se garaient derrière celles qui embouteillaient déjà l'étroite impasse. On était là depuis deux minutes et au moins quinze personnes étaient rentrées.

— Et c'est justement parce qu'on est déjà venues que je propose qu'on se tire tout de suite, pendant qu'on a encore notre dignité ! continua Esther alors qu'une voiture passait avec la radio qui braillait.

— Ah, mais moi, j'ai juste envie de m'amuser ! déclara Leah en ouvrant sa boîte de Tic Tac pour en avaler un.

— C'est pareil.

— Non, ce n'est pas pareil ! s'exclama la fêtarde. Tu ne pourrais pas te détendre, pour une fois ? Ça te fera peut-être du bien !

— Non ! Parce que ce genre de fête, c'est chiant comme la mort ! répliqua son amie. Sauf si ça t'éclate de te faire arroser de bière ou de te faire mettre la main aux fesses par un gros nul au milieu d'un couloir parce qu'il y a tellement de monde que tu ne peux pas bouger d'un millimètre et qu'on est tous collés les uns contre les autres. On dirait que tu n'attends que ça !

Leah soupira.

— Écoute, l'autre soir, je suis allée au club *Caramel*, et j'ai écouté une fille jouer du xylophone et chanter non-stop dix chansons sur le communisme. Est-ce que je me suis plainte ? Non.

— Si ! dirent ses copines en même temps.

— Haut et très fort ! précisa même Esther.

— Je suis tout de même venue, poursuivit l'autre sans les écouter. Alors, en échange, vous devez me laisser choisir ce qu'on fait ce soir. J'ai choisi cette soirée, alors c'est parti !

Elle n'attendit pas leur accord, rempocha ses Tic Tac et se dirigea vers l'entrée à grands pas. Esther la suivit d'un pas moins décidé et moins enthousiaste, tandis que Maggie me souriait.

— Viens, ça ne sera pas aussi terrible qu'Esther le dit. C'est juste une fête. Enfin, tu sais ce que c'est.

Non, justement. Mais plutôt mourir que de le lui avouer. Je l'ai donc suivie en évitant les canettes de bière qui roulaient dans l'allée et sur l'escalier devant la maison.

Il devait bien y avoir un million de fêtards dans cette baraque, ce n'était pas possible autrement ! Tous s'alignaient comme des sardines en boîte le long du mur. On ne pouvait avancer qu'en file indienne, c'était une horreur. Ça puait l'eau de Cologne, la bière et la sueur à plein nez, et il faut dire que ça ne s'arrangeait pas, au fur et à mesure qu'on s'enfonçait dans la maison.

Je regardais droit devant moi mais, de temps en temps, du coin de l'œil, je remarquais un mec qui me matait, le front dégoulinant de sueur, ou j'entendais une voix qui roucoulait un truc du genre : « Salut, toi, ça va ? » adressé à moi, ou à une autre, c'était difficile à dire.

On a fini par déboucher dans le salon, où on avait plus d'espace pour respirer, mais où il y avait toujours autant de monde. La musique qui braillait s'élevait d'une chaîne stéréo invisible (à mes yeux). Des filles dansaient dans un coin, pendant que des mecs les reluquaient. Dans la cuisine directement sur ma droite, j'ai aperçu un tonnelet et de nombreuses bouteilles d'alcool près de l'évier. J'ai aussi vu, et ça, c'était vraiment insolite, deux plateaux de pâtisseries : le premier, garni de mignons *cupcakes* glacés faits maison et décorés de roses rouge vif en pâte d'amande, et un autre avec des carrés au citron, chocolat et framboise joliment arrangés sur d'élégants napperons.

Maggie a surpris mon regard et m'a fait signe de me rapprocher.

— Les parents de Belissa sont propriétaires de *Sweet Petite Bakery*. On est chez elle, me souffla-t-elle à l'oreille.

Puis elle me montra une fille en jean et top blanc, avec de longs cheveux noirs parsemés de mèches blondes qui dansait avec le petit groupe du salon.

— Il nous faut de la bière ! annonça Leah.

Elle a dégoté deux tasses rouges et me les a tendues.

— À toi de jouer, tu es la plus proche.

J'ai regardé les tasses, puis le tonnelet derrière moi. Leah et Maggie se parlaient, Esther avait disparu. Encore heureux que personne ne m'ait vue hésiter avant d'affronter la barrique. Bon, ça semblait simple : j'ai tourné le robinet.

Rien.

J'ai balayé la pièce du regard. Leah et Maggie se parlaient toujours, et le couple qui s'embrassait contre le frigo était bien trop occupé pour s'intéresser à mes problèmes de tonnelet ou au reste du monde, d'ailleurs. J'ai de nouveau tourné le robinet.

Toujours rien.

J'ai senti la honte me brûler comme un coup de soleil. Je n'avais jamais su demander de l'aide, et je n'avais certainement pas l'intention d'en demander à qui que ce soit pour ouvrir un crétin de robinet, un geste à la portée de n'importe quelle andouille. Merde enfin ! j'étais un puits de science, j'aurais dû savoir. Mais un robinet de fût de bière, c'était tout nouveau pour moi.

J'ai pris une grande inspiration, et je m'apprêtais à faire un nouvel essai, quand une main a soudain couvert la mienne, des doigts ont pressé le robinet et la bière a coulé dans la tasse que je tenais en dessous.

— Laisse-moi deviner, me dit ensuite Eli de sa voix imperturbable. J'imagine que boire de la bière en tonnelet, ça fait partie des activités de plein air ?

Il était en jean, avec le même sweat à capuche bleu qu'il portait, la première fois que je l'avais rencontré. J'avais eu honte bien avant d'avoir un témoin, mais c'était encore pire à présent et sa remarque m'a énervée.

— On n'est pas dehors, que je sache ?

Il a jeté un regard à la ronde, comme s'il avait besoin de confirmer.

— Non. En effet.

— Alors ma réponse à ta question, c'est non, dis-je en reportant mon attention sur le fût.

Il a retiré sa main toujours posée sur la mienne pendant que je remplissais la deuxième tasse.

— Je te trouve bien susceptible, dit-il.

— Et toi, bien critique !

— Oh, je vois : tu es toujours en colère, à cause de cette histoire de vélo ?

— Je sais en faire !

— Mais tu ne sais pas comment on ouvre le robinet d'un tonnelet de bière.

J'ai soupiré.

— Et c'est important à quel titre, s'il te plaît ?

Il a haussé les épaules.

— Ici, c'est obligatoire. Comme d'acheter plus d'un article au *Gas/Gro*.

Il s'en souvenait aussi ? Impressionnant. Mais embarrassant, vu la nullité de cette réflexion. J'ai donc préféré ne pas répondre, et je me suis rapprochée de Leah et Maggie pour leur donner leurs bières. Toutes les deux me fixaient, les yeux ronds comme des billes.

— Quoi ? demandai-je.

Elles ont pris leurs verres, se sont éloignées et ont bu en se regardant.

Je suis revenue remplir ma dernière tasse au tonnelet. Lorsque j'ai eu fini, elles m'observaient toujours avec leur drôle d'air, alors j'ai bu. La bière était tiède et éventée, autrement dit : dégueulasse. Franchement, si c'était ça, les fêtes qui mettaient mes anciennes copines de lycée en transe, je n'avais pas manqué grand-chose.

À côté de moi, Eli observait désormais les *cupcakes* et les carrés au citron. Comme je n'avais pas été très sympa avec lui, j'ai ouvert le dialogue pour faire la paix.

— Il paraît que les parents de la fille qui organise la fête possèdent une pâtisserie.

— Ah bon ?

J'ai bu une autre gorgée de bière. Pourquoi ? Je me le demande… Elle était vraiment infecte.

— Oui… On est chez la fille avec le T-shirt blanc, que tu vois, juste là. Celle au rouge à lèvres.

Il a suivi mon regard et observé le groupe qui dansait.

— Ah oui, je la vois.

Elle se trémoussait comme une vraie malade, en tournant la tête et les cheveux dans tous les sens, et ondulait des hanches devant bodybuildeur aux cheveux gominés.

— Elle en fait des caisses ! lâchai-je.

— Comment ça ?

J'ai haussé les épaules. Elle a regardé vers nous. Son regard a croisé le mien et j'ai bu une autre gorgée de bière.

— Eh bien, parfois, l'excès en toute chose est un défaut. Rien de trop, ce n'est définitivement pas sa devise ! expliquai-je.

Il a souri, comme si j'avais dit quelque chose de mignon, ce que je n'ai pas apprécié. J'ai regardé mes collègues qui, je me demande bien pourquoi, me fixaient toujours avec des yeux de hibou.

— Mais que ça ne t'empêche pas de goûter aux pâtisseries de ses parents, repris-je à l'adresse d'Eli. Elles ont l'air délicieuses.

— Non merci, sans façon.

— Ah, mais si tu ne sais pas comment dépiauter un *cupcake* de sa barquette de papier, il ne faut pas avoir honte, hein.

Cette fois, un vrai sourire a étiré ses lèvres.

— Je sais comment faire, t'inquiète.

— Je n'en doute pas.

— Mais je n'ai pas envie de manger ceux-là.

— Ah ?

J'ai posé ma bière pour fouiller dans mon sac et sortir le sachet que j'avais acheté un peu plus tôt au *Gas/Gro*. Je l'ai posé devant lui.

— Prouve-moi que tu sais t'y prendre.
— Vraiment ?
— C'est indispensable. Comme de savoir faire du vélo.
Après une hésitation, il s'en est emparé, l'a ouvert et s'est servi. Je le regardais faire en buvant une énième gorgée de bière quand j'ai tout à coup senti une main sur mon poignet. Maggie ?
— On s'arrache, grouille !
— Quoi ?
Mais elle m'entraînait déjà, sous le nez d'Eli, qui mangeait tranquillement son *cupcake* en nous regardant, direction la terrasse de derrière où Leah nous ouvrait la voie au milieu des autres invités.
— Dépêchez-vous ! nous hurla-t-elle.
Maggie approuva en me tirant toujours.
— Si on prend par l'escalier, on pourra se tirer plus vite et éviter ça !
— Tu l'as dit ! renchérit sa copine. À ce niveau-là, c'est une question de vie ou de mort !
— Mais enfin, qu'est-ce qui se passe ? demandai-je tandis qu'on prenait l'escalier, vers la terrasse du bas, moins bondée. Éviter quoi ?
Maggie était sur le point de me répondre quand la baie vitrée s'est ouverte sur notre droite, et que la danseuse au rouge à lèvres, Miss *Cupcake* adepte du tout en trop, nous a carrément interceptées. Deux des invitées qui dansaient avec elle, une rouquine en robe noire et une petite blonde boulotte, ont jailli derrière elle, comme ses deux anges gardiens.
— Stop ! dit-elle, mains levées, paumes face à nous.

Elle avait un petit filet de voix et parlait du nez.

— Qu'est-ce qui vient de se passer ? Et puis, on peut savoir qui c'est, celle-là ?

Par « celle-là », elle voulait dire... moi. Ses acolytes ne me quittaient pas du regard. Brusquement, j'ai eu des sueurs froides, un truc que j'avais souvent lu dans les romans, mais que je n'avais jamais vécu en vrai. Maggie m'a lâché le poignet.

— Il ne s'est rien passé du tout, Belissa.

— Rien ?

La dénommée Belissa s'approcha de moi. De près, je vis qu'elle avait une peau avec des pores gros comme des cratères lunaires et un nez trop pointu qui devait la rendre folle, le matin devant sa glace.

— C'est quoi, ton nom, pétasse ?

Au début, j'ai pensé qu'elle posait la question et donnait la réponse, mais je me suis rendu compte que c'était bien une question, donc j'ai donné la réponse.

— Auden.

Elle a plissé les yeux, suspicieuse.

— Auden, répéta-t-elle, l'air écœuré comme si j'avais dit plusieurs gros mots à la suite. C'est quoi, ce prénom ?

— Eh bien... commençai-je.

— Laisse tomber, Belissa. Maggie vient de te dire qu'il ne s'était rien passé, intervint Leah à toute vitesse.

— Elle branchait Eli, oui ou non ? demanda la reine de la fête.

— Bien sûr que non ! répondit ma collègue d'une voix assurée.

Les deux amies se sont regardées.

— Elle n'est pas d'ici. Elle ne connaît personne, continua-t-elle.

— Et elle n'est au courant de rien, ajouta Maggie qui semblait dans ses petits souliers. (Miss *Cupcake* a tourné son nez trop pointu vers elle.) Tu vois ce que je veux dire…

— J'ai vu comment il lui parlait, dit Belissa.

C'était surréaliste, parce qu'elle me dévisageait, et en même temps, elle agissait comme si j'avais été invisible.

— Il souriait, merde !

— Pourquoi ? Il n'a pas le droit de sourire ? demanda Leah, impertinente.

Maggie lui a jeté un regard inquiet.

— Écoute, Belissa, c'est un malentendu, et maintenant on se casse. D'accord ?

Elle a paru réfléchir, puis elle s'est approchée de moi.

— Je ne sais pas qui tu es, me dit-elle, en ponctuant chaque mot d'un coup d'index sur ma poitrine, et je m'en fiche, mais pas touche à mon mec, et encore moins quand tu es chez moi. Pigé ?

Je consultai Maggie qui hochait la tête de toutes ses forces.

— O.K., répondis-je.

— O.K., répéta Belissa.

Derrière elle, Leah a soupiré et levé les yeux au ciel.

— Maintenant, fichez le camp !

Maggie a repris mon bras, m'a entraînée dans l'escalier et ne m'a plus lâchée tandis qu'on suivait Leah sur la plage. On a contourné une dune, débouché sur un petit chemin pour se retrouver dans l'impasse devant chez

Belissa. Puis on a continué de courir jusqu'à la voiture où Esther nous attendait.

— Mais enfin, tu étais où ? lui demanda Leah. Ça ne t'est pas venu à l'idée qu'on pouvait avoir besoin de toi ?

— Laissez-moi deviner, fit l'intéressée au moment où Maggie et moi, on montait derrière. Déshonneur ? Humiliation ?

— Presque. Grâce à Auden, on a failli se faire lyncher ! expliqua son amie.

Elle a claqué la portière, puis s'est tournée pour me regarder.

— Tu es complètement cinglée ou quoi ? Flirter avec Eli Stock sous le nez de Belissa Norwood, chez Belissa Norwood, en mangeant les *cupcakes* de Belissa Norwood ?

Toutes les trois me fixaient.

— On ne mangeait même pas ses *cupcakes* à elle, mais ceux du *Gas/Gro*, répondis-je bêtement.

Leah a levé les mains en signe de capitulation et s'est retournée. Esther a démarré le moteur.

— Vous êtes dures, les filles, Auden n'est pas au courant, déclara Maggie qui était assise à côté de moi.

— Elle n'était pas non plus au courant, pour toi et pour Jake, répliqua Leah. Mais ça ne t'a pas empêchée d'avoir envie de l'étrangler, quand elle est lui a roulé des pelles.

— C'est vrai, reconnut-elle, mais je me trompais. Comme Belissa. Et puis Belissa et Eli, c'est fini. Il a le droit de parler avec qui il veut, non ?

— Justement, Eli ne parle pas ! À personne. Jamais. Alors, pourquoi elle, ce serait l'exception ? fit remarquer Leah en me jetant un coup d'œil.

Silence. Puis j'ai toussoté pour m'éclaircir la voix.

— Il me parle depuis le soir où je l'ai vu sur son BMX.

Silence toujours. Elles me fixaient comme si j'avais été une erreur de la nature, même Esther dans le rétro.

— Tu as vu Eli sur son BMX ? demanda doucement Maggie. Que faisait-il ?

Je haussai les épaules.

— Je n'en sais rien. Des figures. C'était au bout de la promenade.

Maggie et Leah se sont regardées.

— Eh bien, moi, je pense que… commença alors la seconde.

— Moi aussi ! On a bien besoin de se dégoter de quoi grignoter, et ça urge ! enchaîna Esther en tournant dans le parking du *Gas/Gro*.

— Avant de parler d'Eli, il faut qu'on te parle d'Abe, commença Maggie.

On était assises sur un banc, face à l'océan. Avant d'arriver à l'extrémité de la jetée, on avait dépassé de nombreux pêcheurs installés en rang d'oignons. Mais là où on était à présent, il n'y avait que nous et le ressac et le vent.

— Abe et Eli étaient inséparables, continua Maggie. Ils se connaissaient depuis la maternelle. Jamais l'un sans l'autre.

— Mais ils étaient très différents, précisa Esther. Eli était un garçon calme, avec ses airs de beau ténébreux, alors qu'Abe était…

Silence, puis Leah enchaîna :

— Un gaffeur de première !

— Un vrai clown ! continua Maggie. Complètement givré ! Il nous faisait hurler de rire.

— Même Eli.

— Surtout Eli ! précisa Leah en souriant. Eh, vous vous souvenez d'Eli, avant la mort d'Abe ? Un vrai boute-en-train !

— Abe est mort ? demandai-je.

Maggie hocha la tête d'un air grave et ouvrit son paquet de chewing-gums.

— Oui, en mai de l'année dernière. Ils étaient à Brockton, au Concrete Jungle. Ils étaient sponsorisés depuis deux ans, d'ailleurs. Au début, ils faisaient de la *race*, mais ils sont vite passés au *freestyle*. Eli a choisi de faire de la *vert'* dans des half-pipes, et Abe, du *flat*, au moins en compétition. Mais tous les deux étaient aussi super bons en *street*, bien que ça ne soit pas surprenant, quand on y réfléchit, parce qu'on est tous des citadins, en fin de compte.

— Maggie, pitié, on ne comprend rien à ton jargon de BMX, coupa Leah, parle normalement, tu veux.

— O.K., O.K., pardon, fit l'intéressée en mettant une barre de chewing-gum dans sa bouche. Eli et Abe étaient vraiment de très bons *riders*. Si bons, même, qu'on les payait pour participer à un tas d'événements sportifs. Et c'est pour cette raison qu'ils étaient à Brockton, ce jour-là.

— Et c'est en en revenant qu'ils ont eu un accident, enchaîna Esther.

— Un accident, répétai-je.

— Oui, dit Leah. Eli conduisait et Abe a été tué.

— Oh, mon Dieu… m'entendis-je dire.

— Je l'ai appris très vite, fit Maggie en pliant son papier de chewing-gum jusqu'à ce qu'il devienne un confetti. J'étais avec Jake, quand Eli a téléphoné. On était chez lui, et j'ai entendu la voix d'Eli. Il était à l'hôpital, il essayait de parler, mais tout ce que j'entendais, c'était…

Elle ne termina pas et fixa l'océan, si sombre et si mouvant autour de nous.

— Ce n'était pas sa faute, reprit Esther. Ils traversaient un carrefour, mais un chauffard leur a grillé la priorité et leur a foncé dedans.

— Un mec complètement bourré, précisa Leah.

— Ça a bousillé Eli, continua Esther. Il n'est plus le même, depuis l'accident. C'est comme si Abe avait emporté une partie de lui. Il n'a plus jamais été pareil après ça.

— Il a tout largué : ses sponsors, le BMX. Tout. Il avait été admis à l'Université, à l'époque. Il avait reporté son inscription pour continuer la compétition, mais ça aussi, il a laissé tomber. Puis il a trouvé un boulot dans le magasin de vélos et il a arrêté de faire du BMX.

— Du moins, c'est ce qu'on pensait, précisa Leah sans me quitter du regard.

— Je l'ai vu à vélo, un soir, sur la promenade, expliquai-je. Il était tard, enfin, tôt.

— Pour moi, c'est un signe ! dit Maggie. Mais un signe de quoi, c'est la question que je me pose.

Un bruit l'a interrompue. Je me suis retournée : l'un des pêcheurs tirait sur sa ligne. Sa prise gigotait et il l'a fourrée dans sa nasse. Les autres ont assisté à la scène, puis ont reporté leur attention sur leur ligne.

— Et Belissa ? C'est quoi, l'histoire ? demandai-je, mes mains autour de mon gobelet pour me réchauffer.

— Eli et Belissa sortaient ensemble depuis la seconde, expliqua Leah. Elle ne l'a pas quitté pendant l'enterrement et les mois suivants, puis ils ont rompu. Elle serait sortie avec un autre mec, d'après ce que j'ai entendu. Mais elle voit les choses autrement, on dirait.

— On dirait, oui.

Elle sourit et secoua la tête.

— Je te jure, quand elle t'a demandé « C'est quoi, ce prénom ? » et que j'ai vu que tu allais lui répondre, j'ai failli filer et te laisser te débrouiller toute seule.

— Elle m'avait posé une question !

— Rhétorique, la question.

— Alors, pourquoi me l'a-t-elle posée ?

— Mais parce qu'elle te cherchait des embrouilles ! Mais enfin, Auden ! Les ex-petites amies jalouses, tu ne connais pas ?

— Pas vraiment, non.

Maggie sourit.

— Eh bien, il va te falloir un cours de mise à niveau en urgence.

— Tu m'étonnes ! ajouta Leah. Tu as vu la tête de Belissa ? Et puis, quand elle t'a dit de te tirer, toi, tu as répondu…

— Elle a répondu : « O.K. », acheva Maggie.

Esther a ouvert de grands yeux.

— Pas possible !

— Si, je te jure ! Et elle l'a dit la bouche en cœur. Comme si elle lui faisait une fleur !

— Mais c'est faux ! protestai-je.

Silence.

— C'est vraiment l'impression que j'ai donnée ? repris-je.

— Ouais, dit Leah en secouant sa tasse et en aspirant sa paille. Ce que j'ai trouvé incroyablement culotté ou super débile. Ça reste à voir.

Esther a ri, et moi, j'ai contemplé mon café en repensant à la manière dont je m'étais sentie comme une étrangère à cette fête, puis à cette espèce de folle furieuse. J'avais passé ma vie à apprendre, mais j'ignorais ce qu'était la vie. Au point de m'attendre à un sale quart d'heure, si Leah et Maggie ne m'avaient pas sortie de cette galère.

— C'était idiot, dis-je pensant à voix haute.

Elles m'ont regardée, l'air interrogateur.

— Ce que j'ai dit à Belissa, précisai-je. En même temps, je ne suis jamais allée à des fêtes, au lycée. Je ne suis pas trop du genre sociale.

Un silence gigantesque a accueilli mes paroles. Enfin, c'est ce qui m'a semblé.

— Ça explique beaucoup de choses ! déclara Leah.

— Tu m'étonnes ! renchérit Maggie.

— Qu'est-ce que vous voulez dire ? demandai-je.

— Non, rien, répondit cette dernière trop vite.

Puis jetant un coup d'œil à son amie, elle ajouta :

— À peine arrivée, tu allumes grave Jake, et après, tu t'étonnes que les gens… hmm… te cataloguent comme… hmm… une pouffe.

— Les gens, c'est nous, précisa Leah.

— J'avais compris, merci.

— En fait, tu te la joues vachement princesse, avec tes grands airs, précisa Esther.

— Jusqu'à ce soir, ajouta Leah.

— Oui, jusqu'à ce soir, convint Maggie. Nous, on pensait que tu pétais plus haut que ton cul, que tu nous méprisais, mais au fond tu ne sais peut-être pas te lâcher ?

J'aurais aimé choisir l'option numéro deux, mais je savais que je les avais snobées. D'un regard et en une seconde chrono – pour ce qui concerne Maggie, du moins.

— Seule un loup solitaire oserait répondre à Belissa comme tu l'as fait ! Tu croyais vraiment qu'elle en avait quelque chose à faire de ton prénom ? reprit Leah.

— Ben… oui, insistai-je.

— Ça m'étonnerait que Belissa Norwood s'intéresse à la vie d'un poète contemporain, réputé pour sa poésie qui s'exprime par le haïku, la villanelle et j'en passe, et qui a aussi écrit des essais sur la littérature, l'histoire, etc., récita Maggie.

— Toi, tu connais Wystan Hugh Auden ? lui demandai-je, ébahie.

— En terminale, j'ai rédigé un exposé sur la manière dont il exprime l'idée de la mort et du chagrin dans *Funeral Blues*. C'est grâce à ça que j'ai été acceptée à Defriese. Dis, Leah, il te reste des Tic Tac ?

J'en suis restée médusée. Leah lui passa ses Tic Tac. Sacrée journée ! Ma mère avait fait le déplacement jusqu'à Colby, j'avais failli recevoir la bastonnade d'une fille verte de jalousie et j'avais appris le drame qui avait bouleversé la vie d'Eli. Mais ce qui me laissait sans voix, c'est que Maggie allait à Defriese. Comme moi !

— Il est plus de minuit. Je rentre, dit Esther, un œil sur l'heure. Je ramène quelqu'un ?

— Moi ! dit Leah qui se leva en lissant son jean. Vu que je n'ai rencontré aucun mec potable pour me reconduire chez moi, après la fête de Belissa…

— Désolée, c'est ma faute, dis-je.

— Elle s'en remettra ! déclara la chauffeure qui passa un bras autour des épaules de son amie en remontant la jetée. Demain soir, on va au *Bentley's* pour une soirée scène ouverte, et peut-être qu'elle se trouvera un artiste aux cheveux gras.

— Rien que pour t'embêter ? Peut-être que je le ferai, oui ! fit l'intéressée.

— Et toi, Auden ? demanda Maggie en se postant à ma hauteur. Tu veux qu'on te reconduise chez Heidi ?

J'ai observé la promenade, la route au-delà et la lumière des lampadaires qui perçait la nuit.

— Non. Je crois que je vais aller boire un café avant de rentrer.

— Encore ! s'exclama Esther. Ça ne t'empêche pas de dormir ?

— Non.

On s'est dit au revoir au bout de la jetée, puis elles sont reparties vers la voiture. Je les entendais toujours parler, parce que le vent portait leur voix, tandis que je prenais l'autre direction pour retourner au *Gas/Gro*, où j'ai été la seule cliente. J'ai rempli mon gobelet de café, pris une dosette de lait et une touillette à café. Après réflexion, j'ai aussi choisi une barre chocolatée. La caissière, une blonde entre deux âges qui s'appelait

Wanda (d'après son badge), faisait des mots croisés. Elle les a posés et m'a encaissée en étouffant un bâillement.

— Sacrée longue nuit, dit-elle tandis que je lui tendais la monnaie.

— Elles le sont toutes, non ? répondis-je.

À l'extérieur, sur le parking, le vent était chaud et soufflait fort. L'espace d'un moment, j'ai fermé les yeux pour le plaisir de le sentir caresser mon visage. Six heures plus tôt, je rêvais de solitude, mais j'avais découvert, – surprise, surprise ! – que c'était de compagnie que j'avais besoin. Cela dit, je me doutais bien que Maggie avait dû prendre sur elle, pour venir aux nouvelles. Elle avait certainement dû se demander comment je réagirais en la voyant se pointer. Le plus simple, pour elle, ça aurait été de me laisser mijoter dans mon coin, mais elle n'avait pas choisi la simplicité.

Moi aussi, j'aimais les défis. Du moins, j'aimais à me penser téméraire. Voilà pourquoi je suis partie à la recherche d'Eli.

Sur la promenade, un flic conduisait tout doucement, avec sa radio qui crachotait, et deux amies marchaient bras dessus, bras dessous, l'une trébuchant, l'autre pas. Les bars allaient fermer dans une petite heure, mais ils étaient encore bondés et pleins de musique. Plus bas, c'était calme, c'était sombre. Toutes les boutiques étaient fermées. Sauf le magasin de vélos, où il y avait de la lumière.

En arrivant devant, j'ai levé la main pour frapper, mais j'ai hésité, puis renoncé. Bon, j'avais passé une soirée entre filles. Oui, et alors ? Est-ce que ma vie avait changé pour autant ? Ou est-ce moi qui avais changé ? Immobile, je réfléchissais toujours, lorsque j'ai vu Eli, cheveux noirs et chemise bleue, qui sortait de l'arrière-boutique. Sans réfléchir, j'ai frappé à la vitrine.

Il a levé les yeux, l'air méfiant. Quand il s'est approché et m'a reconnue, il n'a pas semblé soulagé ni surpris. Il a déverrouillé et ouvert.

— Laisse-moi deviner. Tu veux apprendre à faire du vélo et tu ne peux pas attendre jusqu'à demain ?

— Non.

Il a retiré sa main de la poignée et m'a fixée en silence. Ah, il attendait que je m'explique.

— J'étais dans le coin, j'ai vu de la lumière.

Je lui ai montré mon gobelet de café, comme si ça prouvait ma présence.

— Encore une longue nuit, tout ça, tout ça…

Il continuait de me fixer.

— Bon, allez, entre.

J'ai obéi. Il a refermé la porte et je l'ai suivi dans l'arrière-boutique, plutôt une espèce de garage-atelier. Il y avait des pièces détachées de vélos sur des établis, des roues çà et là, des engrenages et des outils partout. Dans un coin, on voyait un BMX en cours d'assemblage, et dessus, un mot : « Poste de travail d'Adam : si tu y touches, tu es mort. » Le tout agrémenté d'une tête de mort. Sympa, l'ambiance…

— Assieds-toi là, me dit enfin mon hôte en me montrant un tabouret à côté.

— C'est dangereux de s'aventurer ici, dis donc.

Eli a lu le mot d'Adam et levé les yeux au ciel.

Je me suis assise, mon gobelet à la main. Lui s'est installé derrière un bureau encombré de papiers, de pièces détachées et, sans surprise, de bouteilles de soda vides.

— Tu n'es pas venue pour le vélo, dit-il en prenant une lettre qu'il parcourut.

— Non.

— Alors, pourquoi ? Tu faisais juste une balade nocturne ?

*« Eli ne parle pas ! À personne. Jamais »*, avait dit Leah un peu plus tôt. Mais à moi, si. Et ça, c'était un signe. Mais un signe de quoi ?

— Je ne sais pas, répondis-je. Je pensais… eh bien, je pensais que tu aurais envie de parler.

Eli a refermé lentement le tiroir, pourtant, ça a claqué, comme une détonation.

— Parler, dit-il de sa voix impassible.

— Oui.

Il me dévisageait avec son air de sphinx. Je me sentis sur le point de me liquéfier d'embarras, comme quand j'étais dans la ligne de mire de ma mère.

— Je ne dors pas, tu ne dors pas, alors j'ai pensé…

— Ah, ça y est, j'y suis ! Tu sais tout, maintenant !

— Je…

Il a secoué la tête.

— J'aurais dû m'en douter quand je t'ai vue à la fête avec les filles ! Maggie n'a jamais su tenir sa langue.

Je ne savais plus quoi dire.

— Écoute, je suis désolée. Je pensais seulement…

— Je sais ce que tu pensais.

Il a pris des papiers qu'il a feuilletés.

— C'est sympa que tu aies envie de m'aider, mais pas besoin, compris ?

J'ai acquiescé bêtement. J'étais mal. Soudain, la lumière me semblait trop forte et, pire, mettait mes défauts en évidence. Je me suis levée.

— Il faut que je file. Il est tard.

Il m'a observée. Je me souvins de ce que j'avais pensé, la première fois que je l'avais vu, avant de savoir ce qui lui était arrivé : que son regard était hanté par des ombres.

— Tu tiens vraiment à savoir pourquoi je te parlais à toi ? reprit-il.

— Oui.

— Parce que tu étais différente des autres. Tu n'étais pas dans tes petits souliers, tu n'agissais pas bizarrement, tu ne me regardais pas avec cet air-là.

— Quel air ?

— Eh bien, celui-là, dit-il en pointant le doigt sur mon visage.

J'ai rougi.

— Tu étais… normale. Enfin, jusqu'à ce soir…

*« Jusqu'à ce soir »*… C'était aussi ce que m'avaient dit Leah et Maggie, une heure plus tôt. Eli continuait de farfouiller dans un autre tiroir et ne me regardait plus. J'ai repensé au jour où il avait fait faire l'ascenseur à Thisbé, la facilité avec laquelle il l'avait sortie de sa poussette. Il existe de nombreuses façons de réconforter quelqu'un. L'ascenseur en était l'une des plus insolites.

— Je suis soulagée de te l'entendre dire, répondis-je en m'appuyant contre l'embrasure de la porte. Parce que ce n'est pas de la compassion que j'éprouve pour le moment.

— Ah non ? demanda-t-il sans lever les yeux.

— Non. Pas un poil. En fait, je suis plutôt en colère contre toi.

— En colère ?

— Oui.

Cette fois, j'avais toute son attention.

— Et pourquoi ça ?

— Parce que, à cause de toi, j'ai failli m'en prendre une, ce soir.

— À cause de moi ?

Il était bouché ou quoi ?

— Tu sais très bien que je te parle de ta furie de petite amie ! Même que tu la regardais, pendant que je te parlais d'elle, à la fête.

— Attends, elle…

— Tu m'as laissée déblatérer, coupai-je, et quand elle est venue me faire son sketch…

— Sérieux ?

— Elle m'a collé son doigt sur la poitrine et m'a traitée de pétasse.

Il a haussé les sourcils.

— Et pendant ce temps, tu te gavais de *cupcakes* je ne sais où.

— Excuse-moi, mais c'est toi qui m'avais proposé de me servir.

— À ce moment-là, je ne savais pas encore que ma vie était en danger ! (J'ai soupiré.) En résumé, tu m'as lâchée. Tu m'as laissée me dépatouiller toute seule. Pas très sympa de ta part, je trouve.

— Pour commencer, Belissa n'est pas ma petite amie.

— Dans ce cas, tu aurais pu le lui rappeler au lieu de t'empiffrer.

Il m'a fixée sans rien dire. Comme d'habitude, il était impossible de savoir ce qu'il pensait. De nouveau, j'ai été morte de honte. Mais pas pour la même raison qu'un peu plus tôt.

— À propos, qu'est-ce que tu fais dehors si tard ? demanda-t-il.

— Je ne dors pas.

— Pourquoi ?

— J'ai arrêté de dormir quand mes parents ont commencé à se disputer la nuit. C'était il y a longtemps, mais je ne dors toujours pas et je ne sais pas pourquoi.

C'était sorti tout seul.

— Qu'est-ce que tu fais, alors, pour tuer le temps ? demanda Eli. Mis à part ne pas faire de vélo ?

J'ai haussé les épaules.

— Je bouquine. Je conduis. Chez moi, il y avait un *diner* ouvert 24 heures sur 24, 7 jours sur 7. Mais ici, il n'y a que le *Wheelhouse*, et c'est loin d'être idéal.

— Tu vas au *Wheelhouse* ? Ma pauvre, le café y est dégueulasse.

— Je sais. Et les serveuses sont de vraies peaux de vaches.

— Même s'il n'y a pas un chat, elles pensent que tu squattes. Tu devrais aller où je vais. Ouvert 24 heures sur 24, 7 jours sur 7, café d'enfer et tarte aux pommes, je te dis pas…

— Vraiment ? C'est la combinaison gagnante !

— Je sais !

— Mais c'est un mythe : j'ai passé en revue tous les cafés du coin dans un rayon de 80 kilomètres mais je n'ai rien vu, à part cette horreur de *Wheelhouse*.

— Parce que c'est un des secrets de la région.

— Ah, je vois, dis-je m'appuyant de nouveau contre l'embrasure. Encore un truc typique de la région.

— Oui… dit-il en se baissant pour prendre un sac de toile qu'il a mis en bandoulière, mais t'inquiète, moi, je peux faire ton initiation.

— Ce n'est pas un café !

Seulement une laverie, avec des machines à laver alignées d'un côté et les sèche-linge de l'autre. Plus des tables pour plier le linge entre les deux, des chaises en plastique et un distributeur de lessive et d'adoucissant avec un « EN PANNE » collé dessus.

— Ah, mais je n'ai jamais dit que c'était un café, déclara Eli en s'approchant d'une machine où il a posé son sac.

— Tu n'as pas dit non plus que c'était une laverie.

— Très juste.

Il a tiré un flacon de lessive liquide, puis vidé le contenu de son sac de toile dans une machine à laver. Il a mis des pièces, l'eau a commencé à couler et à mousser.

— Viens.

Je l'ai suivi en hésitant entre les machines à laver et les sèche-linge jusque dans un couloir très étroit avec une porte blanche au bout. Eli a frappé deux fois avant d'ouvrir et m'a fait signe de passer la première. J'ai de nouveau hésité. Puis j'ai senti une odeur de café et ça a suffi à me décider. J'ai eu l'impression d'entrer dans la quatrième dimension. Finis le lino et les appareils électroménagers éclatants de blancheur, j'étais dans une salle douillette un peu sombre et toute rouge avec une seule fenêtre encadrée par des néons multicolores et quelques tables. Près de la porte ouverte où s'introduisait le vent se trouvait un petit comptoir. Un homme grisonnant, la cinquantaine, était assis derrière et lisait un magazine. Quand il a levé les yeux et reconnu Eli, il a souri.

— Salut, toi ! J'aurais parié que tu passerais, ce soir !

— Plus de chemises propres, pas le choix, répondit le garçon.

Son interlocuteur a posé son magazine et s'est frotté les mains.

— Que puis-je faire pour vous, les amis ?

— Ça dépend du menu, dit Eli qui tira un tabouret devant le comptoir.

J'allais l'imiter, mais il m'a fait signe que le tabouret, c'était pour moi.

— Tarte aux pommes. Rhubarbe. Mûres-framboises, énuméra notre hôte, qui recula pour regarder sous son comptoir.

— Mûres-framboises, pas mal.

— Très moelleux. Savoureux. Fond de pâte à tarte sucré et massepain. Un goût très prononcé. Mais ça en vaut la peine.

— Ça me tente ! dit Eli.

Il se tourna vers moi.

— Et toi ? Qu'est-ce que je te sers ?

— Un café ?

— C'est tout ?

— Elle n'est pas du coin, expliqua Eli.

Puis à moi :

— Fais-moi confiance : tu meurs d'envie d'une part de tarte.

— Alors tarte aux pommes, dis-je sous leurs regards attentifs.

— Très bon choix ! apprécia Eli tandis que notre hôte prenait deux tasses dans un rack derrière lui et les remplissait avec la cafetière à proximité.

Ensuite, il a sorti deux assiettes de dessous son comptoir, puis deux tartes. Il en a coupé deux belles parts qu'il a arrangées joliment avec une petite fourchette et nous les a servies.

J'ai commencé par boire mon café. Eli ne s'était pas fichu de moi. Il était à tomber et la tarte aux pommes était carrément divine.

— Je te l'avais dit ! fanfaronna-t-il. Le *Wheelhouse*, à côté, c'est du pipi de chat.

— Le *Wheelhouse* ! s'exclama notre hôte. Mais personne ne mange là-bas, voyons !

Eli me montra du menton.

— Si, elle.

— Oh, ma pauvre petite, j'en suis malade pour toi !

— Clyde considère que la tarte aux pommes est un art à part entière, expliqua Eli.

— Ma foi, je fais de mon mieux, répondit le dénommé Clyde, flatté. Je débute dans la pâtisserie fine. C'est parce que j'ai commencé sur le tard.

— C'est le propriétaire du magasin de vélos, m'expliqua ensuite Eli. Et d'environ quatre autres magasins à Colby. C'est un vrai seigneur.

— Je préfère le terme d'*homo universalis* ! corrigea-t-il en reprenant son magazine, *Gourmet*. Ce n'est pas parce que je suis un excellent homme d'affaires que je suis incapable de réaliser une pâte à tarte bien croustillante. Du moins, j'essaie.

Je croquai de nouveau dans ma part de tarte, à mon avis proche de la perfection, avant de jeter un œil alentour.

— Il faut tout de même admettre que c'est mieux que de rouler dans Colby ou de bouquiner seule dans son coin, me dit Eli tandis que notre hôte tournait les pages de son magazine et étudiait une recette de gratin de pommes de terre.

— Cent fois mieux ! approuvai-je.

— Auden est insomniaque, comme moi, expliqua-t-il à son ami qui hocha la tête.

Puis il ajouta en me regardant :

— Clyde a acheté ce local pour s'occuper l'esprit, la nuit.

— Exact. En revanche, le transformer en café, c'était l'idée d'Eli.

— Bof, non.

— Mais si, voyons. (Il tourna une nouvelle page.) On glandait dans cette laverie pendant tout un cycle de lavage, avec une Thermos de café et des pâtisseries que j'avais préparées pendant la journée. Eli m'a convaincu qu'on n'était peut-être pas les seuls à chercher un endroit sympa ouvert la nuit et qui ne soit pas un bar.

Eli planta sa fourchette dans sa part de tarte.

— « Tout un cycle ». Pas mal, comme nom, pour un magasin de vélos…

— Tiens, c'est vrai. Tu devrais le noter pour ne pas l'oublier.

Eli a pris son portefeuille et en a tiré un morceau de papier plié en quatre. *A priori*, c'était une liste… et sacrément longue. Clyde lui a tendu un stylo et il a griffonné.

— Il nous faut un nouveau nom pour le magasin de vélos, m'expliqua-t-il. On en cherche un depuis déjà pas mal de temps.

Je me souvins de la conversation que j'avais surprise entre Jake, Wallace et Adam, le jour de mon arrivée à Colby.

— Comment s'appelle-t-il, pour le moment ?

— « Le Magasin de vélos », répondit-il.

Je haussais les sourcils.

— Pas mal, hein ? ajouta-t-il.

— En fait, il s'appelle « Clyde, vélos et cycles », me renseigna le propriétaire en me servant une nouvelle tasse de café. Mais l'enseigne s'est envolée lors de l'ouragan Béatrice, l'année dernière. Quand j'ai voulu la remplacer, je me suis dit que c'était le moment ou jamais de le rebaptiser.

— C'est ce qu'on essaie de faire depuis un an, acheva Eli. Mais Clyde n'arrive pas à se décider.

— J'aurai le déclic le moment venu, se justifia-t-il. Et en attendant, tout le monde l'appelle « Le Magasin de vélos ». Après tout, c'est ce que c'est, pas vrai ?

La sonnerie du téléphone l'interrompit. Il décrocha.

— Qu'est-ce que je te disais ! me fit Eli. Pas mal, hein ?

— Pas mal du tout, oui ! Tu as raison. Toute seule, je n'aurais jamais trouvé.

— Jamais.

On a mangé en silence. De l'autre côté du mur, j'entendais le tambour d'un sèche-linge. Il était 2 h 15.

— Bon, tu as autre chose à me montrer ? demandai-je.

Moi qui pensais que j'étais l'insomniaque par excellence… Mais je me trompais : Eli me battait à plates coutures.

Après la laverie, on a pris son van, une vieille Toyota avec une galerie dont le coffre était rempli de pièces détachées de vélo qui faisaient un raffut terrible à chaque virage, puis on a roulé une bonne vingtaine de kilomètres jusqu'au *Park Mart*, ouvert 24 heures sur 24. À 3 heures du matin, on pouvait y acheter de la bouffe, du linge, divers accessoires, et même changer ses pneus de voiture. Au moment où on passait les rayons en revue, avec un chariot entre nous, on a parlé de tout sauf d'Abe.

— Dis donc, comme ça, tu vas à Defriese, à la rentrée ? demanda-t-il. (Il comparait les différentes marques de pop-corn pour micro-ondes.) Comme Maggie, je crois ?

— Tu crois bien, dis-je en prenant une boîte.

— Alors, ça doit être une super bonne université. Maggie, c'est Einstein et Freud à la fois.

Silence.

— Toi aussi, tu es une tête ? demanda-t-il.

— Je me débrouille.

Il a posé son pop-corn dans le chariot.

— Eh bien, si tu es un petit génie, tu devrais savoir qu'il ne faut jamais flirter avec le mec d'une autre dans sa propre cuisine.

— Pardon, mais les livres, c'est mon rayon, pas la racaille.

Eli fit une grimace.

— Belissa, une racaille ? Loin de là. Figure-toi qu'elle fait nettoyer ses jeans à sec.

— Tu plaisantes ?

— Non.

— Tu m'en diras tant…

On a continué notre shopping. Eli n'avait pas de liste, mais il savait exactement ce qu'il lui fallait.

— À propos, tu avais raison, j'ai…

Je n'ai pas terminé, il n'a pas insisté. Ça m'a plu.

— J'ai zappé pas mal d'expériences au lycée, repris-je.

— À mon avis, tu n'as pas manqué grand-chose, dit-il en mettant des rouleaux d'essuie-tout dans son chariot. C'est très surfait, mais je ne sais pas pourquoi, on en fait tout un plat.

— Je parie que tu étais populaire, au lycée.

On a suivi le rayon des soupes. À mi-chemin, on a vu un dingue avec un long manteau qui parlait tout seul. Le problème, quand on est un couche-très tard ou un lève-très tôt, ce sont les siphonnés, qui sont soit l'un soit l'autre. Eli a eu la même attitude que moi, dans ce cas-là : ne pas regarder, s'écarter et agir comme si de rien n'était.

— Qu'est-ce que tu en sais ?

— Tu étais un pro du BMX, donc tu l'étais forcément.

— Dis plutôt que j'étais un abruti de pro du BMX.

Après réflexion et un regard sceptique de ma part, il a repris :

— Bon, d'accord, je n'étais pas non plus du genre à faire tapisserie.

Il a pris une canette de soupe à la tomate, puis une deuxième.

— Mais qu'est-ce que ça peut bien faire ? Ça ne change rien sur le long terme, continua-t-il.

— Si, peut-être.

Je jetai un œil dans le chariot et enchaînai :

— Regarde, moi, j'ai été une élève modèle, mais je n'ai jamais eu beaucoup d'amis. Conclusion, j'ignore certaines choses de la vie.

— Par exemple ?

— Par exemple, je ne savais pas qu'il ne fallait pas brancher le mec d'une autre, et en plus, chez elle.

On s'est écartés du dingue au manteau qui parlait toujours tout seul pour s'approcher d'une employée à moitié endormie qui réapprovisionnait le rayon en assiettes de charcuterie.

— Tu as failli te faire tabasser, bon, et alors ? Il n'y a rien de tel que l'apprentissage sur le vif. Tu n'es pas près de recommencer.

— Ça, c'est sûr, mais pour le reste ?

— Le reste ? C'est-à-dire ?

Je haussai les épaules et me penchai sur le chariot. Il prit un pack de lait et en vérifia la date de péremption. En le voyant faire, je pensais – ce n'était d'ailleurs pas la première fois depuis le début de la soirée – que ça aurait dû me faire drôle d'être avec lui, là, à cette heure. Mais pas du tout. C'est la meilleure partie de la nuit. Ce qui aurait semblé insolite en plein jour devenait normal, passé une certaine heure. Un peu comme si la nuit, ça vous décomplexait la vie et les relations. Comme si le noir, ça égalisait les niveaux.

— De toute façon, il est trop tard pour rattraper ce que j'aurais dû faire en dix-huit ans : soirée pyjama, faire le mur le vendredi soir pour aller à une fête, continuai-je.

— Ou faire du vélo.

Je cessai de pousser le chariot.

— Mais enfin, c'est quoi, ton problème avec le vélo ?

— Ce n'est pas mon problème, c'est ma spécialité. Et puis, ça fait partie de l'apprentissage pour devenir adulte, dit-il devant le rayon des fromages. Et il n'est pas trop tard.

Je n'ai pas répondu. On se dirigeait maintenant vers les caisses où une seule caissière louchait sur les pointes de ses cheveux.

— Il n'est pas trop tard pour les soirées pyjama et le reste non plus, reprit Eli en posant ses articles sur le tapis roulant. Mais tu peux barrer « faire le mur » de ta liste.

— Pourquoi ?

— Parce qu'il est plus de 4 heures du matin et qu'on est au *Park Mart*, expliqua-t-il.

La caissière scannait ses articles.

— Ça compte, non ? me demanda-t-il.

Je réfléchis en regardant les pommes rouler sur le tapis.

— Je ne sais pas. Tu as peut-être raison, ce que j'ai manqué au lycée n'en vaut peut-être pas la peine, en définitive... Pourquoi est-ce que je devrais me prendre la tête ? À quoi bon ?

— Pourquoi chercher à tout prix une raison ? Si tu as besoin de rattraper le temps perdu, fais-le, c'est tout, répondit-il après réflexion.

Il a rangé ses achats dans des sacs pendant que je me repassais ses dernières paroles : « *Fais-le, c'est tout.* » Il n'expliquait ni ne justifiait rien. J'ai bien aimé.

Après *Park Mart*, on est partis chez *Lumber and Stone*, le supermarché des fournitures pour la maison, qui ouvrait tôt, pour les entrepreneurs, comme Eli m'en informa. On n'était pas des entrepreneurs, mais personne ne nous a fait les gros yeux lorsqu'on est entrés. Il a acheté un nouveau jeu de clés de bricolage, des clous et une boîte d'ampoules. Pendant qu'il payait, je l'ai attendu sur un banc à l'entrée en regardant le soleil se lever sur le parking. Quand on est repartis, il était près de 6 heures du matin, et le reste du monde se réveillait pour se joindre à nous. J'ai étouffé un bâillement derrière ma main.

— Je t'ai vue ! me dit-il.

— C'est l'heure où je m'effondre, en général.

— Encore un arrêt et je te ramène.

Il a pris la direction du *Gas/Gro*. J'aurais dû m'en douter. La caissière, qui lisait désormais un journal, était derrière le comptoir, portable pressé contre l'oreille.

— Tu as besoin de quelque chose ? me demanda Eli.

J'ai secoué la tête, et je me suis laissée glisser sur mon siège au moment où il sortait du véhicule. Au même moment, une Honda bleue s'est garée, pas très loin. Je bâillais de nouveau quand j'ai vu le chauffeur en descendre et claquer sa portière. Sa passagère est restée à l'intérieur. L'homme était grand et portait un pantalon kaki froissé, une chemise écossaise et des lunettes à monture noire.

Je me suis penchée pour mieux le suivre des yeux. Lorsqu'il est entré dans la supérette, je me suis retournée vers la Honda, vers la passagère. Comme je m'y attendais, c'était ma mère, avec son chignon, un petit pull noir (son préféré) noué sur les épaules. Elle semblait fatiguée. Dans le *Gas/Gro*, son doctorant se servait un café. Je le vis ensuite prendre un paquet de chewing-gums, une part de tarte aux pommes avant de passer à la caisse où Eli parlait avec l'employée qui scannait ses achats. Ma mère sortait avec un habitué.

Eli est revenu avec une bouteille d'eau et un sachet de Doritos. Ma mère l'a bien dévisagé, quand il est passé devant la Honda. Ce qu'elle voyait ? Un garçon avec des cheveux noirs trop longs, un T-shirt trop naze, qui avait une façon trop cool de jouer avec ses clés de voiture. Elle a dû le cataloguer en deux secondes : niveau secondaire, aucune ambition universitaire, milieu prolo.

Exactement ce que j'aurais pensé, moi aussi, à un moment donné. Mais j'étais à une nuit et à des centaines d'heures de ma mère, désormais, même si elle n'était qu'à quelques mètres de moi.

Peut-être qu'elle a regardé Eli monter dans la voiture et refermer la portière. Aucune idée. Parce que je lui ai tourné le dos pour sourire à mon compagnon d'insomnie. Elle ne pouvait pas me reconnaître : de dos, je n'étais qu'une fille parmi tant d'autres. Une fille qui hochait la tête parce que son ami lui demandait si elle avait envie de rentrer.

# Chapitre 9

— J'ai fini !

J'ouvris les yeux, les clignai, les refermai. Je rêvais ? Non. Parce que j'ai entendu le même cri, une seconde plus tard.

— J'ai fini ! C'est terminé !

Une porte s'ouvrit, se referma. Puis des pas se sont rapprochés.

— Eh ? Il y a quelqu'un ?

Je me redressai. Il était seize heures et quart, je m'étais couchée à 6 heures ce matin-là. Enfin, le matin d'un peu plus tôt. Bon, bref, j'étais fâchée avec le temps.

Je me levai, ouvris ma porte au moment où mon père s'approchait de la nursery et s'apprêtait à y entrer.

— Auden ! s'écria-t-il. Tu sais quoi ? Je…

J'ai retenu sa main à temps.

— Non, ne fais pas ça, murmurai-je.

— Pourquoi ?

Je l'entraînai dans ma chambre dont je refermai doucement la porte, puis je lui fis signe de me suivre vers la fenêtre, le plus loin possible de la cloison qui séparait ma chambre de celle de ma sœur.

— Auden, tu peux m'expliquer à quoi ça rime ? s'écria-t-il de nouveau.

— Thisbé a eu des coliques toute la nuit. Et ce matin aussi. Mais elle dort, maintenant. Alors Heidi aussi, sans doute.

Il regarda sa montre, puis la porte de ma chambre.

— Mais comment sais-tu qu'elle dort ?

— Qui ?

— Thisbé. Ou Heidi.

— Tu entends pleurer ?

On a écouté. Rien. Enfin, rien que la veilleuse.

— Je suis heureux, j'exulte d'avoir fini mon roman et tout le monde s'en fout ! Ce qui s'appelle chuter de haut : un dénouement inattendu et faiblard ! déclama mon père.

— Tu as fini ? Mais c'est génial !

Il sourit.

— Je viens de terminer le dernier paragraphe. Tu veux que je te le lise ?

— Évidemment !

— Alors, viens.

Je le suivis sur la pointe de la pointe des pieds jusqu'à son bureau, où il vivait terré depuis près de deux semaines : il suffisait de voir l'alignement de tasses, de bouteilles d'eau vides et de trognons de pommes à un stade de décomposition plus ou moins avancé.

— Bon ! Prête ? dit mon père.

Il s'assit devant son ordinateur et pressa une touche. À la vue de son fichier Word, il s'est frotté les mains et a fait glisser le curseur tout en bas.

— Prête.

Il s'éclaircit la voix et commença.

— « Le chemin était devenu plus étroit, maintenant, et les branches entrelacées formaient comme une voûte en berceau au-dessus de ma tête. Devant, plus loin, il y avait l'océan. »

On est restés silencieux et immobiles, laissant les mots se poser autour de nous. C'était un grand moment, mais j'étais un peu distraite parce que j'avais tout à coup l'impression d'avoir entendu pleurer. Pourvu que ce ne soit qu'une impression...

— C'est super bien.

— La route a été longue et semée d'embûches, mais c'est fini et bien fini ! dit-il s'adossant à son siège qui craqua. Dix ans pour arriver à ces quelques mots ! Je n'arrive pas à croire que j'aie enfin terminé !

— Félicitations !

Thisbé pleurait pour de bon maintenant, et de plus en plus fort. Mon père l'entendit et se redressa joyeusement.

— Ah, ah, ah ! On dirait que mes petites biches sont réveillées ! Allons vite leur annoncer la bonne nouvelle !

Il s'est levé d'un bond et a filé vers la nursery. Dès qu'il a ouvert la porte, j'ai entendu Thisbé pleurer à pleins poumons.

— Chérie, devine quoi ! dit-il à Heidi tandis que je le rejoignais. J'ai fini mon roman !

Mais Heidi, c'est clair, s'en foutait complètement. En pyjama, avec une espèce de pantalon de yoga et un T-shirt orné d'une tache humide devant, les cheveux plats et raides, les yeux rouges, elle nous dévisageait comme si elle cherchait à savoir où et quand elle nous avait déjà rencontrés.

— Oh, Robert, c'est merveilleux, parvint-elle à prononcer tandis que Thisbé hurlait dans ses bras, le visage rouge et déformé.

— Il faut qu'on fête ce grand événement ! s'exclama mon père en cherchant mon approbation du regard.

Je me demandais comment réagir, par chance, il a tout de suite repris :

— On pourrait s'organiser un dîner en amoureux ! proposa-t-il à Heidi. Qu'est-ce que tu en penses, chérie ?

C'était difficile, impossible, de faire semblant de ne pas entendre Thisbé quand elle hurlait. Je le sais parce que c'est ce que je m'efforçais de faire depuis le jour de mon arrivée. Mais mon père était passé maître dans cet art. Enfin, à ce qu'il semblait.

— Eh bien, je ne sais pas trop, articula ma belle-mère en regardant sa fille, qui continuait à hurler de plus en plus fort. Je ne peux pas la sortir quand elle est dans cet état…

— Mais bien sûr que non ! coupa mon père. On va prendre une baby-sitter pour la soirée. Isabel n'avait-elle pas proposé de nous dépanner ?

Heidi cligna des yeux. Sans mentir, elle ressemblait aux prisonniers de guerre dont j'avais vu la photo dans mes bouquins d'histoire. Sous le choc et égarée.

— C'est vrai, mais…

— Si, si ! Appelons-la ! Après tout, c'est la marraine de Thisbé. Je m'en occupe si tu veux ! Donne-moi son numéro !

— C'est qu'Isabel n'est pas à Colby, prononça Heidi d'une voix faible.

— Oh…

Mon père a réfléchi. Puis lentement il a tourné les yeux vers moi.

— Eh bien… Auden ? Tu pourrais nous dépanner ?

Ma belle-mère a secoué la tête.

— Oh non, ce n'est pas juste ! On ne peut pas laisser Auden gérer une situation pareille !

— Moi, je suis certain que ça ne la dérange pas !

Puis me regardant :

— N'est-ce pas, Auden ? Juste une heure ou deux. Pas plus.

Ça aurait dû m'énerver de le voir si sûr de lui mais, honnêtement, il suffisait d'observer la tête de Heidi pour comprendre que je devais accepter afin de lui sauver la vie.

— Je peux la garder.

— Mais… tu dois aller au magasin, objecta ma patronne, en passant Thisbé sur son autre bras, ce qui ne l'empêcha pas de continuer à hurler. Il y a la compta… et les salaires à faire pour demain…

— Eh bien, commença mon père en me jetant un nouveau coup d'œil. Peut-être que…

Il se tut. J'avais déjà remarqué que c'était devenu sa spécialité de s'arrêter au beau milieu d'une phrase, pour que les autres (moi, dans le cas présent) la finissent à sa place. Ça ressemblait au jeu surréaliste du cadavre exquis (je commence une phrase sur un papier, tu la complètes sans savoir le début), mais c'était surtout de la résistance passive chez lui.

— Je la prendrai avec moi au magasin, dis-je à Heidi. Et vous passerez la chercher quand vous sortirez du restau.

— J'hésite, répondit ma belle-mère en berçant la petite. Elle n'est pas très en forme pour sortir...

— Le bon air de la mer lui fera du bien ! décréta mon père qui lui prit Thisbé des bras.

Il sourit à son petit visage froncé, puis il s'assit et la berça. Heidi suivait ses mouvements avec le même air égaré.

— Et à toi aussi, chérie ! dit mon père à sa femme. Allez, hop ! file à la douche et prends tout le temps qu'il faut pour te faire belle. On en a, grâce à Auden !

Heidi m'interrogea du regard, et j'acquiesçai. Elle sortit, mais une fois dans le couloir, elle s'est retournée vers mon père qui, sans avoir l'air gêné par ses hurlements, berçait toujours Thisbé – elle qui semblait se demander qui c'était, ce type-là. Moi aussi, je commençais à me le demander.

Ma belle-mère partie, je m'attendais à ce que mon père me donne Thisbé, mais non, il a continué de la bercer et de lui tapoter le dos. Avait-il remarqué que j'étais toujours là et que je l'observais attentivement du pas de la porte ? Nous avait-il bercés ou cajolés, Hollis et moi ? Selon ma mère, non. Je ne l'en aurais certes pas cru capable, moins de dix minutes plus tôt. Mais, finalement, les gens changent peut-être – en tout cas, ils essaient. Je commençais à en voir des preuves partout, même si je n'en étais pas encore tout à fait convaincue.

Une semaine s'était écoulée depuis ma première longue soirée avec Eli, et depuis, je continuais de découvrir les charmes de Colby après le coucher du soleil.

Finies, les nuits de solitude où je squattais une table au *Wheelhouse*, puis roulais à travers les rues en repassant de temps à autre au *Gas/Gro* : ça avait été chiant comme la mort. C'est à présent avec Eli que la nuit devenait réelle.

Il y avait le passage obligé au *Lavomatic* de Clyde où on se partageait une part de tarte et un café pendant que le propriétaire des lieux nous détaillait ses dernières aventures culinaires. Après, on jouait à esquiver les tarés qui erraient dans le *Park Mart*, tout en cherchant du fil dentaire, un carillon éolien – enfin, ce qu'il y avait sur la liste d'Eli (tout dans la tête). Il y avait la balade sur la promenade, lorsque tout avait fermé, au moment où un certain Mohammed garait sa voiture à pizzas devant le club le plus populaire du coin pour vendre ses quatre fromages, à un dollar cinquante pièce (les meilleures que j'aie jamais mangées). On pêchait sur la jetée et on contemplait l'océan qui devenait phosphorescent avec les premières lueurs du soleil levant. Je quittais *Clementine* à la fermeture, papotais avec les filles, et après une excuse bidon, je filais à l'aventure. Quinze minutes, une demi-heure ou une heure plus tard, je croisais Eli au *Gas/Gro*, ou au *Beach Beans*, et en avant !

— Comment peut-on arriver à l'âge de dix-huit ans sans avoir jamais joué au bowling ? m'avait-il demandé la veille au soir.

On était au *Ten Pin*, un bowling ouvert tard qui se trouvait non loin de Colby. Les pistes étaient étroites, les bancs poisseux et je préférais ne pas penser aux milliers de pieds qui avaient sué dans les chaussures de bowling que j'avais été contrainte de louer. Mais Eli avait insisté pour qu'on vienne à peine lui avais-je dit que le bowling, ça faisait partie des activités qui avaient été exclues de mon enfance.

— Je t'ai déjà dit que le sport, ce n'était pas le dada de mes parents, fis-je alors qu'il s'asseyait en tête de la piste et glissait notre feuille de score sous un clip.

— On joue au bowling dans un bowling, pas en plein air. Tu aurais donc pu y jouer et devenir une pro.

Je lui ai fait une grimace.

— Quand je t'ai dit qu'il y avait une tonne de trucs que je n'avais pas faits, je ne voulais pas forcément dire que je les regrettais tous sans exception.

— Tu le regretterais, si tu ne jouais pas au bowling, me dit-il en me tendant une boule. Allez, à ton tour !

J'ai pris la boule, j'ai placé mes doigts dans les trous, comme il me l'avait montré. Puis il m'a fait signe de le suivre devant la piste.

— Quand j'étais petit, on jouait en s'accroupissant et on poussait la boule des deux mains.

J'ai regardé les pistes de chaque côté de la nôtre, toutes désertes, évidemment, il était 2 heures du matin. Il y avait bien des gens au bar derrière nous, mais ils étaient à peine visibles derrière leur écran de fumée de cigarette.

— M'accroupir ! Et puis quoi encore ?

— Dans ce cas, tu vas devoir apprendre à lancer correctement.

Il a levé la main, pour me montrer, et fait un pas sur le côté. Puis il s'est baissé, a lancé le bras vers l'avant et ouvert la main.

— Comme ça. C'est bon ?

— C'est bon.

J'ai levé la boule. Comme il restait à côté de moi, je lui ai jeté un regard cinglant. Il a compris le message, haussé les épaules, et reculé pour se poser sur un banc.

Depuis notre première soirée ensemble, une semaine plus tôt, ça se passait comme ça, entre nous : un pas en avant, deux pas en arrière. Sans arrêt. Parfois pour rire. Le plus souvent, non, et ça durait de la nuit au lever du soleil. Si j'avais passé les journées avec Eli, ou le début de la soirée, j'aurais aussi appris à le connaître, mais pas aussi bien, pas pareil. Parce que la nuit, ça vous change la vision du monde. Ça vous ouvre aux choses et aux gens. Ça vous les explique même mieux. C'est comme si le temps accélérait tout en ralentissant.

C'est peut-être pour cette raison qu'on avait toujours l'impression de parler du temps, quand on allait de rayon en rayon sous les néons des magasins, buvait du café chez Clyde, en attendant que ses fringues soient lavées et séchées, ou roulait à travers les rues désertes, prêts à toutes les aventures. Il y avait le temps au futur, avec l'université, et le temps au passé, avec l'enfance. Mais le plus souvent, on parlait du temps perdu qu'il fallait rattraper. On se demandait si c'était possible. Eli semblait penser que oui, du moins en ce qui me concernait.

— Il n'est jamais trop tard pour se fabriquer une autre version de son enfance et les beaux souvenirs qui vont avec, me dit-il, quelques nuits plus tôt, à 3 heures du matin, alors qu'on se servait des granités au *Gas/Gro*.

J'ai pris une paille et je l'ai plantée dans ma boisson à la pastèque.

— Je ne dirais pas que mon enfance a été malheureuse. Elle n'a pas été…

Eli a attendu la suite en posant un couvercle sur son gobelet.

— Très enfantine, c'est tout !

J'ai aspiré un peu de mon jus à l'aide de la paille, puis j'y ai versé du sirop de menthe, vert sur rouge, comme Eli me l'avait appris, histoire de donner des couleurs à ma vie.

— Mon frère a épuisé mes parents. Ils n'ont pas eu la patience de recommencer avec moi.

— Tu étais tout de même une petite fille.

— Oui, sauf que dans leur esprit, je pouvais surmonter le handicap de l'enfance si je m'appliquais bien.

Il m'a jeté l'un de ses regards que j'avais appris à reconnaître : un mélange de confusion et de respect.

— Chez nous, c'était le contraire : l'enfant était roi.

— Sérieux ?

— Hmm… Tu sais qu'il y a toujours une maison, dans le quartier, où tout le monde va faire du vélo, regarder des dessins animés, dormir ou construire une cabane dans les arbres. Tu vois ce que je veux dire ?

— Vaguement.

— Eh bien, c'était comme ça chez moi. Comme on était quatre enfants, on était toujours partants pour jouer au kickball ou à la balle au prisonnier. Et puis, ma mère était souvent à la maison, du coup, on avait les meilleurs goûters du quartier. Ses tortillas pizzas sont devenues une légende !

— Ben, dis donc… fis-je en le suivant à la caisse.

La vendeuse, toujours la même – à force, je finissais par la reconnaître –, s'arracha à la lecture de son magazine et sourit en nous encaissant.

— Ta mère a l'air géniale !

— Mieux que ça, dit-il avec simplicité, en payant ses achats. À tel point qu'elle a du mal à nous convaincre de déménager de la maison et d'aller vivre notre vie. Il lui a fallu une éternité pour que ma sœur et mon frère aînés débarrassent le plancher. Jake, le plus jeune, est pourri-gâté, tu n'imagines même pas… Il va taper l'incruste jusqu'à ce qu'une fille soit assez stupide pour avoir envie de l'épouser.

Je me suis sentie rougir. J'ai revu notre bref épisode de pelotage derrière les dunes et je me suis concentrée de toutes mes forces sur Wanda, la caissière, au moment de payer mon granité.

— Ne te vexe pas, surtout, reprit Eli. Je sais que tous les deux…

— Je ne suis pas vexée, seulement humiliée, coupai-je, de peur qu'il ne finisse sa phrase et ne dise quelque chose qui ne fasse qu'empirer la situation.

— On n'a pas besoin d'en parler.

— Alors, on n'en parle pas !

J'ai de nouveau aspiré ma boisson à l'aide de ma paille. On a marché en silence jusqu'à ce que je reprenne :

— Pour ma défense, je dois dire que je n'ai pas non plus d'expérience avec… avec les garçons. Donc c'était…

— Pas la peine de m'expliquer. Mon frère, c'est un cas. On laisse tomber le sujet.

J'ai souri, soulagée.

— Le mien aussi, il en tient une couche. Il est en Europe, en ce moment, où il extorque mes parents depuis presque un an.

— Même avec un océan entre lui et eux ?

— Hollis a tous les talents. Un vrai artiste !

Eli est resté pensif. On se retrouvait à présent dans la nuit chaude et venteuse.

— Ça me semble égoïste. Puisqu'il a eu une vraie enfance, lui.

C'est drôle, je ne l'avais jamais vu sous cet angle.

— Comme tu le disais, il n'est peut-être pas trop tard pour revivre mon enfance en plus heureux…

— Bien parlé !

— Tu sembles bien sûr de toi… Tellement, même, que je me demande si tu ne t'es pas déjà concocté une nouvelle enfance pour toi ?

Il a secoué la tête et bu à sa paille.

— Moi, j'ai le problème inverse.

— Comment ça ?

— Un max d'enfance. Et trop parfaite.

On était arrivés près de son van. Il m'a ouvert la portière.

— J'ai toujours déconné. M'amuser, c'était ma vie.

— BMX compris.

— Oui… Et puis, un jour, tu te réveilles et tu te rends compte que tu n'as rien fait d'intéressant. Que tu as seulement accumulé des histoires à la con qui semblent de plus en plus nulles au fur et à mesure que le temps passe.

— Si c'est ce que tu éprouves, pourquoi cherches-tu à me coacher, dans ce cas ? lançai-je par-dessus le toit de son van.

— Parce qu'il n'est jamais trop tard pour organiser une soirée pyjama ou faire le mur. Alors il faut en profiter parce que…

Il n'a pas achevé, mais avec Eli, je n'avais pas besoin de remplir les blancs.

— Parce qu'on ne peut pas toujours rattraper le temps perdu, acheva-t-il. Enfin, c'est mon expérience.

Juste devant moi, les lumières clignotaient, version clin d'œil, par-dessus les quilles. La piste s'étirait avec ses lattes en bois polies et usées. Aux yeux d'un enfant, ça devait ressembler à une immense autoroute.

Eli s'écria derrière moi :

— Ne te prends pas la tête ! Lance !

Je reculai, en essayant de me souvenir des gestes qu'il m'avait montrés, et je lançai. Ma boule a fait un superbe vol plané – à mon avis, j'avais tout faux –, pour atterrir sur la piste – la piste voisine, bien entendu – dans un fracas monstrueux, avant de rouler avec une lenteur humiliante vers la gouttière.

— Eh ! hurla une voix qui venait de la section fumeurs. Fais gaffe !

J'étais toute rouge. C'était la honte absolue. Ma boule a roulé gentiment vers les quilles, et a disparu derrière. Un instant plus tard, il y a eu un requillage. Eli a surgi derrière moi et m'en a tendu une autre.

— Euh, j'arrête là. Je suis nulle en bowling.

— Tu viens de commencer ! Tu pensais faire un strike du premier coup ?

Oui, c'est ce que j'avais pensé. Enfin, espéré.

— Le bowling, ce n'est pas pour moi.

— Parce que tu n'y as jamais joué.

Il m'a collé la boule dans les mains.

— Allez, recommence. Et cette fois, lance ta boule plus tôt.

Il est retourné sur son banc et moi, j'ai inspiré de toutes mes forces. C'est juste un jeu, je me suis dit. Pas de quoi en faire un drame, si je rate. Cette pensée en tête, je me suis avancée et j'ai lancé. Ça n'a pas été très beau, ce fut même vacillant, de traviole et lent, mais ma boule a quand même touché deux quilles sur la droite.

— Pas mal ! fit Eli, alors que la machine à requiller requillait.

On a joué deux parties. Lui a fait des strikes et des spares, tandis que moi, je faisais de mon mieux pour éviter la gouttière. Mais j'ai tout de même fait deux beaux lancers – l'honneur était sauf ! Et ça m'a surprise d'être si fière de moi. Tellement, même, qu'en partant, j'ai repêché la feuille de score de la poubelle où Eli l'avait jetée et je l'ai pliée en tout petit. Lorsque nos yeux se sont croisés, je me suis justifiée.

— Pour les archives. C'est vachement important, les archives.

— Tu as raison, dit-il, m'observant pendant que je rangeais le papier dans ma poche.

On s'est éloignés du néon clignotant du bowling, et on a traversé le parking trempé par la pluie jusque vers ma voiture.

— Tu as joué au bowling, tu as fait le mur et tu as failli te faire casser la gueule à une fête, me dit-il. Quoi d'autre sur ta liste ?

— Je ne sais pas. Qu'est-ce que tu as fait, pendant les dix-huit premières années de ta vie ?

— Je t'ai déjà dit que je n'étais pas un exemple.

— Pourquoi ?

— Parce que j'ai des regrets. Et puis, je suis un mec. Et les mecs font des trucs différents.

— Comme quoi ? Du BMX ?

— Ou plutôt des bonnes bagarres de bouffe, oui ! Ou alors ils cassent des choses, ou allument des pétards devant les maisons.

— Parce que les filles n'allument pas de pétards, elles ?

— Elles peuvent, bien sûr, mais elles ont assez de jugeote pour s'en abstenir, dit-il tandis que je démarrais. C'est ça, la différence.

— Pas sûr. À mon avis, une bagarre de bouffe et se la jouer Hulk, c'est unisexe.

— Si tu veux. Mais si tu as l'intention de balancer des pétards devant les maisons, ne compte pas sur moi !

— Ne me dis pas que tu as la frousse !

— Je n'ai pas la frousse, mais j'ai déjà donné. Et on m'a traîné chez les flics par la peau des fesses. J'apprécie et je comprends ta quête, mais il y a des limites.

— Ma quête ?

On était à un feu rouge, et il n'y avait pas d'autres voitures en vue.

— Comme dans *Le Seigneur des Anneaux* ou *Star Wars*. Tu cherches quelque chose que tu as perdu et dont tu as besoin. Une quête, quoi.

Je ne savais que dire.

— Peu importe comment on l'appelle, reprit-il. Ce n'est pas obligé d'être une quête. Tout ce que je dis, c'est que je te suis dans ton « Cap ou pas cap », mais jusqu'à une certaine limite.

Minute, moi, je pensais qu'on passait simplement un peu de temps ensemble, qu'on tuait le temps à deux. Mais son idée de quête, là, d'aventure pour partir à la recherche de ce que j'avais perdu, de ce dont j'avais besoin, ça me plaisait bien. Le feu est passé au vert, mais je ne démarrai pas.

— « Cap ou pas cap », hein ?

— Quoi, tu n'y as jamais joué non plus quand tu étais môme ?

— Ben non.

— Mais enfin, qu'est-ce que tu as fait pendant toute ta vie ?

J'ai aussitôt eu une infinité de réponses sur le bout de la langue, toutes vraies et légitimes. Il y avait une multitude de manières de vivre sa vie, et aucune n'était bonne ou mauvaise. Mais qui refuserait la chance de revenir en enfance ? Rétrograder pour partir en quête du temps passé, du temps perdu ? Impossible de dire non ! C'était de la folie ? Et alors ? Rien à battre : j'étais partante !

— Eh bien, je dois dire que c'est une tenue pour le moins originale, déclara Maggie.

On regardait Thisbé dans sa poussette, en état de sidération, calme et les yeux grands ouverts depuis que toutes les deux, on avait pris la route.

— Originale ? Ah bon, tu trouves ?

— C'est Heidi qui lui a mis ça ? demanda Leah en s'accroupissant devant ma sœur.

— Non, c'est moi.

Les deux amies échangèrent un coup d'œil entendu.

— Quoi ? m'offusquais-je. Moi, je la trouve toute mignonne.

— Voyons, Auden, elle porte du noir ! fit remarquer Maggie.

— Oui, et alors ?

— Tu vois souvent des bébés ou des enfants porter du noir ?

Lorsque mon père était allé se préparer pour son dîner en amoureux avec Heidi, je m'étais dit que Thisbé aussi devait se faire belle. J'avais donc cherché une grenouillère propre. Comme elle n'avait que des vêtements roses, ou avec du rose, j'avais décidé de jouer les contrastes. Au fond du tiroir, j'avais finalement déniché un body noir et une espèce de pantalon vert. J'avais pensé que ça lui donnerait un look un peu rock'n'roll, mais à en juger par les regards de mes collègues, sans compter la tête de Heidi quand on était parties, je m'étais plantée en beauté.

— Le rose, c'est surfait ! protestai-je.

— Mais ce n'est pas une raison pour l'habiller comme une sorcière !

— Pff… N'importe quoi !

Leah a penché la tête d'un côté, puis de l'autre.

— Tu as raison, on dirait plutôt un prêtre ou un croquemort.

— Tout ça parce qu'elle ne porte pas de rose ?

— C'est un bébé, Auden ! répéta Maggie. Et les bébés portent des couleurs pastel.

— Non mais qui a édicté cette loi, tu peux me le dire ?

Esther a ouvert la bouche, mais déjà je reprenais :

— C'est un diktat de la société ! Cette même société qui postule que les petites filles doivent être douces et gentilles, ce qui les pousse à se transformer en vraies nunuches incapables de s'assumer. Et plus tard, elles peuvent devenir des femmes qui manquent d'estime de soi, et ça peut parfois aller jusqu'au trouble alimentaire. Certaines en viennent même à tolérer l'insupportable, jusqu'à des abus sexuels ou la violence domestique. Sans compter les victimes de dépendance aux médicaments.

Elles me regardaient comme si j'avais pété une durite.

— C'est ce que tu déduis à partir d'un simple body rose pour bébé ? lâcha Leah.

À ce moment-là, Thisbé se mit à gémir et à tourner sa tête dans tous les sens.

— Oh là, c'est mauvais signe, dis-je en faisant rouler sa poussette.

— Elle a peut-être faim ? hasarda Esther.

— À moins qu'elle ne souffre d'un manque d'estime de soi ? renchérit Leah.

J'ai ignoré sa remarque. J'ai défait le harnais de sécurité et je l'ai prise dans mes bras. Thisbé était toute chaude. Elle a crié plus fort quand je l'ai retournée et, mains autour de la taille, je lui ai fait faire l'ascenseur. Au troisième tour, elle était calmée.

— Toi, tu as un truc avec les bébés, c'est dingue ! dit Maggie.

— C'est la technique de l'ascenseur. Ça marche à tous les coups.

— Vous savez, je pense qu'Auden a raison, dit Esther après un silence. Le noir, ce n'est pas aussi bizarre qu'on le pense. C'est juste radical.

— Évidemment. Regarde la couleur de ce que tu portes ! dit Leah.

Esther jeta un coup d'œil à son propre T-shirt noir.

— Il n'est pas noir, il est bleu marine.

Ses amies ont levé les yeux au ciel.

— C'est ce qu'elle nous a rabâché pendant sa période gothique, quand elle ne voulait porter que du noir, et de la tête aux pieds, m'expliqua Leah.

— Avec de l'eye-liner noir et du rouge à lèvres noir.

— Oui, bon ça va ! s'exclama Esther en poussant un soupir. J'ai eu une période gothique, et alors ? Vous n'avez jamais rien regretté, vous ?

— Si, et en deux mots et neuf lettres : Jake Stock ! s'exclama Maggie.

— C'est clair, renchérit Leah.

— Et toi, reprit Esther, tu oublies que tu t'es fait teindre en blonde pour les beaux yeux de Joe Parker ! Ce que…

— Aucune vraie rousse ne devrait faire une horreur pareille ! coupa Leah. Quand j'y repense, j'ai honte.

Et moi, pendant ce temps, je faisais toujours l'ascenseur avec Thisbé. Elle était de nouveau en transe et toute calme.

— C'est drôle, quand même, de penser qu'on a été un jour aussi petites, déclara Maggie après un long silence.

— Tu l'as dit ! renchérit Leah en serrant la menotte de Thisbé. Elle est comme une page blanche. Pas encore d'erreurs.

— Elle en a, de la chance… soupira Esther, avant de se pencher sur la fille de Heidi. Laisse-moi te donner un bon conseil : ne deviens pas gothique. On te le rappellera jusqu'à ce que tu aies cent ans.

— Et ne change jamais de couleur de cheveux pour les beaux yeux d'un mec, ajouta Leah. Si un mec t'aime vraiment, il t'aimera comme tu es.

— Porte toujours un casque sur les bosses de dirt ! ajouta Maggie.

— Ne mange jamais de bœuf séché avant de faire le grand huit ! dit Leah.

— Et surtout, pas de piercing au nez ! enchaîna Esther. Ça craint sur pas mal de gens, crois-moi.

Thisbé les a écoutées avec la même expression solennelle. Je l'ai soulevée et j'ai respiré son odeur, mélange de lait et de shampoing pour bébé.

— Et toi, Auden ? reprit Leah. Tu dois bien avoir un sage conseil à lui donner ?

Je réfléchis.

— Ne flirte jamais avec le mec d'une fille chez qui tu es invitée. Et ne réponds pas si on te demande : « C'est quoi, ce prénom ? »

— Et comme elle s'appelle Thisbé, elle ne va pas y couper !

— Et qu'est-ce que vous pensez de ce conseil-là : évite les mecs mignons qui sont des pros du vélo. Ils te briseront le cœur ! lança Maggie.

Elle me sourit.

— Mais c'est plus facile à dire qu'à faire, pas vrai ? continua-t-elle.

Quel message cherchait-elle à me transmettre ? Je ne leur avais pas parlé de mes virées nocturnes avec Eli, parce qu'elles auraient pensé qu'on couchait ensemble. Logique, après tout : que peuvent faire un garçon et une fille ensemble pendant toute une nuit ? Il y avait tellement de réponses à cette question-là… Je préférais m'abstenir.

— Mais enfin, Maggie, je pensais que tu avais bouclé le chapitre Jake maintenant ! fit Leah.

— C'est le cas.

— Alors, pourquoi tu cherches encore des poux à Auden ? continua Leah qui secoua la tête sans comprendre.

— Ce n'est pas ce que je…

Elle s'est interrompue en entendant un bruit mat devant la porte du magasin. À l'extérieur, Adam reculait en se massant le bras.

— Il faut tirer, pas pousser ! lui cria Maggie.

Leah leva les yeux au ciel et son amie ajouta :

— Il ne s'en souvient jamais, il a vraiment une mémoire de poisson rouge !

— Ça, c'est une entrée, déclara Adam, l'air content, bien qu'il se soit pris et la porte et la honte par la même occasion.

Il s'approcha avec un sac de courses.

— Écoutez-moi : j'ai une très grande nouvelle !

Leah jeta un regard méfiant à ses courses.

— Tu vends de nouveau des barres chocolatées pour financer ton club de maths ?

— Pitié, j'étais en quatrième, à l'époque ! Bref, on s'en fiche, c'est du passé.

— Ne l'écoute pas, va ! lui dit Maggie alors que Leah allait derrière la caisse en haussant les épaules. C'est quoi, ta très grande nouvelle ?

Il sourit et fouilla dans son sac.

— Hot-dog party, les amies ! s'écria-t-il en sortant un lot de saucisses. La toute première de l'été ! Après le boulot, rendez-vous chez Wallace et moi. Amenez la moutarde et le ketchup !

— Sans moi, grogna Esther. Tu sais bien que je suis végétarienne.

Adam tira un autre paquet de son sac.

— Des saucisses au tofu rien que pour toi, beauté !

— La salle de bain sera propre ? demanda Leah.

— Comme toujours, non ?

— Non ! hurlèrent les trois copines.

— Bon, je vous jure qu'elle le sera ce soir. Je vais la récurer à l'eau de Javel, et la bouteille va y passer.

Maggie sourit. Il remit les saucisses dans son sac et le refermait.

— Ça fait longtemps qu'il n'y a pas eu de hot-dog party… C'est en quel honneur ?

— La pendaison de crémaillère, qu'on a oublié de faire, après notre déménagement, il y a deux mois. Et puis, ça fait un bail qu'on n'a pas organisé de fête ! Alors, on s'est dit qu'il était temps de reprendre les bonnes habitudes !

— Eli viendra ? demanda Esther.

— Il est invité, en tout cas. On verra bien, répondit Adam.

— La hot-dog party, c'était une des grandes traditions d'Abe, m'expliqua Maggie. Il en organisait une tous les samedis soir chez Eli. Hot-dogs, haricots rouges…

— Des chips, ses légumes préférés ! s'exclama Leah.

— Et des esquimaux en dessert ! Il disait que c'était le menu idéal de l'été, continua Maggie en roulant une de ses boucles entre ses doigts. Abe et Eli achetaient le tout en gros au *Park Mart*. Ils avaient toujours un stock de bouffe pour les impromptus.

— Les HDPI ! précisa Esther.

En me voyant froncer les sourcils, elle expliqua :

— Hot-dog party impromptue !

Je commençai à avoir mal aux genoux à force de faire l'ascenseur, j'ai donc serré Thisbé contre moi. Adam s'est approché d'elle en lui souriant.

— Toi, tu es bien trop jeune pour une fête de ce genre, lui dit-il en lui tapotant le ventre avant de repartir. Mais vous autres, on vous attend avec les condiments, après la fermeture. Et pas d'excuses !

— Tu sais, le rappela Leah, je te préférais encore quand tu vendais tes barres chocolatées.

— À plus ! s'écria-t-il.

Cette fois, il n'a pas oublié d'ouvrir la porte du magasin correctement et il a disparu en un rien de temps.

— Super, grommela Leah à l'adresse de Maggie. Il est fou de toi et, par ta faute, on doit aller se taper des saucisses grillées ce soir.

— Mais non, Adam n'est pas amoureux de moi, protesta l'intéressée en se dirigeant vers le présentoir de boucles d'oreilles où elle arrangea quelques paires.

— En tout cas, moi, je n'y vais pas, déclara Leah en ouvrant le tiroir-caisse.

Elle en tira des billets qu'elle lissa.

— On est au milieu de l'été, et les seuls mecs qu'on rencontre sont ceux qu'on connaît depuis le lycée. Ça craint.

— Mais il y aura peut-être des beaux inconnus à la hot-dog party, rétorqua Esther.

— Ne me fais pas rire ! riposta Leah.

— Arrête un peu de râler ! Les garçons ont pensé à acheter des saucisses de tofu ! Alors, bon, tout est possible.

Moi, les beaux inconnus ne m'intéressaient pas. Au cours de l'heure qui suivit, seule dans le bureau, pied sur la poussette de Thisbé que je poussais d'avant en arrière, d'arrière en avant, je ne pensais qu'à un seul garçon, toujours le même, et de plus en plus fort.

Plus l'heure avançait, moins j'étais concentrée sur mes nombres, parce que je me projetais déjà. Qu'est-ce que la nuit à venir nous réservait, à Eli et à moi ? C'était génial, je n'avais jamais eu ce pincement au cœur, ni senti cette hâte impatiente. Alors, même si une hot-dog party, ça semblait sympa, même si ça pouvait aussi s'intégrer à ma fameuse quête, dès lors qu'Eli ne venait pas, je n'irais pas non plus. Et tant pis s'il y avait des hot-dogs au tofu.

Vers vingt heures trente, mon père et Heidi sont passés récupérer le bébé. Leur arrivée a été accueillie par des cris de joie dans le magasin.

— Oh, Heidi, tu es magnifique ! s'exclama Maggie. Tu as déjà retrouvé la ligne !

— J'aimerais bien, déclara l'intéressée, mais je ne peux pas porter un seul article du magasin. Pas même les ponchos.

— Je ne suis pas d'accord : je te trouve sublime ! intervint Esther.

— Et Thisbé aussi ! ajouta Leah. On adore son prénom, tu sais.

— Tiens, tu vois, dit mon père à Heidi, je t'avais bien dit que c'était un nom qui marquait les esprits !

— D'un autre côté, l'histoire de Thisbé est plutôt tragique, reprit Maggie. Pyrame, son amant, pense qu'elle est morte et il se tue. Et en voyant son corps, Thisbé se suicide sous le mûrier blanc… et le sang des deux amants donne sa couleur rouge aux fruits du mûrier, blancs à l'origine. Romantique mais triste, non ?

Même par la porte fermée, donc sans rien voir, je sentis mon père vraiment épaté.

— Tu connais l'histoire de Thisbé ?

— On l'a lue en cours d'anglais, quand on a étudié les femmes dans les grands mythes, expliqua ma collègue.

— Je pensais que c'était dans Shakespeare, fit remarquer Heidi.

— La légende de Pyrame et de Thisbé a inspiré Shakespeare pour *Roméo et Juliette*, et il en a fait un pastiche dans *Le Songe d'une nuit d'été*, pour le mariage de Thésée, duc d'Athènes, et d'Hippolyte, reine des Amazones, expliqua mon père, mais cette jeune fille a raison. L'histoire relatée par Ovide est très triste.

— Ça, c'est Maggie tout craché ! dit Leah. Spécialiste des tragédies.

— Auden est dans le bureau ? demanda ensuite Heidi.

Une seconde plus tard, elle a frappé à ma porte et est entrée. Lorsqu'elle a vu sa fille assoupie dans sa poussette, elle a souri.

— Regardez-moi mon petit bout de chou ! Et moi qui me faisais du souci ! Je pensais qu'elle hurlerait non-stop…

— Pas non-stop, non. Alors ? Comment était le dîner ?

— Merveilleux !

Elle a bâillé et mis la main devant sa bouche.

— Ça m'a fait du bien, de sortir et de fêter la fin du roman de ton père. C'est une telle réussite, pour lui. Il a travaillé si dur, toutes ces semaines.

J'ai scruté Thisbé.

— Toi aussi.

— Oh, moi…

Elle a fait un petit geste, puis a roulé la poussette vers la porte.

— Je ne te remercierai jamais assez, Auden. Ça faisait tellement longtemps qu'on n'avait pas eu un moment juste pour nous deux, que je ne m'en souviens pas.

— Ça m'a fait plaisir.

— Quand même. J'apprécie. Vraiment.

Elle a jeté un œil dans la boutique.

— Je ferais mieux de partir tant que ton père est de bonne humeur. Il prétend que cet endroit lui donne la migraine. Trop de rose à son goût. Inimaginable, n'est-ce pas ?

Pas tout à fait. Mais je me suis contentée d'esquisser un signe de tête imperceptible. Elle a pris le couloir et s'est retournée pour me dire au revoir.

Les deux heures suivantes, je me suis concentrée sur ma compta, distraite seulement par les clientes qui entraient et sortaient (flip flap de tongs), la danse de 21 heures (ce soir-là, Elvis, période rockabilly) et divers débats sur la présence, ou non, à la hot-dog party (Maggie était pour, Leah contre et Esther ne savait pas trop). À 22 heures, j'ai fermé le coffre, la porte et je suis allée les rejoindre sur la promenade. Ces rituels faisaient partie de mes habitudes, comme la suite : trouver une excuse bidon pour filer rejoindre Eli.

— On pourrait passer juste une dizaine de minutes, dit Maggie.

— Et toi, Auden ? demanda Leah. Tu viens ou pas ?

— Oh, moi, je pense que je vais…

J'allais dire ce que je disais habituellement : « rentrer à la maison », « faire deux ou trois courses », mais j'ai regardé le magasin de vélos derrière Maggie, et j'ai vu Eli sur le banc, avec la boutique fermée, lumières éteintes. Super : inutile de partir à sa recherche ce soir-là. Le problème, c'est que s'il était là, il n'était pas seul, mais avec Belissa Norwood.

Devant lui, cheveux voletant autour de son visage et mains dans les poches, elle n'était pas habillée comme le soir de sa fête, mais avec une chemisette bleue sans manches, un jean et un pull noué à la taille. Ce qui m'a frappée, c'est qu'elle était vraiment jolie. Rien de trop, cette fois.

Elle parlait avec son ex, qui était assis, la tête entre les mains. À un moment donné, il a croisé son regard et hoché la tête. Puis elle s'est assise à côté de lui et a pressé son genou contre le sien. Enfin, les yeux fermés, elle a posé la tête sur son épaule.

— Auden ? demanda Leah.

Je devais faire une drôle de tête, car elle a suivi mon regard. Mais une bande de musclés en survêt sortait de la boutique de smoothies, juste à côté du magasin de vélos, et l'a empêchée de voir la scène.

— Qu'est-ce qu'il y a ?

— Rien, répondis-je vite. Je viens.

L'appart' de Wallace était au rez-de-chaussée d'une serre, à deux rues de la plage. Le jardin était assez moche avec ses trois malheureux brins d'herbe. Il y avait une machine à laver, sous la véranda, et une pancarte bien mystérieuse au-dessus du garage qui proclamait : « VOYAGE SENTIMENTAL ».

— Intéressant, dis-je.

Maggie, Esther et moi, on marchait dans l'allée, en portant les condiments qu'on avait achetés au *Gas/Gro* (moutarde, ketchup, mayo et sauce au chocolat). Leah traînassait derrière nous, le téléphone collé à l'oreille, clairement dans l'espoir de trouver un plan plus sympa pour la soirée.

— Ce ne sont pas les garçons qui ont choisi, mais les proprios, m'expliqua Maggie. Ceux qui habitent sur les plages ont l'habitude de donner un petit nom à leur maison. La dernière où Wallace habitait s'appelait « Le cri de la mouette ».

— Un nom horrible ! enchaîna Esther. Eh, Mag, tu te souviens du trou à rats de la 4e Rue où vivaient Eli et Abe ? Comment ça s'app…

— Ça s'appelait « Amour d'été », termina l'interpellée lorsqu'on monta les marches de la véranda. Rien à voir avec l'amour. C'était plutôt tout le contraire.

Au même instant, Adam, un gant de cuisine à la main, nous ouvrit la porte.

— Et voilà : vous critiquez alors que vous n'êtes même pas entrées ! dit-il en posant sa main sur son cœur, l'air offensé.

— Je ne parlais pas de votre maison ! reprit Maggie, alors qu'il s'effaçait pour nous laisser entrer. C'est… c'est sympa chez vous.

Des paroles gentilles très en dessous de la vérité. Le salon était minuscule et encombré de vieux meubles mal assortis : canapé écossais, fauteuil inclinable à rayures, table basse en très mauvais état, avec une suraccumulation de ronds de tasse. N'empêche, force était de constater que des mesures radicales avaient été prises pour donner un coup de jeune à la maison. La preuve : un bol de cacahouètes sur la table et une bougie parfumée, visiblement neuve, sur le bar qui conduisait à la cuisine.

— La touche déco, ça crée vraiment la différence, vous ne trouvez pas ? demanda Adam.

— Je te ferai remarquer que ça pue toujours autant la bière, répliqua Leah qui entra en fourrant son portable dans son sac.

— Dois-je en déduire que tu ne veux pas de bière ? s'écria Wallace de la cuisine.

— Non !

Il sortit de la cuisine avec un pack de douze bières.

— Mon œil !

Il fit la distribution. J'allais refuser, mais j'en pris une. Au moins pour être polie.

— Il y a des dessous-de-verre sur ta droite, dit Adam à Leah qui décapsulait la sienne.

— Mais c'est déjà couvert de ronds ! s'étonna-t-elle.

— Ce n'est pas parce que cette table est abîmée qu'il faut la maltraiter.

— Adam, c'est rien qu'une stupide table basse, pas un bébé phoque !

Esther a ricané. Mais Maggie, évidemment, a pris un dessous-de-verre sur lequel elle a posé sa bière tandis que son petit ami s'emparait de son appareil photo, sur la table de la cuisine.

— Notre première hot-dog party ! Il faut à tout prix immortaliser ce moment !

La réaction du petit groupe fut rapide et unanime : tout le monde, sauf moi, a levé la main devant le visage. Les commentaires, eux, ont été assez variés. J'ai tout entendu : « Non, pitié ! » (Maggie), « Fiche-nous la paix, Adam ! » (Wallace) ou « Arrête ça tout de suite ou je t'étripe ! » (Leah, évidemment).

Adam a soupiré et baissé son appareil photo.

— Pourquoi est-ce que vous n'avez jamais envie que je vous prenne en photo ?

— Parce qu'on a passé un marché ! répliqua son coloctaire, le visage toujours caché derrière sa main.

— Un marché ? demandai-je.

Maggie écarta son index du majeur pour me regarder.

— Adam était responsable de l'annuaire du lycée en première et en terminale. Il n'arrêtait pas de nous mitrailler.

— Je n'avais qu'une personne dans mon équipe. Je n'avais pas le choix : il fallait bien que je prenne les photos ! protesta le photographe.

— On lui a dit qu'on tolérerait ses manières de paparazzi jusqu'à ce que ce fichu annuaire soit terminé. Mais après, *basta* ! reprit Wallace, toujours caché derrière sa paume.

— Plus de photos ! s'exclama Maggie.

— Plus jamais ! ajouta Leah.

Adam a reposé son appareil photo, l'air sinistre, et les autres ont baissé leurs mains.

— Bon, d'accord. Mais dans dix ou vingt ans, vous serez morts de nostalgie quand vous repenserez à cet été dont vous ne pourrez pas vous souvenir, parce que vous n'aurez aucune photo. Vous ne viendrez pas vous plaindre !

— Mais on en a déjà des tonnes ! protesta Maggie. Dans l'annuaire du lycée, il n'y a que ça !

— Tant mieux, justement : vous n'oublierez jamais ces années-là ! D'un autre côté, le lycée, c'est déjà du passé. Moi, je vous parle de maintenant !

Leah a pris sa bière, qu'elle n'avait pas posée sur un dessous-de-verre, et en a bu une gorgée.

— Eh bien, maintenant, comme tu dis, passons aux choses sérieuses : qui vient à cette soirée à la noix ?

Wallace s'assit sur le bras du fauteuil, qui fléchit.

— Toute la bande. Les mecs du magasin de vélos, deux ou trois du Jump Park et cette jolie fille du *Jumbo Smoothie*, et...

Un bruit de pas venu de l'escalier et une voix qui s'éleva soudain l'interrompirent.

— Salut ! Vous avez intérêt à avoir de la bière au frais, parce que je suis prêt à…

Jake Stock, dans un T-shirt en stretch noir moulant et plus bronzé que jamais, s'est tu dès qu'il nous a vues, Maggie et moi, assises l'une à côté de l'autre. On peut dire que son arrivée a plombé l'ambiance.

— Prêt à quoi ? s'enquit Leah en buvant une gorgée.

Le nouveau venu lui jeta un regard puis fixa Wallace qui haussait les épaules.

— C'est toujours un plaisir de te voir, dit-il à Leah.

Là-dessus, il a filé à la cuisine. J'ai regardé Maggie qui, le dos bien droit et le visage indéchiffrable, observait sa bière sur le dessous-de-verre.

— Il n'est pas encore trop tard pour faire la tournée des clubs, déclara Leah. Comme on dit : nouveaux mecs, nouveaux horizons…

— Le barbecue est en marche ! Pour qui la première saucisse grillée ? lança Adam.

Maggie a pris sa bière et s'est levée.

— Pour moi.

Elle est passée devant Jake qui, adossé au bar, promenait son nez au-dessus de la bougie parfumée.

Une heure plus tard, j'avais bu une bière et mangé deux saucisses au tofu. En dépit de mes efforts pour suivre la fête et les conversations, je n'arrêtais pas de penser à Eli et à Belissa ensemble. Je regardai ma montre. Presque minuit. À cette même heure, la veille, Eli et moi, on sortait de chez Clyde. Pendant que sa machine de blanc tournait, on s'était partagé une part de tarte aux amandes délicatement caramélisées.

Je fixai le bol de cacahouètes, encore plein et toujours sur la table basse, puis je bus une autre gorgée de bière. Je m'étais fait des films… Quelle gourde ! Ce n'est pas parce que j'avais tué le temps l'histoire de quelques nuits avec Eli que lui et moi, c'était parti et bien parti.

Au même instant, mon portable a sonné. Et moi, la triple imbécile, j'ai répondu plus vite que mon ombre parce que j'ai tout de suite pensé : « Oh, super, c'est Eli. » Qui, je m'en rendis compte dans la seconde qui suivit, n'avait jamais eu mon numéro de portable. Sur l'écran s'affichait le numéro d'un autre garçon toujours prêt à me surprendre : mon frère adoré.

— Aud ! hurla-t-il. C'est moi ! Devine où je suis !

Chaque fois qu'il me l'avait demandé, j'avais perdu, alors j'ai préféré gagner du temps en répondant :

— Je donne ma langue au chat.

— Ici !

Au début, j'ai cru entendre Sicile. C'est quand je lui ai demandé de me le répéter, et qu'il l'a fait, que j'ai percuté. Il était seulement à trois cents kilomètres de là, à la maison, au lieu d'en être à plusieurs milliers.

— Depuis quand ?

— J'ai débarqué il y a deux heures.

Il riait.

— À cause du décalage horaire, je suis complètement à la masse ! Je ne sais pas quelle heure il est ! Et toi ? Tu es où ?

Je me levai et je m'approchai de la porte.

— À une fête.

— Une fête ? Non, sans blague ?

Il avait l'air tellement choqué que j'aurais dû me vexer. Après tout, c'est moi qui aurais été surprise, un bon mois plus tôt.

Je me suis assise sur la marche la plus haute.

— Eh oui, tout arrive. Mais toi, pourquoi tu es rentré ?

Silence. Théâtral.

— Pas pourquoi, Aud. Pour qui.

— Alors, pour qui ?

— Aud…

Nouveau silence magistral.

— Je suis amoureux !

J'ai levé les yeux vers un lampadaire. Des milliers de bestioles, des petites mouchetures en mouvement perpétuel, dansaient et voletaient dans sa lumière rousse.

— Toi, tu es amoureux ?

— Oui !

Il a éclaté de rire.

— C'est fou, je sais. Mais je suis malade d'amour. Si gravement atteint que j'ai abrégé mon petit voyage autour du monde pour rentrer avec elle.

Son petit tour du monde durait tout de même depuis deux ans, mais Hollis avait toujours été excessif.

— Qui c'est ?

— Elle s'appelle Laura. Elle est… fabuleuse ! Je l'ai rencontrée dans une auberge de jeunesse, à Séville. J'étais là-bas pour assister à un festival, une rave-techno qui durait trois jours !

J'ai soupiré. J'aurais décidément tout entendu…

— Et elle, elle était à Séville pour assister à une conférence sur la génétique. C'est une scientifique ! Elle fait un doctorat à l'Université, tu imagines un peu ? Elle étudiait à la bibliothèque, où je roupillais. Elle disait que mes ronflements l'empêchaient de faire ses recherches, alors je me suis levé et je suis sorti. C'est complètement ouf, hein ? Je raconterai cette histoire à mes petits-enfants !

— Hollis, tu te fiches de moi ? Avoue : tu es à Paris et tu…

— Quoi ? Mais non ! Pas du tout ! Je te jure que c'est la vérité. Je vais même te le prouver.

Il y a eu des voix étouffées, puis des parasites, et enfin j'ai entendu ma mère scander de sa voix la plus impassible :

— Oui, Auden, c'est bien ton frère, il est amoureux et dans ma cuisine.

Je n'en suis pas revenue.

— Tu as entendu ça, Aud ? reprit Hollis. Tu vois que c'est vrai !

— Ben, euh… tu restes longtemps ? demandai-je toujours sans y croire.

— Aussi longtemps que Laura voudra bien de moi ! On cherche un appart', et je vais m'inscrire à la fac, en automne. Il est même possible que j'aille taper l'incruste au département d'anglais de maman !

Il s'est mis à rire.

— Mais avant, j'aimerais venir à Colby, pour te rendre visite à toi, papa et Heidi. J'ai trop envie de voir la petite crevette et de vous présenter l'amour de ma vie. Je te laisse leur annoncer que je viens, ça marche ?

— Ça marche. Je suis contente que tu sois de retour, Hollis.

— Moi aussi ! À plus !

Après avoir raccroché, je regardai la rue calme, l'océan noyé dans la nuit. Il était encore très tôt mais, étrangement, entre la vision de Belissa et d'Eli, et le retour bizarroïde au bercail de mon fabuleux frangin, j'ai eu envie d'aller me coucher pour la première fois depuis longtemps. Mettre les couvertures sur ma tête, me blottir dans le noir absolu et me réveiller quand le jour l'aurait emporté sur la nuit.

Je suis donc rentrée pour dire au revoir, mais le salon était vide. La musique jouait toujours et il y avait des canettes de bière partout, sans dessous-de-verre, sur la table basse. Mon sac à la main, j'ai traversé la cuisine qui donnait sur le jardin. Tout le monde était sur la terrasse. Adam au barbecue avec Maggie. Leah et Esther assises près de la rampe. Wallace ouvrait une boîte de conserve de haricots au chili. Jake observait le tout, affalé sur un vieux transat.

— Tu sais bien qu'il ne viendra pas, dit-il à Adam, qui était occupé à retourner les saucisses sur le gril. Depuis l'accident, c'est un vrai sauvage, carrément antisocial.

— Bon, mais ça fait quand même plus d'un an, déclara Adam. Il faut qu'il recommence à sortir.

— Peut-être que c'est déjà fait, mais pas avec toi, intervint Maggie.

— Traduction, Maggie ? demanda Wallace.

Je restai immobile, attendant la réponse de ma collègue. Mais elle est restée muette.

— Tu veux parler de Belissa ? reprit Wallace. Pas moyen !

— Évidemment : ils ont rompu depuis des mois, espèce d'abruti ! dit Jake.

— Oui, mais elle a continué de le coller, fit remarquer son colocataire. Enfin, ça, c'était avant parce que ce soir, elle est venue au magasin lui annoncer qu'elle avait un nouveau mec, qui va à l'Université et sert au *Cadillac*, pendant l'été. Elle voulait lui annoncer la nouvelle en personne.

Il y a eu un bref silence.

— Et comment tu le sais ? demanda Leah.

— J'étais près de la porte. Je vérifiais si les pneus des vélos en vitrine étaient bien gonflés.

Cette fois, un soupir méprisant de je ne sais qui se fit entendre.

— Tu fais dans les ragots, maintenant ? Pire qu'une gonzesse ! lui dit Adam.

— Eh, tu te calmes, toi ! répliqua Esther.

— Désolé, c'est juste une image, répondit le macho. Sérieusement, les mecs, Maggie a peut-être raison. Si ça se trouve, il a un autre plan ailleurs. Quand je l'ai invité à passer, ce soir, il a dit qu'il essaierait, mais qu'il devait faire des courses avec quelqu'un.

— Des courses au beau milieu de la nuit ?

— Je t'avoue que moi aussi, je n'y ai rien compris. Mais je te jure, c'est ce qu'il m'a dit.

Je regardai partout dans la cuisine, je m'approchai des placards, j'ouvris les tiroirs jusqu'à ce que je trouve l'annuaire de Colby. C'était si petit qu'il n'y avait qu'une seule laverie de répertoriée.

— Le *Lavomatic*. Clyde à votre service.

Je regardai de nouveau dehors, puis je me rapprochai du frigo.

— Salut, Clyde, c'est Auden. Eli est là ?

— Oui, je te le passe.

J'entendis des parasites, quelques mots et la voix d'Eli.

— Tu es en train de manquer un crumble aux pommes particulièrement exceptionnel, et je pèse mes mots.

— Je suis à une hot-dog party.

Aucune réponse, puis :

— Sérieux ?

— Sérieux.

Je refermai l'annuaire.

— Une hot-dog party, ça fait partie des rites de passage. Je voulais vérifier. Pour ma quête, tu vois ?

— Je vois bien.

Puis plus rien à nouveau. C'était la première fois depuis le début de nos aventures nocturnes que j'étais mal à l'aise et nerveuse avec lui. On avait passé des nuits folles à faire des trucs de fou, mais cette simple conversation téléphonique, c'était le comble de la difficulté.

— Laisse-moi deviner, en ce moment, Adam continue à cuire ses hot-dogs alors que plus personne n'en veut.

Je jetai un œil à l'extérieur. En effet, notre hôte ouvrait un paquet de saucisses avec enthousiasme.

— Exact.

— Leah et Esther parlent sans doute déjà de se tirer : un vrai débat politique.

Nouveau regard et nouvelle preuve que oui : elles semblaient avoir une conversation assez vive. Leah faisait de grands gestes, en tout cas.

— En effet, mais comment est-ce que…

— Quant à ma grande gueule de frangin, me coupa-t-il, il s'est pointé en se jurant de picoler et de draguer à mort, et maintenant, il est bourré et roupille dans un coin. Tout seul.

Je cherchai Jake du regard. Il semblait dormir, oui. Seul.

— On a passé pas mal de temps ensemble, mais tu ne m'avais jamais dit que tu étais extralucide ?

— Je ne le suis pas. Tu veux que je vienne ?

Je n'ai pas hésité.

— Oui.

— Je suis là dans une dizaine de minutes.

Dix-sept minutes plus tard, j'étais sur la terrasse avec les autres, et on regardait Leah et Maggie se chamailler.

— J'avais accepté de venir seulement si on s'arrachait assez tôt pour se trouver un plan plus glamour ailleurs. Tu avais promis ! bafouilla Leah d'une voix pâteuse.

— Il est plus de minuit ! C'est trop tard pour bouger ! répondit Maggie.

— Ouais… Tout juste ce que tu voulais, en fin de compte ! Me traîner ici, me cuiter et…

— Excuse-moi, mais tu n'as eu besoin de personne pour te mettre une mine, souligna Adam.

— Et m'obliger à m'incruster ! termina Leah sans faire attention à lui. C'est toujours la même histoire ! On avait envie de vivre un été d'exception avant de commencer la fac ! Un été où on aurait vécu tous nos rêves, où on se serait fabriqué des souvenirs impérissables, qu'on aurait emportés avec nous au moment de se séparer. C'était censé être… être…

Elle cherchait ses mots. Je l'ai aidée.

— Le meilleur de la vie ?

— Ouais ! (Elle a claqué des doigts.) Le meilleur de la vie ! Où est-ce qu'il est passé, le meilleur de la vie, hein ?

On aurait pu entendre une mouche voler. Parce que tout le monde méditait la question ? Ou parce qu'Eli venait d'arriver et était derrière moi ?

— Ne me le demandez surtout pas, je n'ai pas de réponse, déclara le nouveau venu.

Tous les regards étaient braqués sur lui.

— Moi, je suis là seulement pour les hot-dogs.

— Des hot-dogs ! hurla Adam, surexcité. On en a plein. Des tonnes ! Tiens ! Prends ! Mange !

Il a pris un petit pain, y a fourré une saucisse et le lui a tendu. Eli a froncé les sourcils et l'a accepté.

— Merci…

— Pas de problème ! hurla de nouveau Adam. Il y en a encore, si tu en veux ! Mais il y a aussi des chips ! Des haricots rouges ! Et…

— Tu ne pourrais pas baisser d'un ton, Adam ? coupa Wallace à mi-voix.

— Oui, bien sûr ! s'écria l'intéressé.

Puis il reprit, plus posément :

— Et des esquimaux.

Tout le monde fixait toujours Eli. Le malaise était palpable, au point qu'on se serait davantage crus à une veillée funèbre qu'à une soirée barbecue. Mais en y réfléchissant bien, c'était peut-être le cas…

— Alors, Eli, comment ça va, avec le magasin ? demanda Maggie au bout d'un moment. Tu lui as trouvé un nouveau nom ?

Mal à l'aise, il a baissé, puis levé les yeux.

— On cherche toujours.

— Moi, personnellement, j'aime bien « Le Dérailleur » ! déclara Adam.

— Ça fait groupe de rock indé ! déclara Wallace.

— Et un mauvais groupe, en plus ! précisa Leah.

— C'est tout de même mieux que « La Pompe à vélo ».

— C'est quoi, le problème ? interrogea Wallace. Moi, j'aime bien.

— Ouais, bof, ça fait symbole phallique, dit Adam.

Esther lui pinça le bras.

— Mais quoi ? C'est vrai !

— Moi, je pense qu'il nous faut un nom avec du peps. Quelque chose de sombre, hyper dangereux, intervint Jake, ce qui nous a tous surpris, parce qu'on pensait qu'il dormait.

— Comme quoi ? demanda Eli.

— Comme « Les Vieilles Bécanes » ou « Aux pneus crevés », dit-il, les yeux toujours fermés.

Adam leva les siens au ciel.

— On ne peut tout de même pas appeler « Aux pneus crevés » un magasin de vélos pour les touristes !

— Ah bon, et pourquoi ?

— Parce que ce n'est pas positif du tout ! Ça va faire fuir le client. Quand on loue un vélo, on n'a pas envie de penser mort et accidents de la route…

Adam avait parlé l'air relax et vachement convaincu mais, sur la fin, son visage s'est décomposé pour exprimer le choc, l'horreur et enfin la honte absolue. Les mots lui avaient échappé, il prenait conscience de leur énormité, sauf qu'il était trop tard pour les remballer.

Un silence de mort, c'est le cas de le dire, est tombé. L'hôte de la soirée était d'une rougeur atroce. Maggie et Esther se jetaient un regard empli d'un désespoir indescriptible. À côté de moi, Eli était médusé. La bourde du siècle. Et moi, je me répétais que c'était ma faute si Eli avait entendu ça, si on en était arrivés à cette gaffe monumentale. Je ne savais pas quoi faire, jusqu'à ce qu'un plat de haricots rouges, posé sur la table tout près, me tapât dans l'œil.

J'ai pris une décision éclair, de celles qu'on prend dans une situation de vie ou de mort. On n'en était pas là, c'est vrai, mais je n'ai pas réfléchi, j'ai agi dans l'urgence : j'ai plongé la main dans les haricots. J'en ai pris une bonne poignée et je l'ai balancée sur Eli sans hésiter.

Les haricots ont éclaboussé son visage et son crâne. Quelques-uns ont atterri sur la pointe de ses chaussures. Croyez-le ou non, j'ai entendu les autres complètement tétanisés retenir leur souffle ! Moi, je ne fixais que ma cible, qui clignait des yeux, ahurie, et s'essuyait le nez.

— Oh, Auden, me dit-il. Tu vas voir ce que tu vas voir !

Puis il s'est emparé du plat de haricots rouges, à une telle vitesse que je n'ai pas eu le temps de réfléchir et encore moins de réagir, pour me le retourner sur la tête. C'était tiède, beurk ! et gluant, ça a dégouliné sur ma figure. Mais ça ne m'a pas empêchée de m'emparer d'une assiette avec une moitié de hot-dog, que je lui ai lancée en pleine figure.

— Mais qu'est-ce qui… s'exclama Leah.

Je n'ai pas entendu la fin parce qu'Eli me bombardait de petits pains dont il avait saisi le sachet sur la table. J'ai baissé la tête, toujours couverte de haricots rouges, et j'ai traversé la terrasse en prenant au passage des munitions : un sachet de chips au fromage. Adam s'est mis à hurler.

— Ah non ! C'est mon petit-déjeuner de la semaine !

Maggie a pris une poignée de coleslaw dans son assiette et la lui a jetée.

— Toi, la ferme !

Puis elle en a lancé une autre bonne poignée à Leah, qui n'en revenait pas. Bouche bée, elle a regardé sa chemisette dégoulinante de chou, puis son assaillante.

— Oh, toi, ma vieille, tu as intérêt à filer si tu tiens à la vie ! l'a-t-elle menacée en se saisissant d'une bouteille de bière qu'elle a bien secouée avant de l'ouvrir.

Maggie a poussé un cri perçant et a disparu dans l'escalier, Leah à ses trousses qui l'aspergeait de sa bière, façon geyser islandais. Pendant ce temps, Adam et Wallace échangeaient un tir groupé de noisettes tandis qu'Esther, bras au-dessus de la tête, arrivait derrière Jake, qui s'était rendormi le visage non moins dégouttant de coleslaw. J'ai eu le temps de remarquer ce spectacle surréaliste avant de rentrer fissa dans la maison, soucieuse d'esquiver les morceaux d'esquimau qu'Eli m'envoyait et de riposter avec mes chips. J'étais tellement occupée à me défendre tout en gardant ma position offensive que je me suis rendu compte, trop tard, qu'il m'avait piégée dans la cuisine.

Je m'appuyai contre le frigo et je tentai de reprendre mon souffle.

— Attends…

Je levai les mains.

— Pouce !

— Jamais de trêve dans les bonnes bagarres de bouffe ! dit Eli avant de me jeter un autre morceau d'esquimau fondu.

La glace a atterri sur mon épaule et fait tomber un reste de haricots rouges dans un bruit d'éclaboussures.

— Dans ce cas, comment elles se finissent ?

— Celui qui n'a plus de munitions a perdu.

Je scrutai mes mains, couvertes de morceaux de haricots et de chips, mais vides.

— Je n'aime pas perdre.

— Personne n'aime ça. Quand il le faut, tu te rends. Point.

On n'était pas très ragoûtants, tous les deux, avec nos haricots rouges dans les cheveux et un panaché de nourriture sur nos vêtements. Ce n'était pas franchement un moment clé de l'existence, le genre où on se dit qu'il va se passer un événement important, et pourtant… C'était comme si le chaos remettait les choses à leur place et en équilibre, et me permettait de lui dire les mots que j'avais si souvent eus au bord des lèvres.

— Je suis vraiment désolée pour ton ami.

Eli a hoché la tête. Les yeux plongés dans les miens, toujours immobile, il a répondu :

— Merci.

À l'extérieur, j'entendais hurler, parce que la bataille faisait rage. Mais sous la lumière vive de la cuisine, il n'y avait qu'Eli et moi. C'était comme les autres nuits, mais différent. Avec plein de possibles…

On se regardait toujours. Tout à coup, j'ai imaginé que je dégageais son visage. C'était si réel dans ma tête que j'avais déjà la sensation de ma main sur sa joue, de ses cheveux entre mes doigts et aussi de ses mains sur ma taille. On était immobiles, mais c'était vivant, expressif. Et puis j'ai entendu la porte claquer derrière nous.

— Eh, vous deux ! s'écria Adam.

Je me suis retournée. Il nous visait avec son appareil photo.

— Dites ouistiti !

Clic. J'ai pensé que cette photo-là, je ne la verrais peut-être jamais. Au fond, même si je la voyais, elle ne montrerait qu'un centième de ce que j'avais éprouvé, à cette seconde-là. Et si un jour j'obtenais un double de ce cliché, je savais déjà où je le mettrais. Dans un cadre bleu qui portait quelques mots : « Le meilleur de la vie ».

# Chapitre 10

— Jean *bootcut* ou *boyfriend* ? À votre avis, lequel me va le mieux ?

— Ce n'est pas la question : demandez-vous plutôt lequel vous fait les plus jolies fesses.

*On n'est pas sortis de l'auberge*, pensai-je. Je rangeai le carnet de dépôts dans le coffre et je fermai la porte de mon bureau du bout du pied. À chaque nouvelle journée, nouveau bonheur d'entendre Maggie chanter les louanges du jean : *bootcut* (coupe années 1970, pattes d'eph) ou *boyfriend* (jean retroussé, *oversize*, comme piqué à son mec). J'aimais bien Maggie – eh oui, c'était étonnant mais vrai ! –, mais j'avais un mal de chien à supporter ce type de conversation.

J'entendis la cliente sortir de la cabine d'essayage et ma collègue reprendre :

— Le *bootcut* tombe impec de la cuisse à la cheville. Et c'est le revers qui attire le regard. On en oublie le reste !

— Tant mieux, parce que le reste, c'est mon problème, grommela la cliente.

— Je connais ça ! Mais vous savez, le *boyfriend* a aussi ses points forts. Essayez et on pourra comparer.

Je n'ai pas entendu ce que la cliente a répondu, parce que ça carillonnait à la porte du magasin. Peu après, Esther est entrée dans le bureau, en treillis et top noir. L'air grave, muette, elle s'est laissée tomber sur la chaise à côté de la mienne.

— Eh, Esther, qu'est-ce qu'il… commençai-je.

Au même instant, Maggie a déboulé, regard égaré et portable à la main. Elle a consulté son écran, puis fixé Esther.

— Je viens de lire ton message ! C'est vrai ? Hildy est… morte ?

Esther a acquiescé en silence.

— Je n'arrive pas à y croire ! enchaîna Maggie en secouant la tête. Elle faisait partie de la bande. C'est vrai, quoi, après tout ce temps…

J'allais dire mes sympathies et condoléances, mais Esther reprenait déjà, la voix tendue :

— Je sais. C'était une super voiture.

On a soudain entendu la porte de la cabine d'essayage s'ouvrir, dans le magasin.

— Une voiture ? demandai-je.

— La meilleure Jetta du monde, expliqua Maggie. Hildy était notre seul moyen de transport pour aller au lycée. C'était la quatrième de la bande.

— Et brave, avec ça, enchaîna Esther. Je l'avais payée 3 000 dollars, et elle avait déjà 120 000 bornes au compteur. Mais elle ne nous a jamais laissés tomber.

— Oh, pas tout à fait, corrigea son amie. Tu te souviens du jour où on est parties pour le *World of Waffles*, sur l'autoroute ?

Esther lui a jeté un regard blessé.

— Tu veux vraiment remettre cette histoire sur le tapis ? À un moment pareil ?

— Pardon…

Dans le magasin, la porte de la cabine d'essayage s'est ouverte de nouveau.

— Oh… Attendez, je reviens, dit Maggie.

Elle a disparu et, un moment plus tard, j'ai entendu sa cliente se plaindre.

— Je ne sais pas quoi en penser. Regardez-moi ça : le *boyfriend* me fait des chevilles de mammouth !

— C'est parce que vous avez l'habitude du jean *bootcut*, qui est plus couvrant à ce niveau-là. Mais vous avez vu les hanches que la coupe *boyfriend* vous fait ?

Esther a rejeté la tête en arrière et fixé le plafond.

— Et maintenant que tu n'as plus de voiture ? Tu vas devoir te déplacer à pied ? lui demandai-je.

— Impossible. Je pars bientôt à l'université, et il faut à tout prix que je m'en procure une d'ici là. J'ai bien un peu d'argent de côté, mais pas assez.

— Emprunte, alors.

— Pour accumuler les dettes ? soupira-t-elle. Je vais déjà devoir rembourser l'emprunt que j'ai fait pour mes études jusqu'à la fin de mes jours.

La voix de la cliente s'élevait encore :

— Non, franchement, je ne sais pas… Ni le *bootcut* ni le *boyfriend* ne me vont…

— Trouver le jean parfait, c'est un vrai défi, vous savez ! lui répondit Maggie. Il doit vous faire craquer. Vous devez avoir un véritable coup de foudre, vous comprenez ?

Mieux valait entendre ça que d'être sourd… J'ai repris mon stylo et je me suis de nouveau concentrée sur mon solde de trésorerie. Peu après, j'ai entendu la cliente qui retournait dans la cabine d'essayage et notre collègue qui revenait.

— Bon, étudions les solutions qui se présentent à nous, dit-elle à Esther qui fixait toujours le plafond. As-tu pensé à emprunter ?

— Je vais déjà devoir rembourser le prêt que j'ai fait pour payer mes études jusqu'à la fin de ma vie, répéta-t-elle d'une voix morne. Non, je crois plutôt que je vais débloquer l'argent que mes grands-parents m'ont légué.

— Oh, non ! Je doute sincèrement que ce soit une bonne idée !

Toute cette histoire ne me regardait pas, mais j'avais vraiment de la peine pour Esther. J'ai donc décidé de m'en mêler.

— Elle vient de te dire qu'elle ne voulait pas s'endetter davantage, expliquai-je à Maggie, regrettant qu'il n'existe aucun parallèle possible entre la mode et les emprunts bancaires. Si elle fait un nouveau prêt, elle devra rembourser plus.

Dans la boutique, la porte de la cabine d'essayage s'est de nouveau ouverte, et la cliente y est allée de son petit commentaire.

— Je ne sais pas quoi penser de celui-là… Est-ce que mes jambes sont censées ressembler à deux saucisses ?

— Ça, non ! lança Maggie depuis le couloir. Essayez donc le jean *bootcut* avec les poches brodées, j'arrive tout de suite !

La porte de la cabine s'est refermée. Esther a soupiré.

— Plus tu empruntes, plus tu dois rembourser : c'est mathématique, dis-je à Maggie.

— D'accord, convint-elle, mais une voiture, c'est un bien de consommation, pas un actif ou un bien qui rapporte, si tu préfères. L'acquisition d'une voiture n'est donc pas un investissement, puisque tous les véhicules se dévaluent dans le temps. Je comprends qu'Esther ait envie de débloquer ses économies plutôt que d'emprunter, mais je lui conseille de les garder au chaud et de se renseigner sur le taux d'emprunt que propose la banque de Colby.

— Tu crois ? demanda la principale intéressée.

— Bien sûr ! continua-t-elle. Quel est le taux d'emprunt, en ce moment ? Voyons, 5,99 % ? Conclusion, tu empruntes, tu gardes le legs de tes grands-parents tant que tu peux. C'est ta garantie. La façon la plus rentable de gérer son argent.

J'en suis restée baba. Un vrai phénomène, cette Maggie. Soudain, la voix de la cliente s'est fait entendre.

— Et celui-là, qu'est-ce que vous en pensez ?

Ma collègue a regardé dans le couloir et applaudi, un sourire aux lèvres.

— Oh là là ! Et vous ?

— Je craque complètement. C'est le coup de foudre !

Maggie a éclaté de rire, puis elle est repartie vers les cabines d'essayage. De mon côté, j'essayai de donner un sens à ce que je venais d'entendre. Pas facile… En fait, plus tard dans la soirée, lorsqu'elle est revenue dans le bureau, juste avant la fermeture, eh bien, j'y réfléchissais toujours.

— Comment en sais-tu autant, question finances ? lui demandai-je alors qu'elle posait la caisse sur le bureau.

— Ça date de l'époque où je faisais du BMX. Ma mère n'était pas très chaude pour que ça devienne mon passe-temps. J'ai dû financer l'achat de mon vélo, de l'équipement et tout le reste.

— Impressionnant.

— Si tu le dis. En tout cas, ça n'a pas impressionné ma mère.

— Ah bon ?

— Non.

— Alors, qu'est-ce qui l'impressionne ?

— Oh, je n'en sais trop rien. Je crois qu'elle aurait préféré que je participe au bal des débutantes : c'était son rêve. Ou à des concours de beauté au lieu de cavaler sur un BMX avec une bande de sauvages. Je lui ai dit cent mille fois que je pouvais faire les deux. Après tout, on peut être mignonne et intelligente. Passionnée de mode et branchée sport. La vie, ça ne devrait pas se résumer à un choix radical tel que soit tout blanc soit tout noir, tu ne crois pas ? On est quand même capable de mieux !

Elle, oui, c'est clair. Moi, je le comprenais seulement.

— Pas bête…

Un sourire aux lèvres, elle a pris les clés sur le bureau et les a rangées dans sa poche.

— Je vais aller remettre de l'ordre dans le rayon des jeans pendant que tu termines. J'en ai bavé pour trouver un *bootcut* qui plaisait à cette cliente, mais ça en valait la peine ! Tu aurais vu le joli petit cul qu'il lui faisait !

— Je te crois sur parole.

Je suis restée seule dans mon bureau rose orange, en me demandant ce qui impressionnait ma mère et m'interrogeant sur les choix dans lesquels j'avais été enfermée depuis ma naissance. Et si, finalement, il était possible de s'intéresser aux taux d'emprunt et aux jeans *slim*, aux BMX et à la couleur rose ? Et s'il était possible de ne pas avoir un seul centre d'intérêt, mais plusieurs, à l'infini ?

Les deux semaines suivantes, j'ai pris mon rythme de croisière : dodo le matin, boulot le soir et Eli toute la nuit.

À présent, plus besoin de feindre de tomber sur lui par hasard : c'était tacite, on se rencontrait après notre journée de travail au *Gas/Gro* où on rechargeait nos batteries en café et en bouffe (on ne sait jamais de quoi on peut avoir besoin), puis on planifiait la nuit devant nous. En clair, et dans l'ordre : faire des courses, déguster une petite pâtisserie chez Clyde et continuer ma quête.

— Tu penses vraiment que je dois en passer par là ? lui demandai-je un soir.

Il devait être environ 1 heure du mat, on était devant le *Tallyho*, la boîte préférée de Leah. Un néon « HOLA MARGARITAS ! » clignotait dans la vitrine. Le costaud assis sur un tabouret, devant, avait l'air de s'ennuyer mortellement et consultait ses messages.

— J'en suis convaincu ! déclara Eli. Aller en boîte, ça fait partie des rites de passage, et c'est même bonus si c'est une boîte de merde.

— Mais je n'ai pas ma carte d'identité sur moi. Comment prouver au videur que je suis majeure ? objectai-je au moment où on s'approchait et croisait fille en robe rouge et aux yeux gonflés qui trébuchait.

— Pas besoin.

— Certain ?

Il n'a pas répondu. Il m'a prise par la main, et j'ai senti un frisson me remonter le long de l'échine.

Depuis la hot-dog party, Eli et moi, on s'était rapprochés, mais c'était notre premier vrai contact physique. Je me suis tellement pris la tête à en chercher le sens que j'ai compris, avec un temps de retard, que ce n'était pas la peine : sa main dans la mienne, c'était naturel comme le début de la vie.

— C'est combien, l'entrée ? demanda Eli au type de la sécurité.

— Vous avez des cartes d'identité ?

Mon compagnon a sorti son portefeuille et lui a tendu son permis de conduire. Le costaud l'a regardé, puis il a regardé Eli.

— Et elle ? dit-il avant de le lui rendre.

— Elle l'a oublié. Mais pas de souci, je me porte garant.

Le videur m'a regardée avec autant d'intérêt que si j'avais été une clé à molette.

— La galanterie et l'honneur, ça ne marche pas ici.

— Je comprends, mais vous pouvez peut-être faire une exception ?

L'autre n'a même pas réagi. Il avait l'air de s'emmerder.

— Pas de carte d'identité, pas d'entrée.

— C'est bon, dis-je à mon ami. Je te jure, ce n'est pas grave.

Eli a levé la main pour me faire taire et a repris.

— Écoutez, on ne veut pas entrer pour picoler, on ne veut même pas rester, mais seulement faire un tour. Pas plus de cinq minutes.

Son interlocuteur a eu l'air contrarié, cette fois.

— Pas de carte d'identité, pas d'entrée ! Quoi, il y a quelque chose que vous ne comprenez pas dans cette phrase ?

— Et si je vous disais qu'il s'agit d'une quête ? insista Eli pendant que je me tortillais, inquiète parce que ma main dans la sienne devenait moite.

Il l'a fixé. Derrière lui, j'entendais la basse.

— Quel genre de quête ?

*C'est foutu, c'est mort*, pensai-je.

— Elle n'a jamais rien fait de sa vie, expliqua Eli en pointant le pouce sur moi. Pas une seule fête au lycée, de bal ou de soirées pyjama. Elle n'est jamais sortie de sa tanière, la pauvre.

Le costaud m'a dévisagée, et j'ai essayé d'avoir l'air d'une vraie sauvage… ou d'une parfaite demeurée.

— Alors, on essaie de rattraper le temps perdu, jour après jour. Tâche après tâche. Et ça, c'est sur la liste.

— Le *Tallyho* est sur la liste ?

— Entrer dans un club, ça fait partie des musts, continua Eli. Pas picoler dans un club. Même pas y rester. Seulement y entrer.

L'homme de la sécurité m'a de nouveau dévisagée.

— Cinq minutes. Pas plus.

— Peut-être même quatre ! s'exclama Eli.

J'entendais mon cœur battre à tout rompre. Puis le videur a pris ma main et a sorti un tampon en caoutchouc de sa poche de chemise et l'a pressé dessus. Il a fait un geste à Eli pour qu'il tende la sienne.

— Vous n'approchez pas du bar. Et vous avez trois minutes.

— Fabuleux, dit Eli en m'entraînant à l'intérieur.

On a pris un petit couloir sombre et étroit qui donnait sur une salle où clignotaient des milliers de flashes multicolores.

— Attends. Comment tu as fait ? demandai-je.

— Je te l'ai dit, tout le monde comprend le sens d'une quête ! me cria-t-il pour couvrir la musique.

Je n'ai rien trouvé à répondre. Sans compter qu'on venait de pénétrer dans le club où les haut-parleurs hurlaient, à tel point que je n'entendais plus ma propre voix. C'était une grande salle carrée avec des petits boxes sur trois côtés, le quatrième étant occupé par le bar. La piste de danse était au milieu, bondée de filles en tops ultramoulants avec des bières à la main et de mecs bronzés style surfeurs californiens qui gigotaient devant elle.

— C'est incroyable ! hurlai-je à Eli qui me tenait toujours par la main.

Soit il ne m'a pas entendue, soit il ne s'est pas donné la peine de répondre, allez savoir… Quoi qu'il en soit, il m'a conduite vers la piste de danse.

J'avais du mal à avancer, entre les sacs à main et les pieds qui traînaient, avec la piste qui tressautait en rythme avec les battements de mon cœur. Il faisait chaud et poisseux. Ça puait le parfum et la fumée de cigarette, et je transpirais déjà comme une malade, alors qu'on venait juste d'arriver. C'était un peu une fête foraine, mais sans odeur de gaufre et de barbe à papa, version relookée bimbos et super frime.

— Dernière danse ! entendis-je hurler au-dessus de nos têtes. Enlacez qui vous voulez et battez la mesure ! C'est déjà demain !

La musique de fou s'est interrompue en deux temps trois mouvements, pour laisser place à un slow. Ça a râlé, certains ont quitté la piste, d'autres sont restés et se sont enlacés, pendant que des couples venaient les rejoindre. C'était un spectacle tellement passionnant à regarder que j'ai failli perdre l'équilibre et dégringoler quand Eli a tiré sur mon bras.

— Attends ! Je ne sais pas si… protestai-je lorsqu'on passa devant un couple très enlacé, très immobile, et un autre, dansant à son rythme sexy et lent, avec la fille qui tenait toujours sa bière.

À ce moment-là, Eli s'est arrêté. Moi aussi, ma main toujours dans la sienne, et je me suis rendu compte qu'on était au milieu de la piste, avec les lumières de toutes les couleurs qui tournoyaient au-dessus de nos têtes. J'ai levé les yeux, puis observé les gens autour, et enfin Eli.

— Approche, me dit-il.

Il s'est avancé, lâchant ma main pour me prendre par la taille.

— Il nous reste deux bonnes minutes.

Je lui ai souri et, malgré moi, je me suis approchée. Plus près. Tout naturellement, j'ai passé mes bras autour de son cou et entrecroisé mes doigts derrière sa nuque. Et on a dansé.

— C'est dingue... dis-je en balayant la piste des yeux. C'est...

— Ça vaut la peine de le faire au moins une fois dans sa vie. Mais seulement une !

J'ai souri. Et au milieu du *Tallyho*, au milieu de la nuit mais hors du temps, Eli m'a embrassée. Ce n'était pas comme je l'avais imaginé, mais ça a été parfait.

Quand on a rompu notre baiser, la chanson finissait, mais tout le monde restait enlacé et continuant de danser. J'ai posé ma tête sur la poitrine d'Eli pour faire durer le plaisir. Le DJ n'avait pas menti. C'était déjà le lendemain. Et mon petit doigt me disait que la journée serait déjà mémorable.

Lorsque j'ai ouvert les yeux, vers midi, la maison était calme. Pas de veilleuse, pas de cris. Rien sauf...

— Tu plaisantes, j'espère ! Mais bien sûr que je viens ! Je ne manquerais ça pour rien au monde !

Les paupières encore lourdes, je roulai sur le flanc et je me levai pour aller à la salle de bain où j'achevai de me réveiller en me brossant les dents.

J'entendais mieux la voix de mon père, plus forte à présent.

— Non, aucun problème : il y a deux vols par jour.

J'entendis le tintement de ses clés.

— Tout à fait ! Le timing ne pouvait être plus parfait. J'emporte mon manuscrit. Oui. Magnifique ! Alors, à très vite.

Quand je suis descendue pour boire mon café, une dizaine de minutes plus tard, mon père – à présent à la cuisine – faisait les cent pas, tandis que Heidi, assise à table, Thisbé dans les bras, avait l'air au bout du rouleau.

— C'est une occasion exceptionnelle de me montrer et de faire ma promo ! s'exclama mon père. Beaucoup de gens du monde de l'édition seront présents. Justement des gens avec qui je dois être en contact. Je ne pouvais pas rêver mieux !

— Et c'est ce soir ? demanda Heidi. Ce n'est pas un peu juste, pour t'organiser ?

— Pas du tout ! Je vais réserver un vol, passer la nuit là-bas et je rentrerai !

Je sortis un mug du placard en regardant ma belle-mère qui enregistrait l'info. Elle a mis le temps, normal : le matin, une fois que Thisbé était réveillée et pleurait, elle avait un temps de retard pour tout. Le manque de sommeil émoussait salement ses capacités, en particulier ses capacités cognitives.

— Quand ? demanda-t-elle enfin.

— Quand quoi ? interrogea mon père.

Thisbé couina. Heidi la percha contre son épaule.

— Quand est-ce que tu rentreras ?

— Demain dans la journée ou peut-être dans la soirée.

Mon père était toujours en train de faire les cent pas. Il semblait monté sur des ressorts.

— Je vais profiter de ce bref séjour pour rencontrer du monde et au moins programmer un rendez-vous autour d'un déjeuner.

Ma belle-mère n'en menait pas large, avec Isby qui reniflait contre son épaule.

— C'est juste que…

Elle s'est tue, puis a repris courageusement :

— Je doute que ce soit le bon moment pour que tu t'absentes.

— Quoi ? Mais pourquoi ?

J'ai bu une gorgée de mon café en silence. Je ne devais surtout pas m'en mêler.

— Eh bien, continua-t-elle. Thisbé est un peu difficile, ces temps-ci. Et puis, je ne compte plus mes nuits blanches… Je ne sais pas si…

Mon père s'est figé, comme transformé en statue.

— Tu veux que je reste.

Ce n'était même pas une question.

— Écoute, Robert, je me demande seulement si tu ne pourrais pas patienter encore une ou deux semaines. Juste le temps que Thisbé fasse ses nuits.

— Mais c'est ce soir qu'a lieu la soirée, dit-il en articulant chaque mot. C'est bien ça, le problème.

— Oui, je sais, mais je pense que…

— Bien. Parfait !

J'ai pris la cafetière et je me suis versé du café, bien que ma tasse soit encore pleine.

— Écoute, Robert, je…

— Non. Je vais rappeler Peter, lui dire que je suis désolé, que je ne peux pas venir. Je suis certain qu'il y aura une autre soirée organisée par la Guilde des écrivains dans quelques semaines.

Je n'avais pas envie de m'en mêler. Plus jamais. Et encore moins en cette journée qui avait si bien commencé par un baiser avec Eli au *Tallyho*. J'évitai donc de regarder Heidi ou mon père, et je suis remontée dans ma chambre. J'ai ouvert tout grand la fenêtre, puis j'ai contemplé l'océan, le laissant absorber et noyer toutes les paroles que je venais d'entendre.

Deux heures plus tard, je suis redescendue dans la cuisine et je n'ai pas été surprise de voir une petite valise cabine près de la porte. Mon père avait eu l'air prêt à faire un compromis mais, en fin de compte, il avait obtenu gain de cause. Comme d'habitude…

Au moment où je quittais la maison pour me rendre au magasin, il était déjà parti. Ma belle-mère s'était retirée dans la nursery rose et chocolat. Installée dans son rocking-chair, elle berçait Isby.

Postée sur le seuil, je l'ai regardée, hésitant à lui demander si ça allait, et puis zut ! j'ai renoncé. Après tout, elle ne m'avait rien demandé et moi, j'en avais marre de proposer mon aide.

Une fois chez *Clementine*, je me suis enfermée dans mon bureau et j'ai essayé de me concentrer sur Eli et la nuit à venir. Dans le magasin, Maggie recevait un flot continu de clientes, parce qu'il y avait un concert en plein air qui se déroulait sur la promenade. Vers vingt et une heures trente, elle a passé la tête par la porte du bureau.

— Tu n'aurais pas vu une commande spéciale Barefoot par hasard ?

Je levai ma tête pleine de chiffres.

— Quoi ?

— Des tongs Barefoot ? Il paraît que Heidi en a commandé vingt paires, il y a pas mal de temps, mais je n'en trouve pas la trace.

— Tu as appelé Heidi ?

— Je ne veux pas la déranger. Le bébé dort peut-être.

— Ça, j'en doute.

J'ai composé le numéro de la maison et je lui ai tendu le combiné. Tout en surveillant le magasin, Maggie l'a calé entre le menton et l'épaule.

— Salut, Heidi. C'est Maggie, je voulais juste... Oh, ça va, toi ?

J'ai rapproché la calculette, effacé les chiffres sur l'écran. À l'extérieur, j'entendais des filles qui criaient de bonheur devant le bac des soldes.

— Non, non, mais c'est juste que tu sembles un peu...

Ma collègue s'est tue.

— Quoi ? Oh oui, j'entends bien. Elle pleure vraiment beaucoup... Euh, écoute, je suis désolée de te déranger, mais je t'appelle à propos d'une commande...

*Eli, Eli, Eli*, pensai-je en pianotant sur ma calculette. *Ce soir, ce soir, ce soir*, continuai-je en additionnant mes chiffres. Le reste, pas mon problème. Sous-total. Total. Trois opérations plus tard, Maggie a raccroché.

— Heidi dit que les claquettes sont dans la réserve, dans un des cartons des jeans. Enfin, si j'ai bien compris parce qu'avec tout ce raffut, ce n'était pas évident.

— Ah ça, c'est sûr, Isby a du coffre, dis-je en effaçant de nouveau les chiffres de ma calculette.

— Je ne te parle pas du bébé, mais de Heidi. Elle semblait complètement à bout. Elle va bien ?

J'ai levé les yeux.

— Tu veux dire que Heidi pleurait ?

— Elle faisait comme si elle allait bien, mais on ne me la fait pas, à moi.

L'entrée du magasin a carillonné.

— Zut, des clientes. Je dois y retourner. Tu peux aller me chercher les tongs ?

Je lui ai fait signe que oui. Quelques instants plus tard, je suis descendue dans la réserve, où j'ai trouvé les tongs là où Heidi l'avait indiqué à Maggie. J'ai pris le carton et je l'ai porté dans le magasin. Ma collègue m'a jeté un regard qui disait merci lorsque je l'ai posé sous la caisse. Après quoi, j'ai filé à la maison.

J'aurais été rassurée si, en arrivant, j'avais entendu les pleurs et les cris désormais familiers d'Isby. Mais tout était trop calme. J'ai pris le couloir sombre jusqu'à la cuisine mal éclairée par la loupiote au-dessus de l'évier. Le salon était sombre. Si sombre même qu'au premier coup d'œil, je n'ai pas vu Heidi.

Elle était pourtant bien là, sur le canapé, Isby dans les bras, et elle pleurait. Ce n'était pas des sanglots, des gémissements ou des soupirs. Non… Heidi pleurait en silence et en permanence. Ça m'a filé la chair de poule. J'ai failli la laisser tranquille parce que j'avais l'impression de l'espionner. Mais je ne le pouvais pas.

— Heidi ?

Pas de réponse. Je me suis approchée. Puis je me suis assise à côté d'elle. Et quand j'ai posé la main sur sa cuisse, elle a pleuré deux fois plus. Ses larmes s'écrasaient sur ma main. Isby était réveillée et l'observait.

— Donne-moi le bébé, Heidi.

Elle a refusé et continué de pleurer. Ses épaules tremblaient comme deux pauvres petites choses abandonnées.

— Heidi, s'il te plaît.

Toujours pas de réponse.

Elle finissait par me faire peur, à la fin, alors je lui ai pris Isby des bras. Puis elle a remonté ses genoux jusque sous le menton et détourné son visage pour que je ne le voie pas.

Mon regard passait de la fille à la mère. Je ne savais pas quoi faire. Je sais, j'aurais dû téléphoner à mon père, au lieu de quoi je suis allée à la cuisine pour composer le seul numéro qui me donnerait l'aide dont j'avais besoin tout de suite.

— *Gas/Gro*, Wanda à votre service !

J'ai toussé pour éclaircir ma voix.

— Bonsoir, Wanda.

Et sans cesser de bercer Isby qui babillait, j'ai continué sur ma lancée :

— Euh… C'est Auden. Je passe toujours à cette heure-là boire un café. Je cherche Eli Stock. C'est pour une urgence. Enfin, pas vraiment, mais presque. Vous voyez qui sait ? Il a dans les vingt ans, des cheveux noirs. Il conduit un…

— Allô ?

Eli ! En entendant sa voix, quelque chose dans ma poitrine s'est détendu.

— C'est moi, dis-je, avant de préciser. C'est Auden.

— Je m'en doutais. Qui d'autre pourrait m'appeler au *Gas/Gro* ?

— Écoute, je suis désolée, mais il y a une crise à la maison et je ne sais pas quoi faire.

— Une crise ? Que se passe-t-il ?

J'ai jeté un œil dans le salon où je voyais à peine Heidi, toujours roulée en boule comme si elle avait voulu disparaître du monde.

Je suis allée dans le couloir, j'ai calé Isby contre mon épaule et je lui ai tout raconté. Pendant ce temps, j'entendais toujours ma belle-mère pleurer.

— Ne bouge pas, me dit-il quand j'ai eu fini. Je connais la solution.

Vingt minutes plus tard, on a frappé à la porte d'entrée. C'était Eli avec quatre gobelets de café et un paquet de *cupcakes*.

— Du café ? C'est ça, ta solution ?

— Non ! La solution, la voilà !

Il s'est écarté devant une femme de petite taille aux cheveux noirs coupés court. Elle avait le teint mat et les yeux verts, comme lui. Elle était en pantalon et portait un sac en bandoulière. Ses tennis blanches étaient immaculées.

— Maman, je te présente Auden. Auden, voici ma mère, Karen Stock.

— Bonsoir, dis-je. Merci d'être venue. Je... je ne sais pas quoi faire...

Un sourire aux lèvres, elle s'est approchée et a observé Isby qui s'est mise à pleurer.

— Quel âge a la petite ?

— Six semaines.

— Où est sa mère ?

— Dans le salon. Elle n'arrête pas de pleurer, elle refuse de me parler.

M^me^ Stock entra.

— Va coucher le bébé et emmaillote-le, ordonna-t-elle à son fils. J'arrive.

— D'accord.

— Est-ce que je dois… commençai-je. Enfin, je veux dire…

— Ça va aller, maintenant, me dit la mère d'Eli. Fais-moi confiance.

Le plus bizarre ? C'est ce que j'ai fait. J'ai regardé cette inconnue entrer dans le salon, poser son sac sur la table, s'approcher de Heidi et s'asseoir à côté d'elle. Elle lui a parlé – je ne sais pas de quoi, j'entendais mal –, mais Heidi l'écoutait. Au bout d'un moment, ma belle-mère l'a même laissée la serrer dans ses bras et la consoler.

Lorsqu'on est entrés dans la nursery rose et chocolat, Isby hurlait et bataillait bet et ongles.

— Tu sais où sont rangées les couvertures ? me demanda Eli après avoir allumé la lumière.

— Dans la commode. Regarde dans le troisième tiroir.

Je m'occupais de bercer ma sœur tandis qu'il sortait une couverture rose avec des ronds chocolat. Il l'a dépliée et refermé le tiroir.

— Maintenant, il me faut un lit. Enfin du plat. Où est ta chambre ?

— Juste à côté, mais je ne…

Il sortait déjà, alors, bien obligée, je l'ai suivi. Il a étalé la couverture sur mon lit et en a plié un coin.

— Maintenant, donne-moi le bébé, dit-il en me tendant les bras.

Mais j'étais méfiante.

— Qu'est-ce que tu vas lui faire ?

— Tu n'as pas entendu ma mère ? Elle t'a demandé de me faire confiance.

— À elle ! Pas à toi.

— Tu ne me fais pas confiance ?

J'ai regardé tour à tour la couverture et Isby qui hurlait, et je l'ai revu me conduire sur la piste de danse du *Tallyho*, la nuit précédente. Je lui ai donc tendu ma petite sœur.

À force de pleurer, Thisbé était devenue rouge brique. Eli l'a allongée sur la couverture, sans se soucier qu'elle gigote, pour lui mettre les bras le long du corps, avant de replier les coins de la couverture de part et d'autre pour bien l'envelopper. À chaque étape, Isby hurlait de plus en plus fort.

— Eli ! Arrête ! C'est encore pire ! m'écriai-je.

Il ne m'écoutait pas. Il terminait de nouer les extrémités de la couverture avec ma sœur qui hurlait plein pot.

— Eli ! hurlai-je moi aussi. Arrête, elle…

Silence total. Ça a été si brusque que, l'espace d'une seconde, j'ai pensé qu'Isby était morte. Mais non, elle nous regardait, saucissonnée dans sa couverture.

— Elle ne pleure plus ?

Eli l'a prise dans ses bras et me l'a rendue.

— Comment as-tu fait ?

— Je n'ai rien fait.

Isby a ouvert la bouche, pour bâiller cette fois, et s'est blottie contre moi.

— C'est l'emmaillotage : c'est magique. Le bébé retrouve une position naturelle, proche de celle qu'il avait dans le ventre de sa mère. Ça le rassure et l'apaise. Ma mère ne jure que par ça.

— C'est incroyable. Mais comment sait-elle un truc pareil ?

— Elle a été infirmière dans une maternité et elle a pris sa retraite l'année dernière. Et puis, mon frère et ma sœur ont quatre enfants. Ajoute-les à nous quatre, ça en fait, des années de pratique.

À cet instant, M^me^ Stock a frappé doucement à la porte avant d'entrer.

— Heidi va se reposer, maintenant. Vous descendez, tous les deux ?

Devant la chambre de ma belle-mère, j'ai vu un rai de lumière sous la porte fermée. On arrivait en haut de l'escalier qu'elle avait déjà éteint.

Une fois qu'on s'est retrouvés dans la cuisine, la mère d'Eli s'est lavé les mains et les a séchées avec de l'essuie-tout.

— Bien. Et maintenant, passe-moi cette petite puce, me dit-elle, un sourire aux lèvres.

J'obéis. Elle s'est assise avec Isby dans ses bras et lui a caressé le front.

— Bon emmaillotage.

— Eli est un pro, lui dis-je.

Lui et moi, on l'a regardée bercer Isby en lui tapotant doucement le dos.

— Merci d'être venue. Heidi ne va pas bien, mais quand je suis rentrée à la maison et que je l'ai trouvée dans cet état… Je n'ai pas su quoi faire.

— C'est une jeune maman, dit M^me^ Stock qui contemplait Isby. Elle est épuisée.

— Mon père a voulu engager une nounou, mais elle a refusé.

La mère d'Eli a ajusté la couverture autour d'Isby.

— Quand j'ai eu Steven, mon aîné, ma mère est venue habiter chez nous pendant un mois. Sans elle, je n'y serais pas arrivée.

— La mère de Heidi est morte il y a deux ans.

— C'est ce qu'elle m'a dit, déclara M^me^ Stock.

Je revis ma belle-mère, le visage gonflé par les larmes, se blottir dans les bras de cette ancienne infirmière au cœur de la nuit. Que lui avait-elle dit d'autre ?

— Devenir maman, c'est l'apprentissage le plus difficile qui soit. Mais ça ira. Elle a seulement besoin de repos.

Un ange passa. Isby, elle, fermait les yeux.

— Tu ferais bien d'aller au lit, conseilla M^me^ Stock à son fils. Tu travailles demain, non ?

— Oui, mais…

— Alors rentre. Laisse-moi tes clés. Tu passeras chercher ton van demain.

— Je rentre à pied ?

Elle lui jeta un regard neutre.

— Eli Joseph Stock, il n'y a qu'un seul kilomètre d'ici à chez toi ! Tu survivras à un peu de marche.

Il a râlé, mais il souriait lorsqu'il a posé ses clés de voiture sur la table.

— Merci, maman.

Il l'a embrassée et je l'ai suivi à l'extérieur.

— Eh bien, cette nuit aura été courte… fis-je remarquer en regardant vers la cuisine où M^me^ Stock berçait toujours Isby.

— On dirait. Ma mère n'est pas vraiment au courant de mes habitudes noctambules.

— Elle n'apprécierait pas ?

— Oh, pas du tout ! Dans son esprit, il faut se coucher avant minuit.

Je lui souris.

— Ta mère est étonnante, mais je ne suis pas d'accord avec elle là-dessus.

— Oui, elle est étonnante. Et moi non plus, je ne suis pas d'accord avec elle sur ce point.

Il m'a embrassée. J'ai noué mes bras autour de son cou, et je l'ai attiré tout contre moi. J'aurais pu rester là, comme ça, toute la nuit, mais il a reculé et jeté un œil vers la cuisine derrière moi.

— Je ferais mieux d'y aller.

— D'accord. À demain.

Il m'a souri et a descendu les marches. Je lui ai fait un dernier petit signe, puis je l'ai suivi des yeux jusqu'à ce qu'il disparaisse dans la nuit éclairée par les lampadaires. Plus tard, une fois dans ma chambre, je me suis mise à la fenêtre et longtemps j'ai regardé la direction par où il avait disparu : une longue rue ponctuée de lumières qui devenaient de plus en plus petites au fur et à mesure qu'elles s'éloignaient. J'ai repéré celle qui, à mon avis, se trouvait au niveau de chez lui et je l'ai fixée comme une étoile étincelante jusqu'au petit matin.

# Chapitre 11

Une semaine avait passé. Ce jour-là, mon frère devait débarquer à Colby vers 17 heures. À seize heures et demie, téléphone. C'était ma mère.

— Je t'appelle uniquement pour t'avertir, Auden.

On ne s'était plus reparlé, depuis sa visite à Colby qui s'était terminée sous le signe du désastre. Un désastre oublié, puisqu'elle m'appelait à présent. Ce qui ne m'a pas empêchée de rester prudente.

— M'avertir de quoi ?

Elle ne répondit pas tout de suite. Elle but plutôt une gorgée de – on parie ? – vin blanc.

— Sa Laura !

La manière dont elle a craché le nom en disait des tonnes et suffisait largement à me renseigner, mais j'ai tout de même mordu à l'hameçon.

— Quoi ? Tu ne l'aimes pas ?

— Mais enfin, Auden !

Je l'ai vraiment entendue hausser les épaules à l'autre bout du fil.

— Elle est épouvantable. Un vrai cauchemar ! Je ne comprends pas du tout ce que ton frère lui trouve mais, à l'évidence, il n'est plus en possession de ses facultés mentales ! Cette fille, elle… voyons… elle…

Ah, ma mère ne trouvait pas ses mots. C'était rarissime, au point d'en être même inquiétant.

— C'est une scientifique ! acheva-t-elle enfin. L'une de ces filles glaciales et méthodiques, qui adorent les hypothèses et les groupes témoins. Et puis, elle a un tel ego qu'elle est convaincue que tout le monde s'intéresse aux mêmes choses qu'elle ! Je te jure ! Hier soir, pendant tout le dîner, elle nous a cassé les pieds en nous parlant de cellules myélinisées.

— Des quoi ?

— Tu vois ! Cette fille n'a ni cœur ni âme ! Elle a deux ans de plus que ton frère, mais elle est coincée comme une porte. Une vieille fille avant l'heure ! Un bas-bleu ! Elle va nous formater notre Hollis, si original, si drôle. C'est un drame !

Par la porte ouverte, je voyais Heidi qui balayait le bureau de mon père, reconverti en deuxième chambre d'amis en l'honneur de Hollis et de sa fameuse Laura. Thisbé installée dans son relax la regardait faire.

Depuis l'horrible nuit de la semaine dernière, ça allait mieux à la maison. La mère d'Eli était restée jusqu'au matin et s'était occupée d'Isby. Le lendemain, lorsque j'étais descendue dans la cuisine, elle venait de partir. Ma belle-mère était seule, le bébé emmailloté dans ses bras, l'air plus reposé qu'elle ne l'avait été depuis longtemps.

— Cette femme, c'est un miracle ! me dit-elle en guise de bonjour.

— Ah ?

— Oui. Elle est restée avec moi près de trois heures, ce matin, et j'en sais cent fois plus qu'hier. Tu étais au courant que l'emmaillotage donne au bébé un sentiment de sécurité ?

— Non, mais j'ai bien l'impression que c'est vrai.

— Elle m'a aidée à soulever le matelas de Thisbé, pour qu'elle digère et dorme mieux. Elle m'a aussi conseillé d'acheter un berceau, pour l'aider à s'endormir. Et puis, elle a une solution miracle, pour mes mamelons trop secs et sensibles.

— Heidi, par pitié…

— Pardon… Mais je te remercie de tout cœur de l'avoir appelée. Elle m'a proposé de revenir, si j'avais besoin d'aide. Mais je ne sais pas. Hier soir, tout était si étrange… Je me demande ce qui est arrivé. J'étais tellement fatiguée…

— C'est bon, coupai-je, de peur qu'elle ne verse dans le pathos. Je suis contente que tu ailles mieux.

— Oh oui, tellement mieux, dit-elle en souriant à sa fille.

Depuis, elle semblait de meilleure humeur et Isby dormait davantage, ce qui nous arrangeait tous. M^me^ Stock est revenue encore deux fois à la maison, mais les deux fois, je l'ai loupée. Pourtant je voyais bien qu'elle était passée, parce que Heidi se sentait toujours nettement mieux, après.

À la différence de ma mère, d'ailleurs, qui continuait de déblatérer sur la Laura de Hollis et la manière dont elle vampirisait la joie de vivre de mon frère, cellule myélinisée par cellule myélinisée.

— Il a l'air vachement accro, quand même, non ? dis-je.

— Mais ton frère aime tout le monde ! C'est d'ailleurs son point faible !

Autre soupir à fendre l'âme.

— Tu verras quand tu feras la connaissance de Laura. Elle est…

Je regardai de l'autre côté de la fenêtre juste au moment où une Honda se garait.

— Là ! achevai-je. Les voilà ! Je te laisse !

— Bon courage… murmura-t-elle. Appelle-moi plus tard.

J'ai promis et je suis sortie dans le couloir à l'instant où mon père criait à Heidi que mon frère arrivait. Elle a défait le harnais de sécurité de Thisbé.

— Prête à rencontrer ton grand frère ? lui a-t-elle demandé.

On arrivait en haut de l'escalier lorsque mon père a ouvert. Je vis d'abord Hollis sortir de sa voiture. Il était parti depuis deux ans, mais il était toujours le même. Si ce n'est qu'il était plus mince. Et plus chevelu, aussi. Quand Laura est à son tour descendue du véhicule, c'est drôle, mais j'ai eu l'impression de la reconnaître. J'ai compris pourquoi lorsque Heidi a poussé un petit cri.

— C'est incroyable, Laura ressemble à ta mère comme deux gouttes d'eau !

Exact ! Mêmes cheveux noirs, mêmes vêtements sombres et même peau claire. Bon, d'accord, Laura était plus petite et plus ronde que ma mère, mais la ressemblance était franchement hallucinante. Et plus Hollis et Laura s'approchaient, plus j'hallucinais.

— Notre globe-trotter est enfin de retour ! s'exclama mon père en serrant mon frère dans ses bras.

— Et toi, tu es de nouveau papa, hein, papa ! Justement, où est la petite crevette ? demanda le fils prodigue en souriant.

— La voilà ! déclara ma belle-mère en descendant l'escalier.

Je la suivis, tandis que Laura entrait, retirait ses lunettes de soleil et en repliait les branches. Elle avait les yeux noirs, comme ma mère.

— Je vous présente Thisbé.

Hollis l'a prise et l'a levée haut dans ses bras. Isby l'a dévisagé, l'air de se demander si elle allait hurler ou non.

— Oh, j'y crois pas ! s'écria mon frère. Je parie que tu vas faire tourner les têtes, toi, quand tu seras grande !

Mon père et Heidi ont éclaté de rire. Moi, j'observais Laura, toujours en retrait avec ses lunettes de soleil à la main, et qui regardait la scène comme une ethnologue chez les Papous.

Lorsque Hollis a eu terminé de faire les grimaces les plus loufoques à notre sœur, Laura a toussoté poliment mais très clairement.

— Oh, bébé, désolé ! dit mon frère qui rendit Isby à mon père.

Il a passé ses bras autour des épaules de sa petite amie et l'a attirée à lui.

— Je vous présente ma fiancée, Laura !

— Ta fiancée ? répéta mon père. Tu ne l'avais pas précisé, au téléphone. Quand est-ce que…

Laura sourit, mais du bout des lèvres.

— Nous ne nous sommes pas fiancés. Hollis est…

— Confiant dans l'avenir ! tonitrua mon frère. Et prêt ! Même si Laura ne l'est pas !

— Je ne cesse de dire à Hollis que le mariage, c'est une affaire sérieuse, expliqua la jeune femme.

Sa voix était tranchante et portait loin, comme si elle avait l'habitude d'avoir l'attention des autres concentrée sur elle.

— On ne se marie pas comme on prend un avion pour faire le tour du monde.

Mon père et ma belle-mère sont restés muets, par prudence sans doute, mais Hollis a éclaté de rire.

— C'est bien ma Laura, ça ! Elle veut déjà casser ma légendaire impulsivité !

— Ne faites surtout pas une chose pareille ! dit mon père à sa future belle-fille en donnant une bonne tape sur l'épaule de Hollis. Son impulsivité, c'est tout son charme, justement.

— L'impulsivité, ça peut être charmant, convint-elle, mais la pondération l'est tout autant.

Mon père a levé les sourcils.

— Eh bien, prononça-t-il d'une voix plus acérée, je…

— Vous devez être fatigués, après avoir avalé tous ces kilomètres ! coupa Heidi en prenant Thisbé des bras de mon père. Vous voulez sans doute boire quelque chose ? Limonade, vin, bière ?

Elle est rentrée dans la cuisine, les garçons derrière elle. Je restai donc seule avec Laura. Je la regardai pendant qu'elle examinait ses lunettes de soleil, prenait un coin de sa chemisette noire pour les nettoyer avant d'en replier les branches. Après qoi, elle a levé les yeux sur moi, l'air surpris de me voir toujours là.

— Je suis contente de faire ta connaissance, dis-je, sans la moindre originalité. Hollis a l'air... très heureux.

— C'est son tempérament, me dit-elle, même si, à son ton, je n'aurais su dire si c'était positif ou non à ses yeux.

— Laura, ma chérie ! s'écria mon frère. Viens vite ! La vue est splendide, d'ici !

Elle m'a souri, à peine, puis elle est rentrée dans le salon. J'ai compté jusqu'à deux avant de la suivre, en passant par la cuisine, où mon père et Heidi, autour de l'évier, servaient la limonade.

— C'est la première fois qu'elle nous voit, elle est sans doute nerveuse, fit remarquer ma belle-mère.

— Nerveuse, avec un comportement pareil ? Tu appelles ça de la nervosité, toi ? riposta mon père.

Je n'entendis pas la réponse de Heidi, parce que j'observais mon frère et Laura, devant les baies grandes ouvertes, qui contemplaient l'océan immensément bleu. Hollis avait passé son bras autour des épaules de sa petite amie et il faisait de grands gestes, comme s'il dépliait l'horizon devant ses yeux. La jeune femme était de dos, mais je devinai qu'elle n'était pas le moins du monde impressionnée par la vue. C'était dans son attitude, la manière dont sa tête était un peu penchée. C'est sûr, elle arrivait en pays étranger. Comme moi il n'y avait pas si longtemps...

— Si j'ai bien compris, tu ne l'aimes pas, me dit Eli.

— Je n'ai jamais dit ça !

— Pas la peine, ça se voit sur ton visage.

Il a pris un pack de lait sur l'étagère et l'a mis dans le chariot. Il était une heure et demie du matin et on faisait notre petit shopping nocturne au *Park Mart*. Comme c'était lundi soir, on avait le magasin pour nous tout seuls, ou presque, avec le silence en bonus. J'en avais bien besoin, après ce que j'avais subi : un dîner familial qui avait duré deux heures, où mon père avait débattu avec Laura sur la peine capitale. À la suite d'une discussion houleuse sur les financements de l'université (lettres, sciences humaines et sociales contre sciences) pendant l'apéro. Après un échange interminable sur la politique de l'environnement pendant le déjeuner. J'avais eu l'impression sidérante de regarder une répétition des deux années précédentes du mariage de mes parents, avec mon père dans son propre rôle et Laura dans celui de ma mère.

— Elle est différente des autres petites copines de Hollis, expliquai-je en suivant Eli vers le rayon épicerie et articles de sport.

— Elles étaient comment, les autres ?

Un nombre incroyable de filles unanimement mignonnes et souriantes a surgi de mes souvenirs.

— Douces et gentilles. À son image.

Eli a regardé un réchaud de camping.

— Mais il n'a jamais eu l'intention d'épouser les autres ? demanda-t-il.

Je réfléchis à la question. On passa dans le rayon des gants de base-ball.

— Seulement pendant trois minutes…

— Et pourtant, il affirme que Laura, c'est la bonne.

On arrivait à présent dans le rayon des vélos, qui s'alignaient par taille – des vélos enfants aux vélos adultes. Eli a pris une bicyclette de taille moyenne et l'a mise sur la roue avant.

— À mon avis, ce que tes parents pensent n'a aucune importance. Les relations humaines sont rarement logiques. Surtout vues de l'extérieur.

— Mais Hollis n'a jamais rien pris au sérieux !

Eli est monté sur le vélo, s'est soulevé sur sa selle et s'est mis à rouler au pas.

— Eh bien, il a peut-être trouvé son âme sœur, cette fois. Les gens changent, tu sais.

Il a tourné autour de moi et du chariot. Moi, je le regardais faire en pensant à ma mère. Qui disait les mêmes mots, avec la même conviction, mais avec une négation en plus.

— Tu sais, dis-je pour finir. Les autres pensent que tu ne feras plus jamais de vélo.

— Plus jamais, confirma-t-il.

Le comble de l'absurdité puisqu'il continuait de tourner autour de moi sur sa bicyclette.

— Dans ce cas, comment se fait-il que tu en fasses en ce moment ?

— Je ne sais pas. À ton avis ?

Aucune idée. Mais j'avais toujours envie de croire que les gens changeaient et, à mon avis, c'était plus facile de changer quand on était au milieu du changement. Un peu comme moi à présent : immobile comme la roue des heures sur une montre, avec Eli qui tournait sans cesse autour de moi, comme l'aiguille des secondes, dans un mouvement continu qui envoyait des bouffées d'air sur mon visage.

J'étais chez *Clementine* depuis déjà une heure et je rattrapais la paperasserie en retard quand j'ai senti un regard peser lourdement sur moi. J'ai levé les yeux. C'était Maggie qui m'observait, postée sur le pas de la porte.

— Salut, dit-elle.

Elle portait une robe avec des motifs d'œillets blancs et des tongs orange. Elle avait noué ses cheveux sur la nuque et tenait une étiqueteuse.

— Tu as une minute, Auden ?

Je lui ai fait signe que oui. Elle a jeté un dernier coup d'œil dans le magasin avant d'entrer dans le bureau, puis elle a ôté des catalogues d'une chaise, où elle s'est assise, et enfin elle a posé sa machine à étiqueter par terre.

Mais elle n'a rien dit. Moi non plus. J'entendais une chanson pop qui jouait dans le magasin. Sur le thème du grand huit et des baisers vertiges de l'amour.

— Bon. C'est à propos de toi et d'Eli.

Ce n'était pas une question, ni une insinuation, seulement un impromptu inachevé. Je ne me suis donc pas sentie obligée de répondre. Comment donner une réponse entière à une question incomplète ?

— Je sais que vous vous voyez toute la nuit, toutes les nuits. Je sais aussi que ce ne sont pas mes affaires, mais…

— Comment ?

— Hein ? Comment ça se fait que ce ne sont pas mes affaires ?

— Non. Comment tu sais qu'on se voit ?

— Je le sais, c'est tout.

— Tu sais tout, tu vois tout ? Tu es qui ? Big Brother ?

— Colby est une petite ville, minuscule, même, d'une certaine façon. On parle beaucoup.

Elle a soupiré et baissé les yeux sur son étiqueteuse.

— Je connais Eli depuis toujours et je ne refuse de le voir souffrir.

Honnêtement, c'était inattendu. D'un autre côté, j'aurais dû le voir venir.

— Tu penses que je vais le faire souffrir ?

Elle a haussé les épaules.

— Je ne sais pas. Après ce qui est arrivé avec Jake…

— Mais ce n'est pas comparable ! C'était totalement différent.

— Comment veux-tu que je le sache ?

Elle s'est adossée à sa chaise et a croisé les jambes.

— Je tire des conclusions à partir des faits. Et même si toi et Jake, ça m'a vraiment gonflée, parce que je crevais de jalousie, c'était aussi karmique, tu vois ? Jake l'avait bien cherché. Pas Eli.

— Mais enfin, on est juste…

Je n'ai pas achevé, parce que je ne savais comment expliquer ce qu'il y avait, entre lui et moi.

— On est amis, conclus-je malgré tout.

— Possible.

Elle a de nouveau contemplé son étiqueteuse, qu'elle a reprise entre ses mains.

— Mais toi et moi, on sait pourquoi il est venu à la hot-dog party de l'autre soir. Je t'ai entendue lui téléphoner.

— Tu es vraiment Big Brother ! m'écriai-je.

— Mais non, j'étais simplement dans la salle de bain ! Et les parois sont très minces ! Parfois, je n'ose pas faire pipi quand je sais qu'il y a quelqu'un dans la cuisine.

Elle a balayé le commentaire d'un geste.

— Bref, après ça, il y a eu la gaffe d'Adam. Suivie par les haricots rouges que tu lui as balancés en pleine figure. Et Eli n'a même pas crisé !

— C'était juste une stupide bagarre de bouffe, Maggie.

— Tu ne comprends décidément rien ! Eli n'avait plus rien fait, depuis la mort d'Abe. Pas de fêtes, pas de sorties, même parler aux autres, il ne le faisait plus. Et soudain, tu débarques et ça change tout. Je trouve que c'est génial.

— Mais ?

Parce qu'il y a toujours un mais.

— Mais si tu as juste envie de t'amuser, Eli pourrait ne pas rebondir comme Jake. Et je n'étais pas certaine que tu l'aies compris, alors je voulais te le dire. Parce que c'est ça, l'amitié.

J'y réfléchis tandis qu'une chanson romantique s'élevait dans le magasin.

— Il a de la chance d'avoir une amie comme toi… finis-je par dire.

— Je ne parlais pas d'Eli.

— Ah ?

— Non, mais de toi et moi. On est amies, dit-elle en nous désignant l'une et l'autre. Et les amis sont honnêtes les uns envers les autres. Même si la vérité, ça peut faire mal, pas vrai ?

En théorie, j'étais d'accord. Mais en pratique, je n'en savais rien. Tout ça, c'était tellement nouveau…

— Ne te fais pas de souci, dis-je. Personne ne souffrira. Eli et moi, on passe juste le temps ensemble, c'est tout.

Elle a acquiescé lentement.

— Alors, tant mieux. C'est tout ce que je voulais savoir.

La porte du magasin s'est ouverte et a carillonné. Un client arrivait. Après s'être levée, Maggie a passé la tête par l'entrebâillement de la porte.

— Bonjour ! s'écria-t-elle. J'arrive !

— Ne vous bilez pas, répondit une voix que j'ai tout de suite reconnue. Dites seulement à Auden de ramener ses petites fesses ici !

Maggie m'a regardée, assez sidérée.

— C'est mon frère, expliquai-je en me quittant à mon tour ma chaise.

— Toi, tu as un frère ?

— Viens, et tu verras.

Quand on est entrées dans le magasin, Hollis examinait un string rouge devant un bac de soldes.

— Laisse tomber, ce n'est pas ta taille… ni ta couleur ! lui fis-je remarquer en m'approchant.

— Dommage, ça m'aurait fait un look d'enfer !

— Garde plutôt tes caleçons.

— Il paraît qu'en Europe, les hommes préfèrent les caleçons de bain aux shorts de bain, intervint Maggie. Chaque été, on a au moins un groupe de touristes allemands qui se balade comme ça.

— Sans moi ! s'exclama-t-il. Là, derrière la plage, même pas besoin de maillot de bain, c'est la plage des nudistes !

— Hollis, je te présente Maggie, dis-je à mon frère. Maggie, voici mon frère Hollis.

— Tu vas à la plage des nudistes ? Sérieux ? lui demanda-t-elle.

— Ben oui, pourquoi pas ? Tu sais ce qu'on dit… Quand on est à Rome, fais ce que font les Romains.

Il a remis le string dans le bac.

— Bon, Aud, ça te dit, un déjeuner tardif ou un dîner anticipé ? Papa jure sur sa tête qu'il y a un super fast-food où les beignets d'oignons frits sont à tomber.

— C'est le Last Chance, le renseigna Maggie. Au bout de la promenade sur la gauche. Je te recommande le sandwich thon mayo.

Hollis soupira.

— J'adore les sandwichs thon fromage fondu et mayo. Il n'y en a pas en Espagne… Même si tu es à poil.

J'ai regardé vers mon bureau.

— Écoute, j'ai pas mal de boulot…

— Pas de ça avec moi : tu ne m'as pas vu depuis deux ans !

Il a hoché la tête à l'adresse de Maggie.

— Typique de la frangine. C'est la tête pensante de la famille !

— Vas-y, Auden, me conseilla ma collègue, tu resteras plus longtemps ce soir, c'est tout.

— Écoute donc ta pote Maggie et viens te distraire avec ton frère bien-aimé ! renchérit-il en parlant de mon amie comme s'il la connaissait depuis le berceau.

À l'extérieur, c'était la fin de l'après-midi, après les grosses chaleurs et avant la fraîcheur de la nuit. On a fait la queue derrière des mères de famille qui faisaient rouler leurs poussettes dont les roues claquaient sur les planches de la promenade.

— Où est Laura ? lui demandai-je. Elle n'aime pas les beignets d'oignons frits ?

— Si, elle adore, répondit-il en faisant glisser ses lunettes de soleil sur le bout du nez, mais elle a du travail. Elle doit préparer un dossier afin d'obtenir une bourse pour le printemps, et elle doit rédiger des articles.

— C'est une bosseuse ?

— Tu m'étonnes. Impossible à freiner.

On a regardé un vol de pélicans qui filaient vers l'océan.

— Elle a l'air sympa.

Mon frère a souri.

— Elle est carrément géniale ! Elle ne ressemble à aucune autre de mes petites copines, hein ?

— Ça, c'est sûr, dis-je après une hésitation.

— Tu aurais dû entendre maman ! reprit-il en riant. Pendant des années, elle m'a reproché de sortir avec des bimbos clonées et décérébrées, ce sont ses propres mots, évidemment.

— Évidemment.

— Et maintenant que je sors avec une fille intelligente et étonnante, elle flippe. Tu aurais dû la voir, au dîner, quand Laura a parlé de ses travaux de recherche. Maman était si jalouse qu'elle en bafouillait.

Ça, c'était un scoop.

— Jalouse ? Tu es sûr ?

— Enfin, Aud ! Tu sais que maman a l'habitude d'être la plus intelligente de l'assemblée et de tenir le crachoir. C'est sa grande spécialité !

Il a remonté ses lunettes de soleil sur son nez.

— Elle m'a pris à part pour me dire que je commettais l'erreur de ma vie, que j'étais trop sérieux avec Laura, trop vite. Comme si j'allais écouter ses conseils sur ma vie amoureuse, avec son thésard qui la colle comme un parasite et dort dans sa bagnole comme un psychopathe.

— Hein ?

— Quoi, tu n'es pas au courant ? Maman se tape un de ses doctorants. Le pauvre, il est mordu. Il voulait s'engager avec elle, mais elle l'a foutu à la porte, et maintenant il rôde autour d'elle comme une âme en peine.

Je revis l'étudiant aux lunettes à monture noire branchée au bord de la piscine, le nez dans son bouquin. Je ne savais même pas son nom.

— J'ai de la peine pour lui, reprit mon frère. D'un autre côté, ça lui pendait au nez, au pauvre garçon. Il aurait dû le voir venir à des kilomètres ! Ce n'est tout de même pas la première fois que maman joue le chaud et le froid avec un de ses élèves.

Il y avait une telle masse d'infos à digérer que je me suis concentrée sur le magasin de vélos, juste devant nous. Wallace et Adam étaient assis sur le banc et se partageaient un paquet de chips.

— Tu penses vraiment que maman a souvent eu ce genre d'histoire ?

— Oui. Depuis le divorce, en tout cas.

Il a fourré les mains dans ses poches.

— Mais tu le savais, hein ? Forcément.

— Oui, oui, bien sûr, répondis-je très vite.

Après un silence, il a repris.

— Enfin bon, ce n'est pas à moi de la juger. Après tout, elle et moi, on se ressemble : on est de vrais bourreaux des cœurs.

De nouveau, je n'ai pas su quoi dire. Difficile de réagir quand on entend dire à haute voix ce qu'on a pensé tout bas. Par chance, je n'ai pas eu besoin de me creuser le cerveau pour trouver une réplique, parce qu'Adam venait de nous repérer.

— Auden ! Viens ! On a besoin d'un arbitrage !

Hollis a scruté les deux garçons qui me faisaient signe d'approcher.

— Tu les connais ?

— Oui… répondis-je.

Il a paru surpris, ce que j'ai essayé de ne pas prendre personnellement. On s'est approchés. J'ai présenté mon frère. Adam a bondi de son banc.

— On a enfin trouvé un nom pour le magasin !

— Enfin, on a restreint la liste à dix, précisa Wallace derrière lui, la bouche pleine de chips.

— Dix ? dis-je.

— Oui, mais il n'y en a que cinq qui sont bons ! Alors on fait des sondages.

Hollis, toujours prêt à relever les défis, examina la devanture sans enseigne.

— Comment s'appelle-t-il, pour le moment ?

— « Le Magasin de vélos ». Mais c'est temporaire ! ajouta Wallace en voyant mon frère froncer les sourcils.

— Ça l'est depuis trois ans ! riposta son ami. Bon, écoutez bien. Voici la liste dans le désordre : « À tout vélo », « Le Dérailleur », « Rustine & Co »…

J'ai perdu le fil en voyant Eli sortir du magasin avec une bicyclette rose à roulettes. Il tenait un casque d'une main, et un couple avec une petite fille le suivait.

— Et, pour finir, « La Petite Reine » ou « Le Pied sur la pédale », termina Adam. Alors, verdict ?

Hollis réfléchit.

— « Le Dérailleur » ou « La Petite Reine ». Parce que « À tout vélo », c'est chiant et « Rustine & Co », trop plan-plan.

— Tu vois, c'est ce que je disais ! coupa Wallace.

— Et « Le Pied sur la pédale », ça ne m'inspire rien.

— Pff… tout le monde déteste… C'est sur la liste seulement parce que c'est le nom que je préfère. Et toi, Auden, tu en penses quoi ?

Moi ? Moi, j'observais toujours Eli qui réglait le jeu du pédalier. La fillette, une rouquine en short bleu et T-shirt avec une girafe, à qui il était destiné, serrait la main de sa mère, l'air tout effrayé.

— Comme je vous l'expliquais, c'est le vélo idéal pour apprendre, expliqua le vendeur aux parents.

— Elle a envie d'apprendre à en faire, mais elle a un peu peur, déclara la mère en passant la main sur la tête de sa fille.

— Il ne faut pas, reprit Eli en se relevant.

Il sourit à la petite.

— Grâce aux roulettes, tu garderas son équilibre. Et puis, un jour, tu verras, tu n'en auras plus besoin.

— Dans combien de temps environ ? demanda le père, qui portait une casquette de base-ball et des sandales en cuir. En moyenne ?

— Chacun va à son rythme, expliqua le garçon. Quand elle sera prête, elle le saura.

— Qu'est-ce que tu en dis, ma poussinette ? demanda la mère à sa fille. Ça te dit d'essayer ?

La petite, après une hésitation, fit signe que oui et s'approcha du vélo. Eli lui tendit la main et l'aida à monter dessus, puis il lui mit le casque. Elle a posé les mains sur les poignées et les a serrées prudemment.

— Vas-y, ma chérie ! l'encouragea son père. Pédale comme tu le faisais sur ton tricycle.

La petite fille s'est exécutée et a avancé d'un centimètre à peine. Elle a ensuite regardé ses parents qui lui souriaient et fait un nouvel essai. Eli a posé sa main sur la selle et l'a poussée doucement. Comme elle pédalait toujours, elle n'a rien remarqué. Et quand elle a roulé pour de bon, elle a regardé Eli et lui a souri.

La voix d'Adam me parvint.

— Auden ?

Oh, il attendait ma réponse.

— Il n'y en a aucun qui me plaît, désolée.

Il a eu l'air déçu.

— Même pas « La Petite Reine » ?

— Non.

— Je t'avais dit qu'ils étaient tous nuls ! s'exclama Wallace.

— Mais lui, il en aime deux ! dit son amie en pointant Hollis du doigt.

— Oui, enfin, pas plus que ça, précisa mon frère.

Adam a soupiré et repris sa place sur le banc. Hollis et moi, on les a laissés pour continuer vers le Last Chance.

À un moment donné, je me suis détournée pour regarder la petite fille sur son vélo. Maintenant qu'Eli l'avait poussée, elle se débrouillait toute seule : elle roulait sur la promenade et arrivait devant *Clementine*. Sa mère trottinait derrière elle, ni trop près ni trop loin, tandis que la petite continuait de pédaler.

Le Last Chance était désert, pour une fois. On a eu une table vers la fenêtre dans la seconde qui a suivi notre arrivée. Pendant que Hollis consultait le menu, j'ai obscrvé la promenade et les badauds.

— Je dois dire, Aud, que je suis vraiment content que tu l'aies fait !

— Fait quoi ?

Il a eu un grand geste qui englobait le restau, Colby et l'océan.

— Que tu sois venue en vacances ici ! Que tu te balades, que tu te fasses des amis ! Je me faisais du souci pour toi. J'avais peur que tu passes cet été comme tous les autres.

— C'est-à-dire ?

Il a bu son eau et repris :

— Ben tu sais… Rester à la maison avec maman, servir le vin à sa clique d'intellos et étudier le programme de l'année scolaire qui n'a pas encore commencé.

Je me suis raidie.

— Je n'ai jamais joué les serveuses avec ses doctorants !

— Je te taquine, mais tu vois ce que je veux dire.

Hollis me souriait. Il n'avait pas percuté qu'il m'avait vexée, blessée, même.

— Tu es différente, ici.

— Je suis là depuis un mois !

— Il peut se passer tellement de choses, en un mois ! La preuve, moi, en deux semaines j'ai rencontré ma future femme, j'ai changé de style de vie et je me suis acheté ma première cravate.

— Pardon ?

C'était l'info la plus choquante des trois.

— Eh oui ! confirma-t-il en riant. Sérieusement, Aud, te voir ici avec tes potes, ça me rend heureux.

— Pitié, Hollis !

J'étais de nouveau mal à l'aise, mais pas pour les mêmes raisons. Ma famille, c'était un vrai capharnaüm, chaque jour elle changeait – du moins, c'est ce qu'il me semblait –, mais elle ne cédait pas au ton sentimental.

— Je suis sincère !

Il a de nouveau parcouru son menu, puis a poursuivi :

— Je sais que le divorce a été dur pour toi. Et ça a dû être encore plus dur de vivre avec maman, après. On ne peut pas dire qu'elle soit la zénitude incarnée, avec les enfants.

— Je n'étais plus une enfant. J'avais seize ans.

— Tu restes toujours un enfant pour tes parents. À moins qu'ils n'agissent comme des enfants. Dans ce cas-là, c'est foutu. Tu vois ce que je veux dire ?

Oui ! Et je venais de le comprendre. Je comprenais aussi pourquoi mon frère avait mis un océan entre lui et les parents pendant deux ans, pourquoi il n'avait communiqué avec eux que par téléphone. Nous, on était à l'inverse des autres familles : il nous fallait quitter la maison pour vivre notre enfance. C'est en rentrant au bercail après un long voyage qu'on devenait adulte.

J'y pensais toujours lorsque Adam et Wallace sont passés à vélo, en zigzaguant entre les piétons.

— Au fait, il n'est pas trop tard, me fit remarquer Hollis.

— Trop tard pour quoi ?

— Pour apprendre à faire du vélo.

Il a fait un geste vers le magasin.

— Je parie que tes potes pourraient t'apprendre.

— Mais je sais en faire !

— Ah oui ? Quand as-tu appris ?

— À six ans. Dans l'allée devant chez nous.

— Tu es sûre ? demanda-t-il, perplexe.

— Évidemment ! Quelle question !

— Parce que tout ce dont je me rappelle, c'est toi tombant de vélo, puis le laissant rouiller dans le garage jusqu'à ce que papa le refourgue.

— Pas du tout. Je me souviens d'avoir remonté toute l'allée devant chez nous !

— Ah, vraiment ?

Il est resté pensif.

— Tu as sans doute raison. J'ai dû bousiller quelques-uns de mes neurones, au cours de ces dernières années.

De nous deux, c'était en effet moi qui avais la mémoire la plus fiable. Et puis, je connaissais mon histoire mieux que les autres ! Mais pendant qu'on commandait, ses paroles continuaient de me trotter dans la tête. Puis Hollis s'est mis à parler de Laura et de l'Europe. Je l'écoutais d'une oreille parce que je repensais au jour où je faisais du vélo devant chez nous. Mon souvenir était on ne peut plus clair : monter, pédaler et avancer. Si je m'en souvenais, c'était que ça s'était forcément produit, non ?

# Chapitre 12

— Il paraît que tu as changé, me dit ma mère de son ton implacable.

Je retirai ma brosse à dents de ma bouche, tout de suite méfiante.

— Qui ça, moi ?

Les derniers temps, ma mère appelait en fin d'après-midi, vers 17 heures : l'heure où je me réveillais et à laquelle elle finissait sa journée de travail. Je me disais : c'est parce que je lui manque, parce qu'elle a compris combien notre relation mère-fille est importante mais, au fond, je savais qu'elle avait besoin de parler de Hollis, qui était de retour de son périple européen et toujours fou amoureux de sa Laura – ce qui la mettait sur les nerfs.

— Mais changé en bien, pour être précise, reprit-elle, quoique, à sa voix, elle n'eût pas l'air convaincu. Si j'ai bien compris ton frère, il a même employé l'adjectif « épanouie ».

Je m'auscultai dans le miroir. Décoiffée, dentifrice sur les lèvres, en T-shirt basique à col rond que j'avais porté la veille au soir au bowling et qui puait la cigarette. Épanouie ? Là, à froid, j'aurais plutôt dit fanée.

— C'est sympa de sa part.

— Ton frère a été très impressionné par ta nouvelle vie sociale, reprit ma mère. Tu as manifestement des amis à la pelle et, semble-t-il, un petit ami avec qui ce serait sérieux.

Ces derniers mots, en forme de question, en disaient long sur ce qu'elle en pensait.

— Je n'ai pas de petit ami.

— Seulement un garçon que tu vois toutes les nuits.

Cette fois, c'était une constatation. Nouveau regard dans le miroir.

— Exact.

Parmi les subits changements de mon frère, je signale qu'il était devenu un lève-tôt – autrefois, il roupillait jusqu'à midi – et un joggeur. Il courait avec Laura chaque matin aux aurores, puis tous deux rentraient à la maison pour une séance de yoga et de méditation. Mais Hollis avait visiblement du mal à se concentrer sur son mantra « om » : quand il m'a entendue le lendemain de son arrivée, il a commencé à me fliquer.

— Auden Pénélope West, dit-il, pointant son index sur moi lorsque je fermais la porte doucement derrière moi. Regarde-toi ! Rentrer à l'aube sur la pointe des pieds ! Tu n'as pas honte ?

— Non, absolument pas, répliquai-je – et pourtant j'aurais apprécié qu'il n'en fasse pas tout un fromage.

— Comment s'appelle le garçon qui t'a déposée ? demanda-t-il en écartant un rideau pour regarder Eli qui faisait marche arrière. Ne devrait-il pas se présenter et recevoir ma bénédiction avant de te faire la cour ?

Je le fixai. Du salon, j'entendis Laura faire ses « oms ».

— Ma petite sœur passe la nuit avec un mec, fit-il en hochant la tête. J'ai l'impression qu'hier encore tu sautais à la corde et jouais avec tes Barbie.

— Arrête un peu de raconter n'importe quoi ! Maman disait que Barbie, c'était la caricature de la féminité et une représentation du machisme ambiant ! Et plus aucune gamine ne saute à la corde depuis 1950.

— Je n'arrive vraiment pas à y croire… poursuivit-il sans m'écouter. Tu as grandi si vite. Bientôt, tu seras mariée avec un bébé…

Je n'ai pas relevé, je suis passée devant lui pour monter dans ma chambre, mais il a recommencé tous les matins suivants. Pas de doute, il me guettait, parce qu'il m'ouvrait carrément la porte dès que je me pointais devant la maison. Un matin, il m'a même attendue sur le perron. Forcée et contrainte, j'ai fini par lui présenter Eli.

— C'est un mec sympa, m'a-t-il ensuite fait remarquer. Et ses cicatrices sur les bras, c'est quoi ?

— Un accident de voiture.

— Sérieux ? Que s'est-il passé ?

— Je ne sais pas trop.

Il m'a jeté un regard sceptique en ouvrant la porte de la maison.

— Bizarre que tu ne le saches pas, vu tout le temps que vous passez ensemble.

— On n'en a jamais parlé, c'est tout.

Hollis ne m'a pas crue, tant pis pour lui. J'avais depuis longtemps renoncé à expliquer ma relation avec Eli, même à me l'expliquer, d'ailleurs. Ça ne se bornait pas à un événement précis, mais à une mosaïque de petits événements contenus dans une nuit, chaque nuit : virées au *Park Mart* et au magasin de bricolage, dégustation chez, et avec, Clyde, bowling à l'aube. Sans oublier la poursuite de ma quête. On ne parlait pas de nos blessures ou de nos cicatrices, visibles ou invisibles. Au contraire. Je profitais enfin, en l'espace d'un été et de longues nuits, de moments sans prise de tête dont j'avais été privée toute mon enfance.

À l'autre bout du fil, ma mère buvait une gorgée de vin. Je sortis de la salle de bain et remontai le couloir. La porte de la nursery était entrouverte et j'entendais les vagues sempiternelles de la veilleuse.

— Eh bien, pour te parler franchement, je suis contente que tu n'aies pas de petit ami ! reprit ma mère. Tu n'as pas besoin d'avoir un garçon accroché à tes basques avant ta rentrée à Defriese. Une femme intelligente sait qu'en amour, il vaut mieux ne pas s'attacher.

Jusqu'à récemment, j'aimais me dire que ma mère et moi, on avait la même vision de la vie. Je n'aspirais qu'à être et penser comme elle. Mais, en entendant ces mots, j'ai éprouvé un petit pincement étrange, comme si quelque chose ne collait pas tout à fait. Ce que je faisais avec Eli, ça n'avait rien à voir avec ce qu'elle faisait avec son (ou ses) doctorant(s). Mais j'évitai d'y réfléchir et je passai à autre chose.

— Et comment va Hollis ?

Elle a poussé un énorme soupir.

— Il est devenu complètement fou ! Quand je suis rentrée à la maison, hier, tu sais ce qu'il portait ?

— Non.

— Une cravate.

Elle s'est interrompue pour me laisser le temps de digérer la nouvelle.

— Elle lui a organisé un entretien pour un emploi dans une banque. Ton frère ! Qui, l'année dernière, à l'instant où je te parle, campait dans les Alpes bavaroises !

Ces derniers temps, c'était vraiment facile de changer de conversation quand j'en étais le sujet : il suffisait que je fasse une allusion à Hollis pour que ma mère démarre au quart de tour.

— Une banque ? Pour faire quoi ? Conseiller ?

— Je n'en ai pas la moindre idée ! répondit-elle, visiblement énervée. Je ne le lui ai même pas demandé, j'étais trop horrifiée. Selon Laura, un emploi l'aiderait à s'assumer, à devenir « plus responsable » et à « préparer leur avenir ensemble ». Comme si c'était quelque chose de positif ! À mon avis, ce n'est pas une relation de couple, c'est un dysfonctionnement relationnel. Je ne sais même pas à quel jeu ils jouent.

— Cap ou pas cap ?

— Pardon ?

Trop tard, ça m'avait échappé.

— Non, rien.

J'entendis soudain des pas. Je jetai un œil dans le couloir et je vis Heidi et mon père qui montaient. À la tête qu'ils tiraient, ils venaient eux aussi d'avoir une conversation des plus déplaisantes : mon père moulinait des bras et avait sa mine des mauvais jours, tandis que Heidi secouait la sienne d'un air réprobateur. Je fermai ma porte et passai mon portable à mon autre oreille.

— C'est ridicule ! Deux ans de voyage autour du monde, passés à se cultiver, et tout ça pour quoi ? continuait ma mère. Être dans un bureau et faire des virements toute la journée ! Ça me fend le cœur !

Elle semblait vraiment triste. Mais je n'ai pas pu m'empêcher de répliquer :

— Écoute, maman, la plupart des gens de l'âge de Hollis ont un job. Surtout s'ils ne font pas d'études.

— Je ne vous ai pas élevés pour que vous deveniez « la plupart des gens » ! coupa-t-elle. Tu devrais tout de même le savoir !

Je me revis, la nuit précédente, avec Eli dans le rayon jouets du *Park Mart*. Il s'était arrêté devant des ballons. Il en avait pris un qu'il avait fait rebondir.

— Tu as entendu ? m'avait-il demandé.

— Quoi ? Le rebond ?

— Oui, mais pas que… C'est aussi le bruit annonciateur d'une douleur imminente.

— Une douleur imminente ? Comment ça ? m'enquis-je en le regardant dribbler.

— La balle au prisonnier ou le kickball, si tu y joues comme nous, ça peut faire mal.

— Figure-toi que j'y ai déjà joué !

— Sans blague ?

— Ben oui.

— Je suis bluffé… Et ce ne sont même pas des sports d'intérieur !

— Mais si ! Au gymnase, pendant les cours d'EPS, au lycée.

Il est resté perplexe.

— Quoi ? C'est le même jeu ? demandai-je.

— Non…

— Arrête, tu me fais marcher !

— Pas du tout. Il y a des règles pour les cours d'EPS et des règles dans la vraie vie, qui sont très différentes.

— Qui a dit ça ?

— Tous ceux qui ont joué aux deux, dit-il en remettant le ballon à sa place. Tu peux me croire !

À l'autre bout du fil, j'entendis ma mère boire une autre gorgée de vin.

— Ah, j'oubliais. Un paquet est arrivé pour toi. De Defriese. Des informations pratiques pour ta rentrée universitaire, j'imagine. Tu veux que je l'ouvre ?

— Oui, s'il te plaît.

Suivi un bruit de papier déchiré et le soupir de ma mère.

— Je m'en doutais. Il y a des infos sur le choix de ta formule repas et un plan du campus. Plus une demande de ton livret scolaire mis à jour. Et un questionnaire sur le choix de ta camarade de chambre. Le tout, à retourner à la fin de la semaine, manifestement.

— Eh bien…

— C'est incroyable, on dirait un test de compatibilité ! Quelles activités aimes-tu ? Te considères-tu comme une bosseuse acharnée ou plutôt du genre à tout faire à la dernière minute ? Mais enfin, c'est quoi, ces inepties ? C'est une université ou un test pour une application de rencontres ?

— Envoie-le-moi. Je le renverrai le plus vite possible.

— Mais si tu réponds trop tard, tu vas te retrouver avec une colocataire fêtarde. Il vaudrait mieux qu'on le remplisse maintenant, à deux. Oh, attends un peu ! Il y a une seconde page : tu peux demander une formule d'hébergement alternative !

— Ce qui veut dire ?

Elle ne répondit pas, elle lisait toujours.

— Il y a certains étages et certaines résidences où chacun a un centre d'intérêt particulier, comme une langue étrangère ou le sport. Laisse-moi… Ah ! Mais c'est absolument parfait.

Je l'entendis écrire.

— Qu'est-ce qui est parfait ?

— Le programme Pembleton ! Je t'y inscris tout de suite !

— Je peux savoir ce que c'est, au moins ?

Elle se racla la gorge et lut à voix haute.

— « Mis en application dans une résidence éloignée du campus principal, le programme Pembleton propose aux étudiants doués et motivés entre tous un environnement stimulant exclusivement consacré à leurs études. Bénéficiant de chambres individuelles, d'une salle consacrée aux recherches, et proches des deux bibliothèques du campus, les étudiants du programme Pembleton jouissent de l'environnement nécessaire pour se concentrer sur leurs études, sans les distractions qui caractérisent souvent la vie universitaire. »

— Ce qui veut dire…

— Pas de coloc, pas de fêtes ni de dissipation ! Tout ce qu'il te faut, en somme !

— Hmm… Je ne sais pas. Ça me semble tout de même drôlement restrictif, non ?

— Pas du tout ! Au moins, tu ne risqueras pas de te retrouver nez à nez avec un crétin ivre et obèse, ou des bimbos cancanières en pleine confusion hormonale ! C'est l'idéal ! Bon, je vais signer à ta place et on…

— Non ! coupai-je à la hâte.

Je ne vis pas sa surprise, mais je la sentis et je devinai ma mère, stylo à la main, pétrifiée et sourcils froncés.

— Je ne suis pas certaine de vouloir vivre dans ce genre de résidence universitaire, avouai-je.

— Écoute, Auden, répondit ma mère après avoir pris le temps d'encaisser mes aveux, j'ai l'impression que tu ne comprends pas à quel point la vie sur le campus peut distraire un étudiant de ses objectifs. Il y a des jeunes qui vont à l'université pour faire la fête, voilà tout. Tu as vraiment envie de partager ta chambre avec une fêtarde ?

— Non, mais je n'ai pas pas non plus envie de passer mon temps à étudier !

— Je vois, laissa-t-elle tomber d'une voix inexpressive. J'imagine que ça fait partie de ta phase d'épanouissement ? Soudain, les études sont moins importantes que les garçons, les copines et la mode ?

— Bien sûr que non, mais…

Un soupir long et aigu m'écorcha les oreilles.

— J'aurais dû me douter que passer un été avec Heidi aurait une influence néfaste sur toi ! Depuis dix-huit ans, je t'enseigne que la vie est une affaire sérieuse, et il suffit de quelques semaines pour que tu portes des bikinis roses et ne penses qu'aux garçons.

— Maman, dis-je en élevant la voix. Ça n'a rien à voir avec Heidi.

— Je suis bien d'accord avec toi : ça concerne ton soudain manque d'objectifs et de concentration ! Mais comment as-tu pu te laisser entraîner dans une situation pareille, Auden ?

En entendant ces mots, je revis mon père attribuer les mérites de tout ce que j'avais fait au prénom qu'il m'avait choisi. Ce que j'avais réussi de bien, c'était grâce à mes parents. Le reste, c'était ma faute.

Je me mordis la lèvre.

— Je n'ai pas changé. C'est ce que je suis.

C'était sans doute vrai, et c'était pire que de s'amouracher d'un garçon ou de porter un bikini rose.

— Bon, eh bien, je te réexpédie le questionnaire, dit ma mère après avoir poussé un autre gros soupir. À toi de décider.

Je repris mon souffle.

— O.K.

La conversation s'arrêta là. Et maintenant ? Comment sortir de l'impasse, de l'énorme vide en expansion qui se creusait tout à coup entre nous ? Il y avait mille et une manières de le combler, ça, j'en étais convaincue, mais ma mère m'a étonnée en n'en choisissant aucune. Elle m'a tout simplement raccroché au nez.

À croire que les conflits sont contagieux comme la rougeole, à moins qu'ils ne flottent dans l'air tels les orages. En tout cas, lorsque je suis sortie de ma chambre pour me rendre chez *Clementine*, une vingtaine de minutes plus tard, les vagues de la veilleuse s'étaient tues pour être remplacées par… des éclats de voix.

— Évidemment, tu mérites une soirée à toi ! (C'était mon père.) Mais je ne suis pas certain que tu aies bien choisi le moment. Voilà ce que j'en dis !

— Et pourquoi ? demanda Heidi.

J'entendis ma sœur babiller en fond et ma belle-mère reprendre :

— Je serai de retour à 21 heures pour donner à manger à Thisbé, qui aura dormi pendant tout ce temps.

— Mais enfin, il est seulement dix-sept heures trente ! hurla mon père.

— Robert, il s'agit d'un cocktail et d'un dîner.

— Où ça ? À Istanbul ? J'imagine mal que ton cocktail et ton dîner puissent durer plus de trois heures, enfin !

J'imaginais fort bien la tête que faisait Heidi en entendant une remarque pareille.

— Écoute-moi, chérie, reprit mon père. J'ai sincèrement envie que tu te distraies un peu. D'un autre côté, ça fait des années que je n'ai pas été seul avec un nouveau-né et je...

— C'est ta fille, Robert.

La petite pépia comme pour le confirmer.

— Et puis, tu as élevé deux enfants adorables. Tu peux donc parfaitement t'occuper de Thisbé. Alors prends-la, pour que je finisse de me préparer.

Mon père a marmonné quelque chose d'inaudible, puis la porte de la nursery s'est ouverte. Je me suis écartée, mais pas assez vite, malheureusement.

— Auden ? fit mon père. Est-ce que tu pourrais...

— Non ! coupa Heidi.

Puis elle m'a poussée.

— N'écoute surtout pas ton père !

Pendant qu'on remontait le couloir, je lui ai jeté un coup d'œil. Au lieu de la Heidi que j'avais l'habitude de voir, en sweat, queue de cheval style palmier et cernes perpétuels, je la vis avec les cheveux dénoués, maquillée, en jean, escarpins et top noirs, une chaîne en argent autour du cou avec, au bout, une clé garnie de petites pierres rouges que je connaissais bien. On en avait reçu au magasin, la semaine dernière, et ces pendentifs se vendaient déjà comme des petits pains.

— Tu es canon !

— C'est vrai ? demanda-t-elle en s'observant de la tête aux pieds. Je n'avais pas porté ces vêtements depuis si longtemps que je ne savais pas s'ils m'iraient encore ! C'est à croire que le stress fait fondre les calories !

Dans la nursery, j'entendis ma sœur qui se mettait à pleurer. Ma belle-mère a regardé derrière elle, mais a continué à marcher jusque dans sa chambre pour y récupérer son sac sur son lit.

— Tu as changé, et je ne dis pas ça seulement à cause des vêtements, lui dis-je, appuyée à l'embrasure.

Thisbé hurlait, maintenant. Heidi s'est mordu la lèvre, puis elle a sorti son gloss et s'en est mis.

— Tu as raison. Ces deux dernières semaines, je me suis rendu compte que j'avais besoin de temps pour moi. On en a beaucoup parlé.

— Avec papa ?

— Non, avec Karen.

— Vraiment ?

Elle a hoché la tête et remis son gloss dans son sac.

— Depuis la naissance de Thisbé, j'hésite à demander son aide à ton père. J'ai tellement l'habitude de tout faire par moi-même… Et puis, on ne peut pas dire qu'il se soit beaucoup dévoué.

— C'est le moins qu'on puisse dire.

— Mais Karen m'a à juste titre fait remarquer que ton frère et toi, vous vous en étiez bien tirés, et qu'il était votre père. Elle m'a aussi dit qu'il fallait être deux pour faire un bébé et pour l'élever.

Elle a souri.

— Elle m'a fait promettre de me rendre à cette soirée entre filles que mes amies voulaient organiser depuis longtemps déjà. Je n'étais pas très chaude, jusqu'à ce que Hollis arrive avec sa petite amie. Et lorsque Laura m'a tenu le même discours que Karen, j'ai fini par comprendre qu'elles avaient raison.

Elle a vérifié sa coiffure dans le miroir et rectifié la position d'une de ses mèches.

— Je ne savais pas que tu avais parlé avec Laura…

— Pas au début, répondit-elle en prenant son sac. Honnêtement, elle me filait la pétoche. Elle fait un peu reine des glaces.

— C'est rien de le dire.

— Et puis, la veille de leur départ, je suis restée dans la cuisine très tard, à cause de Thisbé. Laura est descendue chercher un verre d'eau. Au début, elle s'est contentée de nous observer, puis je lui ai demandé si elle voulait tenir la petite. Elle a accepté, et de fil en aiguille, on s'est mises à discuter. Au fond, elle est plus sympa qu'elle ne le paraît.

— Tu devrais le dire à ma mère. Elle la déteste.

— Ça ne m'étonne pas. Elles sont identiques ! Elles sont toutes les deux froides, hautaines et se croient supérieures aux autres femmes. Elles sont comme deux aimants qui se repoussent.

Je pensai à ma mère, quelques instants plus tôt, qui m'avait parlé d'une voix glaciale et dédaigneuse. Je n'étais pas à son image ? Tant pis pour moi, elle se fichait bien de savoir qui j'étais.

— Tu penses que ma mère est plus sympa qu'elle ne le paraît ?

— Évidemment. C'est obligé.

— Parce que…

— Parce qu'elle t'a élevée, Auden ! Et aussi parce qu'elle a élevé Hollis. Et enfin, parce qu'elle a longtemps été amoureuse de ton père. Les véritables garces ne sont pas comme ça !

— Elles sont comment ?

— Elles finissent leur vie seules.

— Tu sembles en être bien certaine… dis-je, étonnée.

— Oui. Parce que j'en étais une !

— Toi ? Je n'y crois pas une seule seconde !

Elle m'a souri.

— Et pourtant si. Un jour, je te raconterai. Mais là, il faut que je décolle. Je vais aller dire au revoir à ma fille et essayer de filer sans culpabiliser.

Encore en train de digérer ce qu'elle venait de me révéler, je suis restée immobile. Puis elle est passée devant moi et m'a embrassée sur le front avant de sortir dans le couloir, laissant son parfum dans son sillage. Ce baiser prouvait-il qu'elle avait raison, qu'elle avait changé ? Ou bien son instinct maternel avait-il pris le dessus ? Quoi qu'il en soit, c'était surprenant. Mais le plus bizarre ? C'est que ça ne m'a pas dérangée du tout.

Plus tard dans la soirée, je me rendais au *Gas/Gro* après le boulot quand j'ai entendu une voiture s'arrêter derrière moi et vu un journal atterrir à mes pieds.

C'était Eli qui arrivait et se garait à ma hauteur.

— Tu distribues les journaux, maintenant ? lançai-je.

— Techniquement, dit-il tandis que je ramassais le journal et que je remarquais le tas, sur le siège arrière de son van, c'est mon pote Roger qui les distribue, d'habitude, mais il a la crève, alors je lui file un coup de main. Et puis, je me suis dit que ça pourrait servir à ta quête.

— Livrer des journaux ?

— Ouais.

Il coupa le moteur et me fit signe d'ouvrir la portière.

— C'est un rite de passage. Mon premier boulot, ça a été de livrer le *Colby Coupon Clipper* à vélo.

— J'ai eu des petits boulots, moi aussi.

— Ah bon ? Lesquels ?

— J'ai bossé pour un prof du département d'anglais, pendant les vacances scolaires : je l'ai aidé à faire la bibliographie de son bouquin, dis-je en m'installant sur le siège passager. Puis j'ai été l'assistante de la comptable de ma mère. Et pendant toute l'année dernière, j'ai fait du tutorat chez Huntsinger !

J'avais toujours pensé que c'était un CV sacrément impressionnant, mais ça a glissé sur Eli comme l'eau sur les plumes d'un canard.

— Il faut vraiment que tu distribues les journaux, dit-il en démarrant. Au moins une fois dans ta vie.

Et voilà comment, après un passage rapide au *Lavomatic* de Clyde et au *Park Mart* pour acheter quelques bricoles indispensables, on s'est retrouvé à sillonner un quartier au-delà de la promenade de planches. Les journaux étaient calés entre nous et la liste des abonnés, entre les mains d'Eli. Il devait être dans les 2 heures du matin.

— Le numéro 1100, dit Eli en me montrant une maison à deux étages sur ma droite. C'est pour toi.

Je me suis emparée d'un journal, puis j'ai pris mon élan et je l'ai lancé. Sauf qu'il est tombé sur le trottoir et a rebondi dans un tas de gazon tondu et frais où il a disparu presque entièrement.

— Raté…

Eli s'est arrêté. Je suis allée ramasser le journal que j'ai de nouveau lancé. Mieux, cette fois : il a presque touché le cœur de sa cible – le pas de la porte.

— C'est plus difficile que je ne le pensais, dis-je en remontant dans la voiture.

— C'est le cas pour beaucoup de choses dans la vie, souligna mon compagnon.

Il a pris un journal, l'a lancé vers une maison sur sa gauche. Le journal a effectué un arc de cercle parfait et atterri pile sur le palier. Lorsque j'ai regardé Eli, impressionnée, il a haussé les épaules.

— Rappelle-toi : j'ai distribué le *Colby Coupon Clipper* pendant deux ans.

— Oui, mais quand même.

Le lancer suivant a été mieux réussi que le premier, mais encore mal calculé : le journal est tombé sur le gazon. De nouveau, j'ai été contrainte d'aller le ramasser pour le poser au sec sur le pas de la porte.

— Je suis vraiment nulle…

— C'est ton second essai, dit-il avant de jeter, parfaitement, un journal vers un bungalow devant lequel trônait un flamant rose en plastique.

— Oui, mais quand même, répétai-je.

Il m'a observée tandis que je me concentrais pour ma troisième tentative. Le journal est tombé sur l'escalier (bon), mais a disparu dans les buissons (pas bon). Lorsque je suis allée le ramasser, non sans me prendre au passage les cheveux dans les ronces, j'étais si frustrée qu'Eli a lu en moi comme dans un livre ouvert.

— Tu sais, me dit-il en jetant un autre exemplaire qui tomba pile devant la porte, on ne peut pas être bon partout, dans la vie.

— Mais là, il s'agit d'une simple distribution de journaux !

— Oui, et alors ?

— Alors, dis-je tandis qu'il effectuait un nouveau lancer impeccable – encore un ! –, si je suis nulle, disons, en physique quantique ou en mandarin, je ne me prends pas la tête, parce que c'est difficile, parce qu'il faut bosser dur pour devenir Einstein ou parler chinois couramment.

Il m'a regardé rater de plusieurs mètres mon but suivant.

— Et distribuer des journaux, c'est facile, c'est ça ? me dit-il, une fois que j'eus ramassé le journal et que je fus remontée dans le véhicule.

— Ça ne se compare pas. Réussir, c'est mon point fort, d'accord ? C'est même toute ma vie. J'ai toujours été la meilleure.

— La meilleure pour bien faire, précisa-t-il.

— J'ai toujours été super bonne pour apprendre, repris-je en jetant un nouveau journal – je m'améliorais. Parce que je n'ai besoin de personne pour apprendre et étudier. C'est une histoire entre moi et ce que je dois ingurgiter !

— Seule entre les quatre murs de ta chambre. À bosser à mort.

Comme d'habitude, il ne semblait pas convaincu… ni ému. Il m'a tendu un autre exemplaire que j'ai envoyé. Il est tombé devant la maison, un peu trop sur la gauche, mais Eli ne s'est pas arrêté pour que j'aille le ramasser.

— Dans la vie, il y a des ratés, dit-il en me gratifiant d'un autre lancer parfait, avant de tourner dans une rue. C'est normal d'échouer. Ça fait partie de l'existence.

— Mais j'ai déjà raté plein de trucs !

— Ah oui ? Quoi ?

J'ai eu un blanc. Pas bon du tout pour mon argumentation, ça…

— Eh bien, je n'ai pas vraiment réussi socialement parlant au lycée.

Nouveau virage et deux nouveaux lancers de journaux dans une rue plus sombre.

— As-tu essayé de devenir la reine du lycée ? Non. Donc, tu n'as pas échoué.

— Je n'ai jamais voulu devenir la reine du lycée ! Ça ne m'a jamais intéressée !

— C'est bien ce que je dis : tu n'as pas échoué, puisque tu n'as pas participé. C'est là toute la différence. Qui ne risque rien n'a rien.

Je réfléchis à ses paroles. On venait de s'engager dans une autre rue. Il ne me tendait plus de journaux, à présent, il les jetait lui-même.

— Et toi ? demandai-je. Qu'est-ce que tu as raté dans ta vie ?

Il a ralenti avant de répondre.

— Tu ferais mieux de me demander ce que je n'ai pas raté.

— Ah oui ?

Il a compté sur ses doigts.

— Mes ratages dans le désordre : algèbre, football, Lacey McIntyre, faire du skate-board sur un half-pipe…

— Lacey McIntyre ? Qui c'est ?

— Une fille de ma classe de quatrième. J'ai passé des mois à rassembler le courage pour l'inviter à danser, et elle m'a jeté. Devant toute la cafèt'.

— Grand moment de solitude…

— Je ne te le fais pas dire.

Il a tourné et descendu une rue étroite où ne s'élevaient que quelques maisons. Puis il s'est remis à balancer son chargement.

— Je n'ai pas réussi à me rallier le père de Belissa, qui me déteste toujours. À convaincre mon frère de ne pas se comporter comme un crétin fini. À réparer ma voiture.

— Sacrée longue liste.

— Je viens de te le dire. J'ai toujours été bon pour être mauvais.

— Et tu ne t'es jamais découragé ?

— Si, parfois. C'est chiant de se planter tout le temps. Mais je préfère encore ça.

— À quoi ?

— Je préfère me planter que de ne rien risquer. La vie est trop courte, tu ne crois pas ?

Je n'avais jamais rencontré Abe. Je n'avais pas non plus beaucoup entendu parler de lui, à l'exception de ce que Maggie et Leah m'avaient raconté. Mais, en cet instant précis, j'ai eu l'impression de sentir sa présence dans le véhicule, à ma place. Peut-être qu'il avait toujours été là ?

Eli a de nouveau tourné et j'ai reconnu le quartier : on arrivait près de chez mon père et Heidi. On s'approchait de la maison, qui était de mon côté, par-dessus le marché. C'était un signe du destin : j'ai pris un exemplaire sur la pile juste entre nous.

— Bon, à mon tour !

J'ai essayé d'imiter mon maître en lancer de journal, me servant de mon coude comme d'un levier et, cette fois, je n'ai pas visé l'allée mais la véranda. La revue a formé un bel arc de cercle, au-dessus du gazon, pour atterrir sur le pare-brise de la Prius de Heidi.

Eli s'est arrêté.

— Je sais que c'est chez toi, mais il n'y a pas moyen qu'on laisse ça comme ça.

Je suis descendue de la voiture, j'ai ramassé le journal. Après l'avoir mis sous mon bras, je me suis dirigée à pas prudents vers l'entrée en essayant de faire le moins de bruit possible. Je le déposais au milieu du paillasson quand j'ai entendu la voix de mon père.

— Ce que je dis ! Je voulais te faire plaisir, combler tes désirs ! Mais toi, as-tu seulement pensé à moi ?

Je reculai en consultant ma montre. Presque 3 heures du matin. Personne n'était levé à une heure pareille, sauf s'il y avait un accident ou quelque chose de plus grave encore.

— Qu'est-ce que tu essaies de me dire ? Que tu ne voulais pas de ce bébé ? demanda ma belle-mère d'une voix aiguë et tremblante. Parce que si c'est le cas…

— Ça n'a rien à voir avec Thisbé !

— Alors avec quoi ?

— Avec nos vies, répondit-il simplement, las. À la façon dont elles ont changé.

— Tu es déjà passé par là, Robert. Deux fois, même. Tu sais ce que c'est que d'avoir un enfant.

— J'étais un gamin, à l'époque ! Je suis plus mûr, maintenant. C'est différent, c'est…

Il s'est tu. Je n'entendais plus que le bruit du moteur du van d'Eli.

— Je ne m'y attendais pas, conclut mon père. Tu veux la vérité ? La voilà ! Je n'étais pas prêt à tout ça !

*« Tout ça. »*

Deux mots fourre-tout, universels et vastes. Comme l'océan, que j'entendais au loin. Pas celui de la veilleuse, non, le vrai, le grand. Si grand que je ne savais pas qui ou quoi mon père englobait là-dedans. Tout et tout le monde, j'imagine ?

— Mais tout ça, comme tu le dis, c'est ta famille. Que tu sois prêt ou non, répondit Heidi.

Tout à coup, je me souvins de ces jeux de la cour de récré auxquels je n'avais jamais joué, petite, mais dont je connaissais l'existence et les règles. Vous vous cachez. Un autre compte. Quand il a fini, que vous soyez prêt ou pas, il part à votre recherche. S'il se rapproche de votre cachette, surtout, vous devez rester immobile et espérer qu'il ne vous découvrira pas. Mais si jamais il vous trouve, vous êtes pris au piège. *Game over.*

Mon père reprenait la parole, mais je n'étais plus une enfant, ce n'était pas un jeu et je n'étais pas non plus obligée de rester cachée pour écouter la suite jusqu'à la fin. Je n'étais pas prise au piège, je pouvais encore filer, disparaître dans la nuit, elle aussi universelle et profonde, avec plein de cachettes partout. Alors, c'est ce que j'ai fait.

— Ne regarde surtout pas le bordel, dit Eli en tâtonnant pour allumer la lumière. Le bordel, c'est ma spécialité. Un autre de mes échecs.

En réalité, son appartement était vide. C'était une grande pièce carrée avec un lit, une chaise en bois et une télé sur une deuxième chaise en bois. La cuisine était minuscule, avec un plan de travail vide, exception faite d'une machine à café et d'une boîte de filtres. Mais j'ai apprécié le mensonge, parce que ça nous évitait de parler de mon gros coup de cafard d'un peu plus tôt.

Je pensais que ça allait, lorsque je l'avais rejoint après avoir traversé la pelouse humide de rosée en sens inverse. Je pensais que ça allait toujours, au moment où j'ai repris un journal pour le lancer. Mais Eli m'a posé la question qui tue.

— Ça va ?

Non. En réalité, ça n'allait pas du tout.

C'est toujours gênant de se mettre à chialer devant les gens. Mais éclater en larmes devant Eli, c'était le comble du comble de l'humiliation. Parce qu'il est resté immobile, muet, et que dans le silence on n'entendait que mes sanglots et mes reniflements ? Parce qu'il a repris la route au bout d'un moment et continué sa distribution de journaux pendant que je regardais de l'autre côté de la vitre de la portière en essayant de contenir mes larmes ? Lorsque Eli a fini par se garer devant une maison verte, pas loin de la promenade, je m'étais calmée, et je me creusais la tête pour trouver un truc qui explique mon coup de blues. Syndrome prémenstruel ? Chagrin d'avoir raté tous mes lancers ? Je cherchais toujours quand Eli a coupé le moteur et ouvert sa portière.

— Viens.

Interdite, je le regardai grimper un étroit escalier à côté d'un garage. Il ne s'est pas retourné pour voir si je venais. Je crois bien que c'est pour cette raison que je me suis décidée à le suivre.

Il a fermé la porte, est entré dans la cuisine, puis a jeté ses clés sur la table avant d'aller faire du café. Et c'est seulement quand la machine a commencé à cracher de la caféine et que l'odeur m'a chatouillé les narines que je me suis approchée.

— Assieds-toi, me dit Eli, qui me tournait le dos et ouvrait le frigo. Il y a une chaise.

— Seulement une. Qu'est-ce que tu fais quand tu as des invités ?

— Je n'en ai pas, dit-il en refermant la porte du réfrigérateur, une plaquette de beurre à la main. Enfin, d'habitude.

Je ne répondis pas. Je le regardai sortir une poêle, mettre du beurre dedans avant de la poser sur la cuisinière.

— Écoute, dis-je, alors qu'il allumait le gaz, à propos de ce qui vient de se passer…

— C'est bon. Tu n'as pas besoin d'en parler.

Je restai silencieuse, le regardant faire fondre le beurre dans la poêle, puis bien l'étaler. Il me donnait une autre occasion de faire table rase, la chance de passer à autre chose. Je me disais, merci Eli, tu es un roi, quand j'ai repris la parole malgré moi.

— Tout à l'heure, tu m'as demandé ce que j'avais déjà raté dans la vie, tu te souviens ?

Il a reposé la poêle sur la cuisinière.

— Et tu m'as répondu que tu n'avais pas vraiment réussi socialement parlant au lycée.

— Oui, mais ce n'est pas tout. Je n'ai pas réussi à empêcher mes parents de se séparer.

*Oui, c'était exactement ça*, pensai-je, j'avais enfin trouvé les mots pour dire ce que je n'avais pas osé penser pendant des années. Et dire que j'avais eu cette révélation en entendant mon père et Heidi se disputer ! À ce moment-là, tout m'était revenu à la vitesse d'une comète : les dîners lourds de tension avec les méchantes petites piques balancées au-dessus de la table, la sensation de malaise à la maison, au fur et à mesure que la soirée avançait et que l'heure d'aller me coucher se rapprochait, la manière que j'avais de m'envelopper dans la nuit, de rester éveillée et en alerte maximale pour ne pas me laisser absorber par la trouille. Oui, j'avais échoué à cette époque-là. Tout comme à présent.

Sentant les larmes venir, je clignai des paupières pour les repousser. Trois ans de stoïcisme intégral qui explosaient en une nuit. Si ça, ce n'était pas de l'humiliation à l'état pur…

— Eh, Auden.

Eli venait de sortir une boîte de Rice Krispies et me regardait. Mais je me suis concentrée sur les têtes des trois lutins du paquet, Cric, Crac et Croc, qui dévoraient gaiement leurs céréales.

— Désolée…

Je ne sais pas pourquoi, même la vue de leurs trois bouilles rigolotes me donnait envie de pleurer.

— Le pire, c'est que je ne pense plus à ces conneries depuis un bail. Mais quand je suis allée déposer le journal devant leur porte, ils se disputaient, et c'était tellement…

Il a reposé la boîte de céréales, mais il ne s'est pas approché de moi. Il s'est figé.

— Qui se disputait ?

— Mon père et Heidi, ai-je avoué, la gorge serrée. Il faut dire que rien ne va plus entre eux, depuis la naissance de Thisbé, mais ce soir, je crois que c'est le début de la fin.

Et voilà que je me mettais à blablater. Ma voix tremblait, je hoquetais.

— Ce n'est pas parce qu'un couple se dispute qu'il va forcément se séparer.

— Je sais.

— Mes parents se chamaillaient aussi, de temps en temps. Ça avait au moins le mérite de détendre l'atmosphère et de mettre les choses à plat. Après, je te jure que ça allait nettement mieux.

— Mais je connais mon père. Je l'ai déjà vu tout saboter.

— Les gens changent.

— Ou pas. Des fois, ils ne changent pas.

J'ai enfin réussi à le regarder dans les yeux. Ses yeux si verts, que j'avais trouvés hantés par des ombres, au début, mais qui étaient plus vivants désormais.

Ses pupilles étaient plongées dans les miennes. On était tous les deux dans son petit appartement, au beau milieu de la nuit. On voyait un avion dans le ciel, minuscule lumière filant dans le noir. C'était inimaginable de penser qu'il y avait des passagers, à l'intérieur, et qu'il y avait des gens dans la maison voisine, et dans la maison voisine de la maison voisine. En l'espace de cette minute, il se passait des milliers d'événements dans le monde entier, et ça ne s'arrêtait jamais. Pas étonnant qu'on ait besoin de dormir pour faire une pause…

J'entendis un « pop » venant de la cuisinière. Eli a jeté un coup d'œil derrière lui et retiré sa poêle.

— Ah, merde ! lâcha-t-il. Laisse-moi terminer et je suis à toi.

J'ai essuyé mes larmes et tenté de me calmer.

— Au fait, qu'est-ce que tu cuisines ?

— Un Spécial Rice Krispies.

C'était à la fois bizarre et sensé, comme tout ce qui avait eu lieu ce soir-là… Et pourtant, je n'ai pu m'empêcher de lui poser la question.

— Pourquoi ?

— C'est toujours ce que faisait ma mère quand mes sœurs pleuraient.

Puis il a ajouté :

— Je ne sais pas pourquoi, en fait. Je te l'ai dit, je n'invite jamais personne chez moi. Mais tu étais vraiment mal, et ça m'a semblé…

Il s'est interrompu. J'ai balayé la pièce du regard : le lit, la chaise, le lampadaire, à l'extérieur, et sa lumière dorée qui éclairait toute la nuit.

— Parfait, terminai-je. C'est absolument parfait.

Bien sûr, rien n'est réellement parfait. Il fallait bien avouer, pourtant, que le Spécial Rice Krispies d'Eli l'était presque. On a dévoré la moitié de la poêle en buvant du café, assis par terre, l'un en face de l'autre, autour de la seule chaise qui nous servait de table.

— Laisse-moi deviner. Tu aimes le style minimaliste ? lui demandai-je en posant mon mug sur le plancher.

Son regard a fait un tour du propriétaire.

— Tu crois ?

— Mais enfin, Eli, tu n'as qu'une seule chaise !

— Je sais, oui. C'est parce que tous les autres meubles de mon ancien appart' appartenaient à Abe.

Après tout ce temps, il était enfin parvenu à prononcer son prénom. Abe. Je suis restée bien calme et j'ai bu une gorgée de café avant de lâcher un :

— Vraiment ?

— Oui… a-t-il répondu en décollant un reste de Spécial Rice Krispies au fond de la poêle. Dès qu'il a récolté les prix et le fric qui va avec, aux compètes de

BMX, il a fait la déco de l'appart' qu'on partageait. Il a acheté les trucs les plus débiles que j'aie jamais vus : une immense télé, un poisson qui chante…

— Un quoi ?

— Tu sais bien : ce sont des poissons en plastique qu'on met sur le mur. Quand on passe devant, ils se mettent à chanter des tubes soul et R'n'B.

Non, je ne savais pas. Mon regard vide a dû lui mettre la puce à l'oreille.

— Ah, tu ne vois pas de quoi je parle… Pour une fois, je te jure que tu as du bol ! Notre poisson était la vedette de l'appartement. Comme il était près de la porte, il chantait sans arrêt et tout le monde y avait droit.

J'ai souri.

— Intéressant.

— Moins que tu ne le penses.

Il a secoué la tête.

— Il avait aussi insisté pour acheter ces grands fauteuils en osier, avec dossiers ronds et gros coussins. Moi, je me serais contenté d'un canapé normal. Mais non. On a eu ces sièges débiles dans lesquels on restait tous coincés. Personne ne pouvait se lever sans se faire aider. On devait toujours en extraire les gens, façon mission de sauvetage.

— Tu me fais marcher.

— Non, je te jure ! C'était ridicule.

Il soupira.

— Le pompon, ça a été le lit avec un matelas à eau. Il disait qu'il avait toujours rêvé d'en avoir un. Et même quand le matelas a fui, même quand il a eu un mal de dos d'enfer, il a refusé d'admettre qu'il s'était planté. « J'ai dû bousiller quelque chose ou me froisser un muscle à la dernière compète », il disait. Il marchait comme un vieillard et ronchonnait sans arrêt. La nuit, je l'entendais bouger, se tourner et se retourner en essayant de trouver une position confortable. J'avais l'impression qu'il pataugeait dans la flotte !

J'ai ri et repris mon mug.

— Et comment ça s'est terminé ?

— Il est mort.

Je le savais, évidemment. Mais le lui entendre dire, ça m'a fait un choc.

— Je suis désolée, je...

— C'est ça, le truc, a-t-il dit en secouant la tête. Les autres s'entêtent à toujours vouloir raconter ces histoires à la con. C'est ce qui s'est passé, à l'enterrement, et même après. C'était tout le temps des : « Oh, et souviens-toi de ça ! Et de ça ! » Mais tu as beau faire, ça finit toujours pareil : il est mort. Pour toujours. Alors, pourquoi parler pour ne rien dire ?

J'ai laissé passer un moment.

— Parler de lui, c'est se souvenir... tentai-je. C'est comme s'il était encore là.

— Ça ne me pose pas de problème de ne pas me souvenir.

— Je sais.

— Tiens, tu veux vraiment parler d'un ratage magistral ?

Nos yeux se sont croisés.

— Alors imagine-toi à la place du conducteur, Auden. De celui qui est vivant.

— Eli, dis-je avec calme, comme lui un peu plus tôt lorsqu'il avait voulu me consoler. Ce n'était pas ta faute. C'était un accident.

— Peut-être, mais moi, je suis toujours là et pas lui. Et tous ceux qui me voient, ses parents, sa petite amie, ses amis, ils le savent. Et c'est leur seule putain de certitude. Et ça me gave à un point que tu n'imagines même pas.

— Mais je suis certaine qu'ils ne t'en veulent pas.

— Pas besoin, m'a-t-il rétorqué, ses yeux allant de son mug à moi. Parce que moi, je n'arrête pas de me refaire le film. J'y pense tout le temps. Et si on était partis plus tôt ? Ou plus tard ? Si j'avais vu l'autre voiture arriver ? Si j'avais pu m'arrêter à temps ? Et si c'est lui qui avait conduit, et pas moi ? Il y a des millions de possibilités, et si au moins une seule avait été différente, la suite l'aurait été aussi.

On n'a rien dit pendant un moment.

— Tu ne peux pas revenir en arrière, finis-je par conclure. Tu vas te rendre dingue.

— Dingue, oui, c'est le mot, a-t-il répondu, un sinistre sourire aux lèvres.

J'allais parler, mais il s'est levé, a pris le plateau et l'a rapporté à la cuisine. Au même instant, j'ai entendu un coup contre le mur voisin, près de son lit. Puis un autre. Je me suis levée, je me suis rapprochée et j'ai écouté.

— Ce sont les McConner, me renseigna Eli.

— Qui ?

Il m'a rejointe.

— Les McConner. Les propriétaires de la maison. La chambre de leur fils est de l'autre côté du mur.

— Ah bon.

— Il se réveille souvent, la nuit. Il demande de l'eau, enfin, tu vois.

Eli s'assit sur son lit. Les ressorts craquèrent.

— Quand c'est vraiment calme, j'entends bien ce qui se passe, de l'autre côté.

Je m'assis à côté de lui et je tendis l'oreille, mais je n'entendis que deux murmures. Une voix d'enfant et une voix plus grave. C'était comme les vagues de la veilleuse de Heidi, un bruit blanc et distant.

— J'étais comme leur fils, chuchota Eli. Je me réveillais et je demandais un verre d'eau. Je m'en souviens encore.

— Pas moi. Mes parents avaient besoin de leurs huit heures de sommeil.

Il s'est allongé et a croisé les bras. De l'autre côté du mur, j'entendais toujours les négociations qui continuaient, la voix aiguë qui montait, pressante, et la voix plus grave, continue et égale.

— Tu pensais sans cesse à eux, hein ?

— Pas mal, oui, dis-je en étouffant un bâillement.

Je regardai ma montre. Il était quatre heures trente. L'heure à laquelle je rentrais à la maison, en général. De l'autre côté du mur, les voix continuaient sur les deux mêmes notes. Tout en écoutant, je me suis allongée contre Eli et j'ai posé ma tête sur sa poitrine. Son T-shirt était doux et sentait bon la lessive qu'il utilisait à la laverie automatique.

— Il est tard, il ne devrait pas tarder à se rendormir, fis-je remarquer.

— Ce n'est pas toujours facile, me répondit-il d'un ton grave après mûre considération avant de déposer un baiser sur mon front.

Pause. Et là, dans ce trop long silence, j'ai enfin compris que ça déraillait sérieux, entre lui et Heidi.

— Non. Je vais passer quelques jours à l'hôtel.

Il n'en menait pas large, à agiter ses mains dans tous les sens. Il avait l'air à bout.

— Heidi et moi… eh bien, il faut qu'on fasse le point. Et on a décidé que c'était la seule solution. Pour le moment.

— Alors tu pars ?

Deux mots qui passaient mal, dits à voix haute.

— C'est seulement temporaire.

Il a inspiré un grand coup puis soupiré.

— C'est mieux, crois-moi. Pour le bébé. Pour tout le monde. Je serai au *Condor*. On pourra se voir tous les jours.

— Alors tu pars vraiment ? répétai-je, abasourdie.

Il a pris son sac de voyage, que je n'avais pas encore remarqué, près de l'escalier.

— Écoute, c'est compliqué, Auden. Laisse-nous le temps d'y voir plus clair, d'accord ?

Je n'ai pas pu parler. Je suis restée immobile et lui ai rendu un regard vide. Ensuite, il est passé devant moi et a ouvert la porte d'entrée. J'avais tout à coup l'occasion de lui dire tout ce que j'avais gardé pour moi, deux ans plus tôt : j'avais enfin droit à mon grand oral de rattrapage. J'aurais pu lui demander de réfléchir encore ou de trouver une autre solution. Même de rester, tiens ! Sauf que rien n'est venu. Pas un mot. Je me suis contentée de le regarder partir. Une nouvelle fois.

Je n'ai pas bougé. Je me disais que ça devait être un gag, et c'est seulement en le voyant sortir du garage, rabattre son pare-soleil et s'éloigner que j'ai fermé et verrouillé la porte d'entrée.

Lorsque je suis montée à l'étage, la porte de la chambre de Heidi était fermée. En passant devant la nursery, j'ai entendu du bruit. Au début, j'ai tout de suite pensé que Thisbé pleurait mais, au bout d'un moment, j'ai compris que ce n'était pas ça. J'ai poussé doucement le battant et j'ai regardé à l'intérieur de la pièce. Installée dans son couffin, Isby observait son mobile en agitant les bras. Elle ne pleurait pas ce matin-là, alors qu'elle aurait eu toutes les raisons de le faire, pour une fois : non, elle pépiait et babillait, comme tous les bébés.

Je me suis approchée, avant de me pencher sur elle. L'espace d'un moment, elle a continué à gigoter, puis elle m'a vue. Son visage s'est détendu, et il y a eu un petit miracle : elle m'a souri.

# Chapitre 13

— Je ne voulais même pas t'appeler, entendis-je Heidi lancer au téléphone. J'étais certaine que tu me sortirais un : « Je te l'avais bien dit ! »

Ça faisait près de trois heures que j'étais rentrée. J'avais tenté de me rendormir. Impossible. Je m'étais repassée en boucle les derniers événements. Mon bonheur, après mon réveil dans les bras d'Eli, mon retour à la maison, pour assister au départ de mon père, tout aussi déplaisant que la première fois qu'il avait mis les voiles. Mais c'était surtout le sourire d'Isby, inattendu et si touchant, qui m'avait marquée. Dès que je fermais les yeux, je le revoyais.

— Non, non, vraiment, reprit ma belle-mère. Je ne t'en veux pas, tu sais. Mais quel gâchis ! Je n'arrive toujours pas à croire qu'on en soit arrivés là.

Je passai devant elle, qui était assise à la table de la cuisine, le bébé dans les bras, puis j'ouvris le placard pour sortir un mug. À l'extérieur, il faisait super beau, comme tous les jours.

— Oh, je te rappelle ! fit Heidi dès qu'elle me vit. Oui, c'est promis. Bon, d'accord, si tu préfères, appelle-moi, toi. Dans dix minutes ? Ça marche. À plus.

Elle raccrocha. Je sentis son regard au moment où je me versais une tasse de café.

— Auden… Tu veux bien t'asseoir un instant. Il… il faut que je te parle.

Elle avait l'air triste et si inquiète que ça m'a déchiré le cœur.

— Ne te bile pas, je suis déjà au courant, la coupai-je en me retournant. J'ai vu papa ce matin.

Elle s'est raclé la gorge, sans quitter sa fille des yeux.

— Oh, je vois. Tant mieux. Qu'est-ce qu'il…

Isby a soudain poussé un petit cri. Mais elle n'a pas pleuré, seulement enfoui son visage dans l'épaule de sa mère, les yeux fermés.

— Il m'a expliqué que vous deviez faire le point, tous les deux et qu'il serait au *Condor* pendant quelque temps.

Elle a hoché la tête, l'air peiné.

— Et… ça va pour toi ? me demanda-t-elle.

— Moi ? Oui, ça va. Pourquoi ça n'irait pas ?

— Eh bien, la situation est plutôt déconcertante. En tout cas, si tu as besoin de te confier, je suis là. Au cas où tu aurais des questions ou même des inquiétudes, je…

— Ça va, je te dis.

Son portable a vibré. Elle a poussé un soupir et décroché.

— Allô ? Ah, Elaine. Non, non, j'ai bien eu tes messages, mais je… Mais toi, dis-moi, comment vas-tu ? D'accord. Bien entendu. En fait, je n'ai pas vraiment eu le temps de penser au Beach Bash, ces derniers temps.

Elle s'est levée, Isby toujours dans les bras, et s'est dirigée vers la baie vitrée sans cesser de parler. Moi, je suis restée à la cuisine. Je réfléchissais à la manière dont mon père s'était carapaté, en début de matinée. Je repensais aussi à mon envie de lui déballer tout ce que j'avais éprouvé quand il s'était barré, deux ans plus tôt, pour finalement rester muette. Comme quoi, il y a des constantes, dans la vie. Irréparables. Même quand le temps a passé.

Un moment plus tard, Heidi est revenue dans la cuisine et a posé son téléphone sur la table.

— C'était Elaine, la directrice de l'office du tourisme de Colby, m'expliqua-t-elle d'une voix de robot. Elle veut un thème, et elle le veut maintenant.

— Pour cette histoire de Beach Bash ? Qu'est-ce que c'est, en fait ?

— C'est la soirée qu'on organise sur la plage tous les ans, à la fin de l'été, m'expliqua-t-elle en s'asseyant. Elle a lieu dans la grande salle des fêtes, sur la promenade. On vend des billets, tous les commerçants participent et c'est le point d'orgue de la saison. Et, va savoir pourquoi, je suis toujours volontaire pour l'organiser.

— Ah, vraiment. C'est du masochisme.

— L'année dernière, le thème du Beach Bash, c'était les pirates. Très sympa. L'année d'avant, c'était la Renaissance. Mais cette année… qu'est-ce que je vais bien pouvoir inventer ? Je n'ai vraiment pas la tête à ça.

Elle a caressé la joue d'Isby, puis l'a enveloppée plus étroitement dans sa couverture.

— Tu trouveras bien, lui dis-je.

Son téléphone s'est remis à sonner. Elle a décroché et l'a calé entre l'oreille et l'épaule.

— Allô, Morgan ? Non, ça va. Je viens juste de parler à Elaine. (Elle a poussé un soupir.) Oui, je sais. Et je te remercie. C'est juste que je n'arrive pas à y croire, tu vois ce que je veux dire ? L'année dernière, à la même époque, tout ce que je voulais, pour nous deux, c'était tomber enceinte… Et maintenant…

Elle n'a pas pu continuer. Elle a couvert son visage avec la main, tandis que son amie, à l'autre bout du fil, lui parlait d'une voix douce et réconfortante. Je me suis levée, j'ai posé ma tasse dans l'évier et, de nouveau, je me suis retrouvée à regarder la scène comme si je n'en faisais pas partie, une scène inconnue et incompréhensible. Le plus bizarre, là-dedans, c'était ce nœud dans ma gorge et ce poids en fonte sur la poitrine. J'ai rangé ma chaise et j'ai quitté la cuisine en repensant à mon père, qui était sorti par cette même porte, avec son sac de voyage, un peu plus tôt. C'est atroce, inhumain, quand quelqu'un qu'on aime vous quitte. On peut toujours continuer à vivre, garder la tête haute, mais, comme Eli l'avait dit, quand c'est fini, c'est bien fini. Les histoires, si belles ou si longues soient-elles, se terminent toujours par le mot fin.

Lorsque je suis sortie de la maison, deux heures plus tard, Heidi et Thisbé dormaient. Étonnamment, la maison semblait en paix.

Moi, en revanche, je me sentais à côté de mes baskets, et ça n'avait pas de sens. Primo, parce que Heidi n'était pas ma mère. Secundo, parce que je m'en étais plutôt bien tirée, quand mon père avait quitté ma mère, deux bonnes années plus tôt. Je l'admets, à l'époque, j'avais été déçue et un petit peu triste mais, à en croire mes souvenirs, je m'étais assez vite et plutôt bien adaptée à ma nouvelle vie familiale. Du moins, si je mets de côté mes insomnies à répétition, et encore, parce que je ne dormais déjà plus, avant la séparation. Par contre, je ne me souvenais pas de l'étrange inquiétude que j'avais éprouvée, lorsque j'avais vu mon père partir, et qui était toujours présente en moi à présent. C'était le même sentiment qui me prenait, aux alentours de minuit, quand le plus noir de la nuit était à venir, quand je devais tuer les heures qui ralentissaient et remplir les blancs jusqu'au lever du jour.

Par chance, j'avais mon boulot, et je n'avais jamais été aussi contente d'aller chez *Clementine*, qui était bondé à cette heure (l'affluence de la fin d'après-midi !). Maggie conseillait une mère et sa fille sur des shorts en jean. Elle m'a fait un petit coucou, lorsque je suis passée en prenant les reçus et factures avant de m'enfermer dans le bureau.

J'ai décidé de me placer en immersion totale, le nez plongé dans les chiffres jusqu'à la fermeture de la boutique, et je venais de m'attaquer au registre des chèques quand mon portable a sonné.

C'était ma mère. Son nom s'affichait sur l'écran, que j'ai continué de fixer tandis que mon portable vibrait à chaque nouvelle sonnerie. L'espace d'une seconde, j'ai eu envie de décrocher et de tout déballer mais, la seconde suivante, je me suis dit que non, surtout pas. Pour ma mère, la nouvelle de l'échec marital de mon père, ce serait à la fois Noël et son anniversaire – satisfaction intégrale – et ça me foutait les jetons. Et puis, elle m'avait raccroché au nez, la veille. Le message était passé : elle n'en avait rien à faire de moi. Puisque c'était comme ça, c'est moi qui allais prendre mes distances et aussi longtemps que ça me plairait. Voilà.

Pendant les deux heures qui ont suivi, je me suis plongée dans les livres de compte de Heidi, et jamais la vérité et l'immuabilité des chiffres et des calculs ne m'ont fait autant plaisir. Quand j'ai eu fini avec le registre et les salaires, j'ai observé mon bureau, bordélique depuis mon premier jour. J'ai relâché la pression en rangeant les stylos de Heidi, je jetais ceux qui ne marchaient pas, je m'assurais que les autres avaient les bons capuchons et se tenaient bien droits dans le pot à crayons rose. J'ai ensuite rangé le tiroir du haut, classé les papiers, empilé les cartes de visite et rassemblé les trombones dans une boîte de pansements vide. J'allais m'attaquer au tiroir de dessous quand on a frappé. Maggie a passé la tête par la porte.

— Salut ! Esther va au *Beach Beans*. Tu veux quelque chose ?

J'ai sorti mon porte-monnaie.

— Oui, un triple expresso.

Elle a ouvert de grands yeux.

— Tu as l'intention de passer une nuit blanche ?

— Non. J'ai juste un coup de barre. J'ai eu une journée fatigante.

Elle s'est passé une main dans les cheveux.

— Je te comprends. La première chose que ma mère a faite, ce matin, c'est de me harceler avec ces formulaires à remplir sur le choix de ma coloc à la résidence universitaire. Elle m'a tannée pour que je me grouille parce qu'elle avait peur qu'on n'ait pas le temps de coordonner nos draps et linges de toilette ! Comme si j'en avais quelque chose à faire, franchement !

Je revis ma mère, me parlant d'un ton de sergent-major, quand j'avais osé remettre en question son choix du programme Pembleton.

— C'est pour ça qu'elle se fait du souci ?

— Elle se fait du souci pour tout ! reprit Maggie avec un petit geste évasif. Selon elle, si je ne profite pas à cent pour cent de la vie sur le campus, ce sera une tragédie grandeur nature.

— Vraiment ?

— Tu ne connais pas ma mère, soupira Maggie. Je ne suis jamais assez, pour elle.

— Assez quoi ?

— Assez féminine, assez tout, en fait. Parce que j'ai été à fond dans le BMX. Parce que je n'étais pas assez dégourdie ou sociable : la preuve, je n'ai eu qu'un seul petit copain au lycée au lieu de les accumuler. Et maintenant, je ne m'implique pas assez dans ma future vie universitaire qui n'a même pas commencé !

— Je compatis. Ma mère aussi m'a stressée avec ces histoires de coloc. Elle voulait m'embrigader dans un programme où tu dois étudier 24 heures sur 24 avec interdiction de t'amuser.

— Pas possible !

— Si !

— Je devrais adhérer ! Ma mère péterait un plomb !

J'ai souri. Puis ça a sonné dans le magasin, et elle a regardé l'argent que je venais de lui donner.

— Un triple expresso, alors ? Je transmets tout de suite à Esther.

— Merci…

Restée seule, j'ai ouvert le deuxième tiroir. À l'intérieur, j'ai vu de vieux registres de chèques et deux blocs jaunes griffonnés. Je les ai sortis et j'ai reconnu l'écriture de Heidi, des inventaires, des numéros de téléphone, et cette liste :

*Caroline Isabel West*
*Isabel Caroline West*
*Emily Caroline West*
*Ainsley Isabel West*

Chaque prénom avait été calligraphié avec un soin fou. On sentait bien que Heidi avait beaucoup réfléchi, au fur et à mesure qu'elle les écrivait. Je me suis souvenue du jour où elle m'avait avoué qu'elle n'aimait pas le prénom de Thisbé. Je me suis aussi souvenue que ma mère et moi, on l'avait critiquée pour avoir accepté que le bébé s'appelle tout de même ainsi. Mon père n'était qu'un sale égoïste. Il obtenait toujours ce qu'il désirait, mais ça ne lui suffisait pas, il en demandait toujours plus.

J'ai fermé le bloc, je l'ai rangé et j'ai fouillé au fond du tiroir. J'en ai tiré de nombreuses factures, que j'ai mises de côté pour les classer, un prospectus « Ohé, matelot ! », manifestement un souvenir du Beach Bash de l'année dernière, et, en haut, une pile de photos. Il y en avait une de Heidi, avec un pinceau dégouttant de peinture rose qui souriait devant un mur blanc. Puis un autre cliché où, cette fois, elle posait devant l'entrée de *Clementine*, avec l'enseigne au-dessus de sa tête. Et enfin, en bas de la pile, Heidi et mon père, sur la promenade, elle en blanc avec son ventre déjà gros, et lui, avec son bras autour de son épaule. D'après le tampon, les photos dataient de mai, quelques semaines avant la naissance d'Isby.

— Auden ?

J'ai sursauté. C'était Esther que je n'avais pas entendue rentrer.

— Je… ai-je commencé, les yeux baissés sur le tiroir grand ouvert et son contenu éparpillé sur le bureau. Je rangeais et je…

— Tiens, voilà ton café, coupa-t-elle.

Elle me tendait le gobelet quand un truc rouge est passé comme une flèche derrière elle, puis a rebondi sur le mur au fond du couloir avec un bruit mat.

— C'était quoi, ça ? hurla ma collègue.

— À ton avis ? hurla Adam (je crois que c'était lui).

Elle a ouvert la porte tout grand et aperçut un ballon rouge qui roulait lentement vers le magasin.

— Sérieux ?

— Ouais ! Sérieux ! s'exclama Adam (c'était bien lui). Kickball. Ce soir. Prépare-toi à être trempée !

— Et qui a décidé qu'on jouerait à ça ce soir ? demanda Maggie.

— À ton avis ? répéta le garçon.

Esther est sortie dans le couloir et a ramassé le ballon.

— Eli ? Pas possible !

— Et pourtant si, ma vieille !

J'ai entendu un bruit de pas, puis j'ai vu Adam qui rattrapait le ballon qu'Esther lui lançait. En me voyant, il m'a fait un petit signe.

— Eli est passé, en fin de journée, avec ce ballon de kickball. Il avait une pêche d'enfer.

— Ah ?

— Si, je te jure. On a tous été bluffés !

Il a dribblé.

— Mais il était très sérieux. Première partie de la saison, ce soir, après la fermeture. Tirage au sort pour le joueur de deuxième base, à 22 h 05 tapantes !

— Si je joue en deuxième base, ne comptez pas sur moi ! protesta Maggie en les rejoignant dans le couloir.

— Attitude de dérobade typique ! commenta son petit ami.

— Je m'en fous ! La dernière fois que j'ai joué à ce poste, j'ai été complètement trempée !

— Mais la dernière fois, c'était il y a un an ! Allez, Maggie ! Eli organise la soirée, alors le moins que tu puisses faire, c'est de te faire un peu tremper.

— Je n'y crois pas ! Quel revirement ! Je me demande bien ce qui l'a changé… s'étonna Esther.

Je suis revenue à mon bureau et j'ai bu mon café. Seulement, avant, j'ai croisé le regard de Maggie.

— Qui sait… fit Adam. Contentons-nous de nous réjouir et de participer. À plus, les filles !

Et il a filé en dribblant. Esther l'a suivi en poussant un soupir, mais Maggie est restée, sans cesser de me fixer, tandis que je remettais les papiers dans le tiroir, avec les photos dessus.

— Ça va ? me demanda-t-elle.

— Super.

Ça aurait dû être vrai. Après tout, j'avais eu la même nuit qu'Eli. Il s'était réveillé en pleine forme. Moi aussi, j'aurais dû me sentir heureuse, être la première à vouloir jouer au kickball, surtout si Eli en était. Mais après la danse de 21 heures et jusqu'à 22 heures, j'ai eu une boule au ventre.

À 22 heures pile, Maggie est venue dans le bureau, les clés de la boutique à la main.

— Allez, on y va ! Tirage au sort pour la deuxième base dans cinq minutes, et crois-moi, personne n'a envie de jouer à ce poste ! Tu es presque dans la flotte !

— Oh, je crois que je vais rester plus tard, ce soir, répondis-je. Je dois faire les salaires et un peu de classement.

Elle m'a scrutée, puis son regard est tombé sur les stylos bien rangés dans le pot.

— Sûre ?

— Oui. Mais je passerai plus tard.

— Plus tard.

— Oui.

Je suis retournée à mon travail.

— Très bien, alors on t'attendra, dit-elle d'une voix plus impersonnelle cette fois.

Une fois seule, j'ai étiqueté mes chemises avec soin, pendant que j'entendais Maggie et Esther fermer la caisse et sortir. Dès qu'elles ont fermé la boutique, je me suis reculée de mon bureau. Au bout d'un quart d'heure de totale immobilité, je me suis levée et je suis allée dans le magasin désormais plongé dans la pénombre, puis je me suis approchée de la vitrine.

Il y avait un monde fou qui se dirigeait vers la plage. J'ai vu Maggie, sur un banc, avec Adam et Esther. Wallace et d'autres vendeurs du magasin de vélos, que je connaissais seulement de vue ou de nom, glandaient et blaguaient : ils ont dû faire une remarque à Leah, au moment où elle s'approchait, car elle a pris son air exaspéré et les a écartés comme des petits moustiques. Là-dessus, Maggie s'est poussée pour lui faire de la place sur le banc. Il y avait de plus en plus de monde, certains que je reconnaissais, d'autres non. Soudain, ils se sont regroupés, et j'ai compris qu'Eli arrivait.

Il avait son sweat bleu à capuche, celui qu'il portait la première fois où je l'avais rencontré, et il marchait, un ballon rouge sous le bras. Ses cheveux, dénoués pour une fois, retombaient sur ses yeux. Tout en dribblant, il a examiné le petit groupe qui l'attendait. Et quand, tout de suite après, il s'est retourné pour regarder dans la direction de *Clementine*, j'ai reculé.

Après quelques discussions, les équipes se sont formées, la partie s'est organisée. A priori, Adam était du côté des perdants, il suffisait de voir les doigts tendus vers lui et d'entendre les huées. Après ça, tout le monde est allé sur la plage. Un groupe s'est installé près des dunes, et l'autre plus près de l'océan. Adam a pris sa place au bord des vagues et a retroussé le bas de son pantalon, tandis qu'Eli se plaçait au centre, le ballon toujours entre les mains. Au moment où il l'a lancé, je suis retournée dans mon bureau.

Une heure plus tard, je suis sortie par-derrière, j'ai traversé le parking et, deux rues plus bas, je suis arrivée au *Gas/Gro*. J'avais pensé rentrer à la maison, au cas où Heidi aurait eu envie de compagnie, mais je suis revenue sur la promenade. Là, je me suis assise sur un banc devant le Last Chance, très animé à cette heure, pour regarder la partie de kickball.

C'était au tour de Leah. Elle a envoyé le ballon dans la mer, et un garçon que je ne connaissais pas et qui jouait en seconde base a plongé pour le rattraper.

— Auden ?

J'ai sursauté et je me suis retournée, soudain dans mes petits souliers. Eli m'avait donc repérée malgré mes ruses de Sioux pour me planquer ? Mais non, ce n'était pas Eli. C'était Jason Talbot, qui m'avait posé un lapin, le soir du bal de terminale. C'était bien la dernière personne que je m'attendais à voir. Vêtu d'un T-shirt à col rond, il me souriait, mains dans les poches de son pantalon kaki.

— Qu'est-ce que tu fais là ? lui demandai-je.

Il m'a montré le Last Chance.

— On termine de dîner. Ça fait un bon quart d'heure que je me demande si c'est toi ou non. Je ne pensais pas avoir vu ton nom sur la liste, pour la conférence, mais…

— La conférence ? Quelle conférence ?

— La FCLC. Elle a commencé aujourd'hui. Tu n'es pas venue à Colby pour ça ?

— Non. En fait, mon père habite ici.

— Ah oui, je vois. Génial.

Des cris se sont élevés de la plage. Maggie touchait les bases en riant et Adam avait de l'eau jusqu'aux mollets.

— Une partie de kickball ! s'exclama Jason. Marrant, je n'y ai pas joué depuis le CE2.

— Dis-moi, c'est quoi, la FCLC ?

— *Future College Leadership Course.* C'est un programme de mentorat à l'université ! Il y a une série de conférences, d'ateliers et de symposiums qui durent un mois, et auxquels participent des étudiants de première année de toute la région. Le principe, c'est de leur donner les outils dont ils ont besoin pour jouer un rôle significatif sur leur campus dès le jour de la rentrée.

— Ça a l'air top !

De cris ont de nouveau éclaté de la plage mais, cette fois, je n'ai pas regardé.

— Ça l'est ! J'ai déjà rencontré une vingtaine d'étudiants de Harvard très impliqués sur leur campus. À mon avis, tu devrais te pencher sérieusement sur la question. Je me souviens que tu n'étais pas très chaude pour faire partie du partie du BDE, le bureau des élèves, mais, je te jure, c'est un super réseau avec un maximum d'opportunités. Il n'est pas encore trop tard pour t'inscrire. Et puis, il y a plein de gens de Defriese qui participent à la conférence !

— Je ne sais pas. Je suis sous l'eau, en ce moment.

— Ne m'en parle pas ! s'exclama-t-il. J'ai eu les polys des cours et je bosse dessus comme un malade. Ça bûche sévère… Mais tous ceux que j'ai rencontrés font comme moi.

Mon cœur, soudain, battait plus fort… Petite bouffée d'angoisse.

— Tu m'étonnes.

— Je te jure, c'est ce que j'ai entendu pendant toute la journée : c'est littéralement impossible de te pointer le jour de la rentrée universitaire sans une préparation quasi militaire, sinon c'est la noyade assurée.

— Oui, à tous les coups.

— Oh oui ! C'est du sérieux.

— Moi aussi, j'ai lu les polys. Enfin, entre mon job d'été et le reste.

— Tu as un job ? Qu'est-ce que tu fais, au juste ? Un projet d'action communautaire ?

J'ai pensé au bureau rose pétard de *Clementine*.

— Je dirais plutôt que c'est un projet lié au secteur des affaires et de la finance. Je travaille pour une petite entreprise en pleine expansion, que je soutiens en faisant la comptabilité et le marketing pendant sa phase de transition. J'ai pensé que ce serait l'idéal pour m'initier à la gestion et au management, tout en me plongeant dans les grandes théories de l'économie.

— Ben dis donc... Ça a l'air vraiment intéressant. Mais je pense quand même que tu devrais songer au mentorat. Surtout que tu es déjà sur place ! Ta présence serait un atout énorme !

Un cri s'éleva de la plage, suivi par des applaudissements.

— Possible. On verra.

— Parfait !

Il souriait.

— Bon, c'est pas tout ça, mais je dois retourner à table. On était au beau milieu d'une conversation sur les pour et les contre du classement des étudiants dans leur promo, tu imagines, passionnant ! Je ne veux surtout pas manquer la suite du débat !

— Oh oui, je comprends.

Il a reculé, s'est arrêté.

— Au fait, tu as toujours le même numéro de portable ? Parce qu'on pourrait se voir, pendant que je suis à Colby ? Histoire de discuter un peu et de comparer ce qu'on a retenu des polys ?

Tout le monde quittait la plage, à présent. Maggie et Adam, trempés, en tête de groupe. Leah et Esther, à l'arrière du groupe.

— Oui. Pas de problème.

— Trop bien ! s'est-il exclamé. Alors, à plus !

Tout à coup, Jason s'est rapproché et m'a serrée dans ses bras. C'était maladroit, avec de gros coups de coude, le tout enveloppé dans une odeur d'adoucissant très prononcée mais, par chance, ça a duré le temps d'un clin d'œil.

N'empêche, ça avait été trop long : Jason repartait lorsque j'aperçus Eli, le ballon rouge sous le bras, qui m'observait avec son air de sphinx. L'espace d'un moment, on s'est regardés, et j'ai tout de suite repensé au premier jour de notre rencontre. À cet endroit même. À la fin d'une longue nuit. *« Ne le sont-elles pas toutes ? »*

— Salut ! dis-je. Alors ? Comment ça a été, cette partie de kickball ?

— Ça va, répondit-il en dribblant. On a gagné.

Deux couples bien habillés pour la soirée sont passés devant nous en discutant gaiement. Il y a eu un instant de flottement où j'ai eu envie de les suivre plutôt que d'affronter Eli.

— Alors ? Que s'est-il passé ? demanda-t-il en se rapprochant.

— J'ai eu du boulot : retard dans les salaires. Et puis, il fallait que je fasse du classement.

— Je ne te parle pas de ça. Je te parle de ce qui t'est arrivé, à toi.

— Comment ça, à moi ?
— Oui. Tu es bizarre. Alors ? Que se passe-t-il ?
— Rien.

Il continuait de me fixer de son regard de sphinx, l'air pas convaincu.

— Ah, je vois ! Tu veux parler de Jason ! repris-je en montrant le Last Chance où mon ancien camarade de classe entrait. On était au lycée ensemble. C'était même mon cavalier au bal de terminale, mais il m'a lâchée au dernier moment. En vrai, je m'en foutais, parce qu'il n'y avait rien entre nous. Quoi qu'il en soit, il est à Colby pour une conférence, alors…

— Auden.

La manière dont il avait prononcé mon prénom m'a fait freiner des quatre fers.

— Sérieux, Auden. Que se passe-t-il ?
— Mais rien enfin ! Pourquoi tu me le demandes ?
— Parce que tu allais bien, hier. Et ce soir, tu te planques, tu m'évites. Sans compter que tu refuses de me regarder dans les yeux.
— Je te répète que ça va ! J'avais du boulot ! C'est si difficile à croire ?

Cette fois, il n'a même pas répondu. Pas la peine. Mon mensonge était gros comme une maison, mais je me planquais derrière avec mauvaise foi.

— Tu sais, finit-il par dire, si c'est à cause de ce qui s'est passé entre ton père et Heidi…
— Pas du tout.

Ma voix avait été coupante, sur la défensive, même à mes propres oreilles.

— Je viens de te dire que j'avais du boulot. J'ai pas mal de choses à faire en ce moment, tu comprends ? Je ne peux tout de même pas passer mon été à jouer au kickball. Je dois préparer ma rentrée universitaire si je veux assurer à Defriese. J'ai un peu glandé jusqu'à maintenant, mais je…

— Glandé ?

J'ai observé mes mains pour ne pas le regarder.

— Oui, je me suis bien amusée, mais là, je suis à la traîne. Il faut que je m'y remette.

Plus bas sur la promenade s'élevaient des voix que je connaissais, des rires et des huées. Ils étaient heureux d'être ensemble… J'avais déjà observé qu'on remarquait toujours mieux le bonheur de loin que de près.

— Bon, alors, bonne chance, conclut Eli.

Il avait parlé d'un ton définitif, distant, juste la réaction que j'avais cherché à provoquer. Ah, vraiment ? Non… pas sûr.

— Écoute, Eli…

Je n'ai pas achevé. J'ai laissé ma phrase en suspens, en attendant qu'il la rattrape au vol et la termine pour moi, qu'il fasse le sale boulot à ma place, en somme. Lâcher les mots au compte-gouttes, faire de la résistance passive, c'était la spécialité de mon père. À présent, je comprenais pourquoi il en usait et abusait. C'est plus facile de se taire que d'énoncer tout haut ce qu'on n'a pas envie de dire. Mais Eli n'est pas tombé dans le panneau, il n'a pas fait le sale boulot à ma place. Lui, il est parti. Surprise, surprise ? Non. Il s'en foutait bien, que je termine ma phrase ou non. Pour lui, de toute façon, c'était fini.

# Chapitre 14

13:05

Pause après une table ronde.
On déjeune ensemble ?

15:30

Tu es libre pour dîner ce soir ? Rendez-vous au Last Chance, vers 18 heures ?

22:30

Je rentre à la résidence étudiante.
À demain !

J'ai posé mon portable sur mon bureau. Leah, qui passait des récépissés en revue, a jeté un œil sur son écran.

— Eh bien… J'en connais une qui a du succès, ce soir !

— C'est juste un mec que je connais. On était dans le même lycée.

— « Juste un mec ». Ça existe, ça ?

Le magasin venait de fermer et les autres attendaient que je termine avant de partir.

— Dans ce cas-là, oui.

Mon portable a vibré de nouveau. J'ai soupiré et consulté le message.

22:45
On s'appelle, ce soir ? J'ai quelques idées que j'aimerais te soumettre !

— Il insiste quand même vachement, souligna Esther.
— Il essaie peut-être de se racheter parce qu'il m'a posé un lapin, le soir du bal de fin d'année en terminale.
Maintenant que j'y pensais, c'était peut-être vrai ?
— Il t'a posé un lapin pour le bal de terminale ? s'exclama Maggie, l'air bouleversé. Mais c'est horrible !
— Bof, ça ne m'a pas traumatisée. Il m'a appelé, la veille, pour m'annoncer qu'il avait eu une réunion hyper importante sur la protection de l'environnement à Washington. Le genre qui n'arrive qu'une fois dans la vie et qui ne se loupe pas.
— Exactement comme le bal de terminale ! fit remarquer Leah. Tant mieux si tu le jettes maintenant : il l'a bien mérité.
— Ça n'est pas pour cette raison que…
J'ai soupiré.
— Écoutez, je n'ai pas envie d'en parler, d'accord ?
Mon téléphone a vibré de nouveau. Cette fois, je n'ai même pas regardé l'écran. Mais plus tard dans la soirée, une fois que j'ai été de retour à la maison, j'ai relu les SMS de Jason. Pourquoi je ne répondais pas à ses messages ? Aller à un des rencards qu'il me filait, ça aurait été une seconde chance de vivre ce qu'on avait

raté. Malheureusement, à la différence du bowling, des bagarres de bouffe et des escapades nocturnes en catimini, je n'avais pas l'impression d'avoir loupé grand-chose, avec Jason Talbot. Au contraire, ce qui était arrivé, ou plutôt, ce qui n'était pas arrivé, avait été écrit dans les astres et dans les étoiles : Jason et moi, on n'avait jamais eu besoin d'une première chance, et encore moins d'une seconde.

Une semaine plus tôt, à cette heure-là (vingt-trois heures trente), j'aurais été avec Eli depuis déjà une heure et on aurait été sur le point de se mettre en route pour nos aventures nocturnes. Mais depuis le soir de la partie de kickball, je rentrais direct à la maison, je m'enfermais dans ma chambre avec mes manuels et je bûchais.

Le soir où Eli m'avait plantée sur la promenade, j'étais rentrée vers minuit et j'avais trouvé la maison étrangement calme. Isby dormait dans la nursery, Heidi était K.-O. et s'était écroulée de sommeil, mais elle avait laissé sa lampe de chevet allumée. Je suis allée dans ma chambre, prévoyant de prendre deux ou trois affaires avant de repartir, mais je me suis souvenue des propos de Jason : il fallait avancer dans le programme de première année et commencer la rentrée sur les chapeaux de roue. Alors j'ai sorti ma valise de dessous mon lit.

Dès que je l'ai ouverte, j'ai vu le cadre que Hollis m'avait offert, mais je l'ai vite mis de côté. Dessous, il y avait mon manuel d'éco. Dix minutes plus tard, j'attaquais le premier chapitre, avec un bloc jaune que j'ai couvert de notes.

C'était si facile. Mes manuels m'avaient attendue comme de vieux amis patients. M'y remettre, ça me donnait un sentiment de sécurité et de confort, à la différence de mes virées nocturnes avec Eli, qui m'avaient projetée dans un monde nouveau, loin, très loin de mon cocon quotidien. L'étude, c'était ma force, la seule chose que je faisais bien, même si le reste déconnait à pleins tubes.

Voilà pourquoi, ce soir-là, au lieu de rouler dans Colby, je suis restée dans ma chambre, la fenêtre ouverte, à lire chapitre après chapitre en écoutant les vagues déferler inlassablement sur la plage. Malgré tout, lorsque je faisais une pause-café ou une pause pipi, je regardais ma montre et je me demandais ce que faisait Eli. À minuit, il devait être au *Lavomatic*. Vers une heure trente du matin, au *Park Mart*. Et après, qui sait ? Sans moi et ma quête débile, il pouvait être partout ou nulle part.

Le plus surprenant, toutefois, c'est la manière dont j'ai fini ma nuit. À 7 heures, je me suis soudain réveillée et j'ai levé la tête de mon bloc-notes, sur lequel je m'étais subitement endormie. Ma nuque me faisait souffrir, j'avais des taches d'encre sur la joue, mais le plus étrange, c'était de constater que j'avais dormi une nuit complète pour la seconde fois consécutive. Je préférais ne pas me demander pourquoi.

Quelle qu'en soit la raison, en tout cas, ce soudain changement dans mes habitudes de sommeil, qui a continué les trois nuits suivantes, a totalement déstabilisé mon emploi du temps. C'était la première fois depuis très longtemps que j'étais réveillée et lucide tôt le matin. Les deux premières matinées, j'ai continué de potasser mes cours d'éco, mais la troisième, j'ai décidé d'aller chez *Clementine.*

— Oh, là, là, c'est incroyable ! entendis-je dire Maggie dès que j'entrai.

Pitié ! J'ai retiré mes lunettes de soleil et je me suis préparée aux inévitables questions et demandes d'explication sur la raison de ma présence à cette heure au magasin. En fait, Maggie ne m'avait même pas vue. Adam, Leah et elle étaient scotchés à l'ordi sur le comptoir, et ils y regardaient quelque chose de manifestement captivant.

— Tu m'étonnes ! s'exclama Adam. Personne n'était au courant ! Même pas Jake, alors imagine ! Il a juste reçu un message d'un pote qui disait qu'on le voyait sur les réseaux sociaux, alors il a regardé.

— Rappelle-moi quand ça s'est passé ? demanda Leah.

Maggie pressa une touche et se pencha sur l'écran.

— Hier. C'était le Hopper Bikes de Randallton.

Ils continuaient de fixer l'écran et ne m'ont pas remarquée. J'en ai profité pour m'approcher et prendre les reçus des jours précédents. J'ai jeté un coup d'œil en biais à ce qui les semblait les captiver et j'ai vu un vélo sur une rampe de skate.

— Il a l'air en forme, en tout cas ! dit Maggie.

— Il est en super forme, oui ! la corrigea Adam. C'était quand même sa première compète depuis un an, et il a été classé second !

— Oh, regardez-moi ça ! murmura-t-elle.

— Oh, la vache, il est carrément à la verticale ! fit-il, ahuri. Je n'arrive pas à croire qu'Eli soit remonté sur un BMX après tout ce temps et qu'il se débrouille aussi bien !

Cette fois, j'ai regardé plus attentivement l'écran. On voyait mal que c'était Eli mais, malgré le casque, j'ai reconnu ses cheveux noués sur la nuque.

— Peut-être pas, dit Maggie.

— Peut-être pas quoi ?

— Ce n'est pas parce qu'on ne le voit pas faire du BMX qu'il n'en fait pas, expliqua-t-elle après un instant de silence.

— Possible, dit Adam, mais pour être aussi bon, il a tout de même dû s'entraîner un max ! Quelqu'un l'aurait forcément vu. À moins qu'il…

— À moins qu'il ne se soit entraîné la nuit, acheva Leah.

J'ai tressailli. Mes collègues me fixaient, à présent. Le regard d'Adam allait d'elles à moi.

— J'ai comme l'impression d'avoir loupé un épisode…

— Tu étais au courant ? me demanda Leah sans l'écouter. Tu savais qu'Eli s'entraînait pour reprendre la compète ?

— Non.

— Tu en es certaine ? insista Maggie. Vous deux, j'ai l'impression que vous avez une montagne de secrets.

— Je te jure que je ne le savais pas.

Ils m'ont tous les trois observée en silence pendant que je prenais mes reçus et que j'allais m'enfermer dans mon bureau. Je les ai écoutés parler – ils visionnaient de nouveau la vidéo et commentaient la forme exceptionnelle d'Eli, qui avait épaté tout le monde. N'empêche, c'était moi, la plus surprise de l'histoire. J'avais eu la chance d'avoir un aperçu de ses pensées et de ses états d'âme, un peu comme si j'avais entrouvert une porte et vu un peu de lumière. Sauf que malgré la lumière, je n'étais pas entrée, j'étais restée sur le pas de la porte et je l'avais refermée sur un monde insoupçonné, plus grand que je ne le pensais et qui n'attendait que d'être exploré…

Je n'avais pas envie de revoir Eli. J'étais trop gênée par notre dernière conversation, et j'évitais le plus possible le magasin de vélos. Je rentrais chez *Clementine* et en sortais par-derrière, en affirmant que c'était vachement plus rapide pour rentrer chez mon père. Je ne savais pas si Maggie et les autres me croyaient – au fond, ça m'était égal. Dans deux semaines j'allais rentrer chez ma mère. De là, je partirais à Defriese. En clair, cette partie de ma vie, aussi étrange que transitoire, s'achevait. Alléluia !

Plus tard dans la soirée, j'ai fait une pause après avoir bien bûché mes cours d'éco, et j'ai rejoint Heidi, qui avait déplacé le rocking-chair devant la baie vitrée et berçait Isby endormie dans ses bras en parlant au téléphone.

— Je ne sais pas… l'entendis-je dire. Les fois où on se parle, il est terriblement pessimiste. Comme s'il était convaincu que ça n'allait pas marcher, quoi qu'on fasse. Je sais, mais…

Elle se tut. Je n'entendais que le craquement du rocking-chair qui se balançait d'avant en arrière.

— J'ai peur que ce ne soit trop tard, reprit-elle. Oui, je sais, il n'est jamais trop tard, mais je ne suis plus sûre de rien, tu comprends ?

Mon portable a vibré dans ma poche arrière :

Ça te dit, un café ? Je t'invite.

J'ai lu le message, une fois, puis deux, puis trois. *Il n'est jamais trop tard…* pensai-je. Puis mon téléphone a de nouveau vibré.

On se donne rdv où ? Je ne connais pas le coin… J.

— Qui t'envoie un texto si tard ? me demanda ma belle-mère en s'approchant, sa fille toujours dans ses bras et téléphone en main.

— Mon ex-cavalier du bal de promo de terminale. C'est une longue histoire.

— Ah bon ? Qu'est-ce… Oh, mon Dieu !

J'ai sursauté, puis j'ai regardé derrière moi, m'attendant à voir un incendie, un crash, ou la fin du monde.

— Quoi ? Que se passe-t-il ?

— Bal de promo ! s'exclama Heidi. J'aurais dû y penser plus tôt ! Le thème du Beach Bash de cette année, ce sera « Le bal » ! C'est parfait !

Elle a composé un numéro. J'ai entendu décrocher.

— Bal de promo ! s'écria Heidi.

Pause, puis :

— Pour le Beach Bash ! reprit-elle. C'est une bonne idée, pas vrai ? Réfléchis ! Les gens se mettront sur leur trente et un, et on élira un roi et une reine. Pas la peine de se prendre la tête pour la musique, on peut passer n'importe quoi !

Je suis remontée dans ma chambre où mes bouquins et mes notes m'attendaient. N'empêche, une fois installée sur mon lit, impossible de me concentrer. Alors, je me suis levée et j'ai respiré l'air de la mer. Puis mon regard est tombé sur mon ordi. Sans réfléchir, je suis allée sur YouTube.

« Hopper Bikes de Randallton », tapai-je ensuite. Dix intitulés se sont affichés. Après les avoir passés en revue, j'ai trouvé une vidéo appelée « Rampes de skate », et j'ai cliqué dessus.

C'était la même vidéo que Mag, Leah et Adam regardaient chez *Clementine* : j'ai reconnu le casque d'Eli et les alentours. Je me suis souvenue des *riders* et de leurs acrobaties, la fois où j'étais allée au Jump Park, et même si je n'y connaissais rien en BMX, j'ai vite constaté que les figures et le style d'Eli étaient différents. Il avait la grâce. Il semblait voltiger sans effort, ce qui signifiait que ça devait être vachement dur. À chaque fois que je le regardais décoller et sauter de plus en plus haut, mon cœur battait de plus en plus vite. C'était dangereux, effrayant, et en même temps tellement beau… C'était peut-être ça, la vérité : il faut se dépasser et se surpasser pour étonner, sinon plus rien ne serait étonnant. Le secret, c'est de s'obstiner pour obtenir quelque chose. Et quand on s'est donné un mal de chien pour l'obtenir, on fait le maximum pour que ce soit encore plus difficile, voire carrément impossible, de le perdre.

Le lendemain, après une petite semaine de coups de fil embarrassés, j'ai décidé d'aller rendre visite à mon père au *Condor*. Il était dans sa chambre, rideaux fermés sur le soleil et avec une barbe à la Indiana Jones. Après m'avoir ouvert, il s'est laissé tomber sur son lit défait, a croisé les bras derrière sa nuque et a fermé les yeux.

— Alors ? Comment se passe la vie quand je n'y suis pas ? me demanda-t-il en poussant un long soupir très bruyant.

Ça m'a énervée et j'ai préféré ne pas répondre.

— Heidi et toi, vous ne parlez plus ?

— Parler… railla-t-il avec un geste vague. Oh, ça, pour parler, on parle, mais on ne dit rien. Le problème, c'est qu'on n'arrive pas à se mettre d'accord. J'ai bien peur qu'on n'y parvienne jamais.

Je n'avais pas envie de connaître les détails de leurs problèmes maritaux. Ça me suffisait assez de savoir qu'ils en avaient, et qu'ils étaient à la fois énormes et irrésolus. Mais comme j'étais seule avec mon père, je n'ai pas eu le choix, j'ai creusé la question.

— C'est à propos du bébé ?

Il s'est redressé lentement.

— Oh, Auden. C'est ce qu'elle dit ?

— Heidi ne dit rien du tout, répondis-je en ouvrant les lourds rideaux. Je te pose juste la question parce que j'aimerais que vous trouviez une solution, point.

Il m'a jeté un regard pénétrant, que je m'appliquais à ignorer en ramassant les gobelets de café et les emballages de fast-food.

— Ton inquiétude me surprend, lâcha-t-il finalement. Je pensais que tu n'aimais pas Heidi.

J'ai jeté les serviettes en papier tachées de ketchup dans la poubelle qui débordait déjà.

— Mais si, je l'aime bien.

— Tu ne penses pas que c'est une bimbo écervelée et superficielle ?

— Non, dis-je, même si je l'avais pensé à un moment donné. Quelle drôle d'idée ! Pourquoi ?

— Parce que c'est ce que ta mère affirme, répondit-il d'une voix lourde. Et toutes les deux, vous avez tendance à penser pareil.

J'étais dans la salle de bain et je me lavais les mains, quand il a prononcé ces derniers mots. J'ai évité mon reflet dans le miroir.

— Pas sur tout.

— Ah… Tu sais ce qui est extraordinaire, chez ta mère ? Avec elle, on sait toujours ce qu'elle pense, me dit-il alors que je cherchais une serviette propre pour m'essuyer les mains. Pas la peine de jouer aux devinettes, de chercher midi à quatorze heures ou de lire entre les lignes. Quand elle n'était pas contente, je le savais. Mais Heidi…

Je revins dans la chambre et m'assis sur l'autre lit.

— Heidi quoi ?

Il a soupiré.

— Elle cache tout. Elle garde ses émotions enfouies en elle. Tu te dis que ça va bien, et puis, un beau jour, ça t'explose en pleine poire : non, elle ne va pas bien, oui, elle est malheureuse, je n'en ai pas fait assez. Oh, et en plus, tu découvres que tu es le pire des pères.

— C'est vraiment ce qu'elle t'a dit ? demandai-je après une pause.

— Bien sûr que non ! s'exclama-t-il. Mais, dans le mariage, tout est affaire d'interprétation et de traduction ! Dans son esprit, j'ai été nul avec elle et Thisbé. Et dès le début, manifestement.

— Alors, fais un nouvel essai. Et réussis-le.

Il m'a jeté un regard triste.

— Ce n'est pas si facile, ma chérie.

— Eh bien, c'est quoi, l'alternative ? Tu préfères rester seul à te morfondre dans ta chambre d'hôtel ?

— Je ne sais pas…

Après s'être levé, il s'est dirigé vers les fenêtres, mains dans les poches.

— Je n'ai pas envie d'aggraver la situation davantage. Heidi et Thisbé seront peut-être plus heureuses sans moi. C'est même plus que probable.

Ma gorge s'est nouée.

— Ça, j'en doute. Heidi t'aime.

— Mais moi aussi, je l'aime. Sauf que parfois, l'amour ne suffit pas.

C'est la banalité de la réplique qui m'a choquée plus que sa signification : mon père était un bon écrivain, il aurait tout de même pu se fouler…

— Il faut que j'aille au magasin, j'ai du boulot, annonçai-je en attrapant mon sac. Je passais seulement prendre de tes nouvelles.

Il s'est approché et m'a serrée dans ses bras. J'ai senti sa barbe de plusieurs jours me piquer.

— Je vais bien, murmura-t-il. Et bientôt, ça s'arrangera.

Une fois dans le couloir, j'ai appelé l'ascenseur, mais le bouton d'appel ne s'est pas allumé. Après un deuxième essai, j'ai filé un coup de poing sur la porte de l'ascenseur.

Au moment où ce fichu bouton s'est allumé, j'étais furieuse. Mon cœur battait à tout rompre, mes pensées déraillaient. Lorsque j'ai pénétré dans la cabine et que les portes se sont refermées, je me suis bien regardée dans le miroir, cette fois.

C'était étrange d'être tout à coup en pétard à ce point. C'était comme si l'attitude ou les mots de mon père avaient ouvert des vannes depuis longtemps fermées. J'ai traversé le hall et je suis sortie sur la promenade. Non seulement je pensais au sketch que mon père venait de me faire, mais je me disais aussi que la fuite, ça ne vous rendait pas plus noble, plus grand, même si vous vous sentiez responsable du problème. Surtout si vous l'étiez, d'ailleurs ! Fuir, ça vous transformait en un lâcheur de première. Pourquoi ? Parce que si c'était vous le problème, il y avait de fortes chances pour que la solution, ce soit vous aussi. Et la seule manière de le découvrir, c'était d'essayer !

J'étais presque arrivée chez *Clementine* quand je me rendis compte que je marchais comme une folle furieuse et que je m'étais presque mise à courir. Lorsque j'ai ouvert la porte du magasin, j'étais si essoufflée et si rouge que Maggie était sidérée de me voir dans un état pareil.

— Auden ? Mais enfin, qu'est-ce que…

— Il faut que tu me rendes un service ! coupai-je.

Elle a cillé, sous le choc.

— Euh, oui. Quoi ?

Après le lui avoir dit, je me suis attendue à ce qu'elle soit troublée ou à ce qu'elle me rie au nez. Mais pas du tout. Elle a pris le temps de la réflexion, puis elle a accepté.

# Chapitre 15

Je me suis relevée, rouge comme une pivoine. Très grand moment de solitude…

— Bon, ça, c'est ce qu'on cherche à éviter à tout prix, me dit Maggie.

— Compris.

J'ai regardé mon genou écorché, devenu le frère jumeau de l'autre.

— C'est juste que ça fait tout drôle… continuai-je.

— J'imagine.

Elle a soupiré.

— C'est pour cette raison qu'on apprend à en faire quand on est petit.

— Parce qu'un enfant est plus audacieux ?

— Non, parce qu'il tombe de moins haut…

Elle a ramassé le vélo. Je suis remontée dessus, mais sans m'asseoir, pour garder mes pieds en appui sur le sol.

— Essaie encore !

C'était le lendemain matin. On était dans la clairière près du Jump Park. À ce stade, l'évidence crevait les yeux : je ne savais pas faire du vélo.

Si j'avais su, je m'en serais souvenue. J'aurais retrouvé la confiance, j'aurais su pédaler et avancer. Mais à chaque fois que j'essayais, je paniquais, je zigzaguais et je m'étalais face contre terre comme une crêpe. J'avais bien parcouru un mètre ou deux, mais seulement grâce à Maggie qui avait tenu le porte-bagages. Dès qu'elle l'avait lâché, j'avais foncé dans les buissons où je m'étais ramassée tête la première.

Évidemment, j'avais envie d'abandonner. Ça avait même été mon premier réflexe à ma première chute (qui datait d'une heure plus tôt) – il faut dire qu'il n'y avait pas plus humiliant que de me relever et de retirer les gravillons incrustés dans la chair de mes genoux. Humiliant, aussi, de voir l'expression à la fois solidaire et pleine de gentillesse de Maggie, qui levait les pouces même après chacune de mes culbutes. Et pourtant, faire du vélo, c'était facile ! Les gamins en faisaient tous les jours, mais moi, je ne cessais de tomber.

— J'ai l'impression que je m'y prends mal, me dit-elle après mon dernier crash dans un tas d'ordures dégueulasses.

— Ce n'est pas toi, c'est moi ! la rassurai-je en remontant en selle. Je suis nulle.

— Mais non !

Elle m'a souri avec ant de bonté que j'ai eu le sentiment d'être encore plus pathétique.

— Faire du vélo, c'est une question de confiance. Quand on y réfléchit bien, c'est contre nature de se percher sur deux roues. Ça va contre toute logique !

— Arrête, c'est encore pire quand tu t'abaisses à mon niveau pour me faire plaisir, l'arrêtai-je en retirant des graviers sur mon coude.

— Pas du tout.

Elle a tenu la bicyclette le temps que je remonte dessus et serre les poignées.

— Je crois qu'on va avoir besoin de renfort… acheva-t-elle.

— Plutôt mourir ! m'écriai-je, horrifiée.

— T'inquiète.

Là-dessus, elle a sorti son portable.

— Ah non, par pitié, Maggie ! Leah va se moquer de moi, et Esther… elle va me prendre en pitié, et ce sera pire.

— Je ne te le fais pas dire, dit-elle en pianotant sur son portable. Mais je vais appeler la seule personne devant laquelle tu ne te rendras pas ridicule, je te le garantis.

— Maggie !

— Fais-moi confiance !

À ce moment-là, je ne voyais pas de qui elle parlait. Dix minutes plus tard, j'ai entendu une portière de voiture claquer, et quand j'ai vu Adam, je me suis dit, mais oui, bien sûr !

— C'est ça, ton urgence ? s'écria-t-il. Tu sais que tu peux envoyer ce genre de message seulement quand il s'agit d'une question de vie ou de mort ! Tu m'as fichu une de ces trouilles !

— Désolée, s'excusa sa petite amie, mais j'avais besoin que tu rappliques au plus vite.

Il a soupiré, puis passé la main dans ses cheveux qui se dressaient d'un côté. Il avait encore les marques de son oreiller sur son visage.

— Bon, alors, c'est quoi, le problème ?

— Auden ne sait pas faire de vélo.

Sous le regard d'Adam, j'ai rougi.

— O.K., ça, c'est grave, dit-il d'un air solennel.

— Je t'avais dit que c'était lui, notre solution ! s'exclama Maggie.

Il s'est rapproché, a observé le vélo, puis moi.

— Bon… Quelle méthode est-ce que tu utilises pour lui apprendre ? demanda-t-il à sa petite amie.

— Euh…

— Tu as commencé par le système de pairage, pour passer à l'accompagnement assisté ? Ou bien par l'accompagnement assisté avec l'intention de la faire avancer toute seule, de façon progressive ?

Maggie et moi, on a échangé un regard.

— Je lui ai juste demandé de monter sur le vélo et de se lancer, expliqua-t-elle.

— Oh, Maggie ! C'est la façon la plus rapide de la dégoûter du vélo à vie !

Il m'a fait signe de descendre et de m'approcher. Puis il est monté sur la bicyclette.

— Bon, maintenant, Auden, monte sur le guidon.

— Hein ?

— Le guidon ! Monte, je te dis.

Je ne bougeai pas. Trop sceptique.

— Écoute, Auden, si tu veux apprendre à faire du vélo, tu dois en avoir envie. Et le seul moyen, c'est de comprendre que le vélo, c'est fantastique. Alors, monte !

Je jetai un coup d'œil à Maggie. Quand je la vis hocher la tête d'un air encourageant, je montai sur le guidon en essayant de ne pas me montrer trop gauche.

— Génial. Maintenant tiens-toi bien, reprit Adam. Quand on ira plus vite, tu pourras lâcher les mains, mais pas longtemps, et seulement si tu te sens stable.

— Je ne lâcherai pas ! Jamais !

— C'est comme tu veux.

Il s'est mis à pédaler. Lentement au début, puis plus vite. Le vent faisait voler mes cheveux et gonfler ma chemisette. Une fois arrivé au bout du parking, il a tourné et on a continué. J'ai jeté un regard à Maggie, qui nous observait, loin derrière, la main en visière au-dessus des yeux.

— Attends, elle…

— T'inquiète, on ne sera pas longs ! me coupa-t-il.

On roulait à présent sur le bas-côté de la route, des voitures nous doublaient de temps en temps. Le soleil se levait, l'air sentait bon et avait un goût de sel.

— Bon, dis-moi ce que tu éprouves maintenant ! hurla Adam, au moment où un véhicule nous dépassait.

— Tout ce que j'espère, c'est que je ne vais pas dégringoler de ce fichu guidon !

— Quoi d'autre ?

— Je n'en sais rien, dis-je.

On a tourné sur la promenade de planches.

— Réfléchis ! Tu dois forcément ressentir quelque chose !

Je me creusai la cervelle. On dévalait la promenade, presque déserte, mis à part quelques flâneurs et des mouettes, qui s'envolèrent à notre approche.

— J'ai l'impression de voler ! avouai-je en les regardant.

— C'est exactement ce que je voulais t'entendre dire ! s'exclama Adam en accélérant. La vitesse, le vent… et le meilleur, c'est que c'est toi qui crées tes propres sensations ! Enfin bon, pour le moment, c'est moi qui pédale, mais bientôt ce sera toi. Et ce sera pareil ! En mieux, parce que c'est toi qui seras aux commandes !

On roulait vraiment vite, les planches de la promenade craquaient à notre passage. Je me suis penchée en avant pour mieux offrir mon visage au vent. À ma droite, il y avait l'océan immense et argenté sous le soleil levant, mais on passait si vite qu'on n'en voyait qu'un long trait bleu. Même si j'avais peur de tomber, même si je me disais que je devais avoir l'air bête sur mon guidon, j'exultais. Puis j'ai fermé les yeux.

— Tu comprends, maintenant ? me cria Adam dans les oreilles. C'est génial, hein ?

J'ai ouvert les yeux, prête à lui répondre. Pour lui dire qu'il avait raison, que je le comprenais, oui, et surtout, que je le remerciais de la chance qu'il venait de me donner, et de la balade. Mais on arrivait devant le magasin de vélos : la porte était ouverte et à la seconde où on est passés devant, j'ai vu de la lumière, dans l'arrière-boutique, et Eli derrière la caisse, un gobelet de café à la main. Mais on allait peut-être trop vite pour qu'il nous voie. Et s'il nous a vus, il n'a pas pu me reconnaître. Pourtant, j'ai décidé de lâcher prise pour de vrai et j'ai levé les bras au ciel.

Pendant la semaine, Maggie et moi, on s'est exercées presque tous les matins. C'était devenu un rituel. J'achetais deux cafés au *Beach Beans*, puis je la retrouvais dans la clairière du Jump Park. Au début, sur les conseils d'Adam, on avait choisi la méthode « faire du vélo avec assistance » : je pédalais et Maggie trottinait derrière moi en tenant la selle. Après ça, on a décidé que je roulerais seule et qu'elle courrait derrière, pour éviter que je chute. À présent, on augmentait les phases « je roule seule/tu cours derrière pendant que j'apprends à garder mon équilibre et à pédaler sans zigzaguer ». Ce n'était pas encore le top, j'avais deux pansements et les genoux toujours aussi écorchés, mais c'était tout de même mieux que le premier jour.

Ma vie avait de nouveau changé, ou plutôt, elle s'était inversée… La nuit, désormais, je restais à la maison. J'étudiais, puis je dormais. J'allais bosser le matin et l'après-midi, comme tout le monde. Sauf qu'à la différence du commun des mortels, je passais aussi le plus clair de mon temps seule. Quand je n'étais pas au magasin ou que je ne m'entraînais pas avec Maggie, j'étais à la maison à ignorer les textos que Jason m'envoyait toujours, moins régulièrement – tant mieux ! –, et les coups de fil de mes parents.

Je savais que tous les deux se demandaient ce qui se passait, parce que je ne leur avais pas parlé depuis longtemps et que j'ignorais leurs messages. Puéril ? Possible, oui. Et alors ?

C'est comme si je continuais ma quête pour rattraper le temps perdu. Mais quelque part aussi, je crois que j'avais peur de parler à l'un ou à l'autre. Je savais que si j'appelais pour dire bonjour, la colère monumentale qui m'avait envahie, le jour où j'étais sortie du *Condor*, remonterait et exploserait pour tous nous engloutir.

Le seul de la famille avec qui je parlais, c'était Hollis. Et encore, pas beaucoup, parce que mon frère était très occupé à organiser sa nouvelle vie avec Laura. Si le remariage de mon père cafouillait et si la relation de ma mère pédalait dans d'éternels préliminaires, Hollis continuait avec joie de ruer dans les conventions et de bousculer son destin. Bizarrement, il était toujours aussi amoureux fou de sa Laura, alors que les trois quarts du temps, passé un certain délai, il se désintéressait de sa copine du moment et en changeait. Mais ce n'était pas la plus choquante de ses métamorphoses.

— Hollis West à l'appareil.

Je savais que j'avais appelé mon frère, mais son ton hyper professionnel m'a laissée sur les fesses.

— Hollis ? C'est toi ?

— Aud ! Salut ! Attends, je sors.

J'entendis des bruits de voix, puis de porte.

— Excuse-moi, on faisait une pause après la réunion.

— Toi et Laura ?

— Non. Moi et les autres conseillers financiers.

— Qui ça ?

Il toussa.

— Mes collègues. Je bosse à la Main Mutual, maintenant. Maman ne te l'a pas dit ?

Je me souvins très vaguement qu'elle m'avait parlé d'un travail dans une banque.

— Je crois, oui. Depuis longtemps ?

— Environ trois semaines. Le temps passe si vite. Je me plais vraiment ici.

— Ah ? Tu te plais ?

— Mais oui !

J'entendis un bruit de klaxon.

— Il paraît que j'ai un très bon contact avec les clients. J'ai l'impression que mon tour de l'Europe m'a servi à quelque chose, en fin de compte !

— Tu fais de la relation clients ?

— Apparemment, oui, dit-il en riant. J'ai été embauché pour être à la caisse mais, au bout d'une semaine, on m'a affecté dans ce nouveau service. Je m'occupe maintenant des opérations bancaires, remises de chèques… Enfin, tu vois le topo.

J'essayai d'imaginer Hollis derrière un guichet de banque, ou ailleurs, mais tout ce que j'avais devant les yeux, c'était Hollis devant le Taj Mahal. Alors, comme ça, la banque, c'était le meilleur de la vie ?

— Bon, Aud, il me reste une ou deux minutes avant d'y retourner. Alors, raconte, comment ça va ? Comment vont papa, Heidi et mon autre petite sœur ?

J'hésitai tout en sachant que je devais lui dire que notre père habitait à l'hôtel. Hollis avait le droit de le savoir, mais je ne voulais pas avoir l'honneur de le lui apprendre. Non seulement notre père laissait les autres finir ses phrases à sa place, mais aussi annoncer les mauvaises nouvelles.

— Tout baigne ! mentis-je plutôt. Et maman ?

— Oh, comme d'habitude, soupira-t-il. Acide comme un citron. À l'entendre, je l'ai déçue au-delà de l'imaginable en renonçant à mon indépendance et en intégrant les rangs de la petite-bourgeoisie capitaliste.

— Tu m'étonnes !

— Et puis, tu lui manques.

Une déclaration qui m'a choquée plus que l'annonce de son embauche dans une banque.

— Personne ne lui manque ! Elle se suffit à elle-même.

— C'est faux. Écoute-moi, Aud, je sais que toutes les deux, vous vous êtes disputées, cet été, mais tu devrais lui parler. Elle est toujours en plein drame avec Finn et…

— Finn ?

— Son thésard. Son amoureux qui roupillait dans sa bagnole. Rappelle-toi, je t'en avais parlé.

Finn, l'étudiant aux lunettes à monture noire.

— Je me souviens.

— Tu connais la chanson. Il est accro, elle n'a pas envie de s'engager, et patati et patata… En général, ses mecs ont la trouille et se carapatent vite fait, mais celui-là, je te jure qu'il est accro. Il ne veut pas céder d'un pouce. Un vrai pot de colle.

— On nage en pleine tragédie.

— Avec elle, tout est tragique. Bon, je dois retourner à ma session de brainstorming, mais sérieux, donne-lui une seconde chance.

— Hollis, je ne…

— Penses-y. Au moins pour moi, tu veux ?

Je ne devais rien du tout à mon frère, mais il était décidément très fort en communication parce que je m'entendis lui répondre :

— Je vais y réfléchir.

— Merci, Aud. Appelle-moi plus tard. Pour tout me raconter.

J'ai promis, il a raccroché et j'ai tenu ma promesse : j'ai réfléchi à la possibilité d'appeler ma mère, même si je n'ai pas franchi le pas. Malgré tout, c'était un premier signe de dégel.

Puis la routine a repris son cours. Je m'efforçais toujours d'éviter Heidi, qui se donnait à fond dans l'organisation du Beach Bash. J'ignorais aussi les messages des parents. J'avalais mes chapitres d'éco tout en répondant à des QCM pour vérifier que j'avais bien tout assimilé. J'éteignais la lumière quand mes yeux me brûlaient et je restais allongée dans le noir, certaine que le sommeil n'arriverait pas, jusqu'à ce que tout à coup il me tombe dessus. Le seul moment où je ne pensais pas au magasin ni à l'université, c'est quand je faisais du vélo : car je ne pensais qu'à Eli.

Depuis qu'Adam et moi on avait roulé devant le magasin, je l'avais aperçu deux ou trois fois. Devant *Clementine*, au moment où j'avais pris les reçus à la caisse. Et un jour qu'il était en pleines tractations avec un de ses clients. C'était facile de penser qu'on ne se parlait plus parce qu'on était occupés, et quand mon imagination s'en donnait à cœur joie, j'arrivais même à y croire. Puis je me souvenais de ce que je lui avais dit, et de son regard, avant qu'il s'éloigne, et je revenais à la réalité.

Ça avait été mon choix, ma décision. Je n'avais jamais été aussi proche de quelqu'un ou de quelque chose, mais la proximité, finalement, ça ne comptait pas. Soit on est à fond dans ce qu'on aime, soit on ne l'est pas.

Mais c'est surtout à ma quête que je pensais, quand j'étais sur ma bicyclette. Au début, ça avait été une espèce de jeu rigolo, une occupation pour tuer les nuits, mais pas seulement. Au fil des soirées, mission après mission, Eli m'avait aidée à retourner dans mon passé pour fabriquer une autre version de mon enfance. Il m'avait donné l'occasion de rattraper le temps perdu, m'en avait offert la chance. Moi, j'avais pris, sans donner. Et tandis que je pédalais, toujours mal, dans le Jump Park, avec Maggie qui tenait ma selle ou trottinait derrière moi, j'espérais pouvoir lui montrer ma réussite et la lui offrir. Je savais bien que ça ne rachèterait pas tous mes ratés, mais je voulais au moins qu'il sache.

Chaque matin, j'apprenais donc à faire du vélo. Je prenais peu à peu de l'assurance, je gardais mieux mon équilibre. Tous les soirs, j'étais scotchée à mon ordi et je cherchais des vidéos d'Eli en compète. Lorsque je le regardais faire ses figures sur l'écran, que je constatais à quel point il allait vite, lui qui débordait d'assurance, je me disais que sa maîtrise du vélo et la mienne n'avaient décidément rien à voir. Et pourtant, à la base, c'était pareil. Le vélo, ça vous propulsait en avant, à coups de pédales, vers l'immense inconnu…

En entendant des sifflements, des rires et de la musique, j'ai posé mon stylo et je suis allée voir ce qui se passait.

Il était 21 h 15 et, comme tous les soirs maintenant, je bossais dans ma chambre. Après avoir terminé chez *Clementine*, je m'étais acheté un sandwich au *Beach Beans* que j'avais mangé, seule dans la cuisine, assez contente d'avoir la maison pour moi. Dix minutes après avoir mis le nez dans *Commerce international, théorie, techniques et applications*, j'ai soudain eu de la compagnie. Enfin, plus précisément, j'ai entendu du bruit en bas.

Je suis descendue jusqu'au milieu de l'escalier et j'ai jeté un œil dans la cuisine. Heidi en short et haut noir empilait des sacs en plastique sur la table, tandis qu'Isby, dans sa poussette, l'observait. Une jeune femme blonde de l'âge de Heidi décapsulait une bière et une autre, brune, versait un sachet de chips tortilla dans un bol. Maggie, Leah et Esther étaient quant à elles assises autour de la table, devant des piles de sacs en plastique.

J'avais passé ma vie à écouter, de près, de loin, les conversations de mes camarades de classe, mais en restant toujours à l'extérieur du cercle. Jusqu'à présent, ça ne m'avait jamais dérangé de ne pas en faire partie, au contraire.

Aussi, lorsque ma belle-mère m'a repérée, je n'ai pas su comment réagir.

— Auden ! Viens ! s'écria-t-elle au moment où le volume de la musique augmenta, une espèce de salsa rapide avec des cors.

Trop tard pour filer, tout le monde me regardait.

— Eh bien, je…

— Je te présente Isabel, poursuivit Heidi me montrant la jeune femme blonde qui me fit un petit signe.

Puis elle fit un geste vers sa copine aux cheveux bruns.

— Et voilà Morgan. Ce sont mes plus anciennes amies à Colby. Isabel, Morgan, je vous présente Auden, la fille de Robert.

— Je suis ravie de te rencontrer enfin ! s'exclama la dénommée Morgan. Heidi ne nous a dit que du bien de toi.

— Tu as eu mon message vocal ? demanda ma belle-mère en sortant sa fille de sa poussette. J'ai voulu t'avertir de notre arrivée, mais ton répondeur était saturé.

— Auden est une véritable star ! déclara Leah.

— Justement, j'ai quelques appels à passer, dis-je en guise d'excuse pour filer.

Esther retourna un sac avec des petits cadres sur la table.

— Quand tu auras terminé, viens nous rejoindre ! déclara Heidi en prenant la bière qu'Isabel lui tendait, pendant que Morgan posait le bol de chips sur la table. On risque d'y passer la nuit ! On a trois cents cadeaux souvenirs à préparer.

— Trois cents ? s'exclama Leah, qui jeta un regard accusateur à Maggie. Mais enfin, tu nous avais dit que…

— J'ai seulement dit que ce serait sympa, et ça l'est ! répliqua son amie. Pourquoi ? Vous aviez des plans pour ce soir ?

— Oui ! Des masses ! Figure-toi que c'est la soirée des filles au *Tallyho*.

— *Tallyho no no* ! chantonna Esther en s'emparant d'un cadre.

— Amen ! dit Isabel. Cette boîte de nuit me fiche les jetons.

De retour dans ma chambre, je repris mon stylo, histoire de me perdre dans l'euro et la politique monétaire unique, mais les éclats de rire qui montaient de la cuisine me gênaient. J'ai donc fermé ma porte. Problème ? J'entendais toujours la musique et sa basse répétitive qui me déconcentrait. Au lieu de quoi, j'ai pris mon portable et consulté mon répondeur.

Heidi avait raison. Il était saturé de messages vocaux de mes parents que je n'avais jamais pris la peine d'écouter. Je les ai fait défiler, un à un, en fixant l'océan sombre.

*« Bonjour, Auden, c'est ta mère. J'essaierai de te rappeler plus tard. »*

Effacer.

*« Bonjour, chérie, c'est papa. Je fais une petite pause après avoir relu mon texte et j'ai pensé que je pourrais te passer un coup de fil. Je serai à l'hôtel toute la journée, alors n'hésite pas à passer ou à appeler. »*

Effacer.

*« Auden, c'est ta mère. Ton frère travaille maintenant dans une banque. J'espère que tu es aussi horrifiée que moi par cette nouvelle. À plus tard. »*

Effacer.

*« Allô, Auden. C'est encore papa. Je me demandais si ça te dirait de me retrouver au Last Chance. Tu me rappelles, hein ? »*

Effacer.

*« Auden, je commence à en avoir marre de tomber sans cesse sur ton répondeur. Je ne te rappellerai pas tant que tu ne m'auras pas appelée. »*

Effacer.

*« Chérie, c'est papa. Je pense que je vais appeler à la maison, peut-être ne réponds-tu plus à ce numéro ? »*

Effacer.

Ça continuait à l'infini et moi, je les effaçai encore et encore… jusqu'à ce message vocal de ma mère :

*« Oh, Auden… Tu m'évites, c'est clair. »* (Il y a ensuite eu ce soupir que je connaissais bien.) *« Je suppose que je l'ai bien mérité… Je ne devrais pas m'étonner, j'ai l'art de me mettre à dos les rares personnes avec qui j'ai envie de parler. Je ne sais vraiment pas pourquoi. Peut-être le*

*sais-tu, toi qui as subi une grande transformation estivale ? Je me demande… »*

J'écartai le téléphone de mon oreille pour regarder l'écran. Ma mère m'avait laissé ce message deux jours plus tôt, vers 17 heures. Où étais-je à ce moment-là ? Dans le bureau de *Clementine*, dans ma chambre ou entre les deux, sans doute.

Je m'imaginai ma mère dans sa cuisine, affligée parce que Hollis était devenu un employé de banque et parce que, selon elle, j'étais devenue une bimbo qui portait des bikinis rose bonbon et partait en virée en décapotable avec des garçons. Hollis et moi, on était différents de l'avenir qu'elle nous avait créé dans son esprit à l'époque où, comme Heidi avec Thisbé, elle nous berçait et s'occupait de nous. C'est facile de rejeter ce qu'on ne reconnaît pas, de rester à l'écart de l'inconnu et de ce qui nous dérange. On ne peut contrôler que sa petite personne, c'est plus ou moins une certitude mais, en même temps, ça ne suffit pas.

Nouvelle salve d'éclats de rire, en bas. Je tapai un numéro et j'attendis.

— Oui, allô ?

— Maman, c'est moi.

— Auden, dit-elle après une pause. Comment vas-tu ?

— Bien. (C'était drôle de lui parler, après tout ce temps.) Et toi ?

— Bien. Enfin, je crois.

Ma mère n'était pas une grande sentimentale et moi non plus, mais il y avait quelque chose dans sa voix qui m'a donné le courage d'ouvrir le débat.

— Maman, je peux te poser une question ?

Je l'entendis hésiter avant de répondre.

— Oui, bien sûr.

— Quand papa et toi, vous avez décidé de divorcer, vous l'avez décidé tout de suite ou vous avez essayé de trouver une solution ?

Vu le silence qui s'est étendu entre nous, elle ne s'attendait pas à ce que je lui pose cette question.

— On a vraiment essayé de rester ensemble, Auden. Divorcer n'a pas été une décision prise à la légère, si c'est ce que tu veux savoir. C'est bien ta question, n'est-ce pas ?

— Je n'en sais rien.

J'ai baissé les yeux sur mon manuel et mon bloc-notes.

— Laisse tomber… Désolée.

— Non, c'est bon.

Sa voix toute proche m'envahissait l'oreille.

— Que se passe-t-il ? Pourquoi y penses-tu maintenant ?

Ma gorge se serra. Qu'est-ce que j'avais, à la fin ? Je fis de mon mieux pour répondre.

— C'est parce que papa et Heidi ont des problèmes…

— Des problèmes ? Quel genre ?

D'en bas, j'entendis monter de nouveaux éclats de rire.

— Papa a quitté la maison il y a deux semaines.

Ma mère a poussé un gros soupir.

— Je suis désolée.

— Vraiment ?

J'avais parlé sans réfléchir et je regrettai d'avoir exprimé le fond de ma pensée. Ma mère a repris d'une voix plus sèche :

— Bien sûr. Personne n'aime entendre qu'un couple a des problèmes, surtout quand il y a un enfant.

Sans pouvoir m'en empêcher, je me suis mise à pleurer. Les larmes ont jailli d'un seul coup et coulé sur mes joues. J'ai fait de mon mieux pour reprendre mon souffle et me calmer.

— Auden ? Ça va ?

J'ai regardé l'océan de l'autre côté de la fenêtre. Cette vaste étendue plate qui jamais ne changeait, même si elle était toujours en mouvement.

— C'est juste que… j'aurais aimé faire certaines choses autrement, dis-je enfin d'une voix un peu tremblante.

— Ah… lâcha-t-elle comme si elle avait tout compris, même avec si peu d'infos. On en est tous là.

Est-ce que les conversations entre mères et filles étaient censées se passer de cette manière ? Ou bien s'agissait-il d'un vrai dialogue sans silences, ni soupirs, sans ambiguïtés ou questions en suspens, sans tours ni détours. Ma mère et moi, on ne correspondait pas au schéma classique, mais ça, c'était notre premier véritable échange depuis longtemps – quand bien même on avait encore du progrès à faire.

C'est comme chercher à atteindre la main de quelqu'un, mais la louper et ne réussir qu'à agripper une épaule. Au fond, ce n'est pas grave. Parce que vous vous y accrochez quand même.

On est restées silencieuses un bon moment.

— Il faut que j'y aille, dis-je. Mes amies sont en bas.

— D'accord, m'a-t-elle répondu avant de se racler la gorge. Tu me rappelles demain ?

— Promis.

— Alors, bonne soirée.

— Merci, toi aussi.

Après avoir déposé mon portable sur mon manuel d'éco, j'ouvris la porte. Dans le couloir et dans l'escalier, j'entendis ce bavardage familier, de plus en plus fort au fur et à mesure que je me rapprochais.

— Je me demande pourquoi on fait comme si le bal de fin d'année, c'était génial, dit Isabel.

— Parce que ça l'était, tiens ! répondit Maggie.

— Pas pour tout le monde.

— Très juste ! intervint Esther. La plupart d'entre nous se sont retrouvées avec des cavaliers bourrés qui n'arrivaient pas à sortir leur voiture du parking.

Morgan exprima son mépris, Isabel lui ordonna de se taire.

— En ce qui me concerne, déclara Heidi, je pense que le bal de fin d'année, on adore ou on déteste. Comme le lycée.

— Moi, j'adorais le lycée, dit Maggie.

— Évidemment ! s'exclama Leah. Les garçons les plus canon te tournaient autour, tu avais les meilleures notes et tout le monde t'aimait.

— Tu n'as jamais voulu qu'on t'aime, toi, lui fit remarquer Esther.

— Si tu veux savoir, ça ne m'aurait pas gênée !

— Mon petit copain du lycée m'a quand même brisé le cœur, précisa Maggie.

— Le mien aussi, fit Morgan en écho, non sans pousser un soupir. Quand j'y repense…

— Il ne te méritait pas, déclara Isabel. Et puis, la dose de gel qu'il se mettait dans les cheveux… Au secours !

C'est Esther qui exprima son mépris, cette fois. Et Leah qui la fit taire.

— Vous voyez, c'est un thème génial ! s'exclama Heidi. Les gens qui ont adoré le bal de fin d'année vont le revivre, et ceux qui ont détesté auront une seconde chance d'en faire un beau souvenir ! Tout le monde est gagnant dans l'histoire !

— Sauf les losers qui doivent se taper les quelque trois cents cadeaux souvenirs à préparer, grommela Leah avant de m'apercevoir. Ah, ça y est, tu t'es décidée à rejoindre le groupe des losers ?

Consciente du regard inquiet de Heidi, qui avait remarqué mes yeux rouges, je fis de mon mieux pour ne rien laisser paraître de mon trouble.

— Possible.

Maggie s'est poussée pour me faire de la place.

— Et toi, Auden, tu aimes ou tu détestes le bal de fin d'année ? me demanda Isabel.

— Je déteste. Mon cavalier m'a posé un lapin.

Concert de cris.

— Quoi ? fit Morgan. C'est horrible !

— Sans compter, expliqua Leah, que le mec qui lui a posé un lapin est à Colby, en ce moment même, et qu'il la bombarde de textos !

— Tu devrais lui demander de t'accompagner au Beach Bash et lui poser un lapin à ton tour ! proposa Morgan.

— Morgan ! Tu es infernale ! la gronda Isabel.

— Moi, je pense que tu devrais trouver un garçon avec qui tu aurais vraiment envie d'y aller, et bien profiter de ta soirée, dit Heidi.

— Je ne sais pas. C'est un peu tard, non ?

— Pas vraiment, déclara Leah qui embraya sur sa phrase favorite. C'est la soirée des filles au *Tallyho*. Tu peux encore te dégoter un cavalier potable.

— *Tallyho no no*, chantonnai-je, un sourire aux lèvres.

— Bravo ! me salua Maggie en me tapant sur l'épaule.

Tout le monde se mit à rire, et aussitôt après, on a changé de sujet. La conversation, les émotions, tout s'est enchaîné dans un tourbillon. Au lieu de chercher un sens, de ne pas le trouver et m'affoler, je me suis laissé porter par cet instant de douce folie et, pour une fois, j'ai largué les amarres, et en avant, je suis partie à l'aventure.

# Chapitre 16

— Sacrées blessures de guerre !

Adam était devant le bureau de Heidi, avec un carton sous le bras. Je reposai mon tube de crème antidouleur que j'étais en train d'appliquer sur mes jolis bobos, tout frais de ce matin-là.

— C'est une façon de voir les dégâts.

Il posa son carton sur le meuble de rangement et déboutonna sa chemise pour me montrer une cicatrice sur son ventre.

— C'est la seule façon, tu veux dire. Regarde, là. J'étais au collège. En cinquième. J'ai fait un vol plané sur une rampe de skate. (Il a relevé sa manche de chemise.) Et là, je me suis explosé contre un rondin, sur une piste de VTT.

— Aïe !

— Attends de voir la pièce de résistance ! continua-t-il en se tapant la poitrine. Là, c'est du titane, ma vieille !

— Vraiment ?

— Ils ont utilisé une plaque en titane pour la reconstruction de mon sternum, dit-il avec bonne humeur. C'était il y a deux ans. Fracture multiple. Mon casque intégral a explosé alors que je faisais une figure.

— À côté de toi, je passe pour une chochotte.

Il a ri.

— Mais non ! Tout compte ! Si tu t'en sors sans bobos, c'est que tu fais du vélo par-dessus la jambe.

— Dans ce cas, je suis une pro du vélo.

Il reprit son carton.

— Exactement ce que je voulais entendre. Maggie dit que tu assures comme une bête !

— Ah bon ?

— Je paraphrase, mais elle dit aussi que tu t'entraînes dur et que tu te débrouilles pas trop mal.

Je haussai les épaules et je refermai mon tube de crème.

— Mouais… Si j'étais aussi bonne qu'elle le prétend, mes genoux ne seraient pas en compote.

— Faux.

— Faux ?

— Ben oui ! Regarde-moi. Je suis un bon *rider*, mais je me suis ramassé un nombre de fois incalculable. Et je ne te parle pas des pros ! Eux, je te jure, ce sont des hommes bioniques tellement ils se sont cassé la gueule. Et Eli ! Il s'est pété le coude et la clavicule pas mal de fois. Sans compter son bras.

— Tu veux parler de sa cicatrice ?

— Oui.

— Ce n'est pas à cause de l'accident de voiture ?

— Non. Il faisait une figure, sur la promenade, et il s'est planté en beauté. Il s'est ouvert le bras en retombant sur un banc. Ça pissait le sang.

J'observai de nouveau mon tout petit bobo au genou, tout rond et brillant à cause de la crème.

— Tout compte ! répéta Adam. Ce n'est pas le nombre de fois où tu t'es crashée qui compte, mais celui où tu remontes sur ton vélo ! Conclusion : remets le pied à la pédale, les fesses sur la selle et roule, ma poule !

Je lui souris.

— Tu as déjà songé à devenir coach ?

— Ah non, surtout pas ! dit-il en riant. Bon, Heidi est dans les parages ?

— Non, elle est partie déjeuner.

Elle était avec mon père, et c'était leur premier rendez-vous depuis son installation à l'hôtel. Elle était si nerveuse ce matin-là qu'elle avait tourné en rond dans le magasin, sans cesse à arranger tel ou tel présentoir, à se pencher au-dessus de mon épaule. Ça a été le soulagement quand elle a installé Isby dans son porte-bébé pour filer. Mais, aussitôt après, c'est moi qui avais été envahie par une bouffée d'angoisse : ça se passerait comment, entre elle et mon père ?

— Elle sera de retour dans une heure environ.

— Alors je peux les laisser là, conclut Adam en posant sa boîte en carton sur mon bureau.

— Qu'est-ce que c'est ?

— Mes photos des bals de fin d'année au lycée. Heidi me les a demandées, pour son décor du Beach Bash.

— Je peux regarder ?

— Bien sûr.

Je soulevai le couvercle et vis un énorme tas de photos 13 × 17 cm en noir et blanc à l'intérieur. En haut de la pile, j'en aperçus une de Maggie, assise avec Jake sur le coffre d'une voiture. Elle portait une petite robe noire trapèze et des talons hauts à bride, et ses cheveux retombaient sur ses épaules. Un corsage était accroché à son poignet, comme c'est la tradition. Elle riait en tendant un paquet de Doritos à Jake, en smoking sans la veste, et pieds nus dans le sable. Je passai au cliché suivant et vis de nouveau Maggie, le même soir, mais, cette fois, seule. Sur la pointe des pieds, elle s'admirait dans un miroir au milieu duquel s'étalait l'inscription Coca-Cola. Sur la photo d'après, Leah et un militaire posaient en regardant fixement l'appareil photo. Sur celle qui suivait, Wallace se trémoussait sur une piste de danse, veston déboutonné. Et de nouveau Maggie, une autre année, avec une autre robe, blanche et plus longue. Sur le premier cliché, elle marchait le long de la promenade en tenant par la main un garçon dont on ne voyait que le dos. Et sur la seconde, elle tendait le bras vers l'appareil photo. Ses doigts étaient flous, et elle riait aux éclats.

— Eh bien… dis-je en continuant de passer les photos en revue.

De nouveau Leah. Puis Esther. Maggie. Wallace et Leah. Maggie. Et encore Maggie.

— Et toi ? Tu n'es sur aucune photo ?

— Non, c'est moi qui les prenais.

De nouveau Maggie, mais cette fois sur un vélo, sa robe blanche relevée d'une main, son casque de l'autre.

— Il y a beaucoup de photos de Maggie, non ?

Il a regardé le cliché et répondu d'un air vague :

— Oui, c'est vrai.

— Qu'est-ce que vous regardez ?

On a sursauté. Maggie en personne, en tongs et en jean, est entrée.

— Des photos de vos bals de fin d'année, expliquai-je en en fixant une qui représentait Wallace et Leah. Heidi les veut pour le Beach Bash.

— Oh, non, pitié !

Elle s'est avancée et s'est penchée pour jeter un œil à son tour.

— Je ne peux pas supporter de… Oh, regardez ! On était en première ! Le mec de Leah était un marine, tu t'en souviens, Adam ?

— Oui.

— Et moi, je portais ma robe de soirée blanche. Je l'adorais ! ajouta-t-elle en poussant un soupir de ravissement.

Elle a passé son bras par-dessus mon épaule pour fouiller dans le tas.

— Et celle-là ! Oh, la vache ! J'ai failli mourir, dans cette robe, vous ne pouvez même pas vous imaginer. Je ne voulais surtout pas la salir, même quand j'ai parié de faire du vélo avec ! Et Jake a vomi sur moi. La tache…

— Elle n'est jamais partie, acheva Adam. Bouge pas, j'en ai une photo quelque part.

— Pas dans cette boîte, j'espère !

Elle en a pris une autre qui la représentait, sur son vélo.

— N'empêche, c'était une soirée géniale ! Enfin, avant la fin. Qu'est-ce qu'il y a encore là-dedans ? D'autres photos de moi ?

J'ai refermé la boîte en sentant le regard insistant d'Adam.

— Non, répondis-je.

— Tant mieux. Je n'ai vraiment pas envie que les photos de nos bals de fin d'année soient exhibées devant tout Colby !

— Ah bon ? demandai-je. J'ai pourtant l'impression que tu t'es bien amusée, à ces soirées ?

Elle haussa les épaules.

— Bof, oui, mais je sortais avec Jake, à l'époque. Et je ne tiens pas à ce qu'on me rappelle le temps que j'ai perdu avec lui.

— Mais c'était des bons moments, insistai-je. C'est important, non ?

— En fait, je n'en sais rien, reprit Maggie. Depuis quelque temps, je me dis que j'aurais été aussi heureuse sans lui et qu'au moins, mes souvenirs du lycée ne seraient pas gâchés.

— Et moi alors ? Je compte pour du beurre ? intervint Adam, pince-sans-rire.

— Très drôle, tu sais très bien ce que je veux dire ! déclara-t-elle en lui pinçant le bras. Si j'avais eu plus de jugeote, si j'avais compris plus tôt que Jake était un imbécile, mes années de lycée auraient été totalement différentes.

— Sans doute, dis-je, mais tu n'aurais peut-être pas eu de petit copain pour t'accompagner au bal de fin d'année.

— Possible ! Mais, au fond, ça ne m'aurait peut-être pas déplu d'être un peu seule. Au contraire !

Je fixai la boîte en carton en pensant à toutes les photos à l'intérieur et en essayant de m'imaginer à la place de Maggie, de Leah, ou d'Esther. Et si j'avais eu un petit copain ? Et si j'étais allée à un bal de fin d'année ? À quoi auraient ressemblé mes années de lycée ?

— Peut-être que oui, peut-être que non, conclus-je.

Maggie m'a regardée d'un air bizarre. Elle allait parler, mais ça a sonné dans le magasin : des clients venaient d'entrer.

— Le devoir m'appelle !

Elle est repartie aussi sec et on l'a entendue dire bonjour. Adam, qui l'avait suivie des yeux, resta appuyé à l'embrasure de la porte.

— Si tu veux y remédier, c'est possible, me dit-il.

— Remédier à quoi ?

— À ces histoires de bal. Eli est au magasin en train de faire l'inventaire.

— Oui, et alors ?

— Et alors, tu vas le rejoindre et tu poses la grande question : « Tu veux bien être mon cavalier ? » Simple comme bonjour.

Eli et moi, les derniers temps, c'était plutôt difficile comme des adieux sur un quai de gare.

— Et pourquoi penses-tu que j'ai envie d'aller au Beach Bash avec lui ?

— Parce que tu viens de parler de passer des années de lycée en solo, sans bal de fin d'année. Bref, c'était évident que tu parlais de toi.

— Pas du tout, je parlais de Maggie si elle n'avait pas été avec Jake !

Il croisa les bras.

— C'est ça, oui.

Silence.

— Et toi ? demandai-je.

— Quoi moi ?

— Quand vas-tu poser la question à Maggie ?

— Quelle question ?

Il se fichait de moi ?

— Ah non ! Tu n'y es pas du tout ! s'exclama-t-il. On est juste copains, elle et moi !

— C'est ça, oui !

J'ouvris la boîte et fouillai dans les photos. Je pris celle où Maggie était à vélo, celle où elle marchait sur la promenade et riait, et enfin celle où elle se regardait dans la glace Coca-Cola, et je les alignai toutes les trois sur mon bureau.

— Tu prends toujours autant de clichés de tes potes ?

Il les regarda et poussa un soupir.

— Si tu veux tout savoir, j'en ai un paquet de Wallace, répondit-il.

— Pitié, Adam !

Vaincu, il s'est laissé tomber sur la chaise et a croisé les bras derrière la nuque. Un ange passa. Dans le magasin, j'entendais Maggie détailler les avantages et inconvénients d'un maillot de bain une pièce.

— J'ai fait tout ce qui était humainement possible, finit par dire Adam. C'est foutu, maintenant. La rentrée, c'est bientôt.

— Et alors ?

— Alors, je ne sais pas si j'ai envie de gâcher la fin de mon été ou notre amitié. Je refuse qu'il y ait un malaise entre nous et que ça remette en question tout ce qu'on a vécu depuis que je la connais.

— Tu penses qu'elle va te jeter si tu l'invites au Beach Bash ?

— Non. Je pense au contraire qu'elle va dire oui par gentillesse, pour s'amuser. Et moi, je vais me décarcasser pour qu'elle passe une soirée inoubliable, comme si c'était un vrai rendez-vous, alors que, pour elle, ça n'aura pas la même signification. La preuve, elle finira par me lâcher pour danser et partir avec un autre, qu'elle épousera, si ça se trouve.

Dans le magasin, j'entendais ma collègue rire sur fond de musique agréable et légère.

— Eh bien, je vois que tu as retourné le problème dans tous les sens.

— Comme toi avec Eli, rétorqua-t-il en souriant.

— Pas du tout.

Vu la tête qu'il a faite, il ne m'a pas crue.

— C'est vrai, je te le jure. Depuis qu'on s'est disputés, on ne s'est plus reparlés.

— Dans ce cas, tu sais ce qu'il te reste à faire.

— Quoi ?

Il se leva.

— Qui ne tente rien n'a rien !

— Ce n'est pas si simple.

— Oh mais si. Tu te souviens de ce que je te disais tout à l'heure ? En cas de chute, remets le pied à la pédale.

Je réfléchis à ses paroles en le regardant sortir, mains dans les poches.

— Au fait, il y a pire que de gâcher une amitié, dis-je.

— Ah ?

— Oui.

— Quoi ?

— Avoir des regrets, conclus-je en désignant les clichés. Ça en fait quand même beaucoup, des photos, Adam…

— Oui, je sais.

À cet instant, mon portable a vibré. C'était Jason.

Tu es libre ce midi ? Je vais au Last Chance. J'ai une heure pour déjeuner.

— Il faut que j'y aille, dit Adam avant de pointer le doigt sur mes genoux écorchés. Mais souviens-toi : il n'est jamais trop tard pour remonter en selle.

— Pigé, coach !

Il a levé les pouces, puis il est parti en sifflotant, de bonne humeur comme toujours (je me demande comment il faisait), vers le magasin de vélos. J'ai étudié les photos de Maggie et j'ai pris mon portable où s'affichait le message de Jason. Je savais que j'avais cafouillé avec Eli, mais ila n'était peut-être pas trop tard pour ne pas totalement gâcher mon dernier été avant la fac. Peut-être que j'allais me planter, peut-être pas, mais, au moins, j'aurais essayé… Alors j'ai envoyé un SMS à Jason.

OK. J'arrive.

Lorsque je suis rentrée à la maison, ce soir-là, Heidi contemplait la mer sur la terrasse. Même en la voyant de loin, de dos, j'ai perçu sa tristesse. Ça n'a pas manqué : quand je me suis approchée, j'ai vu ses yeux rouges et gonflés.

— Ah, c'est toi, Auden… Je ne pensais pas que tu rentrerais à cette heure, dit-elle en réunissant ses cheveux en queue de cheval non sans pousser un gros soupir.

— J'ai terminé plus tôt, expliquai-je en rangeant mes clés dans mon sac. Et toi, ça va ?

— Oui… répondit-elle.

Elle rentra et referma la baie vitrée.

— Je réfléchissais.

On est restées silencieuses. De la chambre de Thisbé, à l'étage, j'entendais les vagues de la veilleuse.

— Alors ? Comment ça s'est passé avec papa ?

Elle s'est mordu la lèvre.

— Oh, bien. On a beaucoup parlé.

— Et ?

— Et on a décidé de maintenir le statu quo.

— Ce qui veut dire qu'il reste au *Condor*, c'est ça ? Il ne veut pas revenir à la maison.

Elle s'approcha et posa ses mains sur mes épaules.

— Ton père… pense qu'il gênerait plus qu'autre chose. De mon côté, jusqu'au Beach Bash et la fin de l'été, il vaut mieux que je me concentre sur moi et sur Thisbé.

— C'est quoi, ces conneries ? Tu es sa femme, et Thisbé est sa fille !

Elle se mordit la lèvre, sans quitter ses mains du regard.

— Je sais, ça semble insensé.

— Parce que ça l'est !

— D'une certaine façon, je le comprends. Ton père et moi, on est tombés amoureux très vite, puis on s'est mariés et j'ai tout de suite été enceinte… On a besoin de ralentir un peu le mouvement.

Je posai mon sac sur la table.

— Bon, donc c'est une pause, pas une rupture définitive.

— Exact.

Honnêtement, je n'étais pas convaincue à cent pour cent. Je connaissais bien mon père et ses stratégies. Si la situation se compliquait, il s'en extirpait en donnant à ma belle-mère l'illusion qu'il agissait en grand seigneur, alors que c'était l'opposé.

Je résume : mon père n'abandonnait pas Thisbé et Heidi, il ne se défilait pas, oh, mais non, il simplifiait leur vie. Il n'avait pas quitté ma mère parce qu'il était jaloux de sa réussite professionnelle, non, non, non, il s'était effacé pour lui laisser le devant de la scène. Il n'avait pas ignoré le fait que j'étais sa fille pendant des années, il m'avait coachée pour devenir une adulte autonome dans un monde où la plupart des gens agissent comme des gosses. Mon père ne prenait pas de risques, c'était un défaitiste : il suffisait d'un obstacle pour qu'il perde pied, désespère et renonce.

— Mais assez parlé de moi, coupa Heidi en tirant une chaise où elle s'assit. Et toi, comment ça va ?

Je m'assis en face d'elle, les mains croisées sur mon sac.

— Je crois que j'ai un cavalier pour le Beach Bash.

Elle a applaudi.

— C'est vrai ? Génial !

— Oui, c'est Jason. Il a proposé qu'on y aille ensemble.

Là, elle a tiqué.

— Jason ?

— Un garçon qui était dans mon lycée.

— C'est lui qui m'écris tous ces messages, expliquai-je devant son air sceptique.

— Ah, celui qui t'avait posé un lapin. Eh bien, c'est…

— Pitoyable ?

— Non. Je dirais juste que la boucle est bouclée, répondit-elle après avoir pris le temps de la réflexion. Pourquoi dis-tu ça ? Tu n'as pas envie d'y aller avec lui ?

— Mais si !

J'ai fixé mes mains.

— J'ai une seconde chance, avec lui. Je serais bête de ne pas en profiter.

— C'est juste, a-t-elle fait remarquer avant de s'adosser à sa chaise et de se passer une main dans les cheveux. Tu as raison : tout le monde n'a pas une seconde chance.

J'ai hoché la tête en songeant à Jason qui m'avait attendue dans un box du Last Chance. Il avait souri en me voyant. Puis il m'avait parlé de la conférence sur le mentorat pendant qu'on mangeait des burgers et des beignets frits aux oignons. Il avait affirmé que c'était absolument génial. L'écouter avait été sans surprise mais pas désagréable non plus. Ça avait été comme de remonter le temps et de revenir au printemps dernier, quand on déjeunait ensemble et qu'on parlait cours et lycée. Et lorsqu'il avait toussoté, lorsqu'il avait dit qu'il avait quelque chose à me proposer, j'avais eu une impression de déjà-vu. Et j'avais accepté sans me faire prier.

J'observai Heidi, dont le regard se perdait de l'autre côté de la fenêtre, au-dessus de l'évier, et je me souvins de l'avoir jugée sévèrement, au début, parce qu'elle m'envoyait des e-mails surexcités et s'habillait comme une bimbo. Je pensais tout savoir, tout connaître quand j'étais arrivée à Colby, être plus intelligente que tout le monde. Je ne pouvais pas plus me tromper !

— Je peux te poser une question ? lui demandai-je tout à coup.

Ses yeux revinrent se poser sur moi.

— Bien sûr.

— Il n'y a pas longtemps, tu m'as dit que ma mère n'était pas une garce et que de toute façon elle ne pouvait pas en être une, parce que les vraies garces finissaient toujours seules. Tu t'en souviens ?

— Vaguement, oui, répondit Heidi, les sourcils froncés.

— Et tu as dit aussi que si tu en savais un rayon sur le sujet, c'est parce que tu t'étais mal comportée, par le passé.

— Exact. Où veux-tu en venir ?

— C'est vrai ?

— Oh que oui !

— J'ai du mal à y croire…

Heidi sourit.

— Tu ne me connaissais pas avant que je revienne à Colby et que je rencontre ton père. Je sortais d'une école de commerce et j'étais super psychorigide, mais dans le genre impitoyable. Je me tuais à faire du fric parce que je voulais ouvrir une boutique de vêtements à New York. J'avais un projet, les contacts nécessaires avec des investisseurs, un prêt… Rien d'autre ne comptait plus, à mes yeux.

— Je ne savais pas que tu avais vécu à New York !

— C'était mon projet initial après mon master en commerce et marketing. Mais ma mère est tombée malade et j'ai été obligée de revenir passer l'été à Colby pour m'occuper d'elle. Je connaissais Isabel et Morgan depuis le lycée, alors j'ai bossé comme serveuse avec elles, histoire de me faire un peu d'argent pour concrétiser mon projet.

— Tu as bossé au Last Chance ?

— Oui, et c'est là que j'ai rencontré ton père. Il venait d'avoir son entretien d'embauche à la fac de Weymar, et il était venu y déjeuner. Comme il n'y avait pas beaucoup de monde, on a parlé. Voilà comment ça a commencé, lui et moi. À la fin de l'été, ma mère allait mieux et j'ai fait mes adieux à ton père. Mais une fois de retour à New York, je n'avais plus le feu sacré. Je n'avais plus envie de rien…

— Sérieux ?

Elle poussa un soupir.

— J'étais revenue à Colby pour en repartir le plus vite possible. Cet été devait être une étape, pas une destination. J'avais planifié ma vie dans le moindre détail.

— Que s'est-il passé ?

— Eh bien, le destin en a décidé autrement… J'ai quitté New York, j'ai épousé ton père et j'ai investi mes économies pour ouvrir *Clementine*. Étrange ? Possible… En tout cas, ça me semblait la seule solution, à l'époque. C'était différent de mes rêves, et pourtant parfait.

Je repensai à son visage quand j'étais rentrée, puis à la tristesse avec laquelle elle avait parlé de mon père.

— Tu ne regrettes rien ?

Elle m'a observée longuement.

— Non. Enfin, j'aurais aimé que les choses se passent d'une autre manière entre ton père et moi. Mais j'ai Thisbé, et mon boulot… J'ai ce que j'ai toujours rêvé d'avoir, même si ce n'est pas parfait. Si j'étais restée à

New York, je me serais toujours demandé si je n'étais pas passée à côté de quelque chose.

— Si tu n'avais pas gâché ta chance, murmurai-je.

— Pardon ?

— Non, je n'ai rien dit.

Heidi se leva.

— En définitive, je n'étais partie que pour l'été, mais je suis tombée amoureuse et ma vie a changé. C'est la plus vieille histoire du monde…

Son regard m'a mise mal à l'aise, et j'ai préféré fixer mon sac sur mes genoux.

— La plus vieille histoire du monde… répétai-je.

Elle a posé sa main sur ma tête en passant.

— Bonne nuit, Auden, dit-elle en étouffant un bâillement. Dors bien.

— Toi aussi.

Je savais que je passerais une bonne nuit. C'est ce qui avait changé pendant mon séjour à Colby. Quant à l'amour et au reste… Mais qui sait ? N'avais-je pas un cavalier pour le Beach Bash, une seconde chance ? L'été n'était pas encore fini, et mon histoire non plus.

— Tiens, c'est marrant, mais j'ai un gros flash-back, tout à coup ! s'exclama Leah en soulevant le bas de sa robe pour en examiner l'ourlet. On a déjà vécu cette scène, non ?

— Oui, c'était même au mois de mai, répondit Esther.

— Rappelle-moi pourquoi on s'inflige ça, déjà ?

— Parce que c'est le Beach Bash, voyons ! rétorqua Maggie.

— Ce n'est pas une réponse, ça ! répliqua Leah. Et moins encore une raison suffisante de repasser par cette galère !

On était toutes les trois dans la chambre de Heidi : elle nous y avait envoyées après avoir subi nos plaintes unanimes et bruyantes, parce qu'on n'avait rien à se mettre pour le Beach Bash. Ma belle-mère continuait décidément de m'étonner. Non seulement c'était une garce repentie, mais c'était aussi une accro du shopping. Elle avait des tonnes de robes, de plusieurs tailles, accumulées depuis des années. Vintage, classiques, à la mode dans les années 1980… Il suffisait de dire ce dont on avait envie et abracadabra ! la tenue apparaissait.

— Il nous faut des cavaliers, déclara Leah. À moins que Heidi ne nous en sorte du fond de son armoire.

— Tout est possible… plaisantai-je en scrutant les profondeurs de son armoire. Au point où on en est, plus rien ne me surprend.

— Les cavaliers sont en option, répliqua Maggie. On n'a qu'à y aller ensemble, entre filles.

— C'est hors de question ! s'écria Leah. Si je dois me faire belle et porter une super robe, je veux un cavalier mignon à mon bras. C'est capital !

J'ouvris l'autre porte de l'armoire.

— Ce soir, c'est la soirée des filles au *Tallyho*, annonçai-je.

— Enfin une qui me comprend ! déclara-t-elle.

— Auden peut parler, c'est la seule à avoir un cavalier ! objecta Esther.

— Mais je n'ai pas de robe, repris-je en sortant un fourreau noir et court que je remis aussitôt dans l'armoire.

La robe, c'était un détail, je le savais bien. Et puis je n'allais pas à un vrai bal de fin d'année, mais ce serait peut-être le seul de ma vie et je tenais à vivre l'expérience à fond. Sauf que, jusque-là, toutes les tenues que j'avais trouvées avaient été trop brillantes, trop courtes, trop longues… En bref, trop tout.

— Oh, la vache ! s'écria Esther.

Elle se retourna en plaquant sur elle une robe rose style années 1950 avec un jupon bouffant.

— Vous pariez combien que je la porte sans avoir peur de mourir de ridicule ?

— Pas besoin de parier, dit Maggie en caressant le tissu. Elle est incroyable et parfaite pour toi.

— Je la porterai seulement si tu mets la robe noire devant laquelle tu bavais, tout à l'heure. Tu sais, celle qui te donnait le look d'Audrey Hepburn dans *Diamants sur canapé*, répliqua son amie.

— Tu crois ? Elle ne fait pas trop habillée ?

— Tu n'auras qu'à la porter avec des tongs ! C'est ton truc, les tongs !

Maggie sortit la petite robe noire de l'armoire.

— Pourquoi pas ? Et toi, Leah, qu'est-ce que tu en penses ?

— Moi, je pense que si je dois aller à ce bal à la con sans cavalier, un sac à patates fera l'affaire, lâcha Leah qui portait un débardeur avec le numéro un en rouge vif.

— Ne me dis pas que tu as besoin d'un garçon pour porter une jolie robe ? demanda Maggie. Tes plus vieilles amies ne sont-elles pas la meilleure compagnie du monde ?

— On parle d'un bal, pas d'une retraite chez les bonnes sœurs ! répondit l'intéressée en continuant de farfouiller dans l'armoire de Heidi.

— Et ce sera peut-être notre dernière soirée ensemble, avant la fac. On est en août, l'été est presque fini.

— Ah non, pas de ça ! coupa Esther qui pointa son index sur Maggie. Souviens-toi de ce qu'on a juré. Pas de nostalgie à la noix jusqu'au 20 août. On était d'accord là-dessus !

— Je sais, dit la coupable en levant une main en guise de reddition.

Elle s'assit sur le lit, la robe noire sur les genoux.

— C'est juste que… Je n'arrive pas à croire que bientôt, tout sera fini, qu'à cette époque-là, l'année prochaine, tout sera différent.

— J'espère bien, tiens !

— Leah !

L'intéressée détacha les yeux du miroir où elle se contemplait.

— Quoi ? J'espère bien que dans un an j'aurai un petit ami et une vie géniale. On peut toujours rêver, non ?

— Mais notre vie jusqu'à maintenant, elle n'était pas si mal, insista Maggie.

— Pas si mal, oui, fis-je remarquer en tirant deux robes de l'armoire.

J'avais parlé sans réfléchir. Mais au silence qui tomba, je me rendis compte que mes trois camarades me dévisageaient.

— Tu vois, Auden, elle comprend, au moins ! s'exclama Maggie.

— Elle comprend aussi le *Tallyho*, grommela Leah. Et assez rare pour être remarqué.

— Sérieux, Auden n'est jamais allée à un bal de fin d'année, reprit Maggie, un sourire aux lèvres. Écoute, Leah, si tu as besoin d'une seule bonne raison pour aller au Beach Bash, la voilà : Auden. Fais-le pour elle.

L'intéressée me jeta un coup d'œil, puis observa de nouveau son reflet.

— Je ne sais pas. C'est beaucoup demander quand même.

— Bah quoi ? C'est l'excuse rêvée pour aller au *Tallyho*, non ? fit remarquer Esther en faisant des effets de jupe avec sa robe années 1950.

— Tu marques un point, reconnut son amie.

— Ce n'est pas la peine de vous forcer à aller au Beach Bash, dis-je à Maggie qui m'observait, tandis que je sortais une autre robe. Jason sera avec moi, donc ça va aller.

— Pas question ! répliqua-t-elle. Un vrai bal de fin d'année, on y va avec ses copines !

— Parce que personne, à l'exception de tes copines, ne serait d'accord pour t'aider à te réinventer un passé qui a capoté et qui te rend nostalgique.

— Personne ! renchérit Leah.

— Personne ! surenchérit Maggie.

Elles me fixaient, toutes les trois.

— Oui, personne… dis-je, même si je pensais à quelqu'un.

Elles continuaient à me scruter, à tel point que j'ai fini par me demander si je n'avais pas de l'encre sur les dents ou si on ne voyait pas mon soutif à travers mon haut. J'allais vérifier en me tournant vers la glace lorsque Maggie a pris la parole.

— Auden, j'y crois pas. Ça y est !

— Ça y est quoi ?

— Tu as trouvé ta tenue ! reprit Esther en me faisant signe. Elle est extraordinaire.

Je regardai la robe mauve que j'avais mise et que je n'avais pas bien examinée, lorsque je l'avais sortie de l'armoire parce qu'elle n'était ni rouge, ni noire, ni blanche, comme celles que j'avais essayées jusque-là. Mais, à présent, en me contemplant dans le miroir, je vis qu'elle m'allait bien. Joli décolleté, jupe sympa et belle couleur qui faisait ressortir celle de mes yeux. Ce n'était pas avec cette robe que le monde s'arrêterait de tourner, mais je n'avais pas besoin que le monde s'arrête.

— Vous croyez ? demandai-je.

— Complètement ! répondit Maggie qui s'approcha pour toucher le tissu. Tu aimes ?

J'étudiai mon reflet. Je n'avais jamais été porté de robes ou de couleurs vives, et certainement pas cette nuance de mauve. J'avais l'air d'être une autre. Mais c'était peut-être ça, le secret. Au fond, il fallait être bien équipé pour partir à l'aventure !

— Oui, répondis-je en levant les pans de la jupe.

Lorsque je les relâchai, le tissu retomba et se replaça tout seul, comme si on avait été faits l'un pour l'autre.

— C'est parfait !

# Chapitre 17

Le matin du Beach Bash, je me suis réveillée à 8 heures en entendant ma sœur pleurer dans la nursery. J'ai mis ma tête sous mon oreiller en attendant que Heidi monte. Quelques minutes plus tard, Isby ne pleurait plus, elle criait, et je me suis demandé ce que ma belle-mère fabriquait. Quand elle s'est carrément mise à hurler, je me suis précipitée dans la nursery.

Dans son berceau, la petite était écarlate et avait les cheveux mouillés de sueur. Je me suis penchée sur elle, et elle a hurlé plus fort, en agitant frénétiquement ses bras devant son visage. Je l'ai tenue contre moi et je l'ai bercée jusqu'à ce qu'elle se calme. Bientôt, je n'ai plus entendu que de petits gémissements qui ressemblaient à des hoquets.

— Tout va bien, lui dis-je en continuant de la bercer doucement.

Un coup d'œil dans le couloir : toujours aucun signe de Heidi, ce qui était très inquiétant. Je suis revenue dans la nursery et j'ai changé Isby, ce qui l'a calmée. Puis, toutes les deux, on est descendues dans la cuisine où ma belle-mère, assise à la table, des cadeaux souvenirs devant et autour d'elle, parlait, téléphone plaqué contre l'oreille.

— Oui, bien entendu, Robert, je comprends que ta situation est compliquée, l'entendis-je dire alors qu'elle tripotait sa tasse de café. Mais je comptais vraiment sur toi. Et je doute de pouvoir trouver une baby-sitter dans un laps de temps si court.

Je perçus la voix de mon père de loin et je me rendis compte que je ne lui avais pas parlé depuis une semaine ou deux. Il avait finalement compris le message en voyant que je ne le rappelais pas.

— Écoute, je vais me débrouiller, conclut Heidi. Je trouverai bien quelqu'un pour me dépanner. Non, non, pas de souci. Si, je t'assure. Bon, il faut que j'y aille. J'ai encore beaucoup à faire, aujourd'hui, et je…

Elle se tut. Mon père dit quelque chose. Quoi ? Mystère… Dans tous les cas, Heidi n'a eu aucune réaction, si ce n'est un soupir et un hochement de tête.

J'hésitais à pénétrer dans la pièce. Mais Isby a poussé un petit cri et Heidi s'est retournée.

— Il faut que j'y aille, répéta-t-elle.

Elle a raccroché et s'est levée.

— Je suis désolée si Thisbé t'a réveillée. Je pensais bien l'avoir entendue, mais j'étais au téléphone et…

— Ne t'inquiète pas, dis-je alors qu'elle prenait sa fille en lui faisant risette. De toute façon, j'allais me lever.

Elle a calé Isby contre elle et lui a tapoté doucement le dos en se dirigeant vers la cafetière. Elle s'est versé une tasse, puis m'en a versé une, qu'elle m'a tendue.

— Je me suis réveillée à 4 heures du matin, en pensant à tout ce qu'il me restait à faire dans les quinze prochaines heures. Évidemment, dès que j'ai eu l'impression de reprendre ma vie en main, ton père a appelé pour me dire qu'il ne pourrait pas garder Thisbé, ce soir : il doit se rendre à New York pour rencontrer son agent, lundi matin. Pour son livre.

Je digérai la nouvelle pendant qu'elle se rasseyait et plaçait Isby sur ses genoux.

— Je peux rester avec elle si tu veux.

— Toi ? Ah ça, non ! Ce soir, tu vas au Beach Bash !

— Je ne suis pas obligée.

— Mais si ! Tu as un cavalier et une jolie robe !

Je haussai les épaules et j'observai mon café.

— Que se passe-t-il, Auden ? Je pensais que tu étais contente d'y aller.

Je ne savais pas comment lui expliquer ce que j'éprouvais, depuis que j'avais trouvé ma robe pour le bal. C'était un drôle de malaise, un peu comme si ce bal avait capoté avant d'avoir commencé.

— Je ne sais pas… En fait, ce ne sera pas un vrai bal comme au lycée. Ce sera sympa, mais pas pareil.

Heidi tapotait toujours le dos d'Isby.

— Je comprends. Tu peux voir la situation sous cet angle, mais tu peux aussi te réjouir d'avoir une seconde chance et faire de ta soirée un moment inoubliable.

— Tu as peut-être raison.

— Ce n'est pas l'idéal, me dit-elle en posant sa tasse, mais, dans la vie, tout n'est pas parfait. Parfois, il faut se fabriquer sa propre histoire. Donner un petit coup de pouce au destin, tu comprends ?

Je repensai à Eli et à moi, pendant ma quête. J'avais joué au bowling, participé à une bagarre de bouffe et distribué les journaux… J'avais fait ces expériences sur le tard, dans le désordre et pas comme dans la vraie vie des trois quarts des ados, mais les souvenirs que je m'étais créés étaient bien réels, eux. Au fond, ça avait même été mieux, parce que je n'avais pas vécu ces événements par hasard, mais par la force de ma volonté.

— Si tu veux tout savoir, tu as mille fois raison ! dis-je, mon enthousiasme retrouvé.

— Ah, tu vois ! me répondit-elle, un large sourire aux lèvres. En tout cas, je suis ravie de te l'entendre dire. Surtout avec la journée de folie qui m'attend !

— Tout ira bien, la rassurai-je en finissant de boire mon café dont je me resservis illico une tasse.

Je pris la sienne au passage et je la lui remplis aussi.

— Bon, je suis levée et prête à te donner un coup de main. Que puis-je faire pour toi ?

Elle a grogné, pris son bloc-notes jaune, posé sur un cadeau souvenir, et en a tourné une page.

— Pour commencer, il faut porter ces paquets à la salle des fêtes et passer prendre le punch. Ah, et il y a le rendez-vous avec le DJ à 10 heures pour les essais sonores. Oh, et les fournisseurs de ballons veulent être payés avant la livraison. À quoi s'ajoute le fait que, maintenant, je dois trouver une baby-sitter.

Je glissai son mug que j'avais rempli devant elle. Isby, toujours dans les bras de sa mère, me regardait et je caressai sa tête, toute chaude, toute douce. Elle m'a observée encore un peu avant de se blottir contre Heidi, les yeux fermés, et de s'endormir comme la bienheureuse qu'elle était.

***

Vers midi, je m'étais débarrassée des fournisseurs de ballons et j'avais déjà deux allers-retours au compteur entre la salle des fêtes, où se déroulait le Beach Bash, et la maison. Je m'étais froissé un muscle à l'épaule en aidant Heidi à déplacer le décor des photos souvenirs – un panneau en bois découpé en forme de vague avec une sardine géante, peint par le groupe peinture des séniors de Colby. Je me sentais poisseuse, j'avais mal partout et je repartais à la maison où je devais prendre un carton de verres à punch lorsque j'ai aperçu Jason, qui descendait de sa voiture, garée près de la promenade. Quand il s'est retourné et m'a vue, il s'est raidi et m'a fait signe.

— Auden ! dit-il en se rapprochant. J'ai essayé de t'appeler.

Je visualisai instantanément mon portable oublié sur la table de la cuisine.

— J'ai couru partout toute la matinée…

— C'est ce que ta belle-mère m'a dit. Parce que j'ai cherché le numéro de ton père. Heureusement qu'il n'y a pas beaucoup de West dans l'annuaire.

Derrière lui, je vis Adam qui sortait du magasin de vélos, sur une bicyclette rouge qui portait l'étiquette « PRÊTS ? PARTEZ ! » au guidon. Il l'a rangée devant, puis est revenu dans le magasin dont il a fermé la porte.

— Il faut que je te parle. C'est à propos de ce soir, annonça Jason.

— Ah ?

— Oui. Écoute, je ne vais pas… (Il s'interrompit, reprit son souffle et fit une nouvelle tentative.) Je ne vais pas pouvoir venir au Beach Bash.

Le rouge m'est monté aux joues et mon cœur s'est mis à battre plus fort. Qui l'aurait cru ? C'est exactement ce que j'éprouvais lorsque je montais sur un vélo : un mélange de peur et de fatalisme.

— Tu me lâches ? Sérieux ? Encore une fois ?

— Je sais, ça ne se fait pas, et je comprendrais si tu décidais de me faire la gueule.

J'aurais dû protester poliment. Au lieu de quoi j'ai attendu, dans le plus grand silence, son excuse. Parce qu'il y en a toujours une.

— Voilà, une intervenante vient aujourd'hui à la conférence, reprit-il. C'est la figure de proue de l'activisme étudiant et elle a effectué beaucoup de changements à Harvard, où elle a étudié en première année. Elle est maintenant à Yale, où elle étudie le droit. Un changement de politique incroyable ! C'est un contact super important.

Je restai silencieuse. Adam sortait de nouveau du magasin, cette fois en poussant une bicyclette verte plus petite, aux roues mastoc, avec une selle noire brillante et si propre avec ça qu'elle étincelait au soleil. « EN ROUTE POUR L'AVENIR ! » était-il écrit sur l'étiquette qui oscillait dans le vent.

— Elle donne une conférence cette après-midi, poursuivit Jason, mais elle a accepté de dîner avec quelques participants triés sur le volet pour parler de ses expériences. Les étudiants de première année ne sont pas censés en être, mais il paraît qu'elle a entendu parler de mon programme de recyclage de déchets, que j'avais imaginé en classe de première, alors...

J'écoutais d'une oreille, tout en regardant Adam qui sortait une troisième bicyclette, cette fois un tandem avec l'étiquette « VOUS FEREZ LA PAIRE ! » entouré d'un cœur.

— Je ne peux vraiment pas passer à côté d'une occasion pareille, conclut Jason. Je suis désolé.

À ce moment-là, j'ai tout compris : je n'étais pas en colère parce que mon cavalier me lâchait. Ce n'était pas tant que j'étais blessée ou vexée, non, c'était surtout le signe que j'attendais pour rebondir, faire enfin le grand saut dans l'inconnu. Ce que j'éprouvais, c'était un mélange d'excitation et d'impatience, le tout saupoudré d'un peu de peur.

C'était écrit : je ne devais jamais aller au bal avec Jason. Le destin me donnait le signal du départ, alors j'ai foncé.

— Pas de soucis, dis-je.

Il tiqua.

— Tu en es sûre ?

— Oui, ça ne me gêne pas, dis-je d'un air décidé.

— Vraiment ?

Je hochai la tête pour le lui confirmer.

— Oh, Auden, merci d'être si compréhensive ! Je pensais que tu serais en colère contre moi. Mais toi, au moins, tu comprends l'importance des enjeux universitaires. Cette rencontre avec cette étudiante de Yale, c'est le genre d'événement qui n'arrive qu'une seule fois dans la vie et...

Il parlait toujours, mais je ne l'écoutais plus, je me dirigeais déjà vers le magasin de vélos. Je l'entendis à peine parler de compréhension et d'obligation, d'engagement sans réserve et de projet professionnel, des mots à la mode et des concepts que je comprenais et que je ne connaissais que trop bien. Tout le contraire de ce dans quoi j'allais me lancer, justement. Et l'évidence me frappa : cet été, j'avais appris que l'important, ce n'était pas l'endroit où on allait, mais la manière dont on choisissait d'y aller. Alors j'ai pris l'étiquette « EN ROUTE POUR L'AVENIR ! » sur la bicyclette verte, je suis rentrée dans la boutique et j'ai fait le premier pas.

— Tu connais la nouvelle ? dit Maggie dès que je pénétrai chez *Clementine*.

— Non, quoi ?

Elle frappa dans ses mains.

— J'ai un cavalier pour le Beach Bash !

— Tu connais la nouvelle ? demandai-je à mon tour.

— Non, quoi ? répliqua-t-elle en m'imitant.

— Moi, je n'en ai plus. Oh, et j'ai acheté un vélo.

— Tu plaisantes ?

Mais je m'éloignais déjà. Je l'entendis me courir après en criant aux clients qui regardaient les jeans qu'elle revenait. J'ouvrais la porte de mon bureau quand elle m'a rejointe.

— D'accord, on reprend tout depuis le début, dit-elle en levant les mains, paumes face à moi. Tu n'as plus de cavalier ?

— Exact.

Je m'assis à mon bureau.

— Jason me pose un lapin.

— Encore ?

— Oui, répondis-je dans un soupir.

— C'est arrivé quand ?

— Il y a vingt minutes.

— Oh, ma pauvre !

Elle a mis sa main gauche devant sa bouche, l'air aussi catastrophé que si je lui avais annoncé un décès.

— C'est pire que tout !

— Non, ça, ce n'est rien.

— Ah bon ?

Je secouai la tête.

— Le pire, c'est ce qui s'est passé après : quand je suis entrée dans le magasin de vélos, que j'ai demandé à Eli de m'accompagner au bal et qu'il m'a dit non.

Elle a posé sa main droite sur la gauche, toujours devant sa bouche.

— Merde, lança-t-elle d'une voix étouffée. Et l'achat du vélo, tu le places à quel moment ?

— Je n'en sais rien. C'est un peu flou.

Les yeux écarquillés, elle a laissé retomber ses mains et jeté un œil sur les clients. Ensuite, elle a sorti son portable.

— Bouge pas ! dit-elle en composant un numéro. J'appelle les renforts !

— Pitié, non, Maggie !

— Trop tard ! m'annonça-t-elle.

Et voilà comment, vingt minutes plus tard, je me suis retrouvée dans mon bureau avec Maggie, Leah et Esther, une tasse de café XXL et deux paquets de *cupcakes* au chocolat.

— Des *cupcakes* ? fit Maggie à Esther. Ne me dis pas que c'est ça, ta solution ?

— J'ai paniqué. Quel genre de casse-croûte est-ce qu'il faut dans une situation pareille ?

Leah réfléchit.

— Genre pharmaceutique. Qui t'assomme.

— Oui, ben, il n'y en a pas au *Gas/Gro* ! Voilà pourquoi j'ai pris des *cupcakes*.

Puis elle m'a regardée.

— Bon, maintenant qu'on est toutes là, raconte !

J'ai pris mon café, j'en ai bu une gorgée. J'ai eu envie de vider la tasse d'un trait. Au lieu de quoi, j'ai tout déballé.

Je n'avais pas vraiment eu une stratégie précise en tête, lorsque j'avais ouvert la porte du magasin de vélos. Tout ce que je me disais, c'est que je tenais ma seconde chance et que j'allais réparer la situation.

J'ai tout de suite vu Eli, ce qui m'a semblé être un bon, un excellent présage. Il était derrière la caisse, me tournait le dos et fourrait je ne sais quoi dans un sac. Sauf qu'en le voyant – comme à chaque fois, désormais –, j'ai éprouvé la gêne de l'avoir jeté et l'envie de courir cacher ma honte à l'autre bout du monde. Prenant mon courage à deux mains, j'ai serré l'étiquette plus fort dans ma paume et j'ai continué.

— Salut, dis-je en m'approchant.

Ma voix a tremblé. J'avais sacrément intérêt à reprendre mon souffle si je ne voulais pas mourir sur place dans la seconde. Manque de chance, j'ai cessé de respirer lorsqu'il a fait volte-face.

— Salut, me dit-il, l'air méfiant. Qu'est-ce qu'il y a ?

Dans un monde parfait, je me serais expliquée avec des phrases claires et concises, des adjectifs bien choisis. Mais on n'était pas dans un monde parfait et j'ai tout lâché d'un coup.

— Tu te souviens de la première fois où on est allés au bowling ?

Il a froncé les sourcils, puis il a jeté un regard dans l'atelier, derrière lui, où Adam et Wallace discutaient devant la porte de derrière qui donnait sur l'allée.

— Oui… Pourquoi ?

J'ai avalé ma salive et j'ai bien eu l'impression que ça faisait un boucan d'enfer.

— Je me suis agacée parce que j'étais nulle. Et tu m'as dit que c'était normal, puisque je n'y avais jamais joué avant, que c'était ma première fois. Tu m'as aussi dit que le plus important, c'était de ne pas se laisser décourager.

— Je m'en souviens.

J'étais sur le point de craquer. Et cette impression se renforçait au fur et à mesure que le temps s'écoulait entre nous, comme un compte à rebours, comme une vague qui se retire de la plage. Mais j'ai tenu bon.

— C'est ce qu'il y a eu entre nous, repris-je. Avec moi. Ce qu'on faisait… ce qu'on avait… ben, c'était la première fois, la fois qui compte. Et j'ai été nulle.

Il me fixait sans ciller. Qu'est-ce que je disais, moi ?

— J'ai été nulle comme petite copine, voilà. Parce que c'était nouveau. J'ai tout fichu en l'air parce que je ne savais pas, et j'ai eu tellement peur que je n'ai pas voulu essayer de réparer mes erreurs. C'est comme le vélo. Tu avais raison sur toute la ligne, d'ailleurs.

Dans la boutique, on n'entendait pas une mouche voler. J'avais l'impression de parler comme en plein désert. J'ai continué sur ma lancée parce que si jamais je m'arrêtais dans mon élan, alors bonjour l'humiliation.

— Tout ça pour dire… conclus-je dans un effort de clarifier (je me demande bien pourquoi…). Je suis désolée. Tu peux penser que je joue à un jeu dangereux, à cap ou pas cap… mais la vérité, c'est qu'il n'est jamais trop tard pour bien faire ! Alors voilà… Je… Tu veux bien être mon cavalier pour le bal de ce soir ?

— Magne-toi, Eli ! hurla soudain Wallace de l'arrière-boutique. Le train va partir !

Eli ne répondit pas. Il me fixait toujours de son éternel air de sphinx. Je le regardais, moi aussi. Je me souvenais de toutes les heures qu'on avait passées ensemble, qui avaient commencé et s'étaient terminées dans cette boutique. J'avais bien fait de venir, quand bien même je ne savais pas si nous deux, c'était encore possible. J'espérais que ça l'était encore…

— Je suis désolé, répondit-il enfin.

Le pire, c'est qu'il semblait sincère… Il a pris son sac et l'a mis sur son épaule.

— Mais je ne peux pas…

Je me suis vue hocher la tête, je devais avoir l'air d'une gourde. Après un dernier regard, vif et presque triste, il m'a tourné le dos pour traverser l'atelier et passer devant Adam et Wallace. Puis la porte s'est refermée derrière lui.

*Finito. The End.*

— Tiens, Auden !

Pétrifiée, je vis Adam s'approcher.

— Tu cherches Eli ? C'est bête, il vient juste de…

— Non, je ne le cherchais pas ! Pas du tout !

— Ah bon.

Il a jeté un coup d'œil à Wallace, qui a haussé les épaules.

— Tu voulais quelque chose ?

Je cherchais un moyen de sauver la face et j'ai de nouveau fixé l'étiquette que je tenais toujours à la main, « EN ROUTE POUR L'AVENIR ! », et soudain l'évidence m'a sauté aux yeux. Le destin me faisait signe.

— Maintenant que tu le dis… Oui.

— Cap ou pas cap ?

Esther éclata de rire.

— Il est vieux comme le monde, ce jeu ! Je n'en avais pas entendu parler depuis l'école primaire.

— Moi, j'ai toujours trouvé que c'était un jeu pour les bébés, avoua Leah.

— Au moins, maintenant, on sait comment tu t'es retrouvée avec un vélo… fit Maggie.

— Mais qu'est-ce que ça vient faire dans cette histoire ? demanda Leah.

— Parce que je viens d'en acheter un. Enfin, à ce qu'il semble.

— Auden vient tout juste d'apprendre à en faire, précisa Maggie. Je lui donne des cours tous les matins, en douce. Avant, elle ne savait pas.

— Vraiment ? Impressionnant ! fit Esther.

— Que je n'aie jamais su faire de vélo ou que j'apprenne à en faire ?

— Ben, les deux, répondit-elle après réflexion.

— Ne nous écartons pas du sujet ! reprit Leah. Bon, Eli t'a jetée. Ce n'est tout de même pas la fin du monde !

— Non, c'est seulement la honte de ma vie. Maintenant, je ne pourrai plus jamais le regarder en face.

— Je me demande pourquoi il a refusé, s'étonna Maggie.

— Parce que c'est Eli ! dis-je.

Leah a levé les yeux au ciel.

— Tu parles…

— Je sais comment il est. J'ai eu ma chance avec lui, et j'ai tout bousillé. Je le comprends.

— Attends ! s'écria Esther. Tu sortais avec Eli ? Quand ?

— On traînait souvent ensemble, il y a quelques semaines.

— Ah bon ? Et vous faisiez quoi ?

On roulait de nuit dans Colby. On faisait des courses, s'adonnait à des dégustations de tarte aux pommes, on se lançait dans des conversations sans fin et on avançait dans ma quête. Résumer nos soirées en un mot était impossible, alors je décidai de parler de la seule chose qu'on n'avait pas faite, sauf à la fin.

— On ne pouvait pas dormir, alors on passait la nuit debout et ensemble.

— Jusqu'à ce que tu bousilles tout, c'est ça ? demanda Esther. Comment as-tu fait ton compte ?

Je fixai mon café désormais froid.

— Je ne sais pas. Il s'est passé un truc qui m'a filé la trouille et j'ai pris mes distances.

— Super explication, merci bien… ironisa Leah.

— Leah ! la rabroua Esther.

— Quoi ? « Il s'est passé un truc » ? C'est quoi, cette info cryptée ?

Je n'avais jamais su me confier. Mais après ce que j'avais subi ce jour-là, je n'avais plus rien à perdre.

— Mon père et Heidi se séparent. Ça m'a rappelé le passé. Et j'ai géré la crise comme j'avais géré le divorce de mes parents.

— C'est-à-dire ? demanda Esther.

Je haussai les épaules.

— Je me suis jetée à corps perdu dans les études, j'ai bossé comme une dingue. J'ai bloqué sur le reste. Surtout sur les gens qui voulaient m'aider.

— Comme Eli.

— Oui... Et puis, il y a eu cette nuit où on a vraiment bien accroché. Et le lendemain, je l'ai largué comme une merde. Quelle conne !

— Tu le lui as dit, tout à l'heure ? me demanda Maggie.

— Oui. Mais c'est trop tard. Pour lui, on est de l'histoire ancienne.

Un silence accueillit ma déclaration. Les trois amies enregistraient et digéraient l'info. Je pris le paquet de *cupcakes*, avant de décider de le reposer.

— Mon avis : laisse tomber, dit Leah.

— Leah, soupira Esther. Franchement.

— Sérieux. Tu as été humiliée. Ça arrive, quoi, zut. Qui a besoin d'un homme dans sa vie ? On n'a qu'à aller au Beach Bash entre filles et bien s'amuser.

— Je pensais que tu voulais un cavalier, sinon tu ne venais pas ? répliqua Esther.

— Ça, c'était avant que j'aie épuisé toutes les possibilités, expliqua-t-elle. Maintenant, j'accepte mon statut de célibataire et je compte bien profiter d'une sortie entre filles, entre nous ! Ça marche ?

— Ça marche, répondit Esther.

Puis elles m'ont interrogée du regard.

— Ça fait deux fois que je me fais jeter, aujourd'hui, alors je ferais mieux de rester à la maison ce soir.

— Là, tu crains ! dit Leah.

— Deux fois ! répétai-je en levant le pouce et l'index. À un quart d'heure d'intervalle et à quelques mètres de distance. Jamais deux sans trois. Et à la troisième, j'ai peur que le ciel ne me tombe sur la tête !

— Pas d'accord. C'est justement dans les gros coups durs qu'il faut sortir entre filles. Et ton cas est exemplaire, ma vieille ! Alors, tu viens avec nous, on dansera comme des folles et tu retrouveras la pêche. Pas vrai, Mag ?

Je venais de remarquer que Maggie s'était ratatinée sur elle-même. Sous nos yeux, elle est devenue rouge comme une tomate.

— Eh bien, en fait…

— En fait, quoi ? reprit Leah.

— J'ai un cavalier.

— Quoi ? s'exclama Esther. Et la solidarité féminine ?

— Mais vous ne vouliez pas venir ! répliqua Maggie. Comment étais-je censée savoir que vous changeriez d'avis ?

— Si jamais tu y vas avec Jake Stock, je te tue ! l'avertit Leah.

— Je n'y vais pas avec Jake.

Elle rougit de nouveau, sans cesser d'observer ses mains.

— J'y vais avec Adam.

Ses amies ont échangé un regard, puis l'ont dévisagée avant de se jeter un nouveau coup d'œil.

— Alléluia ! soupira Esther. Ça n'est pas trop tôt.

— Tu l'as dit. Il finissait par être gonflant, à la fin.

Maggie, un sourire aux lèvres, se redressa un peu.

— Vous n'êtes pas trop fâchées, alors ?

— Ah, mais si ! déclara Leah.

— D'un autre côté, ajouta Esther, on est contentes que cette tension sexuelle qui existait depuis des années…

— Un siècle, oui ! insista Leah.

— Soit enfin résolue ! conclut Esther.

— Mais ce n'est pas du tout ce que vous pensez ! protesta l'intéressée en agitant les mains dans tous les sens. On est juste amis !

— Non, dis-je, c'est faux.

— Hein ?

— Il en pince pour toi, repris-je. Il me l'a même dit. Et si je t'en parle maintenant, c'est parce que tu vas le regretter, si tu passes à côté de ta chance. Tu peux me faire confiance, je sais de quoi je parle !

— Excusez-moi, mais il y a quelqu'un ? entendis-je quelqu'un crier dans le magasin.

— Oh, la poisse ! lâcha Maggie en sortant à toute vitesse de mon bureau.

— Laisse, j'y vais, fit Esther en passant devant elle.

Leah la suivit, jetant son gobelet dans la poubelle au passage. Un instant plus tard, je les ai entendues parler toutes à la fois avec la cliente comme si elles cherchaient à compenser leur absence.

Maggie s'est adossée à l'embrasure. Moi, j'ai repris ma place derrière mon bureau.

— J'aimerais bien que tu reviennes sur ta décision, pour ce soir, me dit Maggie. Ça en vaut la peine, et ça te fera un beau souvenir, même si ce n'est pas ce que tu as imaginé.

— Je sais. Honnêtement, je n'ai pas trop le moral.

— Si jamais tu changes d'avis, on y sera, d'accord ?

— D'accord.

Elle allait retourner dans le magasin quand elle est revenue sur ses pas.

— Pour le vélo, tu as fait le bon choix.

— Tu es sûre ?

— Un Gossie avec un pédalier Whiplash, une fourche Tweedle et des gros pneus Russel ? Tu ne peux pas te tromper.

— Pff... Au moins, je finirai l'été avec quelque chose.

— Et avec plus que tu ne le penses.

Puis elle a tapoté l'embrasure et filé. Je regardai de nouveau mes *cupcakes*. C'est drôle, Esther s'était souvenue que ça avait été mon seul achat au *Gas/Gro*, il y avait des semaines. J'ai ouvert le paquet, j'ai pris un gâteau et j'ai mordu dedans. C'était trop calorique, trop sucré, trop poisseux. Mais avec le café, c'était pile poil ce dont j'avais besoin.

# Chapitre 18

— Tu en es certaine ? me demanda Heidi pour la millième fois. Parce que je peux toujours...

Je changeai Isby de bras.

— File !

— Je trouve ça injuste. Si quelqu'un doit louper la soirée, c'est moi ! Ça n'est pas comme si...

— File, je te dis !

— Si jamais je trouve quelqu'un pour te remplacer, au cours de la soirée, je te l'envoie...

Je lui jetai un regard menaçant, mon plus beau regard de sale garce. Elle a reculé.

— Bon, d'accord ! Je file !

Je la regardai descendre l'escalier. Après réflexion, elle avait choisi de porter une robe longue rose corail avec des bretelles fines. Je l'avais trouvée bizarre, sur le cintre : genre carré de tissu ni fait ni à faire, avec d'une drôle de couleur. Mais, tout compte fait, Heidi était à tomber, dedans. Raison de plus pour ne pas se charger du porte-bébé en plus. Au début, elle avait en effet eu l'idée d'aller au bal avec Isby, parce qu'elle n'avait pas trouvé de baby-sitter.

— Ça ira ! lui avais-je juré quelques heures plus tôt. Je n'ai pas envie d'aller à ce bal, je te l'ai déjà dit.

— Mais c'est ta seule chance de vivre un bal de terminale !

Elle avait soupiré et jeté un coup d'œil à Isby entre nous, qui gigotait sur son tapis de jeu en regardant la coccinelle au-dessus de sa tête.

— Ça me fait de la peine pour toi.

— Je te jure que je vais bien.

Ça ne l'avait pas empêchée de rester sceptique.

Le plus bizarre : je ne mentais pas, j'allais bien, même après m'être fait jeter deux fois ce matin-là. Même si j'avais poussé mon vélo au lieu de monter dessus pour rentrer à la maison. L'idée de remonter en selle, de pédaler, de tomber et d'avoir de nouveau les genoux, les coudes et mon ego écorchés, non merci. J'allais bien aussi lorsque j'avais reposé la robe mauve sur le lit de Heidi et enfilé un pull et une brassière, m'habillant de manière décontractée alors que tout le monde commençait à se mettre sur son trente et un. C'est exactement ce qui s'était passé en mai, le soir du bal des terminales, sauf que cette fois, c'était différent.

À présent, je comprenais pourquoi Maggie était si sûre d'elle quand elle disait que je ne repartirais pas sans rien de Colby, en plus de mon vélo. Parce que c'est moi, qui avais changé. J'avais vécu plein d'expériences, écrit mon histoire, j'avais découvert la vraie vie. Ce n'était peut-être pas un conte de fées, mais les contes de fées sont loin de la réalité et mon été, lui, avait été on ne peut plus réel.

Heidi partie, je suis allée sur la terrasse pour montrer l'océan à Isby. Il y avait encore du monde sur la plage, des vacanciers qui profitaient des dernières lueurs du soleil.

D'autres qui faisaient leur balade de la soirée : petits groupes avec chiens et enfants qui couraient devant ou traînaient derrière. Isby et moi, on les a regardés pendant un bon moment, puis on est rentrées dans la maison. À ce moment-là, j'ai entendu frapper.

En passant dans la cuisine, j'ai remarqué le portable de Heidi, juste à côté de la salière. Elle avait déjà deux appels en absence. Elle venait sans doute le chercher ! J'ai ouvert, portable à la main… à ma mère.

— Bonsoir, Auden. Je peux entrer ?

Isby a répondu en poussant un petit cri. Ma mère nous a dévisagées tour à tour.

— Oui, bien sûr, entre, répondis-je.

Avec un temps de retard, je me suis effacée. J'ai reculé, elle est entrée, puis j'ai fermé. J'ai mis le portable de Heidi dans ma poche avant de suivre ma visiteuse inattendue dans l'entrée et dans la cuisine.

Quelque chose me chiffonnait chez ma mère, et pourtant, d'un point de vue extérieur, elle n'avait pas changé : chignon, jupe noire et haut noir, collier en onyx ras du cou qui la mettait en valeur. N'empêche, elle avait un je-ne-sais-quoi de différent.

— Pourquoi es-tu venue à Colby ? demandai-je en mettant Isby sur mon autre hanche.

Elle s'est retournée et m'a observée. Sous la lumière vive de la cuisine, j'ai remarqué qu'elle avait l'air fatigué, même triste.

— Je me faisais du souci pour toi depuis notre dernière conversation. Je n'arrête pas de me dire que j'ai été stupide, mais…

Elle n'a pas terminé. C'était rare de la voir utiliser le système de mon père : en général, elle ne laissait jamais son interlocuteur dans le flou, elle allait toujours au bout de ses pensées.

— Mais…

— Eh bien, me voilà ! Appelle ça les prérogatives maternelles… J'imagine que Heidi et ton père ne verront pas d'inconvénient à ce que tu m'offres un café ?

— Pas de problème.

J'ouvris le placard et j'en sortis une tasse, non sans mal, car Isby avait soudain décidé de gigoter. Je tournai les yeux vers ma mère qui me regardait d'un drôle d'air.

— Tu ne pourrais pas… commençai-je.

— Oh, comprit-elle en se redressant sur sa chaise, comme si elle s'attendait à se faire engueuler, puis elle a tendu les bras. Si, bien sûr !

Lorsque je lui ai donné Isby, nos doigts se sont frôlés. Puis je me suis occupée du café, songeant que c'était drôle de voir ma mère avec un bébé dans les bras. Elle semblait mal à l'aise, un peu raide, et étudiait le petit visage de Thisbé avec une expression très scientifique, aussi troublée que perplexe. Isby la dévisageait avec étonnement en faisant des petits ronds avec ses menottes. Une fois que j'ai posé sa tasse de café devant ma mère, j'ai voulu lui reprendre ma sœur, mais comme elle ne semblait pas avoir l'intention de me la rendre, je suis allée m'asseoir.

— Elle est vraiment mignonne. Elle te ressemble quand tu avais son âge.

— Ah oui ?

— Oui, ce sont les yeux. Ceux de ton père.

J'ai examiné Isby qui semblait apprécier d'être dans les bras de cette inconnue mal à l'aise. Pour ma sœur, le monde ne voulait que son bien, que le meilleur.

— Je ne voulais pas que tu t'inquiètes, dis-je. C'est juste que… il s'est passé beaucoup de choses cet été.

— J'en ai bien l'impression.

Elle a redressé Isby sur ses genoux et pris sa tasse de café de sa main restée libre.

— Quoi qu'il en soit, je me suis inquiétée, quand tu m'as interrogée sur le divorce, lors de notre dernier coup de téléphone. Tu avais l'air tellement différente.

— Différente comment ?

Elle réfléchit.

— Le seul mot qui me vient à l'esprit, c'est : « plus jeune ». Mais je ne pourrais t'expliquer pourquoi.

Moi si. Mais j'ai gardé le silence. Je me suis penchée sur Isby et j'ai serré ses menottes entre mes mains. Son regard allait et venait entre ma mère et moi, c'était rigolo.

— Pour te dire la vérité, j'ai pensé que je te perdais, dit-elle, sans cesser d'observer Isby. Tu es partie passer l'été à Colby chez ton père et Heidi, et tu t'es fait des amis. Ensuite, on s'est disputées, à propos de ta chambre sur le campus… Avant, on était exactement sur la même longueur d'onde mais, tout à coup, on n'était plus en phase. Ça m'a fait un choc et j'ai presque éprouvé une sensation de solitude.

*« Presque »…*

— Ce n'est pas parce qu'on a des avis différents qu'on ne peut pas être proches.

— Très juste. Mais je crois que j'ai été déconcertée de te voir changer de vie, de façon d'être, si vite. C'était comme si tu évoluais dans un monde dont les traditions et le langage m'étaient inconnus, et où il n'y avait pas de place pour moi.

Elle parlait en regardant Isby qu'elle serrait contre elle, comme si ces mots lui avaient été destinés.

— Je connais ce sentiment, dis-je.

— Ah oui ?

— Oui.

Ma mère a enfin croisé mon regard.

— Je ne pourrais pas supporter l'idée qu'un choix que j'ai dû faire, à un moment donné, bousille ta vie, dit-elle en détachant chacun de ses mots. Ça me serait intolérable.

J'ai repensé à notre dernière conversation. À sa voix devenue plus douce, lorsque j'avais mentionné le divorce. Ma mère s'était toujours couverte d'une enveloppe de dureté et de froideur, d'une espèce d'armure qui la protégeait des autres et du monde extérieur, mais peut-être ne s'était-elle jamais vue de cette façon ? Peut-être n'avais-je jamais été à l'extérieur de son armure, comme je l'avais pensé, à tenter de la fendre pour la rejoindre, parce que j'avais peut-être toujours été à l'intérieur avec elle, protégée et en sécurité. Ce qui expliquait pourquoi elle était restée la même avec moi.

— Tu n'as pas bousillé ma vie, j'aurais juste aimé qu'on se parle plus.

— Du divorce ?

— De tout.

Elle a hoché la tête. Un silence est tombé. On observait Isby qui étudiait ses pieds.

— Parler sentiments, ça n'a jamais été mon fort, Auden.

— Je sais. Ni le mien non plus. Mais j'ai appris en accéléré, cet été.

— Vraiment ?

— Oui.

J'ai pris une grande inspiration.

— Et ce n'est pas si difficile, en fin de compte, ajoutai-je.

— Tu pourras m'apprendre ? murmura-t-elle.

Je lui ai souri. Je venais de poser ma main sur son épaule, toute chaude sous la mienne, quand j'ai senti le portable de Heidi vibrer dans ma poche arrière.

— Merde, il faut que je prenne cet appel.

— Je t'en prie, dit-elle en reculant et en repositionnant Isby sur ses genoux. Je m'occupe de la petite. Je crois qu'on s'entend bien, toutes les deux.

Je me suis levée et j'ai pris l'appel sans vérifier le nom qui s'affichait.

— Allô ?

— Heidi ?

Mon père n'avait même pas reconnu ma voix, c'était un monde ! Un drôle de monde, oui… J'ai eu envie de raccrocher, et puis non.

— Non, c'est Auden.

— Ah.

— Salut, ajouta-t-il, après un instant de silence.

J'ai croisé le regard de ma mère et je suis sortie de la cuisine. Comme dans l'entrée j'en étais encore trop proche, je suis montée à l'étage.

— Heidi n'est pas là. Elle est partie au Beach Bash, mais elle a oublié son portable.

Silence assourdissant à l'autre bout du fil. Pourquoi y avait-il toujours des interférences ou des parasites seulement quand la conversation était d'une importance vitale ?

— Bon. Et toi, comment vas-tu, Auden ?

— Bien. Mortellement occupée.

— Je l'avais deviné. Je t'ai laissé beaucoup de messages sur ton répondeur.

Il a toussé et repris :

— Je pensais que tu étais fâchée contre moi.

— Non, dis-je en pénétrant dans la chambre où la robe violette était toujours sur le lit.

Je la rangeai dans l'armoire de Heidi.

— J'avais besoin de faire le point.

— Moi aussi.

Il a toussé de nouveau.

— Écoute, je sais que tu es dans le camp de Heidi. Tu as entendu sa version des faits.

— Elle veut que tu reviennes.

— Moi aussi. Mais ce n'est pas aussi simple.

J'ai poussé les robes dans la penderie, les cintres claquèrent. J'ai pendu la robe mauve et j'ai passé les autres en revue.

— Alors, qu'est-ce que c'est ?

— Quoi ?

Je sortis une robe noire plissée, puis la remis dans l'armoire.

— Tu n'arrêtes pas de dire que ce n'est pas simple. Eh bien, dis-moi ce que c'est, alors ?

Je l'ai senti surpris. Et pourtant, il n'avait aucune raison de l'être ! Il avait toujours eu l'habitude de décider et de se justifier en fonction de sa petite logique interne. Il se trouvait des excuses pour tout et tout le temps. Il était écrivain, il avait ses petites sautes d'humeur et était égoïste. Il avait besoin de ses huit ou neuf heures de sommeil, de son espace et de son temps. S'il avait vécu seul au sommet de l'Himalaya, ces petits défauts n'auraient pas gêné grand monde. Mais le très gros problème, c'est qu'il n'était pas seul. Il y avait eu ma mère, il y avait à présent Heidi. Avec les deux, il avait eu des enfants qui ne pouvaient se couper de lui. On ne fait pas ce qu'on veut, dans la vie, quand on aime et quand on est aimé. L'amour, les relations avec les autres, ce n'est pas comme une lampe qu'on allume et qu'on éteint à volonté. Soit on est à fond dans ce qu'on aime, soit on passe à autre chose. Ça ne semblait pas compliqué. C'était même l'histoire la plus simple au monde.

— C'est bien ce que je disais : tu es fâchée, reprit mon père. Tu as seulement entendu la version de Heidi, pas la mienne.

— Ce n'est pas pour cette raison que je suis en colère contre toi, dis-je en continuant de pousser les robes dans la penderie.

C'était presque apaisant d'entendre les cintres claquer et de voir les couleurs défiler devant mes yeux. Rose, bleu, rouge, orange et jaune. Chaque robe comme un coquillage, une autre peau, une façon différente d'être pour chaque jour.

— Alors, pourquoi ?

Noir, vert, noir et avec des ronds.

— Parce que tu avais une seconde chance.

— Une seconde chance ?

— Oui !

Manches courtes, manches longues, jupe étroite ou large.

— Mais tu n'as même cherché à la saisir. Tu as préféré fuir.

Il n'a pas répondu. Je n'entendais que le claquement des cintres. J'arrivais à la fin de la penderie. Les choix se réduisaient, le bruit aussi.

— C'est ce que tu penses ? reprit-il d'une voix calme. Que je te fuis.

— Pas moi.

— Alors, qui ?

Et soudain, je l'ai vue : une petite robe noire toute simple avec des perles sur la jupe, assorties à celles qui bordaient l'encolure. Une robe pour danser, une robe années folles. La robe parfaite. Celle que j'avais cherchée sans le savoir. Et tandis que je la contemplais, j'ai trouvé la réponse à sa question, et la raison pour laquelle cet été m'avait appris tant de choses sur moi et les autres.

— Isby !

En prononçant son prénom, je la vis qui faisait ses grimaces, toute en gazouillis, pleurs et bave. Endormie, réveillée, en train de hurler ou ravie. Endormie dans les bras de Heidi, le premier jour. Me suivant des yeux un peu plus tôt dans la cuisine. C'était les mille petites facettes d'Isby, les prémices de ce qu'elle serait, de ce qu'elle pourrait être. C'était encore trop tôt pour le dire… L'avenir lui appartenait, et j'espérais qu'elle n'aurait pas besoin de deuxième chance, et que peut-être, à la différence de nous tous, elle trouverait un moyen de ne pas se planter au premier coup.

— Isby ? répéta mon père. Tu parles de Thisbé ?

— C'est comme ça que je l'appelle. Pour moi, elle est Isby.

Un ange passa.

— J'aime Thisbé, reprit-il. Je ferai l'impossible pour elle, ou pour toi. Il faut que tu le saches.

C'était ce que ma mère avait dit, quelques instants plus tôt, et j'avais choisi de lui faire confiance. Alors, pourquoi pas à mon père ? Parce que ma mère était venue jusqu'à moi. Elle avait pris la route, avalé les kilomètres rien que pour moi. Elle, au moins, elle avait couru le risque de faire marche arrière pour nous ramener à un croisement, où on pourrait toutes les deux, du moins je l'espérais, choisir une nouvelle voie. Mon père, lui, était toujours au même endroit, et comme d'habitude, il souhaitait que ce soit moi, qui vienne à lui. Comme toujours, même pour mes vacances de cet été-là. Avec lui, il y avait toujours une distance à franchir, il fallait toujours l'arranger, lui donner des excuses.

— Si c'est vrai, prouve-le.

Nouveau silence.

— Comment ?

Parfois, on réussit du premier coup. Parfois, au deuxième. Jamais deux sans trois, dit l'adage. Je me suis dit que je n'aurais jamais de réponse si je ne me lançais pas. Qui ne tente rien n'a rien… Alors, au lieu de répondre, je sortis la robe noire à perles de la penderie et la posai sur le lit.

— À toi de trouver. Bon, il faut que j'y aille.

J'avais prévu de prendre ma voiture. En fait, j'avais déjà mes clés à la main quand je suis sortie en courant, dans ma robe noire qui froufroutait, avant d'apercevoir le vélo en bas des marches, juste là où je l'avais laissé en arrivant. Je suis montée dessus. J'ai posé les pieds sur les pédales et tenté de me souvenir de ce que Maggie m'avait appris, la semaine dernière. Après, hop ! je suis partie sans me laisser le temps de changer d'avis.

Bizarrement, en remontant l'allée avec force zigzags, je ne pensais qu'à ma mère. Après avoir raccroché avec mon père, j'avais mis la robe, sorti mes tongs et pris mon sac, en me disant que je mettrais Isby dans sa poussette. Mais lorsque je l'y avais installée en expliquant la situation à ma mère à toute vitesse, ma sœur s'était mise à pleurer, puis à crier et, enfin, à hurler jusqu'à devenir rouge cerise. Le signe d'une grosse crise.

— C'est la cata.

— Elle n'aime pas être dans sa poussette ? demanda ma mère, tout près de moi.

— Si, en général. Je ne sais pas ce qui se passe.

Je me suis penchée, j'ai ajusté le harnais de sécurité, mais la petite hurlait de plus en plus fort et battait des pieds pour en rajouter.

— Je ferais mieux de rester. Elle n'est pas bien du tout.

— Pas question, dit ma mère en me faisant signe de m'écarter.

Elle a défait le harnais et pris Isby dans ses bras.

— Je vais m'occuper d'elle. Toi, va t'amuser.

Je devais avoir l'air perplexe ou choqué – au choix –, parce qu'elle a repris :

— Ne te fais pas de souci, Auden, j'ai tout de même élevé deux enfants. Tu peux me faire confiance, je sais m'occuper d'un bébé.

— Oui, bien sûr, mais ça m'ennuie de te laisser seule avec Isby quand elle est dans cet état.

— Ce n'est rien, m'assura-t-elle en serrant la petite contre elle tout en lui tapotant le dos.

C'était étrange : lorsque Isby avait été mignonne et de bonne humeur, ma mère n'avait pas du tout semblé être à son aise. Mais à présent qu'elle hurlait, ma mère gérait la situation comme une pro.

— Elle me donne seulement un petit aperçu de son caractère.

— Tu es certaine que ça ne te gêne pas de rester avec elle ? dis-je en élevant la voix pour me faire entendre.

— Certaine ! Vas-y, toi.

Elle plaça le bébé contre son épaule sans cesser de lui tapoter le dos.

— Là, là… dit-elle à Isby. Raconte-moi ton gros chagrin.

Je la regardai arpenter la cuisine en berçant ma sœur. Elle a vite pris son rythme. Marcher, tapoter, marcher, tapoter… Isby me regardait derrière son épaule, le visage écarlate, la bouche grande ouverte. Mais tandis qu'elle s'éloignait de moi, elle se calmait. Puis je n'ai bientôt plus entendu que les pas de ma mère.

— Chut, chut, tout va bien… lui dit-elle.

Ma mère parlait d'une voix à la fois basse et douce. Avec des mots qui, curieusement, m'étaient familiers. Lorsque j'étais petite, j'avais cru avoir imaginé entendre ce timbre et ces paroles, mais non, c'était bien ma mère qui les avait prononcées, et sur ce ton-là. Ça n'avait pas été un rêve ni un mantra, mais un souvenir, un vrai.

*Oh oui, tout ira bien…* me dis-je, à présent sur la route. Il n'y avait pas de circulation et je repensais à toutes ces matinées que j'avais passées avec Maggie, sa main sur ma selle, qui courait derrière moi pour me donner de l'élan, cette dernière poussée qui me ferait rouler toute seule.

Je continuai de pédaler, passant dans les flaques de lumière des lampadaires à intervalles réguliers, longeant les trottoirs jalonnés de boîtes aux lettres. Les pneus crissaient sur le goudron. Puis je quittai le quartier. J'avais la rue pour moi toute seule et je me suis dirigée vers le feu de circulation, qui donnait sur la plage.

Le feu était au vert et j'étais concentrée dessus. Je pédalais de plus en plus vite, mes cheveux flottaient dans le vent et les rayons de mon vélo vrombissaient. Je n'avais jamais pédalé aussi vite ! J'aurais dû avoir peur, mais non ! Au-delà du feu vert, j'apercevais déjà l'océan immense, sombre et noir. Je me voyais rouler sur la plage, franchir les dunes pour continuer jusque dans les vagues, le seul obstacle qui arrêterait ma course. J'étais tellement absorbée par cette image, si claire, si nette, que j'ai vu trop tard le van Toyota arrêté et la bordure du trottoir.

J'ai d'abord vu le véhicule. Puis je n'ai plus vu que lui, et pourtant, j'aurais juré qu'il n'était pas là, une seconde plus tôt. Et c'était peut-être mieux, parce que je me suis ensuite rendu compte que c'était le van d'Eli. La seconde d'après, j'ai eu la bordure du trottoir en gros plan. Et là, ça a craint.

Il me fallait prendre une décision. Essayer de freiner et tourner en espérant que ma chute ne serait pas trop calamiteuse ? Ou continuer de pédaler puis franchir le trottoir ? Si ça n'avait pas été Eli, dans le véhicule, j'aurais choisi la première solution, qui était aussi la plus prudente. Mais c'était Eli, et à mesure que le compte à rebours commençait et que le sang battait dans mes oreilles, j'ai compris que c'était la meilleure façon d'illustrer ce que j'avais cherché à lui expliquer, un peu plus tôt, au magasin.

Ça n'avait rien à voir avec les figures de Maggie au Jump Park ou à celles des vidéos que j'avais regardées au cours de ces dernières semaines. Tant pis. J'ai tout de même eu le sentiment de m'envoler, de rester en suspens dans les airs, avec mes roues qui continuaient de rouler dans le vide. C'était hallucinant. Comme en rêve ou, plutôt, comme au réveil après un rêve…

Ça a duré quelques secondes, puis j'ai atterri dans un bruit de ferraille. J'ai senti le choc se répercuter jusqu'au bout de mes doigts et vers mes coudes, tandis que je tentais de contrôler le guidon, en m'y accrochant comme si ma vie en dépendait. J'ai dérapé. En général, c'était le moment où je me ramassais en beauté. En général aussi, je fermais les yeux, certaine que le sol, les buissons et le reste se rapprochaient mais, cette fois, je les ai gardés ouverts. J'ai conservé mon équilibre, et après une petite giclée de sable, je me suis redressée.

Mes mains fermement accrochées au frein tremblaient, le sang explosait à mes tempes brûlantes. À présent, je revoyais le tout avec netteté : mon arrivée rapide, puis le trottoir, et l'envol, et en même temps, je n'arrivais pas à croire que j'avais réussi ! Ça restait irréel, jusqu'à ce que je me tourne, et toujours tremblante, aperçoive Eli qui s'était garé, était descendu de son van et me regardait.

— Merde alors, c'était grandiose !

— Ah oui ?

— Et moi qui croyais que tu ne savais pas faire du vélo !

Un sourire aux lèvres, je pédalai vers lui. C'est seulement en arrivant tout près que je remarquai qu'il ne portait pas son jean et son T-shirt ou sweat à capuche habituels, mais un pantalon noir, des chaussures de ville vintage et une chemise blanche déboutonnée à l'encolure.

— Je ne savais pas, dis-je en freinant. C'est Maggie qui m'a appris.

— Et à sauter comme ça, aussi ?

— Euh, non.

Le rouge m'est monté aux joues.

— Je me suis senti pousser des ailes…

— Ah.

— Tu ne me crois pas ?

— Si, si, dit-il après un instant.

— Qu'est-ce qui m'a trahie ? La terreur sur mon visage ?

— Au contraire. Tu n'avais pas l'air terrorisé du tout.

— Alors, j'avais quel air ?

— L'air d'être prête.

Je réfléchis et j'observai mon vélo.

— Je crois que tu as raison.

Notre conversation était peut-être surréaliste après tout ce qui s'était passé entre nous. Mais non. Parce que c'était la nuit, et la nuit, l'ordre des choses changeait. Par exemple, faire du vélo en robe Charleston et croiser la route de la seule personne qu'on a envie de voir…

De jour, j'aurais posé plus de questions, j'aurais évalué, analysé ou réfléchi mais, en cet instant, je trouvai ça on ne peut plus naturel.

— Tu avais raison, tu sais.

— À propos de quoi ?

— Moi. J'ai tendance à laisser tomber si je ne réussis pas du premier coup. Grave erreur.

— Tu crois aux secondes chances, maintenant ?

— Je crois qu'il en faut plusieurs avant de réussir.

Eli a mis les mains dans ses poches.

— Je suis de ton avis. Surtout aujourd'hui.

— Tiens ?

Il a hoché la tête et m'a désigné son van.

— Bon… J'ai refusé d'être ton cavalier, quand tu es venue me le demander, tout à l'heure…

— Ça, je m'en souviens.

— J'avais cette compète, à Roardale. J'ai recommencé à participer à des compétitions depuis une semaine ou deux.

— Je suis au courant.

Il parut surpris, ce qui m'a plu, parce que surprendre Eli Stock, ça n'était pas donné à tout le monde.

— Comment ?

— Eh bien, je me suis tenue informée du niveau du classement sur les réseaux sociaux. Et ?

— J'ai gagné.

— Super, répondis-je, sincèrement heureuse pour lui. Alors, tu t'es remis au BMX pour de bon ?

— Non. C'est terminé.

— Tu laisses de nouveau tomber ?

— Non, je prends ma retraite ! corrigea-t-il. À partir d'aujourd'hui.

— Pourquoi ?

Il s'est penché en arrière et a regardé vers le bas de la route.

— J'y pensais déjà, l'année dernière. Parce que j'avais été admis à l'Université, et puis…

J'attendis la suite. Parce que c'était inutile de finir les phrases à sa place. Eli savait toujours ce qu'il voulait dire, même s'il lui fallait du temps.

— Et puis Abe est mort. Tout s'est arrêté. Mais ce n'était pas de cette façon que je voulais faire ma sortie.

— Tu voulais être le meilleur avant d'arrêter, c'est ça ?

— Du moins, essayer de l'être.

Il se passa la main dans les cheveux.

— Je suis donc désolé pour ce qui s'est passé, tout à l'heure. Je regrette de ne pas t'avoir expliqué pourquoi j'avais refusé de venir au Beach Bash.

— Je comprends. Cette compète, c'était important pour toi.

Il m'a regardé de son regard si vert qui n'était plus hanté.

— Oui, exactement.

Une voiture est passée devant le feu, et la lumière de ses phares nous a effleurés. Le conducteur a ralenti, puis a mis son clignotant, avant de nous doubler.

Eli m'a dévisagée de la tête aux pieds.

— Où vas-tu comme ça ?

— Au bal. Et toi ?

— Comme toi. Mieux vaut tard que jamais, pas vrai ? Je t'emmène ?

J'ai secoué la tête. Il a haussé les sourcils et il allait répondre, mais je lui ai pris la main et je l'ai attiré à moi. Puis je me suis haussée sur la pointe des pieds. Notre baiser a été à la fois lent et doux. Dans ma tête, je nous imaginais telles deux minuscules silhouettes au milieu de Colby, près du feu de circulation, entourées par une ville, le reste du monde. Dans ce moment un peu hors du temps, on était au bon endroit au bon moment.

Je lui ai souri en reculant, puis je suis remontée sur mon vélo. Il s'est retourné et m'a regardé décrire des cercles autour de lui, une, deux et trois fois comme pour l'enfermer dans un charme.

— Tu ne veux vraiment pas que je t'emmène ?

— Non, mais on se retrouve là-bas.

# Chapitre 19

Le café de la cafétéria de Defriese était bon mais il n'avait rien d'exceptionnel non plus. L'avantage, c'est qu'il était compris dans ma formule de repas et que le gobelet était immense, alors j'avais appris à m'en contenter.

Je posai un couvercle sur mon gobelet géant, puis je sortis dans la cour en remettant mon sac sur l'épaule de ma main restée libre. On était en octobre, il faisait plus frais, et un bon café chaud était indispensable. Je montai sur mon vélo, mon gobelet à la main, et je roulai prudemment à travers le campus désert jusqu'à ma résidence. Une bruine se mit à tomber au moment où j'arrivais et garais mon vélo, devant l'entrée. Au moment où je pénétrai dans ma chambre, la pluie battait les carreaux.

— Salut ! m'accueillit Maggie tandis que je retirais mon coupe-vent. Je pensais que tu étais déjà partie.

— Pas encore. J'ai deux ou trois bricoles à terminer, avant.

Après m'être assise sur mon lit, je posai mon gobelet sur le carton que j'utilisai comme table de nuit. Dessus, il y avait mon réveil, des piles de livres et le contenu du dernier colis de Heidi : deux galets effervescents pour le bain, un gloss et une nouvelle paire de jeans Pink Slingback. Je n'avais utilisé aucun des trois, mais j'appréciais le geste.

J'y avais aussi posé le cadre « LE MEILLEUR DE LA VIE » que Hollis m'avait offert quelques mois plus tôt. Il m'était complètement sorti de la tête, jusqu'au jour où, en faisant mes bagages pour partir à Defriese, je m'étais rendu compte que j'avais enfin une photo à y mettre. Laquelle ? me demanderez-vous. Un cliché pris lors du Beach Bash ou l'un des nombreux autres avec Maggie, Esther et Leah, que j'avais pris lors de nos derniers jours à Colby ? Ou encore celui de Hollis et de Laura, le jour où ils avaient annoncé leurs fiançailles officielles ? J'avais tellement d'options que j'ai décidé de laisser le cadre vide jusqu'à ce que je sois certaine de mon choix. Au fond, j'étais persuadée que le meilleur était encore à venir. On ne sait jamais, pas vrai ?

Malgré tout, il y avait une photo que j'aimais garder tout près de moi. Ce n'était pas une photo de moi, mais d'Isby. J'aimais voir son visage, dès que j'ouvrais les yeux au réveil. C'était surprenant, mais j'avais eu du mal à me séparer d'elle, à la fin de l'été. Lors de ma dernière journée à Colby, on était restées ensemble pendant près d'une heure, sur le rocking-chair de la nursery. Thisbé dormait contre mon épaule et sa peau fine, humide, avait cette odeur de lait et de bébé. Je m'en souvenais encore bien et je me souvenais aussi de ce que j'avais chuchoté à son oreille. Un jour, elle se confierait à moi et j'attendais ce moment avec impatience.

J'avais aussi autre chose pour me souvenir d'Isby. Je l'avais vu au *Park Mart* près de chez moi, lorsque j'avais profité d'un week-end pour revenir à la maison, peu après la rentrée universitaire. Je l'avais mis dans mon chariot sans réfléchir. J'avais de la chance d'avoir Maggie comme camarade de chambre pour un nombre incalculable de raisons, mais surtout parce qu'elle tolérait ma veilleuse de temps à autre.

Je pris mon portable, histoire de vérifier le journal des appels. Deux appels en absence. Le premier de ma mère, qui me téléphonait régulièrement, surtout pour parler de mes études, même si on avait aussi d'autres sujets de conversation, désormais. Par exemple, le mariage de Laura et de Hollis, qui la rendait folle, bien qu'elle tente d'avoir une plus grande ouverture d'esprit (elle jurait qu'elle faisait des efforts), ou encore ses relations qui évoluaient avec Finn, son doctorant aux lunettes à monture noire. Il était gentil, rigolo et, cerise sur le gâteau, vraiment fou de ma mère. Quant à savoir ce qu'elle éprouvait pour lui, c'était difficile à dire. Même si on bossait le sujet pour qu'elle arrive un jour à en parler.

Le second message était de mon père. Il était revenu à la maison, décidé à laisser à son couple avec Heidi une seconde chance. Il avait pris cette décision le soir du Beach Bash, quand il avait renoncé à son voyage à New York, pour venir voir Isby. Lorsqu'il avait vu ma mère dans le couloir en train de la bercer, il avait été tout chamboulé. Cette vision avait réussi à le mettre face à la réalité, ce que je n'étais pas parvenue à faire. Il avait renvoyé ma mère à son hôtel et il était resté avec Isby jusque tard dans la nuit, jusqu'à ce que Heidi rentre chaussures à la main, tout heureuse après le Beach Bash. Pendant que le bébé dormait, ils avaient parlé à en perdre le souffle.

Mon père n'était pas revenu à la maison aussitôt après : le processus avait été lent, avec beaucoup de négociations et de changements à mettre en place. Heidi travaillait de nouveau au magasin, mais à mi-temps. Mon père n'avait qu'un seul cours à donner, ce qui leur permettait à tous les deux de passer du temps avec leur fille. Les jours où ni l'un ni l'autre n'était à la maison, c'était Karen, la mère d'Eli, qui adorait les bébés, ou bien une étudiante de la fac de Weymar, qui acceptait d'être payée en vêtements de chez *Clementine*, qui gardaient Isby. Mon père essayait toujours de vendre son roman mais, en attendant, il avait commencé à écrire un nouveau livre sur la « face cachée de la parenté et de la banlieue ». Il avait le temps d'écrire seulement le soir, mais même s'il avait moins de neuf heures de sommeil, il avait l'air de s'en contenter. Et puis, ce qui était bien, c'était que quand je devais veiller tard, je pouvais toujours l'appeler sans le réveiller.

Je mis mon portable dans ma poche, puis je pris mon sac et mon café.

— J'y vais, annonçai-je à Maggie.

— À demain. Oh, attends ! Non, ça ne sera pas possible. Je vais à Colby.

— Vraiment ?

— Oui, c'est la grande réouverture, tu te rappelles ? J'avais l'intention de te le dire, Adam t'a envoyé un T-shirt. Il est sur ton bureau.

Je m'en voulus d'avoir oublié. D'autant qu'Adam ne parlait que de ça quand il venait – tous les week-ends. Il avait repris la direction du magasin de vélos, à mi-temps parce qu'il étudiait aussi à la fac de Weymar. Il n'en était pas revenu lorsque Clyde avait accepté qu'il relooke le magasin pour un nouveau départ. Nouvelle pancarte, nouveau matos... et nouveau tout. Il n'y avait plus qu'à changer le nom du magasin, mais Adam l'avait enfin trouvé.

— « Abe, vélos et cycles » ! lus-je en dépliant le T-shirt. Ça sonne bien !

— Toi aussi, tu trouves ? répondit Maggie en se penchant pour me regarder. Adam est tellement nerveux. Il tient vraiment à ce que tout soit parfait. Il y a toujours quelques ratés, bien sûr. J'ai peur qu'il ait une crise cardiaque si ça cafouille.

— Mais non. Si c'est le cas, je l'aiderai à repartir. Dis-lui que ce n'est pas le nombre de fois où tu t'es crashé qui compte, mais celui où tu remontes sur ton vélo ! Conclusion : remets le pied à la pédale, les fesses sur la selle et roule, ma poule !

— Quoi ?

— Il comprendra !

Je lui dis au revoir, mis mon sac sur l'épaule et sortis, puis descendis l'escalier et me dirigeai vers ma voiture. Il était 17 heures passées, le soleil se couchait. Quand je sortis de l'autoroute, environ deux heures plus tard, et que je m'engageai dans le parking de chez *Ray*, il faisait déjà nuit depuis un bon bout de temps.

Je coupai le moteur, puis je restai dans ma voiture à regarder les lumières et les tables. Chez *Ray*, ce n'était pas le *Lavomatic* de Clyde, mais les serveuses étaient sympas et on pouvait rester aussi longtemps qu'on voulait. C'était bien quand il était tard et qu'on ne savait pas où aller, comme ça avait été mon cas la première fois que j'y étais venue. À présent, j'avais beaucoup d'endroits où aller, mais ce soir-là, j'avais une bonne raison d'être là.

Je l'ai vu à la table 4, notre préférée, celle au coin avec une fenêtre. Mug à la main, une part de gâteau à côté de lui et totalement immergé dans son manuel. Ce semestre-là, il avait pris un nombre hallucinant de cours à l'Université, pour rattraper l'année qu'il avait loupée. Au début, ça avait été dur. À la fois nouveau et stressant. Par chance, j'étais une spécialiste des petits cours et du coaching, et j'avais été plus que contente de pouvoir l'aider dans sa quête, avec papier et crayon, pour remplir des QCM les uns après les autres.

Une fois à l'intérieur, je l'ai l'embrassé sur le front. Il m'a regardé tendrement, un sourire aux lèvres. Je me suis assise en face de lui. La serveuse s'est approchée et m'a servi mon café. Les mains enveloppées autour de ma tasse bien chaude, histoire de me réchauffer, j'ai senti la paume d'Eli se poser sur mon genou. Le matin serait là bien assez vite, sans qu'on s'en aperçoive. Mais, en attendant, on avait toute la nuit devant nous et on était ensemble, alors j'ai fermé les yeux et j'ai profité de l'instant présent.

# Remerciements

Écrire un livre, ce n'est jamais facile et il vous faut parfois du soutien. Pour ce roman et les autres, j'ai eu la chance extraordinaire de recevoir les conseils avisés de Leigh Feldman et de Regina Hayes.

Barbara Sheldon, Janet Marks et mes parents, Alan et Cynthia Dessen, m'ont accordé le soutien moral dont tout écrivain halluciné a besoin, surtout post-partum. Et comme toujours, merci à mon mari Jay qui me fait rire, entretient ma mémoire et m'a appris plus qu'il ne m'en fallait sur les vélos.

Enfin, je voudrais aussi saluer mes idoles, mes baby-sitters, sans lesquelles je n'aurais jamais eu le temps d'écrire ce roman : Aleksandra Marcotte, Claudia Shapiro, Virginia Melvin, Ida Donner, Krysta Lindley et Lauren Caccese. Merci à toutes pour votre aide inestimable.

Achevé d'imprimer en France sur Roto-Page en avril 2022
par l'Imprimerie Floch

Le papier de cet ouvrage est composé de fibres naturelles,
renouvelables, recyclables et fabriquées à partir de bois issu de
forêts plantées expressément pour la fabrication de pâte à papier.

ISBN : 978-2-37102-346-8
Dépôt légal : mai 2022

Loi n° 49-956 du 16 juillet 1949 sur les publications destinées
à la jeunesse, modifiée par la loi n° 2011-525 du 17 mai 2011

Numéro d'édition : 0115-055-01-01
Numéro d'impression : 100245

LUMEN